얼어붙은 바다

얼어붙은 바다

이언 맥과이어 장편소설 정병선 옮김

이 책은 실로 꿰매어 제본하는 정통적인 사철 방식으로 만들어졌습니다.
사철 방식으로 제본된 책은 오랫동안 보관해도 손상되지 않습니다.

애비게일, 그레이스, 이브에게

1

보라.

그가 클래피슨스 안마당을 빠져나와, 사이크스가(街)로 접어든다. 어기적어기적 걷는데, 대기에 잡다한 냄새가 배어 있다. 코를 킁킁거린다. 테레빈유, 생선가루, 겨자, 흑연, 그리고 아침에는 빠질 수 없는 오줌 냄새까지. 밤사이 사용한 요강을 비웠으니 악취가 묵직할밖에. 그가 다시금 코를 벌름거린다. 짧고 억센 머리카락을 비비더니, 이젠 사타구니에 손을 집어넣는다. 사타구니를 만졌으니, 냄새를 확인할 차례다. 천천히 차례대로 손가락을 빨고, 마지막 자취까지 핥아 대는 걸 보면 욕지기가 나오면서도 깔끔한 놈이란 생각이 들지 않을 수 없다. 낸 돈의 본전을 뽑아야 했다. 차터하우스 길 끝에 이르자, 그가 북쪽으로 방향을 틀어 원컴리로 향한다. 드 라 폴 태번과 향유고래 양초 제조소, 그리고 식물 기름 공장을 연이어 지나쳤다. 그 건물들 지붕 위로 주 돛대와 뒤 돛대의 꼭대기 부분이 흔들리는 광경이 눈에 들어온다. 부두 일꾼들의 고함, 인근 통 공장에서는 나무망치 타격 소리가 들려온다. 그가 반들반들한 붉은 벽돌담으로 몸을 기울인다. 개 한 마리가 빠르게 달아나고, 수레에는 대충 자른 목재가 높이 쌓여 있다. 그가 깊이 숨을 들이쉰다. 내민 혀 위로 이빨이 보이는데, 아무렇게나 쌓은 성채 같다. 신호가 또 왔다. 이놈의 소변은 찔끔찔끔인데, 자주 눠야 한다. 통증이 느껴지니 참을 수도 없다. 그의 배는 동이 트면 출항한다. 그래도 아직 시간이 있고, 할 일도 있다. 그는 주위를 둘러보고, 잠깐 동안 그 할 일이 뭔지 생각해 본다. 돼지고기 푸줏간의 분홍빛 피 냄새가 느껴지고, 여자 치마의 더러운 땟국물 냄새가 난다. 고기, 동물, 사람이 차례로 그의 뇌리를 스쳐 지나간다. 생각이 줄달음친다. 그렇게 아프진 않아. 그의 결론이다. 아직은 아니야. 아직 약하고, 덜 눌려.

그가 몸을 돌려, 아까 지나쳐 온 술집으로 향했다. 이른 아침이었으니, 손님이 거의 없다. 난로의 쇠 살대에는 온기가 희미하게만 걸려 있고, 튀김 냄새가 난다. 주머니를 뒤져보니, 빵 조각, 잭나이프, 반 페니 동전 하나뿐이다.

「럼.」 그가 말했다.

그는 반 페니 동전을 바 위로 건넨다. 바텐더가 동전을 내려다보고는, 고개를 저었다.

「오늘 아침에 떠납니다.」 그가 말을 잇는다. 「〈볼런티어〉 호(號)예요. 어음을 써주겠소.」

바텐더가 콧방귀를 뀌었다.

「내가 우스워 보여?」 그가 대꾸한다.

사내가 어깨를 으쓱하고는 잠시 생각해 본다.

「그렇다면 동전을 던집시다. 이 칼하고 럼 한 잔을 걸고.」

그가 잭나이프를 바 위에 올려놓는다. 바텐더가 집어 들고서 자세히 살펴본다. 칼날을 펴서, 엄지 끝에도 대본다.

「좋은 거요. 한 번도 배신하지 않았지.」

바텐더가 주머니에서 1실링 주화를 꺼내 보여 준다. 이내 공중으로 솟아오른 동전. 그가 따귀를 치듯 바닥에 주화를 고정했다. 두 사람의 확인 절차. 바텐더가 고개를 끄덕이고는, 칼을 집어, 자신의 조끼 주머니에 집어넣는다.

「자, 이제 꺼지시지.」

사내는 표정 하나 바뀌지 않았다. 화가 나거나 놀랐다는 기색이 전혀 없었다. 내기로 칼을 잃는 것이, 자신만 비밀스럽게 아는 더 원대하고 복잡한 계획의 일부라도 되는 양. 그가 몸을 숙이더니 방수 장화를 벗어, 바 위에 나란히 올려놓았다.

「한 번 더 하지.」 그가 말한다.

바텐더는 눈이 휘둥그레지더니, 딴 데를 쳐다보았다.

「댁의 빌어먹을 장화는 필요 없어.」 그가 말한다.

「내 칼을 가져갔잖아. 이제 와서 토끼겠다고?」

「망할 장화는 필요 없다고.」 바텐더가 대꾸했다.

「먹고 튀면 안 되지.」

「좆 까. 하고 안 하고는 내 맘이다.」 바텐더가 말을 받았다.

셰틀랜드 사람 하나가 바 저쪽에 엎어져서 두 사람을 보고 있었다. 털실 모자를 썼고, 캔버스 천 반바지는 더러워도 그렇게 더러울 수가 없었다. 벌겋게 충혈된 두 눈이 풀린 걸 보면, 술에 취한 게 틀림없다.

「내가 한 잔 사지.」 그가 말했다. 「그러니 아가리 좀 닥치시게들.」

사내가 고개를 돌려 그를 바라보았다. 그는 전에 러윅과 피터헤드에서 셰틀랜드 놈들과 싸워 본 적이 있었다. 잘 싸우지는 못해도, 끈덕지고, 끝장을 보기가 만만찮은 놈들이다. 이 자식 허리춤에는 고래 지방을 떼어 내는 칼이 꽂혀 있었고, 그것도 녹이 잔뜩 슨 칼이었다. 역정을 내는 놈의 표정이 아슬아슬했다. 잠시 후 사내가 고개를 끄덕였다.

「고맙소.」 그가 대꾸했다. 「밤새 빠구리를 쳤는데, 술이 고프더라고.」

셰틀랜드 사람이 바텐더에게 고개를 끄덕이자, 그가 내키지 않는다는 제스처를 한 번 하고는 술을 따라 준다. 사내가 장화를 바에서 치우고, 술잔을 집어 든 다음, 불 옆 긴 의자로 걸어갔다. 사내는 눕는가 싶더니, 몇 분 후 몸을 웅크리고는 잠에 빠져들었다. 사내가 다시 눈을 떴을 때는 아까 그 셰틀랜드 주정뱅이가 구석 테이블에 앉아 창녀와 얘기 중이었다. 여자는 머리칼이 검은 뚱보로, 얼굴 피부가 얼룩덜룩한 데다가, 이빨은 너무 더러워서 녹색을 띠었다. 사내가 여자를 알아본다. 하지만 이름까지는 떠올리지 못한다. 베티? 생각을 굴려 본다. 해티? 에스더였나?

셰틀랜드 남자가 문가에 쭈그리고 있던 흑인 소년을 불러, 동전을 주고 본가(街)의 생선 가게에 가서 홍합을 사 오라고 시킨다. 소년은 아홉 살이나 열 살쯤 되어 보인다. 몸이 호리호리한데, 검은 눈동자가 왕방울만 하고, 흑인이라고는 하지만 피부는 옅은 갈색이다. 긴 의자에 누웠던 사내가 몸을 바로 하고는, 파이프에 마지막 남은 담배를 채워 넣는다. 그가 불을 붙이고는 주위를 둘러본다. 새롭게 충전돼, 기동할 준비를 갖춘 것이다. 살갗 아래 근육이 나긋나긋하게 느껴지고, 가슴에서는 심장이 긴장과 이완을 반복한다. 셰틀랜드 놈이 여자에게 입을 맞추려다, 신경질적 비명과 함께 퇴짜를 맞는다. 〈헤스터.〉사내의 기억이 돌아왔다. 여자 이름은 헤스터였다. 제임스 광장의 방이었는데, 창문이 없었지. 철제 침대에 주전자와 대야, 그리고 정액을 제거하는 용도의 고무 펌프가 생각났다. 그가 자리에서 일어나, 두 사람이 앉아 있는 곳으로 걸어간다.

「한 잔 더 사지?」그가 말했다.

셰틀랜드 사람이 그를 흘깃 보더니, 고개를 가로젓고는, 다시 헤스터에게로 향한다.

「딱 한 잔만 더. 그러면 더는 귀찮게 하지 않는다고 약속하지.」

셰틀랜드 사람이 외면했지만, 사내는 미동도 하지 않는다. 그의 인내와 참을성은 무딘 데다가 쪽팔리는 것도 몰랐다. 사내는 심장이 팽대했다가 수축하는 걸 느낀다. 예의 선술집 악취도 또렷하게 인지한다. 똥 방귀 냄새, 담배 연기, 엎질러져 썩는 술 냄새까지. 헤스터가 사내를 올려다보고는 키득거렸다. 가까이서 보니 여자 이빨은 초록색보다 회색에 가까웠다. 벌린 입 사이로 혀도 보였는데, 돼지 간 색깔이었다. 셰틀랜드 남자가 허리춤에서 고래 해체용 칼을 빼, 탁자 위에 올려놓는다. 그러고는 자리에서 일어선다.

「술을 더 사라고? 네놈의 망할 불알을 뽑아 버리는 수가 있어.」

마르고 키가 큰 셰틀랜드 남자는 움직임이 유연해 뵌다. 머리칼과 턱수염은 바다표범 기름으로 축축하다. 뱃사람이란 걸 알 수 있다. 사내는 이제 자신이 뭘 해야 하는지 느꼈다. 지금 뭘 하고 싶은지, 또 그걸 어떻게 이룰 수 있는지 감이 왔다. 헤스터가 또 키득거린다. 셰틀랜드 놈이 칼을 집어 들고, 사내의 광대뼈에 차가운 날을 갖다 댔다.

「네놈 코도 없어지는 수가 있어. 저기 뒷마당의 돼지들이 좋아하겠네.」

놈이 그 발안이 마음에 들었던지 웃는다. 헤스터도 놈과 함께 웃었다.

사내의 표정에는 불편한 기색이 전혀 없다. 아직은 때가 아니었다. 지루하지만 어쩔 수 없는 막간, 휴지인 것이다. 바텐더가 몽둥이를 챙기자, 바의 경첩이 삐걱거렸다.

바텐더가 사내를 겨냥하며 말했다. 「너, 이 보지 새끼. 어디서 수작이야. 꺼져.」

사내가 벽에 걸려 있는 시계를 보았다. 갓 정오가 넘은 시각이었다. 그가 뭐라도 할 수 있고, 해야만 하는 뭍에서의 시간은 이제 열여섯 시간뿐. 여전히 즐길 필요가 있었다. 그는 통증을 느꼈고, 그것은 그의 몸이 욕구와 필요를 말하는 방식이었다. 몸이 그에게 말했다. 속삭이는 귓속말, 쉬지 않는 웅얼거림, 날카로운 비명, 양상은 다양했다. 몸뚱이는 한번도 가만한 적이 없다. 도대체가 가만하다면, 그는 알 것이다. 자신이 마침내 죽었음을, 다른 놈이 그를 죽였음을. 그렇다, 죽었거나 아니면 죽임을 당했거나.

사내가 별안간 맞상대하던 셰틀랜드 놈을 향해 한 걸음 내딛는다. 두려움 따위는 없다는 걸 알릴 필요가 있었다. 이윽고 그가 다시 물러서고는, 바텐더한테로 몸을 돌려 쩨려보며 턱을 쳐든다.

「곤봉이 똥구멍에 박히는 수가 있어.」 사내가 말했다.

바텐더가 사내에게 문을 가리켰다. 사내가 술집을 빠져 나가려는 즈음 소년이 혼합 쟁반을 들고 들어왔다. 향긋한 김이 모락모락 난다. 둘이 잠깐 서로를 응시했고, 사내는 새롭게 분명한 감이 왔다.

그가 다시 사이크스가로 돌아간다. 부두에 정박 중인 볼런티어호는 안중에 없다. 지난주 내내 보수 정비하고 선창에 짐을 싣느라 이골이 난 배였다. 망할 6개월 여정의 항해도 지금은 관심 밖이다. 그의 뇌리를 가득 채운 건 바로 이 순간뿐. 그로토 광장, 터키탕, 경매소, 밧줄 공장, 발아래 밤자갈, 정체를 모를 요크셔의 하늘. 그는 천성적으로 안달하는 성격이 아니었다. 그는 기다려야 한다면 침착하게 가만히 있을 줄 알았다. 담장이 눈에 들어왔고, 그가 거기 앉았다. 시장기가 느껴지고, 그가 잔자갈을 하나 주워서 빤다. 그러기를 여러 시간. 지나는 사람들이 그를 알아보고는 입을 다물어 버린다. 곧 때가 될 터였다. 그가 주위를 두리번거렸고, 어느새 그림자가 길어진다. 그사이 잠깐 비가 왔고, 또 그쳤으며, 구름이 눅눅한 하늘을 배경으로 전율하듯 흘러갔다. 드디어 그의 눈에 그들이 들어왔을 때는 황혼 무렵이었다. 헤스터가 노래를 불렀고, 셰틀랜드 놈은 한 손에 술병을 쥔 채 다른 손으로는 여자를 마구 주무르고 있었다. 두 연놈이 방향을 틀어 호지슨 광장으로 진입하는 광경이 눈에 들어온다. 그가 잠시 후 종종걸음으로 모퉁이를 돌아 캐럴라인가로 접어들었다. 아직 야간은 아니어도, 충분히 어둡다고 그는 판단했다. 유대교 예배당의 창문에서 빛이 새어 나왔다. 공기에서 석탄 가루와 동물 내장 냄새가 났다. 그가 두 사람을 앞질러 피시스 앨리에 이르렀다. 비밀스럽게 건물 안으로 미끄러져 들어간다. 마당은 인적이 없다. 더러운 세탁물이 걸린 빨랫줄과 말 오줌의 독한 암모니아 냄새뿐이었다. 그가 손에 벽돌을 쥐고 어두운 출입구 앞에 섰다. 헤스터와 셰틀랜드 놈이 마당으로 들어오고, 그는 확실히 할 필요를 느끼며 잠시 기다렸다. 그러고는 걸음을 내딛어, 셰틀랜드 놈의 뒤통수를 벽돌로 가격했다.

뼈가 쉽게 무너졌다. 가느다랗게 피가 뿜어져 나왔고, 젖은 막대가 부러지는 듯한 소리도 났다. 셰틀랜드 사람이 의식을 잃고 앞으로 고꾸라졌다. 이빨과 코가 바닥의 자갈돌에 부딪혔다. 헤스터가 비명을 지르려는 찰나, 사내가 고래 해체용 칼을 그녀의 목에 갖다 댄다.

「대구 배를 가르듯이 발라 버릴 거야.」 그는 단호하다.

여자가 남자를 바라보고는, 굴복의 의미로 더러운 손을 들었다.

사내가 셰틀랜드 사람의 주머니를 뒤져서 담배와 돈을 챙기고, 나머지는 던져 버렸다. 쓰러진 사람의 머리 주위로 피가 흥건했지만, 여전히 희미한 숨소리가 들려왔다.

「이 인간을 치워야 해요.」헤스터가 말을 이었다. 「안 그러면, 내가 곤란해진다고요.」

「그럼 옮겨.」남자가 대꾸했다. 그는 아까보다 기분이 나아졌음을 느낀다. 주변 세상이 조금쯤 크고 넓어진 듯하다.

헤스터가 셰틀랜드 사람의 한쪽 팔을 붙잡고서 질질 끌었다. 하지만 너무 무겁다. 여자가 피 칠갑 위에서 허우적대다, 밤자갈 위로 쓰러졌다. 실없이 웃던 여자가 투덜투덜 꿍꿍댄다. 사내가 석탄광 문을 열어 놓고, 셰틀랜드 사람의 발목을 잡아끌어 안에 집어넣었다.

「내일이면 발견되겠지.」그가 말했다. 「하지만 그때쯤이면 난 이미 멀리 떠나고 없어.」

여자가 자리에서 일어섰지만, 술기운 탓인지 여전히 휘청거린다. 치마에서 먼지를 털어 내려고 하지만 하릴없다. 남자도 자리를 떴다.

「자기야, 돈 좀 줘야 하는 거 아냐?」헤스터가 뒤에 대고 말한다. 「덤터기는 다 내가 쓸 거잖아.」

그가 소년을 찾는 데 한 시간이 걸렸다. 소년의 이름은 앨버트 스텁스이고, 북쪽 다리 아래 지하 배수로에서 잠을 잤다. 걸리는 뼈다귀나 감자 껍질이 주식이고, 가끔 주정뱅이들의 심부름을 해주고 동전을 받기도 했다. 술고래들이 배를 기다리며, 부두의 거지 소굴 같은 술집으로 모여드는 것이다.

남자가 아이에게 먹을 것을 줬다. 그가 셰틀랜드 놈한테서 뺏은 돈을 보여 준다.

「원하는 게 뭐지?」 그가 말했다. 「사 주마.」

소년이 말없이 그를 바라보았다. 굴에 틀어박혀 있다가 깜짝 놀란 짐승처럼. 남자는 소년한테서 악취가 전혀 나지 않는다는 사실을 깨달았다. 갖은 쓰레기와 오물 속에서도 녀석이 어떻게든 청결을 유지했다는 얘기다. 오염되지 않은 순수함. 녀석의 피부는 자연스러운 검은색이었고, 그 색깔이 죄악을 막아 내는 것이리라. 확실히 어떤 사람들은 그것이 죄의 발현은 아니라고 믿었다.

「보기 좋구나.」 사내가 소년에게 말했다.

소년이 술 있느냐고 묻자, 남자가 주머니에서 반쯤 남은 미끌미끌한 술병을 꺼내 건넨다. 소년이 술을 마시자, 사내의 두 눈이 게슴츠레해졌다. 험악함이 누그러지면서 말이 많아진다.

「난 헨리 드랙스다.」 이어지는 사내의 설명은 무척이나 부드러웠다. 「작살수지. 새벽이면 볼런티어호를 타고 출항해.」

소년이 고개를 끄덕이기는 했지만, 관심은 없어 보였다. 그런 건 오래전에 이미 들어서 다 알고 있다는 듯. 아이의 머리칼은 퀴퀴하고, 윤기도 없었다. 하지만 피부는 불가사

의하게도 깨끗하고 윤이 났다. 흐린 달빛 아래서 빛나는 것이 광을 잘 낸 티크 목재 같았다. 소년은 신발이 없었고, 발바닥이 새까맸다. 맨발로 포장도로를 걷고 달렸을 테니, 짐승의 뿔처럼 각질도 심했다. 드랙스가 냉큼 그를 만지고 싶은 충동에 사로잡혔다. 한쪽 뺨일 수도, 어쩌면 어깻죽지였을지도 몰랐다. 그는 이 충동을 신호라고 느꼈다. 어떻게든 시작해야 했다.

「아까 술집에서 봤어요.」소년이 입을 열었다. 「그땐 당신한테 돈이 없었죠.」

「이젠 돈이 있지.」드랙스가 설명했다.

소년이 고개를 끄덕이고는, 럼을 한 모금 더 마신다. 어쩌면 그가 열두 살쯤일 거라고, 드랙스는 생각했다. 하지만, 또래의 다른 아이들처럼 발육 성장이 지체돼 왜소한 거라고 말이다. 그가 손을 뻗어, 소년에게서 병을 가져간다.

「뭘 좀 먹어야지.」그가 말했다. 「가자.」

둘은 말없이 걸었다. 윈컴리와 스컬코츠를 따라갔고, 웨일본 여인숙과 목재 야적장을 지났다. 그렇게 당도한 곳이 플레처스 빵집. 드랙스는 소년이 고기 파이를 허겁지겁 먹어 치울 때까지 기다린다.

소년이 식사를 마치고, 입을 닦았다. 목구멍에서 가래를 끌어모아, 배수로에 뱉어내는 모습이 한결 기운차다. 별안간 소년이 전보다 더 성숙해 보인다.

「괜찮은 곳이 있어요.」그가 길 건너편을 가리켰다. 「저기 조선소 쪽.」

드랙스가 당장에 함정임을 알아차린다. 그가 이 깜둥이 소년과 함께 조선소에 갔다가는, 실컷 두드려 맞고, 보지처럼 탈탈 털릴 터였다. 소년이 사내를 그토록 경멸한다는 게 놀라웠다. 제일 먼저 든 생각은 놈의 잔머리가 가소롭다는 것이었다. 다음은 상쾌한 것이었는데, 새로운 발안이 피어오르면서 짜릿한 전율이 느껴졌다. 분노의 신이 기동을 시작했다.

「나는 내가 하는 역할이지, 한 번도 대준 적이 없어.」 사내의 목소리가 나긋나긋했다.

「알아요.」 소년이 대꾸했다. 「안다고요.」

길 저편이 새까맸다. 녹색 페인트가 벗겨진 3미터 높이의 목제 문과 벽돌 벽, 그리고 바닥에 잡석이 깔린 길이 보였다. 보안등은 없었고, 드랙스의 부츠가 포석으로 깔린 밤자갈과 부딪치는 음향, 결핵에 걸렸는지 쌕쌕거리는 소년의 숨소리만 간간이 들려왔다. 노란 달이 하늘에 박혀 있는 게, 목구멍에 걸린 커다란 환약 같았다. 두 사람이 1분쯤 후 어떤 마당에 들어섰다. 깨진 나무통과 녹이 슨 테가 여기저기 보였다.

「저쪽이에요.」 소년이 말했다. 「다 왔어요.」

그의 얼굴에 배어 있는 열망이 또렷이 읽힌다. 드랙스에게 일말의 의심이 있었다고 하더라도, 지금은 그 의심이 사라지고 없었다.

「자, 한번 해볼까.」 그가 소년에게 말했다.

소년이 얼굴을 찡그리며, 함께 갔으면 하는 쪽을 다시금 가리켰다. 드랙스는 궁금해졌다. 깜둥이 자식의 친구가 도대체 몇 명이나 조선소에서 대기 중이며, 또 어떤 무기를 자기한테 겨눌지가 말이다. 내가 애송이 놈들한테 털릴 만큼, 정말 그렇게 멍청해 보이는 걸까? 뭐야, 내가 남들한테 이제는 한물간 것 같은 인상을 준단 말이야?

「이쪽으로 오세요.」

소년이 어깨를 으쓱하고는 앞장을 선다.

「아니.」 드랙스가 말을 받았다. 「그냥 지금 여기서. 더는 안 돼.」

소년이 걸음을 멈추고, 고개를 가로저었다.

「아니요.」 그가 말했다. 「조선소가 더 좋아요.」

드랙스는, 조선소의 음울함이 녀석과 완벽하게 어울린다고 생각했다. 녀석의 귀염성이 사라지고 침울한 미남자로 변신한 듯했다. 소년이 이교도 우상처럼 보였다. 흑단을 깎아 만든 토템처럼 그가 서 있었다. 그는 더 이상 소년이 아니었다. 소년의 완벽한 이데아였다.

「내가 어떤 보지 새끼라고 생각하는 거야?」 드랙스가 물었다.

소년이 일순 눈살을 찌푸렸지만, 곧이어 활짝 웃었다. 사람을 구슬리는 그 미소는 묘한 매력이 느껴졌고, 그래서 이상하고 안 믿겼다. 드랙스가 판단하기로, 새로울 것은 없다. 모든 게 매양의 일이고, 다른 곳에서 다른 때에 거듭 반복될 매양의 일이기 때문이다. 몸에는 뻔해서 지겨운 양상과 규칙성이 있다. 먹어야 하고, 씻어야 하고, 속도 비워 줘야 한다.

소년이 냉큼 드랙스의 팔꿈치를 잡고는, 다시금 둘이 갔으면 하는 곳을 가리켰다. 조선소. 그곳은 함정이다. 드랙스의 머리 위에서 갈매기 한 마리가 꽥꽥 하고 울었다. 역청과 유성 페인트 냄새가 났고, 북두칠성의 별들이 눈에 들어왔다. 드랙스가 깜둥이 소년의 머리채를 붙잡고, 가격했다. 그렇게 아이를 주먹으로 때리는 행위는 한 번으로 끝나지 않았다. 두 번, 세 번, 네 번, 그의 행동은 신속했고, 주저함이나 죄책감 따위는 전혀 없었다. 이윽고 드랙스의 손가락 관절 마디가 피로 흥건해지며 온기가 피어올랐다. 푹 하고 쓰러진 소년은, 축 늘어진 것이 의식을 잃은 듯했다. 소년은 홀쭉하다 못해 뼈가 앙상했고, 몸무게라고 해봐야 테리어 한 마리 정도에 불과했다. 드랙스가 소년을 뒤집고는, 바지를 내렸다. 행위에 열락 따위는 없었다. 위안도 되지 못했다. 그 때문에 행위의 흉포함만 가중되었다. 그는 살아 있는 무엇한테 속고 말았다. 이름은 없지만 실재하는 무엇한테 말이다.

납 같은 구름이 만월을 가렸고, 쇠테를 두른 수레바퀴가 달그락거렸으며, 고양이 한 마리가 골이 났는지 애처럼 낑낑거리는 소리를 냈다. 드랙스가 잽싸게 움직였다. 한 동작, 한 동작, 열성 없고 정확하다는 의미에서 기계 같았지만, 그렇다고 또 기계적이지는 않았다. 그가 세상을 이해하고 붙드는 방식은, 뭐랄까, 뼈다귀를 문 개 같았다. 그는 모호한 것이 없었다. 어떤 것도 드랙스의 맹렬하고 험악한 욕구에서 따로 떨어져 존재할 수 없었다. 깜둥이 소년의 과거는 지금 망실되고 없었다. 그는 완전히 넋이 나갔고, 다른 무엇, 완전히 다른 무엇으로 전락한 상태였다. 마당에서 사악한 마법이 펼쳐지고 있었다. 그곳은 피투성이 형질 전환의 무대였다. 헨리 드랙스가 그곳의 거칠고 불경스러운 주인이었다.

2

 브라운리는 30년 동안 뒤 갑판을 상급 선원으로서 오갔고, 스스로가 남의 성격을 꽤 정확하게 판단할 수 있다고 생각했다. 하지만 이번의 신참 섬녀는 정말이지 복잡한 사례였다. 아일랜드계 의사인 데다가, 반란의 고장 편자브에서 왔다고 했으니 말이다. 섬녀는 단신에다가 이목구비가 모여 있었고, 약간 놀란 듯한 표정을 보고 있자면 불쾌하기까지 했다. 그는 유감스럽게도 다리를 절었고, 쓰는 영어도, 뭐랄까, 상스러운 늪지대 말이었다. 하지만 단연코 눈에 띄는 여러 가지 불리한 약점에도 불구하고, 브라운리는 그가 잘 해낼 거라는 느낌이 왔다. 섬녀란 젊은이는 대단히 어색해하고 불편해했으며, 또 무심했다. 그의 능력과 의지는 브라운리에게 전혀 달갑지 않았다. 어쩌면 브라운리는 자신이 떠올랐는지도 모른다. 태평스럽고 무책임하던 청년 시절의 자신이 말이다. 브라운리는 이상하게 섬녀가 마음에 들었다.
 「그래, 다리는 어쩌다가?」 브라운리가 발목을 까딱거리며, 이야기를 풀어 보라고 청했다. 두 사람이 볼런티어호의 선장실에 앉아, 브랜디를 홀짝이며 앞으로 나설 항해를 검토하는 중이다.

「세포이 총에 맞았죠.」섬녀가 입을 열었다. 「정강이뼈가 나갔습니다.」

「델리 얘긴가? 함락 작전에서?」

섬녀가 고개를 끄덕였다.

「1일차 공격이었고, 카슈미르 게이트 근처였죠.」

브라운리가 눈을 굴렸고, 대단하다는 듯 낮게 휘파람까지 불었다.

「니컬슨이 죽는 것도 봤나?」

「아니요. 나중에 시체는 봤네요. 고갯마루에서요.」

「니컬슨은 대단한 사람이야. 엄청난 전쟁 영웅이지. 깜둥이 자식들이 그를 신처럼 숭배했다던데.」

섬녀가 어깨를 으쓱한다.

「니컬슨한테는 파슈툰족 경호원이 있었어요. 이름이 칸이라는 거한이었는데, 텐트 바깥에서 자면서 니컬슨을 지켰죠. 소문에 의하면, 둘이 연애했답니다.」

브라운리가 고개를 절레절레 흔들며 미소를 지었다. 런던에서 발행되는 『더 타임스』 기사를 통해 존 니컬슨에 관해서라면 온갖 내용을 알고 있었던 그다. 맹렬한 더위 속에서 병사들을 이끌고 행군했다는 얘기며, 그 과정에서 단 한 번도 애를 먹거나 물을 마시지 않았다는 위엄. 말 안 듣는 세포이를 장대한 칼로 일격에 무 자르듯 두 동강 내버린 일화 등등. 브라운리는, 니컬슨 같은 사람 ─ 굴하지 않는 꿋꿋한 기상에, 엄격하며, 필요하다면 포악해질 수도 있는 사람 ─ 이 없다면, 대영제국이 오래전에 종말을 고했을 것이라고 생각했다. 대영제국이 있어서 고래기름과 고래수염도 사주는 것이니만큼, 그 제국이 없는 상황을 브라운리는 도무지 상상할 수가 없었다.

「질투로군.」 브라운리가 말했다. 「비꼬는 게야. 니컬슨은 위대한 영웅이라고. 가끔 좀 사납다는 얘긴 나도 들었어. 하지만 다른 누가 아니겠나?」

「자기를 보고 웃었다고 목을 매달아 버리는 걸 봤어요. 내 눈으로 직접요. 그 가련한 녀석은 사실 웃지도 않았단 말입니다.」

「확실하게 선을 그을 필요는 있지.」 브라운리가 말했다. 「문명의 기준을 유지하는 것이 중요해. 가끔은 이에는 이, 불에는 불로 맞상대를 해줘야지. 깜둥이들이 여자와 아이들을 죽였다고. 강간하고, 멱을 따버렸어. 그런 일이 일어난다면, 정당한 앙갚음, 복수가 필요해.」

섬너가 고개를 끄덕이다가, 아래쪽을 흘긋 봤다. 무릎에 덧댄 천이 회색으로 변한 검정 바지와 닦지 않은 앵클부츠가 눈에 들어왔다. 브라운리는 새로 고용한 의사가 냉소주의자인지, 감상주의자인지, (도대체가 이게 가능한진 모르겠지만) 둘 다인지 궁금했다.

「아, 그런 일이라면 무시로 있었죠.」 섬너가 다시 그에게로 고개를 돌리며 씩 웃었다. 「정당한 복수라면 엄청났어요.

그래요, 맞아요.」

「그래, 어쩌다가 인도는 떠난 거지?」 브라운리가 곁에 천을 댄 긴 의자에서 몸을 약간 움직였다. 「61연대는 왜 그만둔 거지? 다리 때문이었나?」

「아니요. 아니에요. 다리는 상관없었어요.」

「그럼 뭣 때문이지?」

「뜻밖에 횡재를 했어요. 여섯 달 전에 도널 삼촌이란 분이 급사하면서 메이요에 있는 낙농장을 제게 물려줬어요. 면적이 50에이커에, 소가 있고, 유제품 제조소까지 갖추어진 곳이니, 말 그대로 횡재죠. 적어도 1천 기니는 될 겁니다. 중부의 시골 주들이라면 아담한 집을 살 수 있을 테고, 조용하고 부유한 남부 해안 지역, 그러니까 보그너, 헤이스팅스, 스카버러라면 개업을 하고서 남부끄럽지 않을 정도로 꽤 괜찮게 살 수도 있을 겁니다. 틀림없어요. 저는 갯바람이 좋아요. 바닷가 산책이 정말로 좋습니다.」

브라운리는 스카버러나, 보그너나, 헤이스팅스의 과부들이 식민지 아일랜드의, 그것도 더블린도 아닌 곳 출신의 땅딸보한테 과연 자기네들 병을 돌보게 하고 싶어 할지가 못내 궁금했다. 하지만 그런 구체적인 내용의 속마음은 입 밖에 내지 않았다.

「그래, 여기서는 나랑 뭘 할 생각인 게지?」 브라운리가 화제를 돌렸다. 「볼런티어호는 그린란드로 떠나는 포경선이야. 그러니까 내 말은, 자네처럼 명망 있는 아일랜드의 지주께서 뭣 때문에 배를 타려고 하냔 말이지.」

섬녀가 상대의 빈정거림에 미소를 지어 보였다. 콧등을 긁고는 그가 입을 열었다.

「물려받았다는 토지에 법적으로 복잡한 문제가 있습니다. 도무지 알 수 없는 인간들이 친척이라면서 난데없이 나타난 거죠. 그 사람들이 소송을 걸어왔어요.」

브라운리가 동정의 한숨을 내쉬었다.

「일이 늘 그런 식이지.」

「듣자 하니, 사건이 해결되려면 1년은 걸린다고 하더라고요. 그때까지는 할 일도 별로 없고, 돈도 없고…… . 더블린의 변호사를 만나고 돌아오는 길에 리버풀을 들렀는데, 아델피 호텔의 바에서 백스터 씨를 만난 겁니다. 하릴없이 대화를 나눴는데, 내가 퇴역 군의관으로 수입이 좀 짭짤한 일거리를 찾고 있음을 파악하고는, 그가 이것저것 셈을 해보더니 제안을 한 것이죠.」

「백스터는 계산이 치밀한 사람인데.」 브라운리의 한쪽 눈이 반짝였다. 「나는 그 작자를 믿지 않아. 놈의 여윈 핏줄 속에 히브리인의 피가 조금 흐른다는 건 확실히 알지만.」

「그가 제시한 조건이 마음에 들었습니다. 고래를 잡아서 부자가 되겠다는 생각은 없어요. 하지만 선장님, 적어도 사법 절차가 진행되는 동안, 바삐 몰두할 수 있는 일이 생긴 거죠.」

브라운리가 코를 벌름거렸다.

「자네라면 이것저것 쓸모가 많을 걸세. 뜻이 있는 곳에는 언제나 길도 있는 법이겠고.」

섬녀가 고개를 끄덕이고는 자기 몫의 브랜디를 마저 마

셨다. 그러고는 빈 잔을 다시 탁자 위에 내려놓자, 딸깍하는 파열음이 낮게 울려 퍼졌다. 새까만 목제 천장에 매달린 기름등이 여전히 소등 상태였지만 선장실의 구석은 이미 어두웠고, 밖의 대기까지 사위어 가면서 어둠의 기세가 더해 가고 있었다. 해가 떨어지면서 보이지 않게 되자, 붉은 벽돌과 철로 만들어진 굴뚝과 지붕들이 마지막 북새통을 이루었다.

「선장님께서 저를 여러모로 활용하실 수 있을 겁니다.」 섬녀가 말했다.

브라운리는 순간 그 의도가 궁금하지 않을 수 없었다. 하지만 이내 의미 없이 그냥 한 소리라고 결론을 내렸다. 백스터는 비밀을 누설하는 자가 아니었다. 그가 이유가 있어 섬녀를 낙점했다면(저렴한 데다가 부려 먹을 수 있다는 뻔한 이유 말고), 이 아일랜드 놈이 느긋한 성격에 고분고분하며, 마음이 콩밭에 가 있는 게 틀림없었기 때문일 것이다.

「고래잡이배는 의사 업무가 별로 없어. 그렇지. 선원들이 아프다고 해도, 저 스스로 건강을 회복하거나, 그게 아니라면, 고생 좀 하다가 죽는 거지. 내 경험에 의하면 그렇다네. 약은 중요하지 않아.」

섬녀가 눈썹을 치켰다. 하지만 이렇게 자기 직업을 얕보면서 무심결에 폄하하는 사람은 신경 쓰지 않는다는 표정으로 곧 바뀌었다.

「약상자 좀 보겠습니다.」 열의가 별로 없는 목소리였다. 「출항하기 전에 보충하거나 교체해야 할 게 있을 수도 있으니까요.」

「자네 선실에 있네. 클리퍼드가 프리메이슨 회관 옆에 약방이 있고. 필요한 것은 뭐든 구입하고, 청구서는 백스터 씨한테 보내라고 하면 돼.」

두 사람이 자리에서 일어섰다. 섬녀가 손을 내밀자, 브라운리가 짧게 잡고 흔든다. 양쪽 모두가 순간적으로 상대를 응시했다. 그 광경은 뭐랄까, 둘 다 두렵거나 경계하는 통에 분명하게 묻지 못한 비밀에 대한 대답을 바라고 기대하는 듯했다.

「백스터가 별로 안 좋아할 것 같은데요.」 섬녀가 말했다.

「아, 백스터, 씨…….」 브라운리의 대꾸.

30분 후 섬녀는 자기 침상에 앉아 허리를 구부리고 있었다. 몽당연필 끝에 혀로 침을 바르면서 말이다. 그의 선실은 여러 면에서 애들이 영묘처럼 꾸며 놓은 방 느낌이 났다. 항해를 시작하지도 않았는데, 토사물의 신 냄새가 가시지 않았고, 똥 냄새도 희미하게 났다. 약상자를 살펴보는 그의 시선은 믿을 수 없다는 투였다. 섬녀가 구매 목록을 작성했다. 〈녹용, 황산 나트륨, 가래약.〉 그가 가끔 병마개를 뽑고, 말라비틀어진 병 내부를 킁킁거렸다. 문제의 약상자에 들어 있는 물건 중 절반은 그가 단 한 번도 들어본 적 없는 것이었다. 트래거컨스? 과이어컴? 런던 스피릿? 브라운리가 〈약〉은 도움이 안 된다고 생각하는 게 무리도 아니었다. 대부분이 셰익스피어 시대 것이었으니 말이다. 전임 선박의는 도대체가 드루이드 교도라도 되었단 말인가? 〈아편 팅크.〉 그가 연필로 필요한 약을 적었다. 고래기름 램프의 달걀 같은 빛이 옆에서 빛났다. 〈압생트, 아편 정제, 수은.〉 고래잡이 선원들은 임질이 많을까? 섬녀의 궁금증이 동했다. 어쩌면 아닐 수도. 북극권에 매춘부가 있으면 얼마나 있으려고? 하지만, 사리염과 피마자기름이 약상자에 꽤 많이 들어 있는 걸로 보건대, 변비는 상당한 문제일 게 틀림없었다. 메스가 한결같이 낡은 상태였다. 녹이 슬었고, 뭉툭하다는 걸 단박에 알 수 있었다. 섬녀는 뭐가 됐든 쓰기 전에 그 칼들을 갈아야 할 터였다. 자기 메스와 새로 구입한 뼈톱을 가져온 게 천만다행이었다.

섬녀가 이윽고 약상자를 닫고서, 침상 아래로 원위치했다. 그 옆으로는 그가 인도에서부터 줄곧 휴대해 온 찌그러진 금속제 트렁크가 놓여 있었다. 섬녀가 내려다보지도 않은 채 트렁크의 맹꽁이자물쇠를 흔들어 본 다음, 조끼 주머니로 손을 옮겨 열쇠 유무를 확인했는데, 이 확인 절차는 오랜 시간 반복 숙달된 습관에 따른 자동 행위였다. 안심. 그가 침상에서 일어나 선실을 나섰다. 계속해서 비좁은 승강구 계단을 올라, 상갑판에 이르자, 광택제 니스와 대팻밥, 그리고 파이프 담배 연기 냄새가 났다. 인부들이 쇠고기를 담은 통과 말뚝 다발을 밧줄에 매달아 전부(前部) 선창에 적재하고 있었다. 조리실 지붕에 못을 박는 사람도 보였고, 몇 명이 삭구를 조작했는데, 타르 통들이 그네처럼 흔들리고 있었다. 개 한 마리가 쓱 나타나, 별안간 멈추더니 제 몸을 핥았다. 섬녀가 뒤 돛대 옆에서 걸음을 멈추고, 부둣가를 살폈다. 아는 사람이 한 명도 없다. 과연 세상이 넓긴 넓군, 섬녀가 중얼거렸다. 섬녀는 그 넓디넓은 세상에서 기억해 줄 가치가 없는 작은 입자에 불과했다. 그저 실종되고 잊히는. 정상적인 상황이라면 누구도 이런 생각을 반기지 않을 테지만, 지금의 섬녀는 만족스럽다. 그의 계획은 이 세상으로 소산해 소멸하는 것이었다. 그런 후에라야 다시금 부상해 제 역할을 할 수 있으리라는 것이 섬녀의 판단이었다. 그가 건널 판자를 밟고서 부두로 나왔다. 목적지는 클리퍼드가의 약방이었다. 시원스러운 걸음걸이로 가게에 도착한 섬녀가 적어 놓은 목록을 건넸다. 약사는 대머리에, 병색이 엿보이는 누리끼리한 안색이었고, 이빨도 몇 없었다. 그가 건네받은 목록을 살펴보더니, 고개를 들고 섬녀를 쳐다본다.

「아니에요.」 그가 입을 열었다. 「포경선 항해에 무슨! 너무 많습니다.」

「백스터가 다 낼 겁니다. 청구서는 백스터에게 직접 보내시면 되고요.」

「백스터가 이걸 봤어요?」

가게 내부가 음침했다. 어둑어둑한 실내 공기에서는 유황 냄새가 났고, 도찰제 향도 짙게 배어 있었다. 대머리 약사의 손끝으로 시선이 갔는데, 화학 약품의 오렌지색이 확연하게 두드러졌다. 뿔처럼 굽은 손톱은 한눈에 봐도 딱딱하고 거칠었다. 걷어 올린 소매 아래 팔뚝은 한 지 오래된 문신의 퍼런 띠가 자리 잡고 있었다.

「나 때문에 백스터가 골치 아플 거라고 보는 겁니까? 목록 때문에?」 섬녀가 말했다.

「청구서를 보면 난리가 나겠죠. 난 백스터를 압니다. 놈은 인색한 구두쇠 새끼라고요.」

「그냥 주문한 대로 주세요.」 섬녀가 말했다.

약사가 고개를 절레절레 흔들고는, 얼룩덜룩한 앞치마에 손을 닦았다.

「다 줄 수는 없습니다.」 그가 탁자 위에 놓인 종이쪽지를 가리켰다. 「그렇게는 안 되지. 여기 적힌 대로 다 줬다가는, 돈도 제대로 못 받을 겁니다. 평소대로만 드리겠소. 그걸로 끝이에요.」

섬녀가 몸을 앞으로 숙이자, 윤이 반질반질 나는 탁자에 그의 배가 닿았다.

「난 식민지에서 막 돌아온 사람이오.」 섬녀의 말이 이어진다. 「그것도 델리에서.」

대머리 약사가 그 말에 어깨를 으쓱하고는, 검지로 오른쪽 귀를 깨작깨작 후볐다.

「박달나무 지팡이라도 하나 드릴까? 다리가 불편한 듯하니 말입니다. 상아 손잡이에, 고래 이빨, 뭐든 말만 하시오.」

섬녀가 대꾸하지 않고, 탁자에서 물러나 가게 내부를 둘러보았다. 별안간 시간은 많고, 때울 일이 별로 없다는 듯이 말이다. 측벽에는 갖은 형태의 플라스크와 유리병과 용기가 가득했는데, 또 그것들에는 각각 액체, 연고, 분말이 들어 있었다. 카운터 뒤로는 누리끼리한 거울이 보였고, 그 큰 거울이 대머리 약제사 정수리의 만질만질한 왼쪽을 비추었다. 거울 한쪽 옆으로는 상자처럼 생긴 나무 서랍들이 있었는데, 다 명찰이 붙어 있었고, 정중앙에는 황동 손잡이도 하나씩 붙어 있었다. 섬녀가 다른 쪽으로 시선을 돌리자, 그곳은 박제 동물들이 진열된 선반이었다. 여러 동물이 과장된 자세와 싸움 동작을 선보이고 있었다. 들쥐를 잡아먹는 듯한 동작의 외양간올빼미, 담비와 영원히 전쟁 중인 듯한 오소리, 가터뱀에 교살당하는 듯한 형상의 긴팔원숭이를 보고 있자니 라오콘이 떠올랐다.

「이걸 다 직접 만들었습니까?」 섬녀가 물었다.

약사가 잠깐 뜸을 들였다가, 고개를 끄덕였다.

「이 동네에서는 내가 최고지. 당연한 얘길.」

「박제해 본 것 중 가장 큰 동물은 뭐요? 정말로 가장 컸던 것은 말입니다. 솔직히 얘기해 봐요.」

「바다코끼리요.」 약제사의 대꾸는 무심했다. 「북극곰도 했죠. 그린란드에 다녀오는 배가 가져오지요.」

「북극곰도 했단 말입니까?」 섬녀가 물었다.

「예.」

「와우, 곰이라니!」 되풀이 말하는 섬녀의 얼굴에 미소가 피어오른다. 「대단하군요. 북극곰은 꼭 한번 보고 싶은 동물이거든요.」

「뒷다리로 장대하게 서 있는 자세로 만들었지.」 대머리의 말이 이어졌다. 「놈의 포악한 발톱이 이렇게 찬 공기를 가르고 할퀴는 동작으로 말입니다.」 그가 오렌지색으로 변색된 두 손을 들어 자세를 취하면서 얼굴로도 차갑게 으르렁거리는 표정을 지어 보였다. 「퍼뱅크네 집에 있지. 샬럿가의 대저택에 사는 부자라오. 입구에 아직도 있을 거요. 고래 이빨로 만든 모자걸이랑 말이오.」

「진짜 고래도 박제해 봤어요?」 섬녀가 물었다.

대머리 사내가 고개를 가로저었다. 그런 생각을 하다니 웃긴다는 듯한 표정을 하면서.

「고래는 박제가 안 돼요.」 그가 대꾸했다. 「크다는 걸 빼도, 부패 속도가 너무 빨라요. 아니 그리고, 제정신인 사람이 왜 피투성이 고래를 박제해 갖고 있겠소?」

섬녀가 고개를 끄덕였고, 다시 미소 지었다. 대머리 약사는 고래를 박제한다는 생각을 상기하며 실소를 내뱉는다.

「내가 꼬치고기는 많이 했지.」 대머리의 실없는 소리가 계속됐다. 「수달도 엄청 많이 했고. 한번은 어떤 사람이 오리너구리를 가져오기도 했어.」

「품목을 좀 바꾸면 어떨까요?」 섬녀가 화제를 돌렸다. 「청구서에서요. 압생트로 하자고요. 댁이 원한다면 감홍도 괜찮겠고.」

「감홍은 이미 목록에 있는데.」

「그럼 압생트로 바꾸죠.」

「아니지. 할 거면 담반[1]이 더 낫지.」 사내가 제안했다. 「의

1 황산 구리로 이루어진 광물. 반투명한 푸른색을 띠며, 약이나 염료 등으로 쓴다. 이하 모든 주는 옮긴이의 주이다.

사들이 그걸 많이 쓰니까.」

「그럼 담반으로 하고, 다른 걸 압생트로 고치자고요.」

약제사가 고개를 한 번 끄덕이고는, 머릿속으로 빠르게 주판알을 튕겼다.

「압생트 한 병에다가,」 그가 말했다. 「담반 3온스면 되겠구먼.」 대머리가 몸을 돌려, 서랍들을 열고, 또 선반의 플라스크들을 꺼냈다. 섬너가 카운터에 기대어 상대방의 일을 지켜본다. 무게를 달고, 체로 치고, 막자사발에 갈고, 병마개를 틀어막는 등의 작업을 말이다.

「직접 항해는 해보셨어요?」 섬너가 물었다. 「고래잡이 말입니다.」

약제사가 머리를 가로저었다. 하는 작업에서 시선을 떼지도 않은 채였다.

「그린란드 쪽 일은 위험해요.」 대머리가 말을 이었다. 「나라면 차라리 그냥 집에 머물겠소. 따뜻하고 뽀송뽀송한 집에 말이오. 그러면 싸움질에 휘말려 뒈질 위험이 없지.」

「꽤나 현명하시군요.」

「그냥 몸조심하는 것뿐이에요. 한두 번 봤어야 말이지.」

「행운의 사나이시군요.」 섬너가 이렇게 대꾸하면서, 그 더러운 약방을 다시 한번 쭉 둘러보았다. 「잃을 게 이렇게 많으시니 말입니다.」

대머리 사내는 놈이 과연 자신을 조롱하는 것인지 고개를 들어 흘낏 본다. 하지만 섬너의 그 말은 진심이었다.

「별것 없어요.」 그가 대꾸했다. 「다른 사람들이랑 비교하면요.」

「아닙니다. 이 정도가 어딥니까?」

약제사가 고개를 끄덕이고, 주문품을 노끈으로 묶어 탁자 너머로 건네줬다.

「볼런티어호는 경력도 오래됐고, 좋은 배예요.」 그가 말했다. 「빙원에서도 어디로 가야 할지를 아는 배지요.」

「브라운리는 어떤가요? 듣자 하니, 운수가 사납다던데.」

「백스터가 브라운리를 좋아합니다.」

「그렇군요.」 섬녀가 꾸러미를 챙겨 한쪽 겨드랑이에 쑤셔 넣고는, 영수증에 서명했다. 「백스터 씨는요?」

「부자죠.」 약제사가 대꾸했다. 「그리고 이 동네에서는 멍청해 가지고는 부자가 될 수 없어요.」

섬녀가 웃었다. 그러고는 짧은 묵례로 작별을 고했다.

「항해 잘하시오.」 약제사가 말했다.

비가 내렸고, 대기에 신선하고 온후한 기운이 감돌면서 말똥 냄새와 푸줏간 냄새를 그나마 잡아 줬다. 섬녀가 볼런티어로 냉큼 돌아가지 않고, 왼쪽으로 방향을 틀었다. 술집을 찾아간 것이다. 그가 럼을 한 잔 달라고 주문한다. 잔을 받아 든 섬녀가 지저분한 쪽방으로 들어갔다. 쇠 살대에 불기운이 있는 것도 아니었고, 인접한 마당도 볼품없었지만 말이다. 쪽방에는 아무도 없었다. 섬녀가 약방에서 받은 꾸러미를 끄르고는, 병 하나를 꺼내 내용물의 절반을 럼 잔에 투입했다. 까만 럼이 더 까매졌다. 섬녀가 그것을 들이켜고,

눈을 감은 채로 벌컥 삼켰다.

아마도 그는 해방감을 느꼈을 것이다. 섬녀는 자리에 그대로 앉아, 약효가 발휘되기를 기다렸다. 어쩌면 이게 그의 현재 상황을 이해할 수 있는 최선의 방도일 것이다. 사실 섬녀는 사면초가였다. 배신, 굴욕, 가난, 불명예. 양친 모두가 티푸스로 사망한 것도 빼놓을 수 없었다. 윌리엄 하퍼가 음주로 죽었다. 수많은 노력이 방향을 잘못 잡았거나, 도중에 포기되었다. 기회와 운이 여러 번 날아갔고, 계획은 세워도 세워도 흐트러져 엉망이 되고 말았다. 하지만 그 모든 악운과 불행에도 불구하고 적어도 그는 아직 살아 있었다. 최악의 사태가 벌어졌지만 — 아니면 아직 최악의 사태는 일어나지 않은 것일까? — 섬녀는 아직 멀쩡했다. 여전히 따뜻한 체온을 유지했고, 여전히 숨을 쉬고 있었다. 그는 지금 아무것도 아니었다. 인정해야 한다. (요크셔에서 출항하는 포경선의 선박의라고? 죽도록 일한다고 어떤 보상을 기대할 수 있을까?) 하지만, 관점을 달리해 보면, 아무것도 아니라는 것은, 또, 뭐든 될 수 있다는 의미였다. 그렇지 않을까? 패배가 아니라 자유? 해방? 섬녀는 요즘 들어 두려움과 공포를 느꼈다. 끊임없는 불확실성에 대한 이 느낌, 그것은 속박이 없는 지금 상태의 증후임이 틀림없다고 그는 확신했다.

섬녀는 선박의로 일하겠다고 결심하고서 일순 크게 안도했다. 냅다 내린 그 결정은 명료했고, 지각이 있었다. 게다가 그는 그 즉시로 새로운 감각과 느낌을 즐기게까지 됐다.

공허한 자유가 그를 휘몰아쳤고, 분명 그는 이를 즐겼다. 사실 그것은 부랑자나 짐승의 자유였다. 현재 상황에서 그가 자유롭다면, 그의 앞에 있는 목제 테이블도 자유로울 터였다. 목구멍으로 액체를 흘려보내고 남은 빈 술잔 역시 마찬가지일 테고. 도대체가 〈자유〉란 어떤 의미일까? 이런 말들은 근거가 약하고 아슬아슬하다. 하여 조금만 압박을 받아도, 쉽게 바수어지고, 찢겨 버린다. 그는 정말 중요한 것은 행위뿐이라고 아주 잠깐 생각했다. 중요한 것은 사건뿐이라고 말이다. 나머지는 죄다 안개이자 연기였다. 섬녀가 술을 한 잔 더 마시고 입술을 핥았다. 생각을 많이 하면 안 된다고, 그가 상기했다. 그래, 그건 심각한 실수라고. 삶은 골똘히 생각한다고 해서 답을 찾을 수 있는 성질의 대상이 아니었다. 인생은 주저리주저리 떠든다고 굴복시킬 수 있는 게 아니었다. 인생은 살아 내는 것이었고, 살아남는 것이었다. 어떤 식으로든 말이다.

섬녀가 회반죽을 바른 벽에 머리를 기대고, 맞은편 출입구 쪽을 멍하니 바라보았다. 저 너머 카운터 뒤로 주인이 보인다. 백랍 그릇의 쨍그랑 소리, 바닥 문이 덜커덕 하며 닫히는 소리가 들린다. 가슴 안쪽이 부풀어 오르는 게 느껴진다. 또 한 차례의 뜨듯하고 벅찬 팽대감이 또렷하고 편안했다. 섬녀가 생각하기에 그 주인공은 마음이 아니라 몸이었다. 중요한 것은 혈액이고, 화학이다. 2~3분 더 있자, 스스로와 주변 세상이 훨씬 낫게 느껴졌다. 그는 브라운리 선장이 괜찮은 사람이고, 백스터 역시 나름 좋은 사람이라고 생각한다. 둘 다 본분을 아는 사내들일 게야. 그들은 행위와 결과, 포획과 보상, 원인과 결과라는 간단명료한 기하학을 믿는 사람들이야. 그들이 나쁜 놈들이라고 누가 말하나? 섬녀가 빈 술잔을 내려다보고는, 한 잔 더 주문할지를 궁리했다. 자리에서 일어나는 건 문제가 아니라고 생각되었지만, 말하는 건 어떡하지? 혀가 굳어서 외국어가 나올 것 같았다. 뭐라도 입 밖에 내려고 했다가는 무슨 말이 튀어나올지 도무지 자신이 없었다. 도대체가 뭔 말이야? 뭔 개소리야? 주인장이 섬녀의 딜레마를 감지하기라도 한 듯, 쪽방 쪽을 흘깃 보자, 섬녀가 옳거니 하면서 빈 술잔을 흔들었다.

「갑니다.」 주인장이 대꾸했다.

섬녀가 미소를 지었다. 이 단출한 의사소통이 우아했다는 의미였다. 필요가 감지되었고, 욕구가 만족스럽게 채워졌다. 주인이 반병들이 럼을 들고 쪽방으로 들어와, 섬녀의 잔을 가득 채워 줬다. 섬녀가 고개를 숙이며 고맙다는 의사 표시를 했다. 만사가 무탈한 상황.

밖이 이미 어두워진 상태였다. 비도 그쳐 있었다. 희미한 가스등으로 마당이 노랗게 빛났다. 옆방에서 여자들이 왁자하게 웃고 떠드는 소리가 났다. 내가 여기 얼마나 있었던 걸까? 별안간 섬녀에게 인 궁금증이었다. 한 시간? 두 시간? 그가 술잔의 술을 마저 비웠고, 약 꾸러미를 다시 주섬주섬 싸서 자리에서 일어났다. 처음 들어왔을 때보다 방이 훨씬 작아 보였다. 난로에는 여전히 불기가 없었지만, 누군가가 문 옆 등받이 없는 의자에 기름등을 두고 간 모양이었다. 섬너가 조심스레 옆방으로 걸어간 후, 잠시 둘러보고서 여자들에게 모자로 인사하고서는, 다시금 길을 나섰다.

밤하늘은 별들로 가득 차 있었다. 황도 십이궁이 웅장했고, 그 사이로 이름 모를 별들이 빽빽하게 천구에 박혀 반짝반짝 빛나고 있었다. 위로는 별 총총 하늘, 안으로는 도덕과 규범. 그렇게 길을 걷는데, 벨파스트의 해부실이 떠올랐다. 불경한 말을 일삼으며 성격까지 더러웠던 슬래터리가 희희낙락하며 시체를 써는 걸 지켜봤었지. 「제군, 이 친구에게 불멸의 영혼이 있다는 조짐을 전혀 찾을 수 없군요.」 마술사가 깃발을 꺼내는 것처럼, 그는 창자를 잡아 빼며 이런 농담을 했더랬다. 「정교한 추론 능력은 말할 것도 없겠고, 하지만 그래도 계속 살펴봅시다.」 섬너가 절단된 뇌 박편이 담긴 병들을 떠올렸다. 포가 뜨인 뇌 박편들이 용액 속에 속수무책으로 떠 있는 광경은 마치 콜리플라워 피클 같았다. 그 스펀지 같은 반구들에서 감정이나 욕망은 전혀 기대할 수 없었다. 살덩이는 있어 봐야 주체할 수 없는 고기일 뿐이라고, 섬너는 생각한다. 어떻게 뼈에서 영혼이 비롯할까? 아무래도 상관없다. 이 거리는 그 모든 것에도 불구하고 사랑스러우니까. 비를 맞은 벽돌들이 달빛을 받아 발그레하게 반짝였다. 가죽 부츠의 뒤꿈치가 포석에 부딪혀 나는 딸깍임이 메아리로 울려 퍼졌다. 어떤 사내의 등짝을 덮고 있는 모직 옷감, 한 여인의 엉덩이를 싸고 있는 플란넬 소재의 곡선과 신축성이라니! 갈매기들이 선회하면서 울어 댔다. 삐걱거리는 수레, 왁자한 웃음, 욕설과 악담, 이 모든 것은 천연 그대로의 밤의 화성(和聲)이었고, 하나로 합쳐져 원초적 교향곡이 되었다. 아편을 하면 이게 가장 좋았다. 냄새, 소리, 환영. 이것들은 비록 잠깐일지라도 아름답고, 강렬했고, 떠들썩했다. 평범한 세상에는 없는 느닷없는 각성이 도처에 존재했다. 그 와락 하는 느낌과 활력이라니!

섬녀가 광장과 골목길을 헤맸다. 부자들의 집과 헛간도 여럿 지나쳤다. 사실 어디가 북쪽이고, 또 어디로 가야 부두가 나오는지도 그는 알지 못했다. 그래도 어떻게든 결국에는 자신이 배로 돌아갈 것임을 섬녀는 알았다. 그는 이런 즈음에는 생각을 멈추고 자신의 본능을 믿고 따라야 함을 깨우쳐 알고 있었다. 예컨대, 하필 왜 헐[2]인가? 왜 망할 고래잡이인가? 말이 되지 않았고, 알 수 없었다. 하지만, 바로 그것이 위대한 천재였다. 비논리와 불합리, 모순. 그것은 백치 같은 저능아 짓이었다. 섬녀는 꾀를 부려도 소득이 없다고 생각했다. 빈틈없는 영리함? 그것은 어리석음의 다른 이름일 뿐이었다. 찬란한 어리석음이 세상을 물려받을 터였다. 공공 광장에 들어선 섬녀가 누더기를 걸친 거지와 마주쳤다. 휘파람으로 「낸시 도슨」을 불면서 어두운 포도(鋪道)를 두 손으로 힘겹게 짚고 나아가는데, 그도 그럴 것이 다리가 없는 거지였다. 두 사람이 멈춰 서서 말길을 튼다.

2 Hull. 영국 동부의 항구 도시. 포경을 포함한 원양어업이 발달했으며 정식 이름은 킹스턴어폰헐Kingston upon Hull이다.

「어디로 가야 퀸스 부두지요?」 섬녀가 묻자, 다리 없는 거지가 새까만 주먹으로 맞은편을 가리켰다.

「저기로 가시오.」 그가 대꾸에 이어, 물었다. 「어떤 배를 타쇼?」

「볼런티어호입니다.」

거지는 얼굴이 마맛자국투성이에, 사타구니 바로 아래에서 몸뚱이가 몽당연필처럼 잘려져 있었다. 고개를 가로젓는 그에게서 쎅쎅이는 키득거림이 들려왔다.

「브라운리랑 배를 탄다고? 신세 조졌구먼. 빼도 박도 못하지.」

섬녀가 잠시 그 말에 대해 생각해 보다가, 이어서 고개를 가로저었다.

「브라운리가 왜요?」 섬녀가 물었다.

「당신이 신세를 조지고 싶으면, 그가 빼도 박도 못하게 해줄 거라고.」 거지의 대답이 이어졌다. 「쪽박을 차고 싶거나, 다시는 집 구경을 하고 싶지 않으면, 그가 그렇게 해줄 거야. 그 모든 걸 다 해낼 능력자니까. 퍼시벌호 얘기는 못들었나? 그 망할 놈의 퍼시벌호 소문을, 자네가 들었어야만 하는데.」

거지는 큼직한 태머샌터[3]를 쓰고 있었다. 그래 봤자 때가 타서 더럽고, 모양 역시 망가졌을 뿐이지만. 더 근사했을 옛날 모자의 자투리를 이것저것 그러모아 기워 붙인 게 틀

3 *tam-o'-shanter.* 스코틀랜드에서 농부들이 주로 쓰는 베레모. 18세기 시인 로버트 번스의 시에 나오는 주인공 탬 오섄터에서 유래한 이름이다.

림없었다.

「전 인도에서 온 몸입니다.」 섬녀가 말했다.

「여기 사는 아무나 잡고 퍼시벌에 대해 물어봐.」 거지의 말이 이어진다. 「퍼시벌이란 말만 꺼내도, 어떤 반응이 돌아오는지, 보라고.」

「얘기 좀 해줘 봐요.」 섬녀가 채근했다.

거지가 이야기를 시작하기 전에 잠시 뜸을 들였다. 섬녀의 천진난만함이 참 재미있는 걸작임을 더 잘 감지하기 위한 휴지였던 것이다.

거지가 입을 열었다. 「빙산에 부딪혀 산산조각 나버렸어. 지금으로부터 3년 전이지. 퍼시벌의 선창이 그때 고래기름으로 가득했는데, 단 한 통도 건지지 못했다네. 조금도 말이야. 여덟 명이 익사했고, 추가로 열 명이 추위로 비명횡사했다지. 살아남은 사람 중에 한 푼이라도 건진 사람도 한 명 없었고 말이야.」

「불행한 사건이었군요. 누구라도 그런 일을 겪을 수 있죠.」

「하지만 다른 누구도 아니고 브라운리한테 일어난 일이지. 그런 식으로 망할 불운을 겪은 선장은 대개의 경우 배를 타지 못해. 경력을 종 치는 거지.」

「백스터가 브라운리를 신뢰하나 보죠.」

「백스터 놈은 본심을 알 수가 없어. 내가 백스터에 대해 해주고 싶은 말은 이게 다야. 제 마음을 숨기기 때문에 깊은 바다 같다고 할 수 있지.」

섬녀가 어깨를 으쓱하고는, 고개를 쳐들어 달을 보았다.

「다리는 왜 그래요?」 그가 물었다.

거지가 아래를 내려다보고는 눈살을 찌푸렸다. 내내 있던 게 없어져서 깜짝 놀라기라도 한 듯.

「그거라면 브라운리 선장한테 물어보쇼.」 그가 말을 이었다. 「오트 케이퍼가 당신을 보냈다고 해봐요. 어느 날 저녁에 둘이서 함께 내 다리를 세어 봤더니 두어 개쯤 없는 것 같았다고 말이오. 그러고는 그 작자가 뭐라고 하는지 한번 들어보쇼.」

「내가 선장님한테 왜 그런 걸 물어봐야 합니까?」

「왜냐, 나 같은 사람이 진실을 말해 줘도, 안 믿을 테니까. 말해 줘도, 뻥으로 여길 테니까. 하지만 그 엿 같은 진실을 브라운리는 알고 있지. 퍼시벌에서 무슨 일이 일어났는지 물어봐. 오트 케이퍼가 진심으로 안부를 전하더라고 선장에게 말해 줘. 그놈 속이 과연 뒤집어지는지 살펴보라고.」

섬너가 주머니에서 동전을 꺼내, 거지가 쭉 뻗은 손에 떨궈 줬다.

「내 이름은 오트 케이퍼야.」 거지가 섬너 뒤에다가 대고 소리쳤다. 「내 다리가 어떻게 된 건지 브라운리에게 꼭 물어봐야 해.」

퀸스 부두 냄새가 났다. 그 시큼하고 진부한 악취는 상하려는 고기 같았다. 창고들 사이로, 나무판자 야적장 사이로 포경선과 외돛 범선의 검은 윤곽이 보였다. 자정이 넘었고 거리가 한결 조용했다. 부둣가 술집들인 페니 뱅크, 또 시먼스 몰리의 술꾼들 소리까지 뭐랄까, 묵음 처리된 듯했다. 가끔 손님이 없는 빈 마차가 지나갔고, 쓰레기 수거 차만이 툴툴대는 정도였다. 별들이 선회했고, 달은 한껏 부풀었지만 납빛의 층진 구름이 절반을 가렸다. 섬녀의 눈에 볼런티어가 들어왔다. 중간부가 폭이 넓고, 삭구가 어둡고 두툼한 볼런티어호가 약간 더 부두 아래로 내려앉아 있었다. 갑판을 왔다 갔다 하는 사람은 한 명도 없었다. 적어도 섬녀의 눈에는 말이다. 그렇다면, 선적이 완료된 것이었다. 이제 그들은 만조를 기다리고 있었다. 증기 예인선이 볼런티어를 험버강으로 끌고 나가야 했다.

섬녀의 마음이 북쪽의 빙원으로 달음질쳤다. 출항하면 그도 틀림없이 위대한 경이를 볼 수 있을 터였다. 일각수, 바다표범, 바다코끼리, 앨버트로스, 북극 바다제비, 북극곰. 섬녀가 엄청난 크기의 참고래들이 잠잠한 빙상 아래에서 납빛 먹구름처럼 떼 지어 유영하는 모습을 상상했다. 그는 목탄도 준비됐겠다, 이 모든 걸 스케치하기로 했다. 수채 물감으로 풍경화를 그리고, 가능하다면 일지도 작성해야지. 왜 아니겠어? 섬녀는 시간이 많을 터였다. 브라운리가 이 점을 명토 박아 줬다. 섬녀는 폭넓게 책을 읽을 요량이었고 (모서리가 잔뜩 접힌 호메로스도 가져왔다) 까짓것, 안 써서 다 잊은 그리스어도 연습해야지. 씨발, 못 할 게 뭐야? 섬녀에게 다른 할 일은 거의 없을 것이었다. 물론, 가끔 설사약을 나눠 주고, 또 사망 진단도 하기는 해야 할 터였다. 하지만, 그런 걸 제외하면, 포경 항행은 일종의 휴가였다.

백스터도 비슷한 언질을 했다. 포경선에 선박의를 배치하는 사항이 법률에 따른 의무였던 것이다. 백스터는, 요컨대 할 일이 좆도 아무것도 없다고 말했다. 물론 그렇기 때문에 봉급이 짜다는 말이 보태졌다. 뭐, 상관없다고 섬너는 생각했다. 그는 책을 읽고 글을 쓸 터였다. 잠도 푹 자고 말이다. 섬너는 선장이 호출하면 가서 대화 상대도 되어 줘야 했다. 볼런티어호 승선 여행은 대체로 보아, 안락할 터였다. 어쩌면 다소 지루한 시간이 될 수도 있었다. 광란의 인도 전선에서, 더위와 추잡함, 잔혹한 만행, 지독한 악취에서 빠져나온 섬너. 그에게는 바로 이런 여행이 필요했다. 그린란드에서 고래를 잡는 일이 어떻든 간에, 설마, 인도와는 전혀 다르리라는 것이, 섬너의 판단이었다.

3

「곧 바람이 불 거고.」 백스터가 말했다. 「장담하는데, 러 윅까지는 금방 갈 거야.」

브라운리가 뱃고물의 조타실에 몸을 기대고 있다. 그가 난간으로 이동해 험버강의 탁한 갈색 강물에다가 침을 뱉 는다. 큼직한 녹색 덩어리인 걸로 봐 담이 틀림없다. 북쪽 과 남쪽 모두로 해안선이 황량하고 강어귀와 하늘이 용접 돼 적갈색으로 녹슬어 가고 있는 듯했다. 증기 예인선이 심 드렁하게 툴툴거리며 앞장섰고, 갈매기들이 하늘에서 깡충 거리며 나는데, 항적으로는 포말이 일렁였다.

「러윅에 어떤 놈들이 대기 중인지 정말 궁금하군요.」 브 라운리가 말했다.

백스터가 가만히 미소를 지었다.

「다 훌륭하지.」 그가 대꾸했다. 「모두 진짜배기 셰틀랜드 애들이라고. 열심히 하고, 말 잘 듣고, 간절한 놈들로 골라 놨어.」

「북쪽 바다에 가면 배를 가득 채우겠습니다.」 브라운리가 말했다.

「뭐로?」

「고래기름이요.」

백스터가 고개를 가로저었다.

「아서, 꼭 내게 능력을 입증하려고 할 것까지는 없어. 난 자네 실력을 아니까.」

「예, 저는 고래잡이죠.」

「사실, 최고지. 우리 문제는 아서 자네가 아니야. 나도 아니고. 그놈의 사태 추이가 문제지. 30년 전에는 얼간이라도 배와 작살만 있으면 부자가 될 수 있었어. 알지 않나? 1828년의 오로라호 기억 안 나? 6월에 돌아왔지. 씨발 6월. 고래수염을 뱃전에 내 키 높이까지 부렸었지. 그때가 편했다는 얘기가 아냐. 그렇지, 결코 편하지 않았어. 하지만 그래도 할 만은 했지. 지금은 어떤가? 2백 마력 증기선, 작살 총, 게다가 운까지 존나 따라야 해. 그렇게 하는데도, 빈털터리로 돌아올 공산이 크지.」

「화물칸을 가득 채우겠습니다.」 잠잠한 가운데서도 브라운리의 결의가 확고했다. 「이 자식들 존나 갈구면 돼요. 그러면 자동이죠.」

백스터가 브라운리한테로 다가선다. 백스터의 복장이 뱃사람이 아니라 마치 법률가 같았다. 검정색 송아지 가죽 부츠, 난징 무명으로 만든 조끼, 보라색 네커치프, 짙은 남색 소모사로 짠 코트. 그의 머리칼은 회색으로, 성겼고, 뺨은 벌겋게 혈관이 보였으며, 두 눈이 냉랭했다. 그는 여러 해

동안 죽을병을 앓은 것처럼 보였지만, 단 하루도 집무를 보지 않은 날이 없었다. 이 남자가 허옇게 칠한 돌무덤 같지만, 결코, 말을 멈추는 법은 없을 것이라는 게 브라운리의 생각이었다. 거짓말, 허풍, 헛소리, 도대체가 끝나지 않는, 도저히 멈춰 세울 수 없는 장황한 말들! 백스터는, 빌어먹을 땅속에 묻힐 때까지도 말을 멈추지 않을 터였다.

백스터가 말을 잇는다. 「우리가 다 죽었어. 정말 대단했지. 이문도 많이 남았고. 한 25년은, 씨발, 괜찮았는데. 그런데, 세상이 변해 버렸어. 역사의 새로운 장이 열렸다고. 그렇지. 끝이 아니라, 더 좋은 게 시작된 거라고. 게다가 이제는 고래기름을 원하는 사람도 더는 없어. 바야흐로 석유의 시대. 석탄 가스 알지?」

「석유는 오래 못 가요.」 브라운리가 대꾸했다. 「유행일 뿐입니다. 고래는 멀리 나가면 아직도 많아요. 촉이 좋은 선장과 시키는 대로 하는 선원이면 충분합니다.」

백스터가 고개를 가로젓더니, 음흉하게 몸을 기울인다. 브라운리는 포마드, 겨자, 봉랍, 정향 냄새를 맡는다.

「아서, 일을 개판으로 만들어서는 안 돼. 우리가 뭘 하는지 잊지 말라고. 이건 자존심 문제가 아냐. 자네나, 나나 모두 말일세. 그 망할 놈의 고래가 중요한 게 아니라고.」

브라운리가 대답 대신 고개를 돌려 버렸다. 단조롭고 음울한 링컨셔의 해안이 눈에 들어왔다. 자기가 육지를 한 번도 좋아했던 적이 없음이 떠올랐다. 확고하고도 자명한, 그자체로 너무나 분명한 사실.

「펌프는 누가 점검하지?」백스터가 물었다.

「드랙스요.」브라운리가 대꾸했다.

「괜찮은 놈이지. 작살수도 챙겨 줬고, 섭섭지 않으리라고 생각하네. 세 놈 다 최고야. 드랙스, 고래 존스, 거시기 그 이름이 뭐더라, 오토. 이렇게 셋인데, 어떤 선장이든 당연히 좋아할 놈들이지.」

「잘들 할 겁니다.」브라운리도 인정한다.「그 세 놈이면 무난하죠. 하지만, 캐번디시가 문제입니다.」

「캐번디시는 필수지, 아서. 적당한 놈이라고. 캐번디시 얘기는 이미 여러 번 하지 않았나?」

「선원들이 투덜거립니다.」

「뭐, 캐번디시를?」

브라운리가 고개를 끄덕였다.

「놈을 일등 항해사 시킨 게 잘못이에요. 그놈이 보지 년인 걸 다 안다고요.」

「캐번디시가 매춘부라면 환장하는 쓰레기인 건, 사실이야. 하지만 그래도 시키는 건 뭐든 다 해내잖아. 북쪽 바다로 출항하는 거면, 그렇게 결단력 있는 개새끼가 필요해. 뭐 그래도, 이등 항해사가 있으니까. 마스터 블랙이 있으니, 일이 꼬여도 어떻게든 잘되겠지. 대가리는 좋은 것 같더군.」

「그런데, 그 아일랜드 의사는 어디에다 쓰게요?」

「섬녀?」백스터가 어깨를 으쓱하고는, 싱긋 웃었다.「내가 왜 그놈을 데려왔겠어? 한 달에 2파운드, 그리고 톤당 1실링. 대충 그 정도 액수. 뭔가 냄새가 나, 틀림없어. 그래도,

우리가 걱정할 필요는 없을 거야. 놈이 우리랑 마찰을 원하지는 않을 거야. 그건 틀림없지.」

「삼촌 죽었다는 얘기는 믿어요?」

「아니, 전혀. 자넨 믿나?」

「군대에서 쫓겨난 걸까요?」

「그게 가능성이 가장 높지. 하지만, 그래서 놈이 뭘 어쩌겠어? 설마 저기 있는 놈들이 자넬 쫓아내기라도 하겠어? 그런데 그놈, 브리지 게임을 하면서 속임수를 썼나? 나팔수라도 따먹은 거 아냐? 아무려면, 놈은 우리 밑에서 일하게 돼 있어.」

「그 자식, 델리 함락 작전에 있었대요. 니컬슨이 죽는 걸 봤답니다.」

백스터가 눈썹을 치켜뜨더니, 고개를 끄덕였다. 깊은 인상을 받은 눈치다.

「니컬슨이라면, 존나, 전쟁 영웅이잖아.」 백스터가 대꾸했다. 「니컬슨 같은 사람이 더 많아야 해. 말 안 듣는 새끼들 다 교수형에 처해 버리잖아. 여기저기 다니면서 사면이나 해주는 캐닝 같은 놈들은 쫓아내고 말이지. 그래야 제국이 더 안전해진다고.」

브라운리가 고개를 끄덕인 건 동의한다는 소리였다.

「듣자 하니, 니컬슨이 장검으로 세포이를 두 조각 내버렸답니다. 오이처럼, 단칼에, 깨끗이요.」

「오이처럼.」 백스터가 웃었다. 「볼만했겠네, 안 그래?」

우현으로 그림즈비가 눈에 들어왔다. 그들 전방으로, 스

편 포인트의 선명한 노란색 선이 다가왔다. 백스터가 회중
시계를 꺼내 살펴본다.

「상당히 빠르군.」 백스터가 말했다. 「조짐이 좋아.」

브라운리가 캐번디시에게 증기 예인선에 신호를 보내라
고 소리쳤다. 1분쯤 후 예인선이 속도를 늦췄고, 두 선박을
연결한 밧줄이 느즈러졌다. 선원들이 밧줄을 풀어 던지자,
브라운리가 주(主) 돛을 펴라고 지시했다. 남서풍이 상쾌했
고, 기압계도 한결같았다. 회색 구름이 동쪽 수평선에 모여
있었다. 브라운리가 미소 짓고 있는 백스터를 흘깃 보았다.

「내리기 전에 마지막으로 한마디만 더 당부하겠네.」 백
스터가 고개를 숙였다.

「그 망할 밧줄 좀 감아.」 브라운리가 캐번디시에게 고함
을 쳤다. 「상태 유지하고, 돛은 더 펴지 않는다.」

두 사내가 함께 승강구 계단을 내려가, 선장실로 들어섰다.

「브랜디 드려요?」 브라운리가 물었다.

「내 돈으로 산 거잖아.」 백스터가 대꾸했다. 「줘.」

두 사람이 테이블을 마주하고 앉아, 술을 마신다.

「서류를 가져왔네.」 백스터의 말이 계속된다. 「직접 보는
게 좋을 것 같군.」 그가 주머니에서 양피지 두 장을 꺼내, 탁
자 위에 펼쳤다. 브라운리가 잠시 양피지를 살펴본다. 「세
번으로 나눠서 1만 2천 파운드면, 큰돈이야, 아서.」 백스터
가 말을 이었다. 「가장 명심해야 할 게 이거야. 고래 잡아서
기대할 수 있는 금액은 아무것도 아니라고.」

브라운리가 고개를 끄덕였다.

「캠벨이 와야 하는 거잖아요.」 브라운리가 말을 잇는다. 「제가 할 수 있는 말은 이것뿐입니다. 필요한 때에 캠벨이 안 나타나면, 배를 돌려서 돌아오는 수밖에요.」

「올 거야.」 백스터가 대꾸했다. 「생긴 것처럼 멍청한 놈이 아니거든. 이 건이 잘 풀리면, 다음 순번이란 걸 아는 거지.」

브라운리가 고개를 가로저었다.

「결론은 그거군요.」 브라운리가 말한다.

「그래, 돈이지, 아서. 그게 다야. 돈은 제가 원하는 것을 하지. 우리가 뭘 바라는지는 신경 안 써. 이 길을 막고 새 길을 내버려. 돈은 통제가 안 돼. 뭘 해야 하는지, 또 다음에는 어디로 가야 할지, 시킬 수도 없지. 씨발, 그렇게 하고 싶지만, 할 수가 없단 말이야.」

「얼음이 충분하길 기도하는 수밖에요.」

백스터가 잔에 남은 술을 마저 들이켜고, 자리에서 일어섰다.

「얼음 천지잖아.」 백스터가 가볍게 웃었다. 「다 아는 사실이지. 그리고, 그걸 찾아내는 진짜 재주가 있는 사람이 딱 한 명 있다면, 그건 바로 자넬세.」

4

볼런티어가 1859년 4월 1일 러윅에 입항했다. 잿빛 하늘이 비를 뿌릴 것 같았고, 도시를 에워싼 나무가 없는 낮은 둔덕은 눅눅한 톱밥 색깔이었다. 피터헤드에서 온 두 선박 젬블라와 메리-앤이 이미 정박 중이었다. 던디에서 출항한 트루러브는 다음 날인 2일 도착 예정이었다. 선장 브라운리가 아침 식사를 마치자마자 지역 해운업자 새뮤얼 테이트를 만나러 시내로 갔다. 셰틀랜드 쪽 승무원들을 데려와야 했다. 섬너는 오전에 담배를 나눠 줬고, 토머스 앤더슨을 돌봤다. 갑판원인데, 협색증이 심했던 탓이다. 오후에는 침상에 누워서 호메로스를 읽다가 꾸벅꾸벅 졸았다. 섬너가 노크 소리에 잠에서 깼다. 캐번디시가 러윅에서 한잔하려는데, 사람을 모으고 있다고 설명했다.

캐번디시가 말한다. 「지금까지는 나랑, 드랙스, 그리고 블랙이 함께하기로 했어요. 사실, 드랙스는 술이 들어가면 개가 되죠. 블랙은 뻔뻔하기 이를 데 없어서, 진저비어나 우유만 마시겠다고 하고요. 하지만 어디 한번 보자고요. 아,

그리고, 고래 존스도 있습니다. 성질이 불같은 카디프 놈이죠. 존나 꼴통 새끼예요. 이 정도. 아주 만족스러운 저녁 시간이 될 겁니다. 장담.」

드랙스와 존스가 노를 저어 해안에 상륙했다. 캐번디시는 내내 주둥이를 나불거렸다. 직접 목격한 악랄한 칼싸움하며, 빠구리를 친 러윅의 추녀들 얘기가 끝없이 이어졌다.

「제기랄, 그 씨발 년 보지 냄새 때문에 저승 가는 줄 알았다고. 직접 안 맡아 봤으면 말을 하지 마.」

섬녀는 보트의 고물 쪽 블랙 옆에 앉아 있었다. 선실을 나서기 전에 그는 이미 아편환을 여덟 개나 먹은 상태였고 (평소의 복용량에 비추어 볼 때 많은 양이어서 지금 나서는 여행을 견딜 만했고, 그래도 다행인 건 섬녀가 완전히 맛이 간 바보처럼은 보이지 않았다는 것이다) 노의 날에 부딪히는 바닷물의 철썩임과 노걸이 안에서 삐걱거리는 노 소리가 흥겹기만 했다(섬녀는 즐거웠고, 캐번디시의 떠벌임은 안중에 없었다). 블랙이 러윅은 처음이냐고 물었고, 섬녀가 그렇다고 대꾸했다.

블랙이 섬녀에게 알려 준다. 「산간벽지, 외딴섬이죠. 이곳의 뭍은 척박하고, 셰틀랜드 애들은 진보나 발전에 관심이 없어요. 농부들인데, 내 생각에, 순 무식쟁이들이죠. 딴 건 기대하지도 마세요. 섬을 조금만 살펴봐도 내 말이 뭔 소린지 당장에 알 겁니다. 농장이고 건물이고 비참하기가 이를 데 없어요.」

「시내에 사는 인간들은 어때요? 고래잡이에서 뭐라도 좀 만지나요?」

「적어요. 대다수는 고래잡이 때문에 오히려 맛이 갔죠. 도시 전체가 추잡하기 이를 데 없습니다. 여느 항구 도시처럼 사악하지요. 생각보다 더 나쁘지도 않겠지만, 더 좋지도 않을 것임은 틀림없습니다.」

「그래서 존나 좋겠다, 이 새끼야.」 캐번디시의 반응은 고함에 가까웠다. 「술맛 좋고, 계집들이 촉촉하고 푹신하면 됐지, 씨발, 고래 잡으러 가면서, 그거면 되잖아. 그래도 얼마나 다행이야? 러윅이 그거 두 개만은 끝내 주잖아.」

「뭐, 그건 인정해요.」 블랙도 수긍을 했다. 「섬너 씨, 당신이 원하는 게 스코틀랜드 위스키와 싸구려 창녀라면, 제대로 왔어요.」

「가이드들이 이렇게 경험이 많으니, 나는 운이 좋네.」

「그렇지, 당신은 정말 운이 좋아.」 캐번디시가 말을 받았다. 「우리가 선생께 요령을 가르쳐 드리죠. 안 그래, 드랙스? 곧 러윅이 빠삭해질 겁니다. 그거라면 안심 붙들어 매세요.」

캐번디시가 활짝 웃었다. 모선을 출발한 이래로 한마디도 하지 않던 드랙스가 젓던 노에서 고개를 들고, 잠시 섬너를 째려보았다. 놈의 정체가 뭐며, 도대체가 어떤 쓸모가 있는지를 알아야겠다는 투였다.

드랙스가 입을 열었다. 「러윅에서는 가장 싼 위스키가 한 잔에 6펜스, 또, 제구실을 하는 창녀라면 1실링이오. 원하는 게 많고 복잡하면 2실링을 써야 할 수도. 그게 다요.」

「보시다시피, 드랙스는 말이 적어요.」캐번디시가 끼어들었다. 「하지만 나는 촉새지. 뭐 그래서, 우리가 멋진 팀이 되는 거고 말이야.」

「여기 존스 씨는요?」섬녀가 물었다.

「존스는 폰티풀 출신의 웨일스 사람이에요. 아 씨발, 그래서 말을 하나도 못 알아듣는다고.」

존스가 고개를 돌리고는, 캐번디시에게 좆이나 까라고 욕설을 날렸다.

「내 말 알겠죠?」캐번디시가 말한다. 「씨발 횡설수설, 알아들을 수가 있어야지.」

무리는 퀸스 호텔부터 시작했다. 다음 목적지는 커머셜, 에든버러 암스, 그리고 샬럿가의 미시즈 브라운스였다. 이제 드랙스와 캐번디시와 존스는 아가씨를 한 명씩 끼고 위층으로 올라갔다. 남은 건 섬녀와 블랙이었고(아편 팅크를 흡입한 섬녀는 발기가 안 됐고 임질 약을 먹고 있다고 둘러댔으며, 블랙의 경우는 약혼녀인 버사에게 신의와 충성을 약속했다며 정색했다) 두 사람은 아래층에서 흑맥주를 마셨다.

「뭐 좀 물어봐도 돼요, 섬녀?」블랙이 입을 열었다.

섬녀가 고개를 끄덕였다. 섬녀의 시선에서 흐리멍덩한 중독 상태가 느껴졌다. 블랙은 젊고 열의가 있지만, 섬녀가 보기에 또한, 상당히 건방졌다. 내놓고 무례하게 굴거나 다른 사람을 업신여기지는 않았지만, 자기 직책과 어울리지 않는 과한 자신감을 누구라도 느낄 수 있었다.

「그래요.」 섬녀가 대꾸했다. 「뭐든지.」

「여기서 뭘 합니까?」

「러워 말이오?」

「볼런티어에서요. 당신 같은 사람이 그린란드에서 고래를 잡는 배에 탑승해 도대체 뭘 한단 말입니까?」

「요전 날 저녁에 상급 선원실에서 내 상황을 설명한 것 같은데. 삼촌의 유언장하고, 낙농장 말입니다.」

「그건 그거고, 도시의 병원에 취직할 수도 있잖아요? 그게 아니어도, 잠깐 다른 일을 할 수도 있는 거고. 당신한테 도움이 되는 사람을 아는 게 중요해요. 고래잡이배에서 의사로 일하는 것은 쉽지 않습니다. 따분하고, 보수도 형편없지요. 대개는 돈이 필요한 의과 대학 학생들이 합니다. 당신 정도 나이와 경험의 진짜 의사는 아닌 게지요.」

섬녀가 콧구멍 밖으로 담배 연기를 두 줄기 내뿜으며, 눈을 깜박였다.

「내가 구제 불능의 괴짜거나, 꼴통 바보겠지요.」 그가 대꾸했다. 「어떻게 생각해요?」

블랙이 웃었다.

「둘 다 아닌 것 같은데요.」 블랙이 대꾸했다. 「호메로스를 읽는 거 봤습니다.」

섬녀가 어깨를 으쓱했다. 그는 잠자코 있을 태세였다. 요컨대, 물려받았다는 유산의 진실을 눈치챌 수 있는 얘기는 단 한마디도 하지 않겠다는 결심이 확고했다.

「백스터가 제안을 했습니다. 그래서 받은 거고요. 나로서는 제안 수락이 경솔했을 수도 있지만, 이왕 시작한 마당이니 새로운 경험을 즐기고 싶소. 일기도 쓰고, 그림도 그리고, 독서도 할 생각입니다.」

「항행이 당신 생각처럼 그렇게 느긋하지 않을 수도 있어요. 아시겠지만, 브라운리는 보여 줄 게 많단 말이지요. 퍼시벌 얘기는 당연히 들으셨겠고. 그런 일을 겪고도 또 배를 맡았으니 운이 좋지요. 이번에 망하면, 그는 끝장입니다. 물론 당신은 선박의예요. 하지만, 내 경험상, 의사들도 사냥하는 법을 배우죠. 당신도 그렇게 될 겁니다.」

「하고 싶은 말이 그거라면, 일은 안 두려워요. 내 몫은 할 수 있어요.」

「오, 그렇군요. 믿도록 하겠습니다.」

「당신 얘기도 해봐요. 볼런티어는 어떻게 하다 타게 됐습니까?」

「보다시피 난 젊어요. 가족은 다 죽었고, 친구도 없습니다. 성공하려면 위험을 감수해야 하죠. 브라운리는 무모하기로 유명합니다. 하지만 그가 성공한다면 내게도 많은 돈을 안겨 줄지 모릅니다. 망한다고 해도, 독박은 내가 쓰는 게 아니지요. 나한테는 여전히 시간이 있을 테고요.」

「젊은이치고는 상황 판단이 빠르십니다그려.」

「위층으로 올라간 머저리들처럼 인생을 종 치고 싶지는 않아요. 드랙스, 캐번디시, 존스. 으, 그자들은 생각이란 걸 이제 아예 안 합니다. 놈들은 자기들이 뭘 하는지, 왜 하는

지도 더 이상 알지 못해요. 내게는 계획이 있습니다. 5년 후
에는 내 배를 살 겁니다. 운이 좋으면 더 빠를 수도 있고요.」

「〈계획〉이 있으시다?」섬녀가 말을 받았다. 「계획을 세우
면, 계획대로 될 거라고 생각합니까?」

「오, 그럼요.」블랙이 이렇게 말하며 활짝 웃었다. 그 웃
음은 공손함과 안하무인 사이의 허공에서 떠돌았다. 「그럴
거예요.」

드랙스가 맨 먼저 내려왔다. 그가 블랙 옆 의자에 몸을
파묻으며 방귀를 뀌었다. 긴 소리와 더불어 고약한 냄새가
피어올랐다. 블랙과 섬녀가 드랙스를 바라보자, 그가 짐짓
못 본 체하며 여자 바텐더에게 손을 흔들어 술을 주문했다.

「1실링이나 줬는데, 아주 엉망진창인 년이 걸렸어.」드랙
스가 말했다.

바이올린 연주자 둘이 구석에서 음악을 연주하자, 여자
몇이 춤을 추기 시작했다. 쳄블라 갑판원 한 무리가 등장했
고, 블랙이 가서 그들과 이야기를 나눈다. 캐번디시가 바지
단추를 채우면서 내려오는데, 존스는 여전히 코빼기도 보
이지 않았다.

「블랙 저놈은 저기서 뭐 하는 거야? 저 좆만 한 새끼는 하
여튼 간에 폼은.」캐번디시가 말했다.

「자기한테 계획이 있다고 하던데요.」

「좆 같은 계획, 좆 까라고 그래.」드랙스가 말했다.

「자기 배?」캐번디시가 말을 받았다. 「하지만 잘 안 될

걸. 이곳 상황도 좆도 모르는 새끼가 뭐.」

「이곳 상황이 어떤데요?」섬녀가 물었다.

「별거 아니에요.」캐번디시가 대꾸했다. 「뭐 그냥, 평소랑
똑같죠.」

젬블라호 사람들이 창녀들과 춤을 췄다. 그들이 죄다 함
성을 지르고, 또 발로 마룻널을 구르자, 실내 공기에 톱밥과
토탄 가루가 그득히 피어올랐다. 먼지가 가득했지만, 그래
도 공기는 따뜻했다. 담배의 악취, 담뱃재, 김빠진 맥주하
며. 드랙스가 업신여기는 태도로 건너편에서 춤추는 사람
들을 보다가, 섬녀에게 위스키 한 잔 사 달라고 청한다. 「다
음에는 내가 사겠소.」섬녀가 됐다며 손사래를 쳤고, 술을
주문해 줬다.

「델리 얘기 다 들었어요.」캐번디시가 이렇게 말하며 섬
녀에게로 몸을 기울였다.

「뭘 들었는데요?」

「돈을 많이 벌 수 있다는 얘기를 들었지. 약탈이 엄청나
다면서요. 그래, 당신은 뭘 챙겼습니까?」

섬녀가 고개를 가로저었다.

「우리가 진입하기 전에 세포이들이 다 털어 가요. 깡그리
해치우는 거죠. 나중에 우리가 진입해 보면, 주인 없는 개들
과 박살 난 세간 정도만 남아 있습니다. 다 엉망으로 뒤집
어엎어져 있지요.」

「그럼 금도 없고, 보석도 없는 건가?」드랙스가 물었다.

「그렇게 한몫 챙겼으면, 내가 미쳤다고 여기서 당신들과

앉아 있겠습니까?」

드랙스가, 질문도 아닌 그 질문이 즉답을 하기에는 너무나 복잡한 양, 몇 초 동안 빤히 섬녀를 쳐다보았다.

「세상엔 부자들이 많지.」 드랙스가 종래에 입 밖으로 내뱉은 말이다.

「나는 아니올시다.」

「그래도, 사람 죽이는 건 봤겠죠?」 캐번디시가 말했다. 「극악무도하고 악랄한 폭력 말이에요.」

「전 의삽니다.」 섬녀가 말을 이었다. 「피 칠갑에는 전혀 감흥이 없어요.」

「〈감흥〉이 없다라.」 드랙스가 섬녀의 말을 똑같이 되풀이했다. 감흥이란 말 자체가 계집애스럽고, 조금쯤은 언어도단이라는 듯, 조심스럽게 조롱하는 어조였다.

「당신 마음에 안 든다면, 표현을 바꿔 보죠.」 섬녀가 재빨리 대꾸했다. 「피 칠갑 따위에는 놀라지 않아요. 더 이상은 말입니다.」

드랙스가 고개를 가로저으며, 캐번디시를 바라본다.

「나도 유혈이 낭자하다고 해서 놀라지는 않아. 당신은 놀라나, 캐번디시?」

「아니, 별로. 피는 걷거나 뛰다가도 나는 거잖아.」

드랙스가 잔을 마저 비우고, 존스를 데리러 위층으로 올라갔다. 허나 못 찾았는지, 그냥 내려오는 게 보였다. 드랙스가 무리의 테이블로 돌아오는 중에 젬블라 사람 한 명과 무슨 얘기를 주고받는다. 이윽고 드랙스가 자리에 앉았는

데, 그놈이 뒤에다가 대고 알 수 없는 말을 소리쳤지만, 드
랙스는 심드렁하게 무시했다.

「〈또〉 그러는 건 안 돼.」 캐번디시가 말했다.

드랙스가 어깨를 으쓱한다.

연주자들이 「모니머스크」를 연주하고 있었다. 섬녀의 눈
에 들어온 춤꾼들은 추접스럽고, 도대체가 어울리지 않는
조합이었다. 다 같이 빙빙 돌면서 발을 구르다니, 이게 뭐
하는 짓이란 말인가! 별안간 세포이 항쟁 며칠 전 피로즈푸
르에서 폴카를 췄던 일이 생각났다. 대령의 무도회장은 후
텁지근한 열기가 가득했고, 궐련과 쌀가루와 장미수와
땀이 뒤범벅되었던 것까지 말이다. 음악이 바뀌자, 매춘부
몇이 자리를 잡고 앉았다. 춤이 격렬했던지 무릎에 손을 짚
고 헐떡이는 광경도 연출됐다.

드랙스가 입술을 핥더니, 자리에서 일어나 방 저쪽으로
걸어갔다. 그는 테이블을 옆으로 옮기고는 아까 전에 언쟁
했던 사내 옆에 섰다. 드랙스가 잠시 뜸을 들이는가 싶더니,
몸을 앞으로 기울여, 맞은편 사내의 귀에다 대고 엄선한 욕
을 퍼부었다. 사내가 몸을 돌리자, 드랙스가 순식간에 그의
얼굴을 두 번 가격했다. 드랙스가 다시금 주먹을 뻗으려는
찰나, 다른 뱃사람들이 그를 뒤쪽으로 질질 끌고 가 다구리
를 치기 시작했다. 세 번째 가격은 어불성설이었다.

음악이 중단되었다. 비명과 욕설이 난무했고, 가구 박살
나는 소리와 유리 깨지는 소리가 요란했다. 캐번디시가 당
장에 증원군을 자처했지만, 즉시 얻어맞고는 바닥에 고꾸

라졌다. 결국 2대 6의 싸움판이 벌어졌다. 지켜보던 섬녀는 말려들 생각이 없었지만 ─ 그는 의사지 싸움질이나 하는 놈이 아니었다 ─ 그가 볼 때도 상황이 너무나 뻔했고, 자신의 의무와 책임을 외면할 수 없었다. 섬녀가 맥주잔을 내려놓고, 싸움판으로 나아갔다.

한 시간 후, 드랙스가 패잔병 부대를 싣고 노를 젓고 있었다. 볼런티어로 향하는 일행 중에 존스와 블랙은 없었다. 위스키 냄새를 풀풀 풍기는 드랙스는 손가락 관절 마디가 까져서 쓰라렸고, 음경이 얼얼했으며, 섬녀는 고물에서 몸을 웅크린 채 신음 소리를 냈고, 캐번디시는 그 옆에 누워서 소란스러울 정도로 코를 골았다. 하늘에는 달이 없었고, 주변 물은 잉크색이었다. 포경선의 등불과 해안에 점점이 박힌 불빛이 없었다면, 아무것도 보이지 않았을 것이다. 공허가 그들을 에워쌌을 것이다. 드랙스가 몸을 앞으로 숙였다가 다시금 뒤로 당겼다. 그는 물의 육중함, 이어서 놓여남을 느끼고 있었다.

일행이 볼런티어에 도착하자, 드랙스가 인사불성인 캐번디시를 깨웠다. 둘이 함께 섬녀를 들어 올려 갑판으로 옮긴 다음, 들쳐 메고 하급 선원실로 내려갔다. 섬녀의 선실 문이 잠겨 있었고, 두 사람은 조끼 주머니를 뒤져서 열쇠를 찾아야 했다. 그들은 섬녀를 침상에 눕혔고, 부츠를 벗겼다.

「이 불운한 친구야말로 의사가 필요한 것 같은데.」 캐번디시가 말한다.

드랙스가 들은 체도 안 한다. 섬녀의 주머니에 열쇠가 둘 있었고, 나머지 열쇠로 어떤 자물쇠를 열 수 있을지가 궁금한 탓이다. 그가 선실을 여기저기 살펴보았다. 이윽고 침대 밑 구급함 옆에 놓인 맹꽁이자물쇠 트렁크가 눈에 띄었다. 드랙스가 엎드려, 트렁크에 검지를 댔다.

「뭐 해?」 캐번디시가 물었다.

드랙스가 두 번째 열쇠를 보여 주자, 캐번디시가 콧방귀를 뀐 후 찢어진 입술에서 새로 흘러나온 피를 훔쳤다.

「뭐 있겠어?」 캐번디시가 말했다. 「뻔하지.」

드랙스가 트렁크를 꺼내, 나머지 열쇠로 맹꽁이자물쇠를 열었다. 그러고는 내용물을 살펴본다. 그가 캔버스 천 바지와 발라클라바 모자,[4] 싸구려 장정의 『일리아드』를 치우자, 얇팍한 마호가니 상자가 나타났고, 내쳐 상자를 열었다.

캐번디시가 휘파람을 불었다.

「맙소사.」 캐번디시가 말했다. 「아편 파이프잖아.」

드랙스가 아편 파이프를 집어서, 잠시 살펴보고, 통 부분을 벌름거리다가, 다시 내려놓는다.

「이게 아닌데.」 그가 말했다.

「뭐가 아니라는 거야?」

드랙스가 방수 장화, 수채화 물감 상자, 리넨 한 세트, 모직 속옷, 플란넬 셔츠 세 벌, 면도 용품을 꺼냈다. 바로 그때, 섬녀가 옆으로 돌아누우며, 신음 소리를 냈다. 두 사내가 하던 짓을 멈추고, 섬녀를 바라본다.

4 머리, 목, 얼굴을 거의 다 덮는 방한모자.

「바닥을 살펴봐.」 캐번디시가 말했다. 「바닥에다 뭘 숨겨 놨을지도 몰라.」

드랙스가 손을 뻗어, 여기저기를 더듬는다. 캐번디시가 하품을 하고는, 외투의 팔꿈치 부분에 묻은 겨자 얼룩을 긁었다.

「뭐 있어?」 캐번디시가 물었다.

드랙스는 말이 없다. 그가 다른 손을 트렁크 깊숙이 집어넣어, 뭔가를 꺼낸다. 더럽고 낡은 봉투다. 드랙스가 봉투에서 서류를 꺼내고, 캐번디시에게 읽어 달라며 건넸다.

「제대 명령서로군.」 캐번디시가 문서를 살펴보면서 내뱉은 말이다. 그리고 잠시 후, 「군법 회의에 회부되어서, 연금도 못 받고 쫓겨난 거잖아.」

「왜지?」

캐번디시가 고개를 가로저었다.

드랙스가 들고 있던 봉투를 흔들자, 뭔가가 달가닥거렸고, 그가 입구가 아래로 향하게 봉투를 뒤집었다. 반지가 하나 떨어졌다. 꽤 큰 보석 두 개가 박힌 금반지였다.

「납유리야.」 캐번디시가 말했다. 「틀림없어.」

모서리가 잘리긴 했지만 크게 보아 직사각형인 작은 거울이 황동 귀퉁이 보강 쇠로 칸막이벽에 붙어 있었다. 공교롭게도 그 위치가 섬녀의 머리 위쪽이었는데, 먼젓번 방 주인의 자만과 허영을 웅변하고 있었다. 드랙스가 반지를 한 번 핥아 침을 바른 후, 거울 표면에 대고 긁었다. 지켜보던 캐번디시가 몸을 굽혀 긁힌 선을 자세히 들여다본다. 노인네의 두피에서 뽑은 머리카락 한 올처럼 기다란 회색에 물결 모양이었다. 그가 검지에 침을 발라, 긁힌 상처의 깊이를 더 잘 보려고, 먼지를 제거했다. 캐번디시가 고개를 끄덕였다. 둘이 조심스럽게 서로를 응시했고, 그런 다음 섬녀를 내려다봤다. 코고는 소리가 육중한 것이 곤하게 자고 있는 게 분명했다.

「델리에서 인도 놈들을 약탈한 거야.」 캐번디시가 말했다. 「씨발 놈이 거짓말을 하네! 근데 왜 안 팔았을까?」

드랙스가 자신의 추론이 명백한 답이라도 되는 양 대꾸한다. 「갖고 있으면 안전이 담보된다고 생각해서일 거야.」

캐번디시가 웃는다. 그는 그런 멍청한 생각이 놀랍다는 듯, 고개를 가로젓는다.

「고래 잡는 일이 쉬운 줄 알아?」 캐번디시가 말했다. 「우리 중에도 운수 사나운 놈 몇은 살아서 집에 못 간다고. 이건 엄연한 사실이야.」

드랙스가 맞다며 고개를 끄덕이고, 캐번디시가 말을 이었다. 「그건 그렇고, 탑승한 선원이 죽으면, 일등 항해사가 뭐 하나? 미망인을 위해, 죽은 놈 대신 소지품을 경매로 처분해야 해. 이건 약속으로 정해진 거지. 내 말이 틀려?」

드랙스가 고개를 가로저었다.

「맞아.」 그가 대꾸했다. 「하지만 아직은 아니지. 러윅에서는 말이야.」

「씨발, 아직은 아니네. 그래, 아직은 아니야.」

드랙스가 반지와 제대 명령서를 다시 봉투 안에 집어넣

었다. 그러고는 봉투 역시, 트렁크 맨 밑바닥에 쑤셔 넣고, 나머지 내용물도 그 위에 예전처럼 원위치했다. 그가 맹꽁이자물쇠를 잠그자, 찰칵 하는 소리가 났다. 드랙스가 트렁크를 다시 침상 밑으로 밀어 넣었다.

「열쇠 잊지 마.」 캐번디시가 드랙스에게 주의를 줬다.

드랙스가 섬녀의 조끼 주머니에 열쇠를 넣었고, 두 사내가 섬녀의 선실을 빠져나왔다. 둘은 곧 헤어졌다. 다음은 각자의 방으로 돌아가기 전 둘이 짧게 나눈 대화.

「브라운리가 알까?」 캐번디시의 말.

드랙스가 고개를 가로저었다.

「우리 빼고는 아무도 모르지.」 드랙스가 대꾸했다. 「너하고 나뿐이야.」

5

볼런티어가 러윅에서 출항해 북쪽으로 향했다. 안개와
진눈깨비, 삭풍이 여러 날 계속되었다. 조금치도 약해지거
나 나아질 기미가 안 보였다. 바다와 하늘이 한데 뭉개져
섞였고, 축축하게 휘저은 흐릿한 회색의 직물로 변해, 도저
히 뚫고 나갈 수 없을 듯했다. 섬녀는 자기 선실에서 계속
토했다. 읽거나 쓸 수 없었음은 당연지사. 그는 도대체 자
기가 스스로에게 뭔 일을 한 것인지, 바보 같은 결정이었다
고 자책했다. 동쪽에서 불어온 사나운 바람이 두 번 볼런티
어를 난타했다. 파도가 격렬했고, 작은 언덕들로 바뀐 바다
가 철석 같았다. 볼런티어가 푹 하고 고꾸라지는가 싶다가
높이 솟구쳤고, 삭구들이 꽥, 삑, 끼익, 쌩 하는 소리를 연달
아서 냈다. 열한 번째 날, 드디어 날씨가 잠잠해졌고, 선원
들은 마침내 해빙과 조우했다. 아직 얄팍했고, 덩어리들이
붙어 있지는 않았다. 각각의 직경이 수 야드 정도 되는 해빙
은 온건한 너울 위에서 솟거나 가라앉았다. 차가운 공기가
신선하게 느껴졌다. 하늘이 개었고, 멀리 얀마옌섬의 하얀

화산 꼭대기가 보였다. 선원들이 침구 가방을 갑판으로 옮겼고, 화약, 뇌관, 라이플이 지급되었다. 그들이 탄환 성형을 개시했고, 칼을 갈았다. 바다표범 사냥을 준비하는 것이었다. 이틀 후 처음으로 이렇다 할 바다표범 무리가 나타났다. 다음 날 동틀 무렵 볼런티어에서 보트가 내려졌다.

얼음 위에서 드랙스는 혼자 움직였다. 이 무리, 저 무리 왔다 갔다 하면서 총을 쏘고 때려잡는 본새가 끈질기고 가차 없었다. 새끼 바다표범들이 비명을 지르며 뒤뚱뒤뚱 벗어나려 했지만 놈들은 너무 느리고 멍청했다. 드랙스가 큰 놈들에게 총알을 박아 넣었다. 목숨을 끊은 그가 사체를 뒤집어, 뒤쪽 지느러미 발을 도려내고는, 목부터 생식기까지 절개했다. 고기와 지방층 사이로 칼이 들어가자, 외피가 분리되었다. 그렇게 작업을 마친 드랙스가 견인용 줄에 분리 절단한 가죽을 끼우고, 피범벅의 고깃덩이 사체는 버리고 떠났다. 출산 후 남은 태를 보듯, 섬뜩한 광경이었다. 하얀 설원에서 선연한 피가 또렷한 대비를 이루었고, 그렇게 버려진 사체는 갈매기가 쪼아 먹거나 능소니가 먹어 치웠다. 이런 사냥이 몇 시간째 계속되자, 얼음판에 피가 잔뜩 튀었고, 푸주한의 앞치마처럼 추잡하고 더러운 광경이 펼쳐졌다. 보트 다섯 척 모두에 바다표범 가죽이 그득 쌓여 악취가 진동했다. 브라운리가 선원들에게 귀환하라고 신호를 보냈다. 드랙스가 마지막까지 짐을 싣고는, 기지개를 켰다. 이윽고 그가 뱃전에 몸을 기울이더니, 가죽을 벗기던 칼과 곤봉을 소금물에 담갔다. 덕지덕지 붙은 피와 뇌수를 씻어

내는 방편이었다.

윈치가 보트를 끌어 올렸고, 짐도 하역됐다. 브라운리가 바다표범 가죽의 수효를 헤아렸고, 그 값어치를 계산했다. 가죽 4백 장이면, 기름이 9톤이라는 계산이 나온다. 운이 좋으면 시장에서 톤당 40파운드를 벌 수 있다. 볼런티어는 시작이 좋았다. 하지만, 계속 밀어붙여야 했다. 바다표범 무리가 흩어지기 시작한 데다가, 다른 고래잡이배들도 있다. 네덜란드, 노르웨이, 스코틀랜드, 잉글랜드 선박들이 부빙(浮氷) 가장자리로 넓게 간격을 두고 포진했다. 이들이 전부 똑같은 공훈을 나눠 먹겠다고 아비규환의 경합을 벌이고 있었다. 해가 지기 전에 망대에 올라야 했다. 망원경 관측을 바탕으로, 브라운리가 내일의 사냥 일정을 수행할 적소를 정했다. 올해는 유난히 바다표범이 많았고, 부빙 역시 곳곳에서 울퉁불퉁 얇았지만, 그래도 여전히 항해가 가능했다. 선원들이 그럭저럭 움직여 준다면, 50톤은 너끈할 것이다. 백스터가 부여한 할당량이 얼마 안 되기는 했어도, 브라운리는 에누리 없이 30톤쯤은 쉽게 확보할 수 있을 것으로 내다봤다. 어쩌면 35톤까지도 가능했다. 내일은 보트를 한 척 더 내리기로 마음을 먹었다. 숨을 쉬면서 총을 들 수 있는 보지 새끼라면, 저 밖 빙원으로 나가 바다표범을 죽여야 할 터였다. 그래, 여섯 척을 내리자.

4시였고 밝았다. 여섯 척의 보트가 출격했다. 섬너가 여섯 번째 배에 캐번디시와 함께 탑승했다. 급식장과 사환, 그리고 집요하게 병을 가장하는 꾀병 환자 대여섯이 그 배에 함께 탔다. 바깥은 영하 18도, 남실바람이 불었고, 바다는 진창으로 변한 런던의 눈과 같은 색깔, 같은 점도였다. 섬녀는 동상을 염려해, 털모자와 털실 목도리를 착용했다. 그의 무릎과 무릎 사이에 라이플이 끼어 있다. 남동쪽으로 30분쯤 노를 젓자, 중경으로 새까만 바다표범 무리가 보였다. 일행이 보트를 빙원에 대고, 하선했다. 캐번디시가 「래스 오브 리치먼드 힐」을 휘파람으로 불면서 앞장을 섰고, 나머지가 되는 대로 한 줄로 서서 그를 뒤따랐다. 바다표범과의 거리가 60야드 이내로 가까워지자, 흩어져 사격을 개시했다. 그들은 성체 세 마리를 죽이고, 곤봉으로는 새끼 여섯 마리를 때려죽였다. 하지만 나머지 바다표범들은 무사히 탈출했다. 캐번디시가 침을 뱉고서, 라이플을 재장전했다. 그러고는 압력을 받아 융기한 등성마루로 올라가, 주위를 둘러본다.

「저쪽이야.」 그가 여러 방향을 가리키며 크게 외쳤다. 「저쪽, 저쪽!」

사환이 뒤에 남아서 죽은 바다표범의 가죽을 벗겼고, 나머지는 흩어졌다. 섬녀는 동쪽으로 갔다. 아래로 얼음이 움직이면서 계속 삐걱거렸다. 가끔 먼 곳에서 총성이 들려왔다. 그도 두 마리를 더 죽였고, 열심히 가죽을 벗겼다. 가진 칼로 가죽에 작은 구멍을 내, 낸 구멍에 밧줄을 꿰고 가죽을 단단히 묶은 다음, 어깨에 들쳐 메고 귀환을 시작했다.

정오까지 해서, 그가 여섯 마리를 더 죽였다. 애초 출발한 보트에서 1마일쯤 벗어났고, 섬녀는 이제 넝마 같은 바다표범 가죽을 질질 끌면서 부빙을 가로지르고 있었다. 가죽의 무게가 1백 파운드였고, 부빙 역시 널따랗다고는 해도 조각이 나 있었으므로, 그는 몸을 가누지 못할 정도로 피로했다. 어깨는 피부가 까져 쓰라렸고, 밧줄의 마찰 저항으로 욱신거렸다. 영하의 공기가 그의 폐 속에서 자신의 야만성을 한껏 뽐냈다. 섬녀가 고개를 들자, 1백 야드 앞으로 캐번디시가 보였다. 더 멀리 오른쪽으로 또 한 명이 눈에 들어왔다. 새까만 형체였고, 걷는 방향이 같았으며, 역시 가죽을 질질 끌고 있었다. 섬녀가 소리를 질러 보았지만, 바람이 그의 목소리를 삼켰거나 지워 버렸다. 아무도 멈춰서거나 둘러보지 않았다. 섬녀도 계속 나아가는 수밖에 없었다. 터덜터덜 걸으면서, 자기 선실의 안온함을 떠올렸다. 목이 짧은 다섯 병의 아편 팅크가 약상자에 군인들처럼 도열해 있다는 사실도. 그는 이제 매일 저녁 식사를 마치고 21그레인[5]을 복용 중이었다. 선원들은 섬녀가 그리스어 공부를 한다고 생각하면서 미친놈이라고 비웃었지만, 실상, 그들이 카드 놀이를 하거나 날씨 얘기를 할 때, 그는 완전히 자신을 내려놓은 지극한 복락의 상태로 침상에 누워 있었다. 그렇게 아편을 흡입하면, 섬녀는 어디든 갈 수 있었고 누구라도 될 수 있었다. 마음이 기연가미연가한 상태에서 뒤죽박죽된 시공간을 부유했다. 골웨이, 러크나우, 벨파스트, 런던, 봄베이. 1분이 한 시간 같았고, 거의 순식간에 10년이 쏜살같이 지나갔다. 아편은 속임수요, 사기인가? 섬녀는 가끔

5 무게의 단위. 1그레인은 약 65밀리그램에 해당한다.

궁금하다. 그게 아니라면, 우리 주변의 세상이 거짓인가? 격정과 비통, 지루함과 걱정의 세상 말이다. 섬녀가 다른 것은 모른다고 할지라도, 이것만은 확실히 알았다. 그 둘 다 진실일 수는 없다는 것 말이다.

두 개의 부빙 사이가 1야드로 꽤 넓었다. 섬녀가 멈추었다. 그가 맞은편 부빙으로 밧줄을 던지고는, 한 걸음 뒤로 물러나, 짧은 도약을 준비한다. 어느새 눈이 오고 있었다. 눈발이 대기를 가득 채웠고, 얼굴과 가슴을 때렸다. 그는 경험을 통해 알고 있었다. 안 좋은 쪽 다리로 도약해, 성한 다리로 착지하는 것이 더 좋다는 것을 말이다. 그가 짧은 걸음을 하나 내딛고, 이어 신속하게 넓은 폭으로 도약을 시도했다. 무릎을 굽혔다가, 위로 솟구치는 자세와 동작이 가미되었다. 아뿔싸, 그런데 짚고 선 다리가 옆으로 살짝 미끄러지고 말았다. 손쉬운 도약 착지는 언감생심이었다. 광대처럼 우스꽝스러운 자세로 몸이 앞으로 쏠렸고, 섬녀가 차갑고 검은 물속으로 던져졌다. 팔을 허우적거리며 머리부터 처박혔다.

갈피를 잡을 수 없는 긴 순간이었다. 물속으로 가라앉았는데, 앞을 볼 수가 없었다. 섬녀는 의식적으로 몸을 위로 솟구쳤다. 그러고는 한쪽 팔을 내뻗어, 부빙의 가장자리를 붙잡으려고 시도했다. 맹렬한 냉기가 몸의 활력을 강타했다. 거칠게 숨을 쉬자, 귀에서 피가 요란스럽게 달리는 것이 느껴졌다. 그가 다른 손으로도 마저 얼음을 부여잡고, 물 밖으로 몸을 끌어당겼다. 하지만 안 됐다. 그럴 수 없었다.

얼음이 너무나 미끄러웠고, 두 팔은 오전의 작업으로 도저히 힘을 낼 수 없는 상태였다. 물이 목까지 잠겼고, 이제 눈이 더 많이 내리는 상황이었다. 섬너 주변의 얼음이 이리저리 움직이면서 하품하듯이 삐걱거렸다. 부빙들이 일거에 움직인다면 그 사이에 끼어 몸이 으스러질 게 분명했다. 물속에 계속 있다가는 의식을 잃고 익사하고 말 터였다.

그가 다시금 얼음을 단단히 붙잡고, 젖 먹던 힘까지 쏟아 내 몸을 끌어당겼다. 두 번째 시도. 섬너는 한순간 대롱대롱 매달린 채 엄청난 고통을 체감했다. 완전히 물속도 아니고, 그렇다고 물 밖도 아닌, 그 고통의 몸부림은 마치 정지된 듯했다. 그의 두 손이 다시 얼음에서 미끄러졌고, 섬너는 요란한 소리와 함께 물속으로 추락했다. 바닷물이 입과 콧속으로 들어왔다. 퉤퉤거리며 기침을 계속했다. 섬너가 떠 있는 상태를 유지하려고 발차기를 시도했다. 옷이 흠뻑 젖어 아래로 끌어당기는 힘이 엄청나다는 걸, 그는 불현듯 깨달았다. 복부와 서혜부가 냉기로 욱신거리기 시작했고, 발과 다리는 이미 마비 상태였다. 씨발, 캐번디시는 어디 있는 거야? 섬너는 생각했다. 캐번디시라면, 틀림없이 그가 추락하는 것을 봤을 것이었다. 섬너가 도와 달라고 거듭해서 소리를 질렀다. 하지만 아무도 나타나지 않았다. 그는 혼자였다. 아까 내던진 밧줄이 손 닿을 거리에 있었다. 하지만 꿰어 놓은 바다표범 가죽이 자신의 몸무게를 감당할 수 있을 만큼 무겁지 않다는 걸 그도 잘 알았다. 섬너는 혼자만의 힘으로 빠져나와야 했다.

얼음의 가장자리를 그가 세 번째로 붙잡았다. 두 다리로 더 세게 차면서, 솟구쳐 오르려고 시도했다. 섬녀가 얼음 표면에 오른쪽 팔꿈치를 거는 데 성공했고 그 다음에는 계속해서 왼손 손바닥으로 짚었다. 팔꿈치가 얼음을 파듯이 짚었다. 그 지독한 탈출 노력은 헉헉거리는 숨 그리고 고통스러운 신음과 함께였다. 한층 더 분발하자, 먼저 턱과 목, 이어서 가슴 위쪽이 부빙 위로 솟아올랐다. 섬녀가 다시금 있는 힘을 다해 왼손을 내리누르자, 조금 더 빠져나올 수 있었다. 이때 팔꿈치가 중심축으로 사용됐다. 섬녀가 순간, 몸의 자세와 균형이 적절하며, 빠져나올 수도 있겠다는 생각을 했다. 하지만 그렇게 생각하는 바로 그 순간, 누르고 있던 부빙이 갑자기 옆으로 움직였다. 섬녀의 오른쪽 팔꿈치가 미끄러져 돌아갔고, 그의 턱이 부빙의 예리한 모서리에 꽈당 하며 세게 부딪혔다. 짧은 순간 쳐들린 시선으로 하늘이 보였다. 하늘이 하얬는데, 눈발 때문인지 꼭 써레질을 해놓은 것 같았다. 그는 가망 없는 상태로, 멍하고 아찔하기만 했다. 풍덩 하는 소리와 함께 검은 물이 섬녀를 집어삼켰다.

6

브라운리가 낡은 신발로 피를 마시는 꿈을 꾼다. 오늘의 피다. 하지만, 오늘은 지금 죽고 없다. 차가운 냉기와 바닷물 때문이다. 무리가 신발을 돌리고, 각자는 몸을 떨면서, 차례로 신발에 담긴 피를 마신다. 따뜻한 피가 그들의 입술과 이빨에 포도주처럼 들러붙는다. 망할. 브라운리가 생각한다. 제기랄. 버텼어야지, 한 시간, 1분이라도. 이제 뭘 해야 하나? 선창에서 빵 통이 떠다닌다. 맥주 통도 있다는 걸 그는 안다. 하지만 거기 가 닿을 수 있는 힘과 묘안이 아무한테도 없다. 그들에게 시간이 더 있었다면 — 하지만, 날이 어두웠고, 아비규환의 대혼란이 벌어졌다. 선창은 12피트 물속에 있다. 그들은 15분 만에 속절없이 당했고, 아무것도 건지지 못했다. 파도가 사나웠고, 우현 끄트머리만 빼꼼히 보인다. 오늘은 죽었지만, 그의 피는 아직 따뜻하다. 마지막 순번의 선원이 안창을 훑고, 손가락으로 뒤꿈치 쪽 내부를 벅벅 긁는다. 그 색깔이 놀랍다. 다른 모든 세상이 회색과 검정색과 갈색인데, 피만은 아니다. 하느님이 주신 선물인 것이다. 브라운리가 그 생각을 큰 소리로 외친다. 〈하느님이 주신 선물이야.〉 선원들이 그를 바라본다. 그가 선박의에게 지시한다. 오닐의 피가 목구멍과 위장을 타고 흐른다. 몸으로 스며 퍼지는 것이 느껴진다. 새로운 생명을 얻은 듯하다. 의사가 선원 전부의 피를 낸다. 마지막 순서는 의사 자신이다. 일부 선원은 밀가루와 피를 섞어 반죽을 만들고, 신발에 받아 즉석에서 주정뱅이처럼 마셔 대는 이도 있다. 이것은 죄가 아니다. 이렇게 중얼거리는 자신이 보인다. 이런 마당에 죄악이란 있을 수 없다. 피와 물과 얼음뿐이다. 삶과 죽음뿐이고, 그 사이는 회녹색 공간뿐이다. 죽을 수 없다고 다짐한다. 지금도 아니고 절대 아니다. 갈증이 나면 자신의 피를 마실 것이다. 배가 고프면 자신의 살점을 먹을 것이다. 이 축제로 그는 위대해질 것이다. 더욱더 부풀어 올라, 이 텅 빈 하늘을 채울 것이다.

7

블랙에게 발견된 섬녀는 이미 다 죽은 듯 보였다. 두 개의 부빙 사이 얇은 틈에 섬녀의 몸뚱이가 쐐기처럼 박혀 있었다. 머리와 어깨가 물 위로 나와 있었지만, 나머지는 전부 수면 아래였다. 안색이 뼈다귀처럼 하얀 가운데, 입술만 부자연스럽게 짙은 푸른색이었다. 도대체 숨은 쉬고 있는 것일까? 블랙이 몸을 숙였지만, 알 수가 없었다. 바람이 너무 셌다. 온 사방의 얼음이 끼익 끼익 비비고 갈렸다. 의사 선생 주변의 모든 게 땡땡 얼어붙은 듯했다. 블랙이 밧줄로 섬녀의 가슴을 묶어 확보했다. 물론 그렇게 묶으면서도 과연 자신이 섬녀를 빼낼 수 있을지 회의적이긴 했다. 그렇다고 시도해 보지도 않는 건, 또 아니었다. 그가 먼저 섬녀를 옆으로 잡아당겼다. 조금쯤 크레바스에서 이탈시켜야 했다. 이제 블랙은 눈 속에 자신의 두 발을 단단히 고정하고, 젖 먹던 힘까지 다해 섬녀를 위로 들어 올렸다. 뻣뻣하게 굳어 미동도 하지 않는 섬녀의 몸뚱이가 놀랍도록 손쉽게 빠져나왔다. 차가운 바다가 더는 섬녀가 필요 없다고 마음먹기라도 한 듯했다. 블랙이 밧줄을 팽개치고 달려들어, 섬녀가 걸친 외투의 견장을 움켜쥐고 당겨서, 몸뚱이 전체를 얼음판 위로 끌어냈다. 블랙이 섬녀를 굴리고, 얼굴을 찰싹찰싹 두 번 때렸다. 아무 반응이 없다. 블랙이 그를 훨씬 세게 쳤다. 눈꺼풀 하나가 깜박이며 열렸다.

「맙소사, 그래도 살아 있네.」 블랙이 말했다.

그가 허공에다 대고 갖고 있던 총을 두 번 쐈다. 10분 후 오토가 수색대 무리의 다른 두 명과 함께 도착했다. 네 명이 사지를 하나씩 잡고, 섬녀를 최대한 빨리 배로 후송했다. 섬녀의 젖은 옷이 북극권의 대기 속에서 땡땡 얼었고, 후송 작업은 사람이 아니라 무슨 무거운 가구를 옮기는 듯했다. 일행이 배에 도착했고, 섬녀가 도르래로 들어 올려져 갑판 위에 놓였다. 브라운리가 섬녀를 내려다본다.

「이 씨발 보지, 숨은 쉬는 거야?」 그가 입을 열었다.

블랙이 고개를 끄덕였다. 브라운리가 안 믿긴다는 듯 고개를 절레절레 저었다.

사람들이 승강구를 통해 섬녀를 상급 선원실로 옮기고 큰 가위로 그의 얼어붙은 옷을 잘라 냈다. 블랙이 난로에 석탄을 더 넣고서, 요리사에게 물을 끓이라고 시켰다. 선원들이 섬녀의 얼음장 같은 피부를 거위 지방으로 문질렀고, 뜨거운 수건으로 몸을 감쌌다. 섬녀는 전혀 움직이지 않았고, 말도 없었다. 아직 살아 있긴 했지만, 혼수상태였다. 블랙이 섬녀의 곁을 지켰고, 다른 사람들은 가끔 들어와서 상황을 지켜보거나 훈수를 뒀다. 자정쯤 섬녀가 잠깐이지만 두 눈을 깜박였다. 사람들이 브랜디를 줬고, 섬녀가 콜록거리자, 암갈색 핏덩어리가 기침과 함께 나왔다. 그가 밤을 버티고 다음 날 살아날 거라고 내다본 사람은 아무도 없었다. 새벽녘에 섬녀가 여전히 숨을 쉬고 있자, 그들은 그를 상급 선원실에서 본인의 선실로 옮겼다.

본인의 선실에 도착한 섬녀는 잠깐이지만 자신이 다시금 인도에 와 있다는 생각이 들었다. 델리를 내려다보는 고갯마루의 그 무더웠던 천막에 드러누워 있는 것이라고 말이다. 볼런티어호의 용골에 얼음 덩어리 부딪히는 소리가 났지만, 그의 환청 속에서는, 보루와 소초를 이리저리 이동하는 중포의 소리로 화해 있었다. 순간, 돌이킬 수 없는 참혹한 일 따위는 아직 일어나지 않은 것 같은 느낌이 들었다. 섬녀는 마치 자신이 다시 한번 기회를 부여받았다고 생각했다. 엄청난 체험이었고 믿기지가 않았지만, 그랬다. 섬녀는 두 눈을 감고, 다시 깊은 잠에 빠져들었다. 한 시간 후 눈이 떠졌고, 블랙이 보였다. 그가 침대 옆에 서서 섬녀를 내려다보고 있었다.

「말할 수 있겠어요?」 블랙이 물었다.

섬녀가 잠시 블랙을 쳐다보더니, 고개를 흔들었다. 블랙이 섬녀를 앉을 수 있도록 일으켜 세웠다. 그러고는 찻잔에 담아 온 부용[6]을 먹였다. 부용의 맛과 온기가 강렬했다. 두 숟가락 후에 섬녀가 마다하고 입을 닫았다. 부용 국물이 턱을 타고 질질 흘러 가슴까지 떨어졌다.

6 *bouillon*. 육류·생선의 뼈나 고기를 끓여서 만든 국물.

「원래라면 죽은 목숨이었어요.」블랙이 자초지종을 설명해 줬다.「당신이 물속에 얼마나 처박혀 있었는지 아세요? 씨발, 세 시간이라고요. 보통 사람 같았으면, 그렇게 처박히고 살아남지 못해요.」

섬녀의 코끝과 눈 바로 아래 양쪽 뺨 부위가 동상으로 새까맸다. 섬녀는 얼음과 한기와 악귀 같은 비췻빛 물은 전혀 생각이 안 났다. 하지만 고개가 쳐들리면서 바라봤던 하늘은 또렷하게 떠올랐다. 이후로 무슨 일이 일어났어도 일어난 것이었다. 머리 위로 대기에 눈발이 가득했었다. 써레질을 하는 것 같은 하늘.

「아편.」그가 말했다.

블랙을 바라보는 섬녀의 눈빛이 빛났다.

「하고 싶은 말이라도?」블랙이 섬녀를 향해 머리를 기울였다.

「아편.」섬녀가 다시 말했다.「진통제.」

블랙이 알아듣고는, 의약품 상자를 찾았다. 그가 아편 팅크와 럼을 섞었고, 섬녀가 마실 수 있게 도왔다. 목구멍이 타들어 갔고, 섬녀는 순간 토해 내야 할 것 같다는 생각이 들었다. 하지만 가까스로 참을 수 있었다. 말하느라고 진이 빠져 버린 섬녀는 자신이 어디에 있는 누구인지 알 수가 없었다(인도가 아니라는 것만큼은 확실했고, 그 때문에 더욱 말이다). 섬녀가 몸서리를 치고 울었다. 블랙이 섬녀를 다시 침대에 눕혔고, 올이 굵은 양모 담요로 몸을 덮어 줬다.

블랙이 그날 저녁 상급 선원실에서 저녁을 먹으며, 선박의 섬녀가 차도를 보인다고 보고했다.

「다행이군.」 브라운리가 말했다. 「하지만 이제부터는 여섯 척을 운용하지 않도록 한다. 양심상, 씨발, 또 죽으면 안 되겠지.」

「재수 옴 붙었을 뿐입니다. 그뿐이라고요.」 캐번디시의 대꾸가 쌀쌀했다. 「눈 폭풍이 치는데, 미끄러질 수도 있는 거죠. 우리한테도 일어날 수 있는 일이라고요.」

「그 새끼, 운 좋은 거예요.」 드랙스가 말을 받았다. 「당장에 빠져서 익사해야 했다고요. 그런 물속에서는 10분이면 피가 떡처럼 뭉치고 심장도 더 이상 손을 쓸 수가 없어요. 그런데, 그 의사 놈은 아직도 살아 있잖아, 씨발. 존나 운 좋은 거라고.」

「운이 좋다?」 블랙이 말을 받았다.

브라운리가 손을 들어 올렸다.

「됐고, 여섯 척은 더 이상 안 돼. 우리 선원들은 좆 빠지게 고기를 잡는다. 그동안 선박의는 안전한 선실에 머무른다. 처박혀서 호메로스를 읽든, 딸딸이를 치든, 그 씨발 놈이 안에서 뭘 하든 내버려 둔다. 이상.」

캐번디시가 눈알을 굴렸다.

「씨발, 어떤 놈들은 항상 편한 보직이라니까.」 캐번디시가 투덜거리자, 브라운리가 그를 쏘아보았다.

「선박의도 이 배에서 나름의 임무가 있어, 캐번디시. 자네는 자네의 일이 있고 말이야. 됐어? 그만 하자고.」

자정에 불침번이 바뀌면서 드랙스와 캐번디시가 다시 만

났다. 캐번디시가 그 작살수를 한쪽으로 데려가 주위를 살핀 다음 입을 열었다.

「놈이 지금쯤 죽었을 수도 있어. 상태 좀 봤어?」

「그 보지 새끼, 안 죽을 것 같아.」 드랙스가 대꾸했다.

「씨발 놈, 소가죽이야, 뭐야? 존나 질기네.」

「기회가 됐을 때 총알을 박아 넣었어야 했어.」

캐번디시가 고개를 절레절레 흔들었고, 셰틀랜드 출신 선원 하나가 지나가는 바람에 말을 잠시 멈추었다.

「기회가 없지는 않을 거야. 그건 그렇고, 선장은 왜 그렇게 그놈한테 잘해 주는 거야? 블랙도 마찬가지고.」

드랙스가 몸을 돌리고, 파이프에 불을 붙였다. 별들이 빠르게 움직이는 게, 그들 위로 하늘이 마치 살아 있는 듯했다. 암청색 얼음이 삭구에 달라붙어 있었고, 갑판까지도 덮은 게 눈에 들어왔다.

「근데, 그 반지 얼마나 할 것 같아?」 캐번디시가 묻는다.
「20기니, 어쩌면 25기니까지 할 수도 있어.」

드랙스가 고개를 가로저으면서 콧방귀를 뀌었다. 값을 따지는 게 자신의 위신 문제라도 되는 양 말이다.

「네 반지 아니거든.」 드랙스가 말했다.

「섬너 것도 아니지. 어떤 보지든 손에 쥐는 놈이 임자지.」

드랙스가 캐번디시에게로 다시 몸을 돌리면서, 고개를 끄덕였다.

「뭐, 그렇다고 해두지.」

섬녀가 어두운 선실에서 자다 깨기를 반복했다. 곰 가죽과 담요를 두껍게 둘둘 말고 있었지만, 열이 심했고, 그의 처지는 갓난아기 같았다. 볼런티어는 무심하게 안개와 는개를 뚫고 북서쪽으로 나아갔다. 아래로 2피트 두께의 얼음이 선체에 들러붙었고, 선원들은 삭구를 푸는 데 쓰는 돛바늘과 나무망치로 갑판과 뱃전의 얼음을 깨트려 벗겨 냈다. 섬녀는 아편에 취해 있었다. 계류용 밧줄이 풀린 그의 마음이 정처 없이 표류했다. 그렇게 꿈결처럼 펼쳐진 초현실적 정경은 무시무시했고, 또 이름을 댈 수 없는 생명이 가득했다. 초록빛 북빙양만큼이나 말이다. 그 바다가 불과 12인치 두께의 목재 선체를 사이에 두고, 요란하게 부딪치며 섬녀의 머리를 압박해 들어왔던 것이다. 섬녀는 어느 시간, 어느 곳이라도 갈 수 있었다. 하지만 자석에 이끌리는 쇠붙이처럼, 그의 생각도 딱 한 곳으로 거듭해서 돌아갔다.

라켓볼 경기장 너머에 큼직한 노랑 건물이 한 채 보인다. 소음이 믿기 힘들 정도고, 고기와 배설물로 도축장 냄새가 진동한다. 지옥의 광경 같다고나 할까. 서른 개 넘는 담가(擔架)가 도착했다. 매 시간 이렇게 들어온다. 한 번에 서너 명씩. 사상자들이다. 젊은이들의 짓이겨지고 터진 시체가 딴채로 던져졌고, 거기서는 독기가 피어올랐다. 부상병들이 도리깨질을 했고, 죽어 가는 사람들이 단말마의 비명을 질러 댔다. 절단된 사지가 던져진 들통에 부딪히며 요란한 소리를 냈다. 뼈를 자르는 톱질 소리가 멈출 줄 모르고, 공장이나 제재소가 연상된다. 바닥에 피가 흥건하고, 끈적하게 달라붙어 있다. 열기가 멈출 줄을 모른다. 쿵쾅거리는 포격 속에 대지가 흔들린다. 흑파리 떼가 도처에 똬리를 틀고 있다. 모든 것에 말이다. 그것들은 멈춤이나 휴식을 모르고, 어느 것도 차별하지 않는다. 눈, 귀, 입, 벌어진 상처. 이 모든 것, 이 광경은 믿기지 않는 오염이자 추악함이었다. 울부짖음과 애원, 피와 똥, 끝없는 통증, 무한한 고통이다.

섬너는 오전 내내 일했다. 진단하고, 톱질하고, 봉합하고. 클로로포름 때문에 머리가 약간 어질했고, 몸뚱이를 어찌나 잘라 냈는지 속이 메스꺼웠다. 그가 알고, 또 상상한 그무엇보다 상황이 더 처참했다. 바로 몇 시간 전에 고갯마루에서 뻐기고 웃는 걸 봤던 병사들이 발기발기 찢긴 채로 그에게 실려 왔다. 아무튼 책임과 임무를 다해야 한다고, 섬너는 중얼거렸다. 부지런히 환자를 돌봐야 했다. 실상 현 시점에서 가능한 것은 그게 다였다. 누구라도 그렇게 하지 않을 수 없었을 것이다. 그처럼 다른 보조 의사들, 그러니까 윌키와 오다우드도 온몸이 땀으로 흠뻑 젖었고, 두 손은 팔꿈치까지 피범벅이었다. 수술이 한 건 끝나면, 또 다른 수술이 바로 시작되었다. 담가가 도착하면 잡역병 프라이스가 상태를 파악해, 죽은 군인은 버리고 불구자들은 줄로 보냈다. 수석 군의관 코빈이, 당장에 어떤 사지를 잘라 내야 할지, 또 뭘 보존해야 할지를 정했다. 그는 왕실 근위 연대 콜드스트림 가즈 소속으로, 크림 반도의 잉케르만에서 한 손에는 라이플을, 다른 손에는 메스를 쥔 채 열 시간 동안 2천 명을 죽였다. 그의 콧수염에 피가 묻어 있다. 악취를 견디려

는 조치로 열대 지방 쥠을 씹고 있다. 이런 건 아무것도 아
니라고, 코빈이 말한다. 이건 씨발 껌이라는 것이다. 의사들
이 자르고 썰고, 머스킷 총탄을 찾았다. 그들은 땀을 뻘뻘
흘렸고, 대상을 알 수 없는 저주의 말을 퍼부었고, 정말이지
열기 때문에 토할 지경이었다. 부상병들이 거듭해서 물을
달라고 빽빽거린다. 하지만 그들의 갈증을 해소해 줄 물은
단 한 번도 충분했던 적이 없다. 그들의 요구는 지긋지긋하
고 참을 수가 없었다. 하지만 섬녀는 견뎌야 했다. 할 수 있
는 한, 최대한, 목표하는 바를 계속 수행해야만 했다. 화내
고, 혐오를 드러내고, 두려워할 시간이 없었다. 그의 정력은
오로지 임무 수행에만 바쳐져야 했다.

오후 늦게, 3시나 4시쯤 되었을까, 교전의 기세가 완화된
듯했다. 사상자 후송이 감소하는가 싶다가, 이내 완전히 멈
추었던 것이다. 들리는 소문에 의하면 영국 군대가 우연찮
게 라호르 게이트 인근에서 엄청난 양의 술을 발견했고, 진
탕 처마셔 집단으로 인사불성이 되었다고 했다. 이유가 뭐
든, 진격이 중단되었다. 적어도 당장에는 말이다. 여러 시간
만에 처음으로 코빈과 보조의들도 노역에서 벗어나 쉴 수
있었다. 음식 바구니와 물병이 반입되었고, 수많은 부상병
이 다시금 고갯마루에 있는 소속 연대 병원으로 되돌려 보
내졌다. 섬녀가 피를 씻어 냈다. 빵과 냉육으로 요기를 마
친 그가 간이침대에 드러누웠고, 잠에 빠져들었다. 섬녀는
험악한 다툼 소리에 잠에서 깼다. 터번을 두른 남자가 야전
병원 문 앞에 서서 다친 아이를 안고 있었다. 요컨대, 그가

도움을 요청했고, 오다우드와 윌키가 소리를 치며 외면하고 있었던 것이다.

「저 사람 여기서 내보내세요.」 윌키가 말했다. 「안 그러면, 내가 직접 총알을 박아 버릴 거니까.」

오다우드가 방 한쪽에서 군도를 가져와, 칼집에서 꺼내위협을 가했다. 하지만 사내는 꼼짝하지 않았다. 코빈이 와서 오다우드에게 진정하라고 말한다. 그가 아이를 잠깐 살펴보더니 고개를 절레절레 흔들었다.

「너무 심각하게 다쳤군.」 코빈이 말했다. 「뼈가 박살 났어요. 이 아이는 오래 못 갑니다.」

「잘라 내면 되잖아요.」 남자가 말했다.

「아들이 다리 하나로 사는 게 좋소?」 윌키가 따지듯이 물었다.

사내가 대꾸하지 못한다. 코빈은 다시 고개를 흔들고.

「도와줄 수 없습니다.」 그가 말했다. 「여기는 군인 병원입니다.」

「영국 군인 대상이지.」 윌키가 덧붙였다.

사내가 꼼짝하지 않았다. 막 물걸레질을 한 바닥에 아이의 박살 난 다리에서 피가 뚝뚝 떨어졌다. 파리 떼가 그들 머리 위에서 윙윙거렸고, 간간이 부상병들이 신음 소리를 내거나, 도움을 요청한다.

「바쁘지 않잖아요.」 사내가 주위를 둘러보며 말했다. 「지금은 시간이 있지 않습니까?」

「못 도와줍니다.」 코빈이 다시 말했다. 「돌아가십시오.」

「난 세포이가 아닙니다.」 사내가 말했다. 「내 이름은 하미드입니다. 하인이지요. 대금업자 파루크 밑에서 일합니다.」

「왜 아직도 도시에 있는 거요? 왜 공격이 시작되기 전에 다른 사람들처럼 달아나지 않았소?」

「주인의 집과 물건을 지켜야 했습니다.」

오다우드가 고개를 흔들면서 웃었다.

「뻔뻔스럽게 거짓말까지.」 오다우드가 말했다. 「도시에 남은 놈들은 당연히 반역자고, 교수형뿐입니다.」

「애는 뭡니까?」 섬녀가 끼어들었다.

사람들이 고개를 돌려 섬녀를 바라본다.

「사상자.」 코빈이 대꾸했다. 「하지만 적의 자식새끼를 도우라는 명령은 없었지.」

「저는 당신들의 적이 아니에요.」 사내가 말했다.

「말이야 그렇게 하겠지.」

사내가 섬녀에게 고개를 돌린 것은 기대를 가져서였다. 섬녀가 일어나 앉아, 파이프에 불을 붙였다. 아이는 계속해서 바닥에 피를 흘리고 있었다.

「보물을 드릴 수 있어요.」 남자가 말했다. 「저를 도와주시면, 보물을 드리겠습니다.」

「보물? 무슨 보물?」 월키가 물었다. 「얼마나 되는데?」

「20만이요.」 사내가 대답했다. 「금과 보석 말입니다. 여길 봐요.」

남자가 가대식 탁자 위에 아이를 조심스럽게 내려놓고, 튜닉 아래서 작은 가죽 주머니를 꺼냈다. 그가 주머니를 코빈에게 건넸고, 코빈이 받아서 열었다. 그가 주화를 손바닥에 쏟고, 잠시 살펴본 다음, 검지로 이리저리 만져 보다가, 윌키에게 넘겼다.

「그런 게 더 있습니다.」 남자가 말했다. 「아주 많아요.」

「이 보물이 어디에 있죠?」 코빈이 물었다. 「얼마나 가야 합니까?」

「안 멀어요. 가깝습니다. 당장에 보여 드릴 수 있어요.」

윌키가 주화를 오다우드에게 넘겼고, 오다우드는 그걸 섬녀에게 전했다. 주화들은 따뜻했고, 사람들의 손을 거쳐서인지 약간 미끌미끌했다. 가장자리에 톱니가 없었고, 앞뒤 표면에는 아랍 문자가 우아한 리본처럼 새겨져 있었다.

「저 작자의 말을 정말 믿는 건 아니겠죠?」 윌키가 말했다.

「이런 게 얼마나 더 있습니까?」 코빈이 사내에게 물었다. 「백 개? 2백 개?」

「말했잖습니까? 2천 개라고.」 사내가 대꾸했다. 「내 주인은 유명한 대금업자입니다. 그가 달아나기 전에 내가 직접 묻었어요.」

코빈이 소년한테로 다가가, 다리를 싼 피범벅의 붕대를 끌렀다. 상처가 크게 갈라져 있고, 그가 자세히 살펴보면서 냄새까지 맡는다.

「둔부에서 떼어 내면 되겠네.」 그가 말했다. 「어쨌거나 죽을 가능성이 높아요.」

「당장에 해주실 수 있겠어요?」

「지금은 아니지. 그 보물을 가져오면 해드리죠.」

사내는 불쾌한 기색이었지만, 어쩔 수 없었다. 그가 고개를 끄덕이고는 아이에게 몸을 숙여 무슨 말을 했다.

「너희 셋이 함께 가.」 코빈이 말했다. 「프라이스도 데려가고. 무장하고, 일 돌아가는 게 이상하면, 저 자식을 쏴버리고 바로 귀환한다. 나는 이 아이와 남겠다.」

일순 아무도 움직이지 않았고, 코빈이 계속해서 빤히 그들을 쳐다보았다.

「넷이 똑같이 나눈다. 프라이스에게 십일조를 떼어 주고.」 코빈이 말했다. 「전리품 판매책이 뭘 알고 신경이나 쓰겠어?」

그렇게 결성된 무리가 야전 병원을 떠나 도시로 입성했다. 카슈미르 게이트가 무너져 있었고, 연기가 자욱했다. 작은 언덕으로 변한 석축 잔해를 기어오르자, 인도산 잡종 들개들이 시체 더미 주위를 서성이며 킁킁거리고, 또 먹어 치우는 광경이 눈에 들어왔다. 불꽃은 없었지만 시체들이 타고 있었다. 상공에서는 날개가 누더기 같은 독수리 떼가 퍼덕거리면서 구슬픈 소리를 냈다. 포탄이 쿵 하고 떨어진 후 쉬익 쉬익 하는 소리를 내기도 했다. 화약과, 그을려 눌어붙은 살점의 악취가 진동했다. 멀리서 머스킷 총성이 들려왔다. 일행이 좁은 길을 따라 이동을 계속했다. 길은 박살 난 가구, 내장이 튀어나온 동물, 버려진 무기로 난장판이었다. 전진이 쉽지 않았다. 섬녀의 상상 속에서는, 세포이가 언제고 바리케이드와 총안 뒤에 숨어 사격을 할 것 같았다. 자기들이 엄청난 위험을 감수 중이며, 보물 얘기도 거짓말일 것 같다는 생각이 들었다. 그렇다고, 코빈 같은 인간의 말을 따르지 않는다는 것 역시 어리석은 행위였다. 영국 군대를 조직하는 것은 유력자의 명망과 영향력이었다. 이 조직에서 출세하겠다는 사람은, 자기가 누구와 알고 지내는지에 주의를 기울여야 했다. 연줄. 코빈은 육군 의무 부대에 친구가 많았고 동서가 병원 감독관이었다. 코빈 자신은 확실히, 나대면서도 둔했다. 아무튼 섭녀의 입장에서는 이 비밀을 함께하면서 불법 약탈에 동참하는 것으로 연줄을 만드는 것이 전혀 해될 게 없었다. 어쩌면 61 보병 연대를 탈출해, 좀 더 괜찮은 연대로 배속될 수 있을지도. 물론 그럴 가능성도, 이놈의 약탈이 성공해야 말이었지만.

모퉁이를 돌자 포좌 하나가 나타났고 보병들이 술에 취해 시끌벅적 떠들어 대고 있었다. 아코디언을 연주하는 놈이 있었는가 하면, 바지를 내리고 목제 양동이에 똥을 누는 놈도 보였다. 여기저기 널브러진 빈 술병하며.

「거기 누구요?」 그들 가운데 한 명이 외쳤다.

「군의관입니다.」 윌키가 대꾸했다. 「여기 누구 치료가 필요한 사람 있습니까?」

병사들이 서로를 보며 키득거렸다.

「저기 코트슬로 저 새끼 대가리 좀 봐주쇼.」 그중 하나가 대꾸했다.

「장교들은 어디 있습니까?」

같은 병사가 일어나, 눈을 가늘게 뜨고 건들건들 다가왔다. 한두 걸음쯤을 남겨 두고 멈춘 그가 침을 퉤 하고 뱉는다. 군복이 넝마였고, 핏자국과 포연으로 더럽다. 토사물과 오줌, 그리고 맥주 냄새가 났다.

「다 죽었소.」 그가 대답했다. 「싹 다.」

월키가 천천히 고개를 끄덕이고, 포좌 너머 길 쪽으로 시선을 돌렸다.

「적은 어디 있습니까?」 그가 물었다. 「근처에 있나요?」

「아주 가깝소.」 병사가 대꾸했다. 「저기 너머를 보시면, 적이 당신에게 뽀뽀를 해줄지도 모르오.」

나머지 군인들이 깔깔거리며 웃었다. 월키가 그들을 못 본 체하고 돌아와, 일행과 상의했다.

「망신이고 수치예요.」 그가 말했다. 「이자들은 직무 유기로, 교수형 감입니다.」

「여기까지가 최대입니다.」 오다우드가 말을 받았다. 「더 나아가는 건 불가능해요.」

「거의 다 왔습니다.」 하미드가 말했다. 「2분이면 돼요.」

「너무 위험합니다.」 오다우드가 대꾸했다.

월키가 턱을 만지며, 침을 뱉는다.

「프라이스를 보냅시다.」 그가 말한다. 「프라이스가 앞장을 서고, 돌아와서 보고를 하는 거야. 안전하다고 판단되면, 우리도 갑시다.」

일행이 전부 프라이스를 바라봤다.

「십일조 받겠다고, 미쳤어요?」 프라이스가 말했다.

「두 배로 올려 주면 어때?」 월키가 이렇게 제안하면서, 나머지 둘을 바라보았다. 다른 두 의사가 고개를 끄덕이는 건 동의의 표시.

쪼그리고 앉아 있던 프라이스가 천천히 일어서, 어깨에 라이플을 메고, 하미드에게로 걸어갔다.

「앞장서.」 그가 말했다.

군의관 셋은 원래 있던 곳에 앉아서 대기했고, 술에 취한 군인들은 그들이 안중에 없었다. 섬녀가 파이프에 불을 붙였다.

「프라이스 새끼 존나 욕심 많은데. 씨발 놈.」 오다우드가 말했다.

「놈이 죽으면, 소설을 지어내야 한다고요.」 윌키가 말을 받았다. 「코빈이 화를 낼 겁니다.」

「코빈.」 오다우드가 대꾸했다. 「그 새끼도 씨발 놈이야.」

「근데 형제예요, 동서예요?」 섬녀가 물었다. 「기억이 잘 안 나네.」

오다우드가 어깨를 으쓱하고, 고개를 가로저었다.

「동섭니다.」 윌키가 알려 준다. 「바나바스 고든 경이요. 에든버러에서 화학 강의를 들었죠.」

「코빈은 국물도 없어요.」 오다우드가 섬녀에게 말한다. 「기대 접어요. 그는 왕실 근위대 출신이고, 아내는 남작이라고요.」

「일이 이 지경인데, 고마워하겠죠.」 섬녀가 대꾸했다.

「코빈 같은 인간은 고마워할 줄 몰라. 과연 전리품이 있다면, 우리도 우리 몫을 챙기겠죠. 하지만 그걸로 끝이에요. 정말입니다.」

섬녀가 수긍하듯 고개를 끄덕이고 잠시 생각에 잠긴다.

「경험이 있으시군요?」

윌키가 그 말에 미소를 지었다. 하지만 오다우드는 입도 뻥긋하지 않는다.

10분 후, 프라이스가 돌아와 보고하기를, 집을 알아냈고 가는 길도 안전한 듯하다고 했다.

「보물은 봤어?」 오다우드가 물었다.

「그 사람이 집 안마당에 묻혀 있다고 했어요. 내게 장소를 알려 주기에, 파도록 시켰습니다.」

세 사람이 프라이스를 따라, 좁고 복잡한 골목길을 이동했다. 얼마 후 더 넓은 거리가 나왔다. 가게들이 약탈당했고, 주택들은 덧문이 닫힌 채 잠잠했다. 주위에 다른 사람은 아무도 없었다. 하지만, 섬녀는 이 건물들에 그럼에도 불구하고 사람들이 있다고 확신했다. 겁에 질린 가족들이 미적지근한 어둠 속에서 바닥을 기고, 이슬람 용사들이 상처를 쓰다듬으며 조용히 결전에 대비하고 있음을 말이다. 일행은 근처에서 사람들이 술을 처마시고 흥청거리는 소음을 들었다. 더 먼 곳에서는 대포 소리가 들려왔다. 해가 지기 시작했지만, 열기는 여전하고 용서가 없다. 그들이 길을 건넜고, 뼈다귀, 넝마, 박살 난 가구가 잔뜩 쌓인 채 연기가 피어오르는 좁은 통로를 진로로 선택했다. 그렇게 다시 1백 야드를 이동한 후, 프라이스가 문이 열린 어떤 집 앞에 멈춰 고개를 끄덕였다.

안마당이 작은 방형이었다. 회반죽을 바른 벽이 더럽고 지저분했으며, 여기저기 장식이 떨어져 나가 진흙 벽돌이 노출돼 있었다. 각각의 벽에는 두 개의 아치형 입구가 설치돼, 그 안으로 들어갈 수 있었다. 위로는 목제 발코니였는데, 이미 상당히 무너져 내린 상태였다. 하미드가 마당 한가운데 쪼그리고 있었다. 그가 널돌 하나를 이미 옮겼고, 그 아래 흙을 파내고 있었다.

「좀 도와줘요.」 하미드가 말했다. 「서둘러야 합니다.」

프라이스가 하미드 옆으로 무릎을 꿇고 앉아, 손으로 같이 흙을 긁어내기 시작했다.

「앗, 궤짝이다.」 얼마 후 프라이스가 말했다. 「봐요.」

나머지 일행이 주위로 몰려든다. 프라이스와 하미드가 지면 위로 궤짝을 꺼내 올렸다. 오다우드가 소지한 라이플의 개머리로 시정(施錠) 장치를 때려 부숴 궤짝을 열었다. 회색 캔버스 천 자루가 네다섯 개 들어 있다.

윌키가 하나를 집어 든다. 안을 살펴본 윌키가 호탕하게 웃었다. 「맙소사!」

「보물 맞아요?」 프라이스가 물었다.

윌키가 오다우드에게 자루를 보여 줬고, 오다우드가 빙그레 웃더니, 박장대소를 하며, 나중에는 윌키의 등짝까지 때렸다.

프라이스가 궤짝에서 나머지 자루 세 개를 꺼내 열었다. 두 개의 자루에는 주화가 가득 들어 있었고, 세 번째에는 팔찌, 반지, 보석 일습이 담겼다.

「와우, 씨부럴.」 프라이스의 나지막한 탄성.

「어디 보자.」 월키가 말하자, 프라이스가 가장 작은 자루를 넘겼다. 월키가 자루의 내용물을 돌널 위에 뒤집어 쏟았다. 군의관 셋이 그 돌널 주위로 모여들었다. 쏟아진 무더기에서 반짝반짝 빛이 났고, 무릎을 꿇은 셋은 어른이었음에도 마치 구슬치기를 하는 애들 같았다.

「보석이나 원석은 전부 떼어 내고, 금은 녹이자.」 오다우드가 말했다. 「간단하지?」

「얼른 돌아갑시다.」 하미드가 입을 열었다. 「제 아들이 위급합니다.」

하지만 보물에 넋이 나간 일행은 하미드의 말을 철저히 무시했다. 섬녀가 몸을 숙여, 반지 하나를 집었다.

「이 보석은 뭐지?」 섬녀가 중얼거렸다. 「다이아몬드?」 그가 하미드에게로 몸을 돌려, 재차 물었다. 「이거 다이아몬드요?」 그가 하미드에게 반지를 보여 준다. 「진짜예요?」

하미드가 대꾸하지 않았다.

「애 생각뿐이군.」 오다우드의 말이다.

「아이는 죽었어.」 월키가 쳐다보지도 않고 반응했다. 「씨발, 진작 죽었다고.」

섬녀가 하미드를 바라본다. 하미드가 여전히 입을 다물고 있다. 그의 두 눈이 두려움으로 휘둥그레졌다.

「이게 뭡니까?」 섬녀가 물었다.

하미드가 고개를 가로저었다. 너무 복잡해서 대답해 줄 수 없다는 듯, 설명해 줄 시간은 이제 끝났다는 듯. 그리고,

일행이 깨달았든 아니든, 그들은 보다 중대한 국면에 접어들고 있었다. 날이 한층 어두워진 상황이었다.

「이제 갑시다.」 하미드가 청했다. 「제발요.」

하미드가 프라이스의 옷소매를 쥐고, 길 쪽으로 잡아끌었다. 프라이스가 하미드의 팔을 뿌리치고 말했다.

「좆 까, 병신아.」

하미드가 뒤로 물러나, 머리 위로 두 팔을 들었다. 손바닥을 앞으로 향한 채였다. 그 몸짓이 입 다물고 물러나겠다는 의미이면서, 동시에 항복이라는 걸, 섬너는 알 수 있었다. 하지만 누구에게 항복?

위쪽 발코니에서 머스킷 총성이 울려 퍼졌고, 프라이스의 후두부가 터졌다. 순간 담홍색 피와 뼈가 튀었다. 윌키가 획 돌아서, 라이플을 들고 되는 대로 위를 지향해 사격을 했지만, 아무것도 맞추지 못했고, 오히려 두 방이나 맞고 말았다. 첫 발이 목을 관통했고 두 번째 총탄은 가슴 윗부분에 맞았다. 그곳에 아직 세포이들이 있었고, 매복 공격을 당한 것이었다. 오다우드가 섬너의 팔을 붙잡고, 뒤쪽으로 끌고 갔다. 가옥의 어두운 곳이 그나마 안전했다. 윌키가 바깥 돌널 위에서 고통스럽게 발버둥 쳤다. 구멍 난 목에서는 진홍색 피가 심장 박동에 따라 찍찍 나왔다. 섬너가 발끝으로 길가로 난 문을 밀어 열자, 이번에는 응사 탄환이 바깥에서 문얼굴을 맞혔다. 매복병 하나가 무너질 듯한 발코니를 뛰어넘어, 괴성과 함께 그들에게 달려들었다. 오다우드가 놈을 향해 총을 쐈지만 빗나가고 말았다. 세포이의 칼이 오다우드의 복부로 들어가 뒤로 빠져나왔다. 등 중간으로 비어져 나온 칼끝이 벌겠고, 피가 뚝뚝 떨어졌다. 오다우드가 기침을 하자 피가 튀었고, 숨이 제대로 쉬어질 리 만무했다. 그는 자신한테 무슨 일이 일어난 것인지 파악하려 했고, 놀란 표정이었다. 세포이의 표정이 한층 격렬해졌는데, 쑤셔 박은 칼을 더 세게 죄어쳤기 때문이다. 그의 칠흑같이 새까만 두 눈동자가 거칠고 불룩했다. 갈색 피부는 땀으로 번들거렸다. 섬녀는 그 세포이와 2피트 거리를 사이에 두고 서 있었다. 그 이상은 절대 아니었다. 그가 라이플을 견착(肩着)하고 발포했다. 세포이의 얼굴이 당장에 사라졌다. 얄팍하고 그릇처럼 오목한 형태만이 어깨 위에 남겨졌다. 거기에는 살점과 연골, 이빨과 혀 조각이 붙어 있거나, 너덜너덜하거나, 담겨 있었다. 섬녀가 총을 내려놓고, 정문을 발로 걷어차 열었다. 그가 문밖 길로 걸음을 내딛자, 탄환 하나가 종아리를 물어뜯었다. 두 번째 총알은 머리를 몇 인치 비켜나 벽에 박혔다. 섬녀가 비틀거리는데, 낮은 신음이 새어 나왔으며, 순간적으로 뒤로 넘어졌다. 하지만 곧바로 일어나, 몸을 숙이고서 안전을 좇아 황급히 달리기 시작했다. 재차 총탄이 날아와 머리 위를 스쳐 지나갔다. 왼쪽 부츠에 피가 차면서 뜨듯한 질벅거림이 느껴졌다. 뒤에서 날카로운 외침이 들려왔다. 큰길은 석축 잔해, 질그릇 조각, 마대 천, 뼈, 오물이 어지럽게 흩어져 있었고, 양쪽으로 가게와 노점은 선반이 텅 비었으며, 가운데가 축 처진 차양은 구멍이 난 채 쓰러져 가고 있었다. 섬녀가 눈앞에 놓인 길을 포기하고, 좁은 길과 골목의 미궁이 펼쳐진 옆길로 새어 들었다.

스투코를 바른 높은 벽에 금이 가 있었고, 일제 사격으로 생긴 줄도 보였다. 하수 오물 냄새가 났고, 금파리가 들끓었다. 섬너가 절뚝절뚝 느리게 나아갔다. 제정신이 아니었고, 이미 방향 감각을 상실한 상황이었다. 이윽고 통증이 엄습해 왔고, 멈추지 않을 수 없었다. 그가 한 건물 출입구에 쭈그리고 앉아 부츠를 벗어 버렸다. 부상 자체는 깨끗했지만 정강이뼈가 부러져 있었다. 플란넬 소재의 셔츠 자락을 찢어, 상처 부위를 최대한 단단히 묶었다. 그렇게 지혈을 하고 나자, 욕지기와 현기증이 열파처럼 섬너를 집어삼켰다. 눈이 감겼다. 섬너가 다시 눈을 떴다. 비둘기 떼가 선회하고 있었다. 날이 한층 어두워졌고, 그 무리가 마치 공중에 떠 있는 홑씨 같다는 생각이 들었다. 달이 이미 솟아 있었다. 사방에서 음울하고 황량한 대포 소리가 끊이지 않았다. 윌키와 오다우드가 떠올랐고, 몸서리가 쳐졌다. 섬너가 심호흡을 하고서 정신 바짝 차려야 한다고 중얼거린다. 안 그러면, 동료들처럼 그도 죽고 말 터이니. 도시는 분명 내일쯤이면 함락될 터였다. 영국 군대가 술에서 깬 정신을 차리면, 전진을 재개할 테고, 자기가 여기 그대로 머물면서 살아만 남으면, 발견돼서 후송될 수 있을 것이라는 판단이 섰다.

섬너가 자리를 털고 일어나, 여기저기 숨을 만한 곳을 찾았다. 맞은편 가옥의 문이 약간 열려 있었다. 그가 절뚝이며 그곳으로 가는데, 여전히 피가 흘렀다. 문 뒤로 먼지투성이 돗자리와 부서진 긴 의자가 한쪽 벽에 밀쳐져 있었다. 구

석으로 물동이가 보였다. 비어 있었다. 바닥에는 찻주전자
와 유리잔들이 여기저기 흩어진 채였다. 높이 난 창문이 딱
하나 있었는데, 골목길을 내다볼 수 있었지만, 빛은 거의 들
어오지 않았다. 먼 쪽 벽에는 커튼으로 가려진 아치형 입구
가 있었고, 또 다른 작은 방과 연결됐다. 거기에는 조리용
난로가 있었고, 천창이 있었다. 목제 찬장이 보였지만, 텅
비어 있었다. 그 방에서는 기[7] 냄새가 났다. 재와 나무를 땐
연기 냄새도. 그 방 한구석에 아이가 한 명 누워 있었다. 지
저분한 담요 위에 몸을 웅크린 채로 말이다.

섬녀가 잠시 아이를 바라보았다. 살았는지 죽었는지 알
수가 없다. 어두워서 숨을 쉬는지 아닌지도 파악할 수 없
다. 섬녀가 힘겹게 몸을 수그려, 아이의 뺨을 만져 본다. 아
이가 움찔하며, 얼굴 주위로 손을 휘젓는다. 마치 파리를
쫓기라도 하는 듯이. 이윽고 아이가 눈을 떴는데, 섬녀가
서 있는 걸 깨닫고는, 화들짝 놀라 비명을 질러 댔다. 섬녀
가 황급히 그를 제지했다. 아이는 고함지르기를 중단했지
만, 여전히 겁먹은 표정에 못 미덥다는 투다. 섬녀가 시선을
유지한 채로 천천히 뒤로 물러나, 흙바닥에 앉는다.

「나, 물 마시고 싶어.」 섬녀가 입을 열었다. 「봐라. 나, 다
쳤다.」 그가 피 나는 다리를 가리켰다. 「여기.」

섬녀가 주머니에 손을 집어넣어 동전을 찾았다. 그제야,
자신이 그 반지를 아직 갖고 있음을 깨달았다. 도무지 반지
를 주머니에 넣은 기억이 없었지만, 아무튼 거기 있었다. 섬

7 *ghee*. 물소 따위의 젖으로 만든 버터나 식용유.

너가 아이에게 반지를 보여 주면서, 몸짓으로 가져가라고 한다.

「나, 물이 필요해.」그가 다시 말했다. 「파니.」[8]

아이가 미동 없이 반지를 바라보았다. 열 살이나 열한 살쯤 되어 보이는 소년이었다. 얼굴이 갸름했고, 신발을 신지 않은 모습이었다. 복장은 더러운 도티[9]와 캔버스 천 조끼뿐이었다.

「파니.」아이가 섬녀의 말을 받았다.

「그래.」섬녀가 고개를 끄덕인다. 「파니. 하지만 내가 여기 있다는 걸 아무한테도 말하면 안 돼. 내일 영국 군인들이 당도하면, 내가 널 도와주마. 안전하게 지켜 줄게.」

잠시 후 소년이 섬녀에게 힌두스탄어로 대답했다. 휴지와 충돌하는 음절이 길게 이어졌는데, 꼭 염소가 매애 하고 우는 듯했다. 아이가 왜 이런 데서 잠을 자며 도대체 무얼 한단 말인가? 섬녀는 궁금했다. 소개된 도시, 전장으로 화한 공간에서 말이다. 가족이 죄 죽은 걸까? 보호해 줄 사람이 아무도 안 남은 걸까? 20년 전의 캐슬바가 자연스럽게 떠올랐다. 부모가 둘 다 티푸스로 병원에 실려 간 후 어두운 오두막에 혼자 남았던 기억. 어머니는 곧 돌아올 거라고 그에게 맹세했었다. 섬녀의 두 손을 꼭 잡고, 근엄하게 맹세했지만, 부모님은 끝내 돌아오지 못했다. 고아로 전락한 섬

---

8 힌디어로 〈물〉이라는 뜻.
9 *dhoti*. 힌두교 남성이 입는 하의. 천을 넉넉하게 둘러 바지 형태로 만든 것이다.

너를 떠올린 것은 윌리엄 하퍼뿐이었다. 그 의사가 다음 날 집을 방문했고, 소년 섬너를 발견했다. 하퍼는 그날 초록색 트위드 정장을 입고 있었다. 돼지가죽 재질의 부츠는 도로 사정 때문에 진흙투성이로 젖은 채였다. 그가 소년을 때 묻은 돗짚자리에서 들어 올려, 바깥으로 데리고 나갔다. 섬너는 지금도 기억한다. 그 모직과 가죽의 냄새를. 의사 선생님의 일정한 호흡이 따뜻하면서 축축했고, 마음을 편안하게 해주는 부드러운 욕설이 최신식의 기도 같았었다.

「영국 군인들이 여기 당도하면, 너도 안전할 거야.」 섬너가 다시금 확언했다. 「내가 너를 지켜 주마. 알아듣겠니?」

소년이 조금 더 오래 섬너를 빤히 쳐다보다가, 이윽고 고개를 끄덕이더니 방을 나갔다. 섬너는 다시 반지를 주머니에 집어넣었고, 벽에 머리를 기댄 채 두 눈을 감고, 기다렸다. 상처 주변의 살이 심하게 부풀어 오르면서 열이 났다. 다리에서 통증이 맥박 쳤다. 갈증도 점점 참을 수가 없었다. 섬너는 이제 의심이 들었다. 소년이 그를 배신한 걸까? 다음번에 조우하게 될 사람은 자신을 죽이겠다고 덤비지는 않을까? 상황과 꼬락서니가 이 모양이니 섬너를 죽이기는 쉬울 터였다. 그에게는 방어 무기가 없었고, 있다 해도 싸울 여력이 없었다.

소년이 물병을 들고 돌아왔다. 섬너는 가져온 물의 절반을 마시고, 나머지는 부상 부위를 씻어 내는 데 썼다. 발목 바로 위에서 정강이뼈가 뒤로 비스듬히 기울어진 상태였다. 그 아래로 발이 무용하게 축 늘어져 있었다. 야전 병원에서 접한 지긋지긋한 부상들과 비교해 볼 때 그의 증례는 가벼운 편이었지만 그럼에도 불구하고 자기 부상은 처참했고, 두려움이 밀려왔다. 섬녀가 몸을 질질 끌고 난로 쪽으로 가, 옆에 놓인 땔감에서 긴 막대를 둘 골라냈다. 군복 주머니에서 잭나이프를 꺼내, 날을 펴고, 나무를 다듬었다. 섬녀의 행동을 지켜보는 아이의 얼굴은 아무런 감정이 없다. 섬녀가 그렇게 다듬은 나무 막대를 다리 양쪽에 대고서, 몸짓으로 소년이 자던 담요를 가리켰다. 아이가 담요를 섬녀에게 가져다주자, 그가 긴 조각으로 찢었다. 소년은 움직임도, 말도 없다. 섬녀가 몸을 숙이고, 더러운 담요 조각으로 부목을 결속했다. 섬녀가 중얼거린다. 단단히, 하지만 너무 조여서는 안 돼.

얼마 안 돼 섬녀가 땀으로 뒤범벅이 된 채 숨을 헐떡였다. 목구멍을 치고 올라오는 토사물의 신맛이 느껴졌다. 흘러내리는 땀으로 눈이 쓰라렸다. 손가락이 떨렸다. 그가 다리 밑으로 찢어 낸 담요 조각을 밀어 넣고, 양 끝을 위로 잡아당긴다. 단단히 결속해 매듭을 만들려고 하지만, 통증이 너무 심했다. 섬녀가 중단하고, 잠시 쉰다. 그러고는 재차 시도하지만, 이번에도 실패한다. 벌린 입에서 낮은 탄식이 새어 나왔다. 끙 하는 소리와 함께, 섬녀가 바닥에 드러누웠다. 두 눈을 감고, 호흡이 제대로 돌아오기를 기다린다. 심장 박동이 느껴졌다. 먼 데 있는 육중한 문이 거듭해서 세게 닫히는 듯한 느낌이었다. 기다렸지만 소용이 없었다. 날카로운 통증이 결국 견딜 수 없는 욕지기로 바뀌었다. 섬녀가 몸을 굴렸고, 소년을 건너보았다.

「네가 날 도와야 해.」섬녀가 말했다.

아이는 반응하지 않았다. 흑파리들이 소년의 입술과 눈 주위를 어지럽게 날았지만, 그는 아랑곳하지 않고 잠자코 있었다. 섬녀가 다리를 가리켰다.

「나 대신 묶어 줘.」그가 말했다. 「단단히, 하지만 너무 꽉 조여서는 안 돼.」

소년이 자리에서 일어나, 부상 부위를 살펴보고는, 힌두 스탄어로 뭔 말을 한다.

「단단히, 하지만 너무 꽉 조여서는 안 돼.」섬녀가 같은 말을 되풀이했다.

소년이 무릎을 꿇고, 붕대를 잡아 매듭을 묶었다. 부러진 뼈 끝부분이 맞닿으면서 갈린다. 섬녀가 외마디 비명을 지른다. 소년이 멈춘다. 섬녀가 어서 마저 하라는 몸짓으로 소년을 채근했다. 아이가 매듭을 다 묶고서, 두 차례 더 묶어서 부목을 지탱하는 조치를 취했다. 부목 대기가 끝나자, 소년이 집 뒤 우물로 나가, 물 주전자에 물을 받아 다시금 가져왔다. 섬녀가 물을 받아 마시고, 잠에 빠져들었다. 이 윽고 그가 잠에서 깼을 때는, 소년이 곁에 누워 있었다. 녀석은 젖은 톱밥 냄새가 났고, 덩치가 개 한 마리만 했다. 호흡이 느리고 얕았다. 방에는 빛이 거의 없었고, 아무렇게나 널브러진 소년의 몸뚱이는, 방 전체를 덮고 있는 어둠의 조금 더 진한 부분에 지나지 않는 듯했다. 부상당한 다리를 움직이지 않도록 섬녀가 최대한 수를 짜내어 부드럽게 몸

107

을 뻗어, 아이를 건드렸다. 자신이 소년의 어느 부위를 건드린 것인지, 사실 알 수가 없었다. 견갑골인가? 넓적다리? 아무튼, 소년은 움직이지도 깨지도 않았다.

「정말 착한 아이구나.」 섬녀가 속삭였다. 「그래, 정말 착한 아이야.」

먼동이 트면서, 일제 사격이 재개되었다. 처음에는 폭발음이 먼 곳에서 들렸다. 하지만 이윽고, 포수들이 사정거리를 확보한 게 틀림없었다. 영국 군대가 서서히 도시로 밀고 들어왔다. 거리를 하나씩 야금야금 씹어 먹으면서. 폭발음과 총소리가 점점 더 가까워졌고, 더 커졌다. 방이 흔들렸고, 천장에 금이 새로 갔다. 포탄들이 머리 위로 날아가면서 험악한 고음을 연이어 냈다. 그런 연후에는 벽이 무너지면서 둔탁한 저음이 났다.

「바짝 붙어라.」 섬녀가 소년에게 말한다. 「여기서 기다려야 해.」

소년이 제 몸을 긁으면서, 고개를 끄덕였다. 소년은 씹어 먹겠다는 것인지 나무껍질 한 조각과 순무 잎사귀 같은 걸 들고 있었다. 섬녀가 파이프에 불을 붙였고, 잠잠히 기원하고 바랐다. 포격으로 집이 박살 나거나 달아나는 세포이들에게 장악당하기 전에, 영국 군인들이 도착하기를 말이다. 얼마 후, 머스킷 총성, 이어서 사람들 목소리가 들려왔다. 누군가 바깥에서 욕설과 더불어, 명령을 내렸다. 머리 위로 발소리가 들렸고, 문이 박살 나는 소리가 났다. 섬녀에게 두려움이 밀려왔다. 맨주먹 상태에서 하릴없이 노출돼, 꼼짝없이 당한다는, 살 떨리는 느낌. 바닥에 바짝 엎드려 숨어야 했다. 섬녀를 바라보는 소년의 시선이 기대하고 바라는 눈치다. 섬녀가 난로를 붙잡고 일어섰다. 다리에서 통증이 느껴졌지만 참을 만했다. 섬녀가 소년에게 기대어, 함께 비틀거리며 현관으로 나아갔다. 포탄의 굉음과 함께, 이어서 비명 소리가 들렸다. 소년이 섬녀의 옆구리를 받쳐 줬고, 섬녀가 문을 빼꼼히 열어, 바깥을 관측했다. 죽은 세포이가 하나 보였는데, 마치 벽을 받치고 있는 듯한 형상이었다. 골목길 저쪽에서 영국군 군복이 반짝였다. 포연으로 공기가 싸했고, 누런 흙먼지가 가득했으며, 난폭한 전투 소음이 공포를 자아냈다.

「자, 빨리.」 섬녀가 소년에게 말했다. 「저놈들이 우릴 못보고 떠나 버리면 끝이야.」

둘이 하나가 된 덩어리가 절뚝이며 골목길을 이동했다. 사격 소음과 함성이 나는 쪽으로 말이다. 하지만 그 소음은 이미 멀찌감치 희미해진 상황이었다. 전투 현장이 이동 중이었다. 두 사람은 큰길에 도착하고서, 박살 난 돌무더기와 피범벅의 시체가 흩어져 있는 광경만을 목도했다. 어떤 집 문 앞에서 영국 군인이 한 명 나왔다. 한 손에는 권총을, 다른 손에는 약탈 전리품 자루를 들고 있었다. 섬녀가 그에게 구조 요청을 했다. 그 군인이 신속하게 몸을 돌렸고, 두 사람을 보았다. 두 눈이 야수처럼 난폭했고, 한때 선명한 붉은색이었을 군복이 땀과 흙먼지로 뒤덮여 있었다. 아이가 먼저 눈에 띄었던지 일순 경직되는가 싶더니, 그가 권총을

109

조준하고 사격했다. 탄환이 가슴을 정타했고, 소년이 뒤로 나동그라졌다. 섬녀가 몸을 낮추었고, 두 손으로 부상 부위를 단단히 붙잡았다. 혈관의 맥동이 느껴졌다. 총탄이 흉골을 산산이 부수고, 심장을 관통해 버렸다. 피 거품이 솟아 소년의 회색 입술을 덮었다. 검정 눈동자가 머리 깊숙한 곳으로 말려들어 갔다. 1분쯤 후 소년이 죽었다.

군인이 침을 퉤 뱉고는, 씰룩이는가 싶더니, 권총을 재장전했다. 그가 섬녀를 훑어보더니 웃었다.

「내가 사격 솜씨가 좋아.」 그가 말했다. 「항상 그래 왔지.」

「멍청한 새끼!」 섬녀의 일성.

군인이 웃으면서, 고개를 가로저었다.

「나야말로 너의 귀중한 목숨을 구해 준 사람이라고.」 그가 말을 받았다. 「잊지 마.」

담가가 도착했고, 섬녀가 실렸다. 의무병들이 폐허가 된 도시를 가로질러, 라켓볼 경기장 뒤쪽 야전 병원으로 섬녀를 후송했다. 섬녀는 부상병 무리에 끼어 있었고, 처음에는 아무도 그를 알아보지 못했다. 하지만 코빈이 이내 그를 발견했고, 섬녀가 신속하게 위층으로 옮겨졌다. 코빈은 직접 나서서 섬녀를 곁방에 눕혔다.

먹을 것과 물이 제공되었고, 아편 팅크가 투여되었다. 조수가 와서 부목을 다시 댔고, 다리의 상처도 치료했다. 섬녀는 잠이 들었다 깨기를 반복했다. 대포 소음이 내내 들려왔고, 아래층에서는 부상병들이 단속적으로 울부짖었다. 날이 어두워졌고, 이윽고 코빈이 섬녀를 보러 올라왔다. 등잔을 들고 엽궐련을 피우면서였다. 두 사람이 악수를 나눴다. 위에서 섬녀를 내려다보는 코빈의 표정에 애석함과 궁금함이 섞여 있었다. 마치 섬녀가 주의 깊게 계획되었지만, 뜻하지 않게 불발에 그친 실험이기라도 한 양.

「다른 애들은 다 죽었나?」 그가 물었다.

섬녀가 고개를 끄덕인다.

「불시에 당했어요.」 그가 대꾸했다.

「그런 상황에서 살아남다니 운이 좋군.」 코빈이 담요를 들어 올리고, 섬녀의 다리를 살폈다.

「부상 부위는 깨끗합니다. 부러진 것도 심하진 않고요. 당분간 지팡이를 써야겠지요. 하지만 뭐.」

코빈이 고개를 끄덕이고, 미소를 지었다. 섬녀가 한껏 기대에 부풀어 코빈을 살폈다. 이제 그가 제안을 할 거다. 이렇게 고생을 했으니, 뭔가 적절한 보답을 할 것이다. 이게 섬녀의 생각이었다.

「나도 죽었을 거라고 생각했죠?」 섬녀가 입을 열었다. 「아무도 안 돌아왔으니.」

「그랬지.」 코빈이 대꾸한다. 「다들 그렇게 생각했네.」 그는 잠깐 쉬었다가, 말을 보탰다. 「물론, 우리 판단이 틀려서, 난 기쁘네.」

「보물 얘기는 사실이었어요. 헌데, 그 집에 세포이가 숨어 있었습니다.」

「그렇담 함정에 빠진 거야. 큰 실수를 했구면.」

「함정이 아니에요.」 섬녀가 말을 받았다. 「사고였습니다.

놈들이 거기 있는 걸 아무도 몰랐어요.」

「군의관이 근무지를 이탈하는 건, 심각한 일이야.」

코빈의 시선이 차갑게 굳어진다. 그가 섬녀를 조심스럽게 바라봤다. 섬녀가 말을 하려고 입을 열려다, 그만뒀다.

「내 말을 이해했을 거라고 보네.」 코빈이 말을 이었다. 「물론 자네가 무사해서 기뻐. 그럼에도 불구하고 자네의 현재 처지는 그리 유쾌하지 않네. 기소될 거야.」

「기소요?」 순간 혼란스러웠다. 자기가 없는 사이에 코빈이 더 큰 계획을 생각해 냈다는 얘기? 기소가 그 계획의 일부고? 서로의 이익을 도모하는 더 야심찬 전략이라도 있는 건가?

「상황 때문에 어쩔 수 없네.」 코빈이 말을 이었다. 「공격 작전이 결정적 단계였어. 그런 판국에 의사가 셋이나 없어지다니…….」 그가 눈썹을 치키며, 칠흑 같은 어둠 속으로 회갈색 연기를, 관(管) 모양으로 느리게 내뿜었다.

섬녀는 별안간 가슴팍이 조여 옴을 느꼈다. 영문을 모를 일이었고, 혼미할 지경이었다. 자기가 있는 방이, 절대 그럴 수 없었지만, 돌연 기울어지는 듯했다.

「기소가 있더라도」 섬녀가 말했다. 「코빈 씨께서 도와주실 거라고 믿습니다.」

코빈이 얼굴을 찡그렸고, 고개를 가로저었다. 그럴 일 없다는 의미였다.

「내가 자네에게 무슨 도움을 제공할 수 있다는 건지 모르겠군.」 코빈의 대꾸는 걱정하거나 관심을 두지 않는다는 투였다. 「사실 관계가 너무나 명료해서 말이야.」

「어제 당신이 지시했잖아요?」 섬녀가 말했다. 「다 사실 아닙니까? 인도인 아이서부터.」

코빈이 협탁 위에 등잔을 내려놓고, 침대 발치를 천천히 왔다 갔다 했다. 이어서 열린 창문으로 다가가더니, 잠시 멈춘다. 저녁 만찬에 늦는 손님을 기다리며 내다보는 듯한 모양새다. 이윽고 그가 입을 열었다.

「장군께서는 사소한 세부에는 관심을 두지 않을 거야. 이곳 야전 병원에서 자네가 필요할 때, 그 자네가 보물을 찾겠답시고 병원을 이탈한 것, 그게 사실이지. 세 사람이 죽었고, 자넨 중상을 입은 채로 귀대했어. 자네가 자리를 비워서 어땠는지 아나? 부상당한 전우들, 그중에는 장교도 대여섯이나 됐는데, 치료를 못 받았지. 많은 장병이 극심한 고통 속에 괴로워했어. 내 생각에는 말이야, 장군께서는 이 정도 시나리오만 알고 싶어 하실 거야. 첨언하면, 그럴 수밖에 없을 거고.」

「내가 입 다물고 가만있을 거 같습니까? 그냥 벌을 받으라고요? 맙소사, 쫓겨나는 거군요.」

「자네가 상황을 악화시키지 않기를 바라네. 이 건에 내 이름을 들먹였다가는, 안 좋을 거야. 분명히 말해 두네.」

두 사내가 한동안 서로를 빤히 응시했다. 코빈의 표정은 근엄했다. 뿐만 아니라, 차분했고, 자신감에 차 있었다. 군대의 일처리는 당치 않은 경직성을 과시한다. 이런 구조이므로 부유한 유한계급의 경우, 조심성 없는 과신이 태동한

113

다. 이 세상을 주무를 수 있다는 생각, 자신의 필요와 욕망에 따라 세상을 좌지우지할 수 있다는 지각.

섬너는 두통으로 머리가 빠개질 것 같았다. 내면에서 분노와 자책감이 쓰디쓰게 일렁였다.

「이렇게 개고생을 했는데, 아무것도 안 해주실 겁니까?」

「이렇게 조언을 해주지 않나. 나의 충고는, 자신의 행동에 따른 불행한 결과를 받아들이라는 거야. 운수가 사나웠지. 인정해. 그렇지만 자넨 아직 살아 있어. 남들은 다 죽었는데 말이야. 어쩌면 감사해야 할 게 있는 셈이지.」

「보물이 있어요.」 섬너가 말했다.

코빈이 움찔했지만 이내, 고개를 가로저었다.

「거짓말. 실려 올 때 아무것도 없었는걸.」

「그때 이미 확인한 거군요.」 섬너의 말투가 단호했다. 「그걸 알고, 이 사태를 결심한 거예요.」

코빈이 아래턱에 힘을 줬다. 방에서 대화가 시작된 이래 처음으로 그가 당황했다.

「날 도발하시겠다? 별 도움이 안 될 텐데.」

「난 입장이랄 게 없습니다. 있을 수가 없지요. 당신도 알고, 나도 압니다. 재판을 받으면 경력은 끝이니까요.」

코빈이 어깨를 으쓱했다.

「이따 저녁에 연대 병원으로 호출될 거야. 다음 날쯤 공식으로 기소되겠고. 청문 재판에서 다시 보세.」

「나한테 도대체 왜 이러는 겁니까?」 섬너가 물었다. 「목적이 뭐예요?」

「목적?」

「당신 때문에 내가 망하게 생겼는데, 뭐 때문이냐고요?」

코빈이 고개를 가로저었고, 희미하게 웃었다.

「켈트 애들은 순교가 매력적이라고 생각하는 멜랑콜리가 있어. 내 알지. 하지만 섬너 군의관, 자네의 경우는 아귀가 안 맞아. 난 내 일을 할 뿐이네. 자네도 더 잘했어야지.」

코빈이 이 말과 함께, 가벼운 묵례를 남기고, 방을 나갔다. 섬너가 놈이 떠나는 걸 지켜봤다. 나무 계단을 내려가면서 내는 군화의 저벅임이 들린다. 코빈이 잉글랜드 사람다운 억양으로 빠르게 지껄이며 지시 사항을 하달했다. 그렇게 군의관 섬너가 거기 누워 있었다. 그가 자신이 처한 상황의 진상을 서서히 이해했다. 섬너는 자신의 개성과 인격을 규정해 온 핵심적 특성들 — 열의, 신념, 고집, 말로 표현할 수 없는, 어떤 간절한 자부심 — 이 빠져나가고, 사라지고, 죽어 없어지는 걸 느꼈다. 윌리엄 하퍼는 죽을 때 섬너에게 아무것도 남겨 주지 않았다. 임종 즈음에는 음주가 원인으로 작용해, 모든 재산이 팔리거나 저당을 잡히거나 탕진되었기 때문이다. 그때조차 섬너는 견인불발했다. 자신의 의지와 결의는 결코 꺾이지 않았다고 자신했었다. 벨파스트에서 더는 수업과 하숙을 감당할 수 없었지만, 그는 군 입대가 출세와 성공을 도모할 수 있는 방법임을 인지했다. 그 인생 경로라면, 엄청나게 더디고, 또 엄청나게 힘겨울 것임을, 그는 잘 알았다. 하지만, 그래도 불가능하지 않았다. 섬너는 한번 해볼 만하다고 생각했다. 어떻게든 해낼 수 있을 거라고 믿었다. 하지만, 그런 계획하에 추진되던 인생 여정이 바로 여기 인도에서 사달이 나고 말았다. 그렇게 오랜 세월 간직해 온 회복 탄력성과 집요한 끈기가 한 방에 말소되고 말았다. 끈질긴 노력, 칠전팔기의 정신, 인내, 교활한 꾀. 그 오랜 세월 어떻게 이럴 수 있었지? 과연 이게 가능했다면, 가능했더라도, 도대체가 무슨 의미란 말인가? 코빈한테 당한 일이 생각나자 뜨거운 분노가 치밀었다. 분노로 끝낼 일이 아니었다. 여기에는 납득할 수 있는 설명과 해석이 필요했다. 하지만 그럴수록 격렬한 분노가 위세를 더하며 그를 집어삼켰다. 회색의 기다란 파도가 에너지를 응축해, 마침내 해안을 덮치는 것처럼 말이다. 섬녀는 부끄러움과 수치에 모골이 송연했다.

8

얀마옌섬에서 페어웰곶까지 이동하는 데 3주가 걸렸다. 하늘이 청명했지만, 바람이 단속적이었고, 변덕까지 심했다. 날이 좋으면 남쪽에서 강한 바람이 세게 불었지만, 그렇지 않은 날에는 바람이 거셌다가 약했다가 끊임없이 바뀌었고, 아예 안 불기도 했다. 선원들이 바삐 움직였다. 보트를 들어 올릴 때 쓰는 삭구를 구멍에 꿰어 매고, 작살 밧줄을 꼬아서 잇고, 각종 작살을 점검하고 정비하는 등속으로 일이 많았다. 바다표범 사냥이 성공을 거두었고, 사기가 충천했다. 브라운리는 선원들의 태도가 대부분 낙관적임을 느꼈다. 선원들이 올해는 운이 따라 줄 거라고, 이번 항행은 소득이 있을 거라고 생각했다. 헐에서 들려온 불평불만이 잦아들었다. 캐번디시는, 여전히 성가신 좆밥이기는 해도, 일 하나는 잘한다는 걸 보여 줬다. 후보 선수 블랙도 경력에 어울리지 않는 기민함과 야심으로 경탄을 자아냈다. 섬너 역시 죽다 살아난 부빙 추락 사고 이후, 괄목할 만큼 건강을 회복했다. 혈색과 활력을 되찾았고, 식욕도 돌아왔다.

빰과 코끝에 동상 자국이 선연하긴 했어도, 섬녀는 거의 매일 갑판을 걸으면서 운동을 했고 일기장을 펴놓고 그림까지 그렸다. 헤이스팅스호의 캠벨이 앞질러 서행하면서 볼런티어를 기다렸다. 위치는 디스코섬을 지난 어딘가였다. 하지만 기회가 찾아올 때까지 두 배가 접선하거나 교신하지는 않을 터였다. 요즘은 해상 보험 손해 사정사들이 불법 공모와 결탁의 징후에 대단히 민감했다. 더구나 볼런티어처럼 불비례하게 보험금이 많이 책정된 배가 지금 시점에서는 요주의 대상이었다. 브라운리의 마지막 항해도 빠뜨릴 수 없었다. 이게 그가 바라던 끝은 아니었다. 그래도, 미들즈브러와 클리소프스를 왕복하는 석탄 바지선에서 다시금 5년 동안 멍텅구리처럼 투덜거리느니, 확실히 이게 더 나았다. 퍼시벌호 사고 이후, 생존자 가운데 그를 제외하고 바다로 다시 나간 사람은 없었다. 나머지는 머리가 이상해졌거나, 사지를 잃었거나, 경련과 통증 장애를 앓거나, 공포 발작에 시달렸던 것이다. 역경을 이겨 낸 사람은 브라운리뿐이었다. 거듭해서 바다로 나가기를 원할 만큼 완강하거나 어리석은 유일한 뱃사람! 사내라면 앞을 바라보며 나아가야지, 뒤로 돌아가서는 안 된다며, 백스터가 조언이랍시고 브라운리를 끊임없이 충동질했다. 중요한 것은 〈앞으로 벌어질 일〉이라며. 백스터가 개자식, 악당, 뼛속까지 사기꾼이라는 것은 틀림없는 사실이었다. 하지만 그의 충고에도 작으나마 견고한 진실이 들어 있음을 브라운리는 알았다.

페어웰곶 주변은 늘 그렇듯 빙산이 빽빽하게 밀집해 있었고, 그래서 위험했다. 볼런티어가 충돌을 피하려면, 중간 돛을 펴고 추가로 1백 마일가량을 서쪽으로 주항해야 했다. 배가 이어서 북북동으로 방향을 틀었고, 데이비스 해협 한가운데로 들어섰다. 날이 따뜻하면, 섬너는 앞 갑판에 앉아서 조류를 관찰했다. 마도요, 뇌조, 바다쇠오리, 아비, 솜털오리 등등. 그는 한 마리씩 식별할 때마다, 키잡이를 큰 소리로 불러 위도 측정값을 물었다. 그러고는 그 내용을 공책에 받아 적었다. 새가 근거리로 접근했는데 근처에 라이플이 있으면, 가끔 사격을 하기도 했다. 하지만 대개는 빗나갔고, 섬너의 헛짓이 이내 선원들 사이의 우스개로 전락했다. 섬너는 자연의 역사에 관심이 없었다. 항해가 끝나면 다시 들춰 볼 일 없이 공책을 내다 버릴 요량이었다. 그의 조류 탐측 활동은 다만 시간을 죽이려는 방편이었다. 뭔가 바빠 보이고, 평범하고 정상적으로 보이려는 시도이기도 했다.

사격하거나 기록할 만한 새가 없으면, 가끔 독일 출신 작살수인 오토와 이야기를 나누기도 했다. 비록 직업이 비천한 작살수이기는 해도, 오토는 생각이 깊은 사람이었다. 성향이 사변적이고 신비주의적이기까지 했다. 그는 부빙 사고를 이렇게 해석했다. 섬너가 빙원에서 실종된 그 여러 시간 동안 그의 혼이 물리적인 육체를 이탈해 더 높은 피안의 영역을 여행했을 거라는 거였다.

「스베덴보리 선생은 영(靈)들의 영역이 있다고 설명합니다. 벼랑과 산으로 둘러싸인 광대하고 푸른 초장에, 죽은 영혼들이 모이고, 그러면 구원받을 자와 저주받을 자로 나뉜다는 것이지요.」

섬녀는 오토를 실망시키고 싶지 않았다. 실상, 사고 당시의 기억이라고는 고통과 두려움뿐이었다. 그런 연후에는 암울하고 불쾌한 무감각 상태가 길게 이어졌었고.

「어딘가에 그런 근사한 곳이 있는지 모르겠지만, 나는 구경도 못 했습니다.」 섬녀가 대꾸했다.

「그렇담 하늘로 직행했는지도 몰라요. 그것도 가능합니다. 하늘의 천국은 순전히 빛이라고 해요. 건물, 공원, 사람, 모든 게 신성한 빛으로 이루어졌답니다. 사방에 무지개가 있고요. 다중 무지개라니, 얼마나 멋져요!」

「그것도 스베덴보리 얘긴가요?」

오토가 고개를 끄덕인다.

「당신도 거기서 죽은 사람들을 만나 이야기를 나눴을 겁니다. 어쩌면 부모님과요. 기억나요?」

섬녀가 고개를 가로저었지만 오토는 굴하지 않는다.

「하늘나라 사람들은 이승에서랑 똑같이 생겼대요. 하지만 그들의 육신은 살이 아니라, 빛으로 이루어졌답니다.」

「대체 어떻게 몸이 빛으로 이루어질 수 있다는 겁니까?」

「그거야, 우리의 진정한 존재가 빛이니까요. 빛이야말로 우리의 불멸하는 본질이지요. 하지만, 살덩어리가 떨어져 나가야 그 진실이 찬연하게 빛을 발하는 것입니다.」

「그렇다면, 당신이 설명하는 것은 몸이 아니라, 영혼인

120

게로군요.」

「만물은 형태를 지닙니다. 하늘나라에서도 죽은 자의 몸은 각각의 영혼이 취하는 형태입니다.」

섬너가 다시 고개를 절레절레 흔들었다. 오토는 거대한 체구에 가슴이 넓은 튜턴 사람[10]이었다. 얼굴은 살집이 잔뜩 올라 이목구비가 둔중했고, 주먹은 무슨 고깃덩이를 잘라 놓은 것처럼 큼직했다. 그는 크게 힘들이지 않고도 작살을 50야드씩 투척했다. 그런 그였으니, 그런 조잡한 철학을 설파하는 모습, 그걸 듣고 있는 광경까지, 무척이나 기이했다.

「그런 걸 믿는 이유가 뭡니까?」섬너가 물었다. 「무슨 도움이라도 돼요?」

「우리 눈에 비치는 세상은 온전한 진실이 아니에요. 꿈과 환상이야말로 물질과 사태만큼이나 실재합니다. 우리가 상상하고 사유할 수 있으면, 그 내용과 대상은, 직접 만지고 냄새 맡을 수 있는 여느 것처럼 참으로 존재하지요. 우리의 사유가 신한테서가 아니라면, 어디에서 비롯하겠습니까?」

「경험에서 오죠.」섬너가 대꾸했다. 「듣고, 보고, 읽는 것에서요. 사람들이 이야기하는 것에서도요.」

오토가 고개를 저었다.

「그게 사실이라면 말이죠, 성장이나 진보는 불가능해요. 세상이 고여서 침체할 겁니다. 우리의 삶이 퇴보할 운명이 되는 거지요.」

---

10 게르만족 또는 켈트족의 일부로 현재의 독일, 네덜란드, 덴마크 등에 해당하는 지역에서 거주했다고 한다.

섬녀가 먼 데로 시선을 돌렸다. 총안처럼 가운데가 구멍 난 빙산과 육빙, 빛이 약해 흐릿한 하늘, 바다의 검은 물이 우악스럽게 동요하는 광경이 차례로 보였다. 현학적인 신비주의 토론을 마친 섬녀가 선실로 돌아갔다. 그는 한 주 내내 꼼짝 않고 말도 거의 없이 침상에서 뒹굴었다. 섬녀의 몸은 그림 같았다. 지워 없애고 다시 그릴 수 있는 스케치 말이다. 고통과 공허가 그를 주조하고 만들어 냈다. 그로 인해 마음가짐과 태도 역시 바뀌었다.

「물에 빠졌는데도 난 안 죽었어.」 섬녀가 중얼거렸다. 「죽었다면, 어떻게든지 거듭날 테지. 하지만 나의 어떤 것도 새롭지 않아.」

볼런티어가 디스코섬을 앞에 두고, 순식간에 부빙에 갇혀 버렸다. 선원들이 최근 거리의 유빙에 얼음용 닻을 내리고, 캡스턴[11]에 옭매듭을 한 두꺼운 로프들을 활용해 배를 전진시키는 수를 써보았다. 캡스턴 손잡이마다 인원을 둘씩 배치했지만, 진척이 느렸고 진이 빠지는 작업이었다. 불과 30피트 이동하는 데 오전을 다 잡아먹었다. 저녁 식사 후 브라운리는 마지못해 작업을 중단하고 , 바람이 바뀌어서 새로운 실마리가 풀리기를 기다리기로 했다.

드랙스와 캐번디시가 곡괭이를 들고 하선했다. 부빙에서 닻들을 회수해야 했다. 날이 따뜻했고, 하늘이 맑았다. 북

---

11 *capstan*. 원뿔 혹은 원기둥 형태의 몸체에 밧줄이나 쇠사슬을 감고, 회전시켜 무거운 것을 움직이는 기계. 주로 배에서 닻 등을 끌어 올릴 때 쓴다.

극의 태양이 지지 않고 계속 높이 떠 있었다. 무지근하고 성미 고약한 열을 발산하는 해가 욱신거리는 용광로 같았다. 두 사람은 이제 그런 것쯤은 아랑곳하지 않았고, 견인 밧줄을 푼 다음, 가져온 곡괭이로 닻 주변의 얼음을 깨트렸다. 캐번디시가 파낸 닻을 어깨에 메면서, 휘파람으로 「런던데리 에어」를 불러 젖혔다. 드랙스는, 그런 것에는 관심 없었고, 햇빛을 차단하기 위해 오른손을 들어 눈을 가렸다. 그런데 얼마 후, 그가 육지 쪽을 가리켰다. 캐번디시가 휘파람을 멈췄다.

「뭐야?」

「곰.」 드랙스가 대답했다. 「다음번 부빙인데.」

캐번디시가 손을 들어 차양을 만들고, 더 잘 보려고 쪼그려 앉았다.

「보트 가져올게.」 그가 말했다. 「총도.」

선원들이 얼음 위로 보트를 내렸다. 드랙스와 캐번디시, 그 외 두 명이 보트를 부빙의 확 트인 곳으로 끌고 갔다. 그들이 타고 있는 부빙은 폭이 4분의 1마일에 작은 언덕이 많았다. 곰이 부빙의 북쪽 가장자리로 이동했다. 고개를 획획 돌리며 숨을 쉬고, 냄새로 여기저기 바다표범을 찾고 있었다.

캐번디시가 작은 망원경으로 엄마의 뒤를 따르는 새끼를 포착했다.

「능소니도 있어.」 그가 말했다. 「봐.」

캐번디시가 망원경을 드랙스에게 넘겨준다.

「새끼는 생포하면 20파운드는 벌 수 있어.」 드랙스가 말을 이었다. 「어미는 가죽을 벗기자.」

네 명의 사내가 잠깐 동안 돈 문제를 논의했고, 만족스러운 합의에 도달했는지, 일제히 보트를 밀고 나아갔다. 그들이 50야드를 남겨 두고, 보트를 멈춘 다음 단단히 고정했다. 캐번디시가 이물에서 무릎에 잔뜩 힘을 주고 엎드려, 총을 조준했다.

「저년 눈구멍에 납덩이를 박아 넣으면 내 벽장에도 금화가 생기겠지.」 그가 속삭인다. 「자, 그 일을 누가 하는지 보라고.」

「네 벽장에 금화가 생기면, 내 좆이 보지다.」 무리 중의 하나가 쏘아붙인다.

캐번디시가 낄낄거린다.

「잠깐, 잠깐.」 그의 말소리가 급박해진다. 「지금이야, 지금.」

「가슴을 쏴.」 드랙스가 말한다.

「심장, 좋지.」 캐번디시가 고개를 끄덕인다. 「자, 간다.」

그가 다시금 한쪽 눈을 감고 조준을 한 다음, 발포한다. 총알이 북극곰 둔부를 강타했다. 피가 뿜어져 나왔고, 포효가 대기를 갈랐다.

「씨부럴.」 캐번디시가 사격에 쓴 총을 째려보며 말했다. 「조준경이 삐꾸잖아.」

북극곰은 이제 거칠게 원을 그리고 있었다. 어깨뼈 사이의 융기부, 곧 기갑*withers*이 사납게 요동쳤고, 울부짖음과 함께, 대기를 베어 무는 듯한 몸짓은 보이지 않는 적의 공격을 막아 내는 사투 같았다.

「한 발 더 쏴.」 드랙스가 말했다. 「달아나기 전에.」

캐번디시가 재장전을 하기도 전에, 곰이 그들의 위치를 파악했다. 하지만 달려오지 않고, 잠시 숨을 고른다. 뭘 어떻게 해야 할지 생각하는 듯했다. 그런 연후에 어미 곰이 부빙에서 뛰어내려 바닷물 속으로 사라진다. 새끼가 어미를 좇아, 역시 뛰어들었다.

보트가 전진했고, 네 사람은 곰들이 솟아오르기를 기다리며 수면을, 서캐 훑듯이 관측했다. 캐번디시가 장전을 마치고 사격 준비 상태에 돌입했다. 드랙스는 능소니를 포획하려고 고리 밧줄을 쥔 채 대기했다.

「곰이 얼음 아래로 들어갔을 수도 있어.」 캐번디시가 말한다. 「틈과 구멍이 많아.」

드랙스가 고개를 끄덕인다.

「그래도 새끼는 잡아야지.」 그가 말한다. 「20파운드는 벌수 있어. 동물원에 아는 놈이 있다고.」

배가 천천히 원호를 그렸다. 바람이 멈추었고, 주변 대기가 잠잠해졌다. 드랙스가 코를 킁킁거리더니 침을 뱉는다. 캐번디시가 떠들고 싶은 욕구를 참고 있다. 세상이 정지한 듯 아무것도 움직이지 않고, 사방이 잠잠한 침묵으로 가득 찼다. 이윽고, 고물에서 불과 1야드 떨어진 곳에서, 어미 곰의 머리가 불쑥 솟아올랐다. 암컷 곰의 하얀 털이 검은 물과 대비되면서, 바로 이것이 고대 바다 신의 원형(原型)이 아닐까 하는 생각이 들었다. 한바탕 거친 소동이 벌어졌다. 밀치락달치락하는 빠른 움직임, 외마디 비명과 고함, 저주

125

와 욕설. 어쨌거나 캐번디시가 다시 조준을 했고, 총을 발사했다. 총탄이 노잡이 하나의 귀를 슝 하고 스치며 날아가, 곰의 가슴팍에 명중했다. 곰이 비명을 지르며 분연히 일어섰다. 예리한 발톱의 두 발이 거대했다. 크고 덥수룩하기가 나무 그루터기 같았다. 그 앞발이 뱃전을 할퀴듯 두드려 팼다. 보트의 나무판자가 채 썰리듯 산산조각 났다. 항구 도시에서 볼 수 있는 광란의 구매 입찰이 떠오를 지경이었다. 보트가 거칠게 아래로 내리눌렸고, 전복될 것 같았다. 캐번디시가 앞으로 고꾸라지면서 총을 떨어뜨렸고, 노잡이 하나가 배 밖으로 튕겨 나갔다.

드랙스가 캐번디시를 옆으로 밀치고, 폭 8인치의 고래 끌을 측방 시렁에서 빼냈다. 북극곰이 보트를 마다하고, 허우적거리는 노잡이한테로 달려들었다. 곰이 노잡이의 팔꿈치를 물고 거대한 목을 뿌리치듯 흔들자, 불행한 노잡이의 오른팔이 거의 다 찢겨 나갔다. 드랙스가 여전히 좌우로 요동 중인 보트에서 똑바로 섰다. 그가 고래 끌을 높이 치켜들었다가, 북극곰의 등을 세게 내리찍는다. 일순 저항하는 느낌이 왔지만, 곧이어 곰이 어쩔 수 없이 굴복했고 상황이 끝났음을, 알 수 있었다. 고래 끌의 강철 날이 곰의 척추를 산산조각 내버렸기 때문이다. 드랙스가 고래 끌을 빼냈다가, 다시 찔렀고, 또다시 찔렀다. 타격할 때마다 칼날이 더 깊이 박혔다. 드랙스의 세 번째 공격에 곰의 심장이 뚫렸다. 엄청난 양의 보라색 피가 수면으로 솟구치면서 김이 났다. 곰의 덥수룩한 하얀 털가죽이 먹물을 뿌린 듯 얼룩졌다. 혹 하고 밀려드는 공기에서 악취가 진동했다. 드랙스는 이 일이 즐거웠다. 짜릿한 흥분은 물론이고, 그는 장인의 자부심마저 느꼈다. 드랙스는 죽음이 일종의 형성, 다시 말해 짓는 것이라고 생각했다. 어떤 것이 다른 무언가로 바뀌는 것이, 그는 죽음이라고 믿었다.

불구가 된 노잡이는 잠깐 비명을 지르는가 싶더니, 통증 때문에 의식을 잃고서, 가라앉기 시작했다. 잘린 팔의 피투성이 자투리가 죽은 곰의 엄니에 여전히 붙어 있었다. 캐번디시가 갈고리 장대를 가져와, 물에 빠진 노잡이를 낚아채, 다시 배에 실었다. 일행이 작살 밧줄을 잘라, 잘린 팔의 남은 부분을 지혈했다.

「내가, 씨발, 저년을 북극의 제왕이라고 부르는 이유야.」 캐번디시가 말했다.

「아직 새끼 남았어.」 드랙스가 한 군데를 가리키며 대꾸한다. 「저기 저놈이 20파운드란 말이야.」

능소니가 엄마의 사체 옆에서 헤엄치고 있었다. 연약한 고음으로 울면서, 또 코로는 엄마를 쿡쿡 찌르면서.

「씨발, 팔이 없어졌다고.」 캐번디시가 말했다.

드랙스가 갈고리 장대에 고리 밧줄을 걸어, 능소니의 머리에 걸었다. 그렇게 새끼 곰이 생포되었다. 무리가 죽은 암컷 곰의 턱에 구멍을 내고, 줄을 끼운 다음, 다른 쪽 끝을 배에 설치된 말뚝에 단단히 묶었다. 모선으로 귀환하는 일도 고되고 느린 여정이었다. 도착하기도 전에 부상당한 노잡이가 이승을 하직했다.

캐번디시가 입을 열었다. 「말만 들었지, 이런 일은 처음이야.」

「바로 명중시켰으면, 저 사람은 지금도 살아 있겠지.」 드랙스가 말을 받았다.

「두 발이나 쑤셔 넣었는데도, 팔을 뜯어 버릴 정도의 힘이 남았던 거야. 내가 너한테 묻고 싶은 건, 도대체 어떤 곰인 거지?」

「곰이 곰이지.」 드랙스가 대꾸했다.

캐번디시가 고개를 절레절레 흔들었고, 코를 훌쩍였다.

「그래 씨발, 곰이 곰이지.」 그가 드랙스의 말을 되풀이한다. 더는 불길한 생각을 해서는 안 된다는 듯이, 재수 옴 붙은 생각을 얼른 털어 내겠다는 듯이.

마침내 볼런티어에 도착했고, 그들이 죽은 곰을 도르래에 달아 물 밖으로 꺼냈다. 활대에 대롱대롱 매달린 사체에서 갑판으로 핏물이 줄줄 흘렀다. 무생물로 전락한 곰이 추레하기까지 했다. 아직 물속에 있는 능소니는 어미와 분리되자, 광분했다. 이쪽저쪽 맹렬하게 헤엄치며, 갈고리 장대를 들이받고, 목걸이 밧줄을 당기는 놈의 눈에서 야생의 험악함이 읽혔다. 드랙스가 보트에 서서 빈 나무통을 내리라고 시켰다. 그가 캐번디시의 도움을 받아, 능소니를 그 통 안에 밀어 넣었다. 보트로 그물이 던져졌고, 나무통이 올라갔다. 나무통 안에서는 능소니가 울부짖으며 발버둥 쳤다. 브라운리가 뒤 갑판에서 능소니가 거듭해 나무통 감옥에서 빠져나오려는 시도를 지켜본다. 드랙스 역시 막대를 들고 반복해서 놈을 제압하고 있다.

「어미 사체를 내려.」 브라운리가 큰 소리로 명령했다. 「저 새끼 조용히 시키려면 그 방법밖에 없어.」

갑판 위에 납죽, 하지만 작은 언덕처럼 피투성이 털 뭉치가 솟아 있었다. 여전히 김이 피어오르는 북극곰의 사체는, 좀체 상상이 안 되는 큰 잔치의 엄청나게 큰 장식처럼 보였다. 브라운리가 나무통을 발로 걷어차자, 능소니가 허겁지겁 빠져나온다. 놈의 발이 익숙지 않은 목제 갑판을 할퀴고 긁었다. 놈이 겁에 질려 어쩔 줄 모른다는 게 빤히 보였다. 당황해서 뱅글뱅글 도는 광경에, 선원들이 삭구를 치우면서 키득거렸다. 능소니가 이내 엄마를 알아보고, 달려갔다. 놈이 코로 옆구리를 쿡쿡 찌르며, 피투성이로 더러워진 사체를 속수무책으로 핥는다. 브라운리가 그 광경을 지켜봤다. 낑낑거리고, 코를 훌쩍이는 게, 우는 게 틀림없었다. 이윽고 놈이 옆구리를 맞대고 바람이 닿지 않는 쪽으로 엄마 사체 옆에 자리를 잡았다.

「이놈, 20파운드는 받을 수 있어요.」 드랙스가 말했다. 「동물원 사람을 압니다.」

브라운리가 드랙스를 빤히 바라본다.

「대장장이가 창살문을 달아 주면, 나무통에 가둘 수는 있어.」 브라운리가 말했다. 「하지만 헐로 귀환하기 전에 죽고 말 거야. 만에 하나 안 죽어도, 버는 돈은 전부 사망한 선원의 가족 몫이다.」

드랙스가 당장에 반기를 들 것처럼 쩨려봤지만, 이내 고개를 끄덕이고는 물러난다.

얼마 후 선원들이 죽은 노잡이를 범포(帆布)에 싸, 배 밖으로 버렸다. 간단하고 무뚝뚝한 장례식이었다. 그런 다음에는 캐번디시가 손도끼와 칼을 들고 와, 어미 곰의 가죽을 벗겼다. 나무통에 감금된 능소니가 이 광경을 지켜보며, 부들부들 떨었다. 캐번디시는 아랑곳하지 않고 도끼를 휘둘렀고, 자르고, 떼어 내, 버렸다.

섬녀가 캐번디시에게 물었다. 「곰도 먹을 수 있어요?」

캐번디시가 고개를 가로젓는다.

「곰 고기는 역해서 못 먹어. 간은 독물이라서 먹으면 또 직방이야. 골로 가는 거지. 곰이 좋은 거라곤 털가죽밖에 없어.」

「그럼 장식용인가요?」

「부자들 응접실에 들어가는 거지. 드랙스 놈이 고래 끌가지고 좀 덜 설쳤으면, 값을 더 받을 수 있었을 텐데 말이야. 이렇게 깊이 찢어졌으니, 복원이 가능하려나?」

「새끼 곰은, 살아남으면, 동물원에 파는 건가요?」

캐번디시가 고개를 끄덕였다.

「곰이, 씨발, 다 크면, 겁나면서도, 존나 멋지거든. 사람들이 한 번씩 보겠다며 반 페니씩 내는데, 비싸다는 생각은 안 들어.」

섬녀가 몸을 납작 엎드려, 어두운 나무통을 들여다봤다.

「이 새끼 이거, 귀향하기도 전에 슬퍼서 죽겠는데요.」 섬녀가 말한다.

캐번디시가 작업을 잠시 중단하고, 어깨를 으쓱한다. 그가 섬녀 쪽으로 고개를 돌려, 씩 웃었다. 캐번디시의 두 팔이 팔꿈치까지 선홍색이고, 조끼와 바지도 핏물이 튀어 응혈로 굳어 있었다.

　「엄마는 금방 잊을 거야.」 캐번디시가 대꾸했다. 「정동(情動)은 금방 없어져. 짐승도 사람이랑 똑같지.」

9

선원들이 섬녀를 찾아오는 사유는 다양했다. 부상, 멍, 두통, 궤양, 치질, 복통, 부어오른 고환 등등. 섬녀가 그들에게 찜질약, 반창고, 연고와 크림을 처방했다. 구체적으로 황산마그네슘, 칼라민 로션, 토근(吐根) 따위였다. 도대체가 아무것도 안 들으면, 일부러 피가 나게 하거나 째서 터뜨렸다. 저 밑에 있는 것까지 다 게워 내게 하거나, 폭풍 설사를 유도하는 방법도 썼다. 선원들은 이런 치료와 배려를 고맙게 여겼다. 주목과 관심, 보살핌을 받는다는 걸 느낄 수 있었기 때문이다. 정말이지, 섬녀가 그들에게 불편을 선사하고, 상황이 악화될 때조차, 그들은 그렇게 느꼈다. 선원들은, 섬녀가 배운 사람이고 따라서 그는 그가 뭘 하는지 알 거라고 믿었다. 섬녀에 대한 그들의 믿음은 일종의 신앙이었다. 어리석고, 원시적일지 몰라도, 확고하게 실재하는 그런 신앙.

하지만 섬녀의 처지에서는, 자기를 찾아오는 선원들이 그저 몸뚱이에 불과했다. 다리, 팔, 몸통, 머리. 그가 관심을 갖고 걱정한 것은 그들의 육체뿐이었다. 선원들의 나머지 다른 부분 — 그들의 도덕적 성격과 영혼 — 에 섬녀는 철저히 무관심했다. 선원들을 교화해 유덕한 존재로 끌어올리는 것은 자신의 임무나 과업이 아니라고, 그는 생각했다. 그들을 판단하고, 달래고 위무하며, 친구가 되는 것 역시 자신의 일이 아니라고 생각했다. 섬녀는 의료인이지, 성직자가, 치안 판사가, 배우자가 아니었다. 선원들의 병변과 상처는 치료한다. 가능할 경우, 만성적인 결함과 질병도 바로잡고 개선해 준다. 하지만 그 한계를 넘어서면, 선원들도 섬녀에게 요구하지 않았고, 기백이 초라하게 꺾여 버린 섬녀 역시 내어 줄 위로 따윈 없었다.

어느 날 저녁이었다. 저녁 식사 후에 사환 하나가 섬녀의 방으로 찾아왔다. 이름이 조지프 해녀였다. 열세 살이었고, 작달막한 체구에, 짙은 색 머리, 넓고 헬쑥한 이마, 그리고 옴팍 가라앉은 두 눈이 우울해 보이는 아이였다. 이 소년은 전에 섬녀의 눈에 띈 적이 있었고, 그래서 섬녀는 소년의 이름을 알고 있었다. 배에서 근무하는 여느 사환처럼 소년도 행색이 지저분하고 어수선했다. 녀석이 입구에 서 있는데, 부끄러움에 어쩔 줄 모르는 광경이 대단히 인상적이었다. 두 손으로 모자를 비틀면서 수시로 움찔거리고 당황하는 게, 의사에게 말을 건다는 생각 자체가 고통스러운 것 같았다.

「조지프 해녀, 할 말 있니?」 섬녀가 소년에게 물었다. 「어디 아프냐?」

소년이 고개를 두 번 끄덕이고, 눈을 깜박인 다음, 입을 열었다.

「배가 아파요.」 힘들게 내뱉은 말이었다.

책상으로 쓰는 접이식 선반에 앉아 있던 섬녀가 일어나, 소년에게 다가오라고 손짓을 한다.

「언제부터 아팠니?」 섬녀가 묻는다.

「어젯밤부터요.」

「어떻게 아픈지 설명해 봐.」

조지프가 이맛살을 찌푸렸는데, 난감한 표정이다.

「어떤 느낌이냐?」 섬녀가 다시 묻는다.

「아픕니다. 많이 아파요.」

섬녀가 고개를 끄덕이고는, 새까맣게 변한 코끝의 동상 조직을 긁었다.

「여기 누워 봐라.」 섬녀가 지시한다. 「좀 보자.」

조지프가 꼼짝하지 않았다. 소년은 고개를 숙이고는, 움찔한다.

「금방 끝나.」 섬녀가 잘 타일렀다. 「왜 아픈지 알아봐야 할 것 아니냐.」

「배가 아픕니다.」 조지프가 다시 고개를 들고, 말했다. 「피페린을 주세요.」

주제넘은 소년의 태도에 코웃음이 나왔다. 섬녀가 고개를 가로젓는다.

「너한테 뭐가 필요한지 아닌지는 내가 정해.」 섬녀가 말을 이었다. 「자, 여기 누워라. 착하지?」

조지프가 마지못해 지시대로 한다.

섬녀가 소년의 재킷과 셔츠 단추를 풀고, 플란넬 소재 내복을 들어 올렸다. 복부 팽창은 없었다. 변색 징후도, 붓지도 않았음을 확인할 수 있었다.

「여기 아프니?」 섬녀가 물었다. 「여기는?」

조지프가 고개를 저었다.

「그럼 어디가 아프다는 거니?」 섬녀가 물었다.

「다요.」

섬녀가 한숨을 토해 낸다.

「여기도 아니고, 여기도 아니고, 여기도 아니라면서, 어떻게 다 아플 수 있는 거지?」 이 말을 하면서 섬녀는 짜증스럽게 소년의 배를 쿡쿡 쑤셨다.

조지프가 입을 꼭 다문다. 콧방귀를 뀌는 섬녀는 분명 뭔가 수상쩍다는 태도다.

「토할 것 같니?」 섬녀가 물었다. 「설사는?」

조지프가 고개를 가로저었다.

뼈만 앙상한 소년의 몸통에서 눅눅한 똥 냄새가 피어올랐다. 놈이 거짓말을 하고 있다는 증거였다. 섬녀는 이 자식이 머리를 얻어맞아 정신이 이상한 건지, 그게 아니면 그냥 보통보다 더 멍청한 건지 알 수가 없었다.

「얌마, 너 설사가 뭔 말인지 알아?」 섬녀가 묻는다.

「질질 새는 거요.」 조지프가 대꾸한다.

「바지 벗어 봐.」

조지프가 일어나서, 신발 끈을 푼 다음, 혁대를 풀고, 회색 소모사 바지를 내렸다. 불쾌한 악취가 진동한다. 선실 밖에서 블랙의 고함과 브라운리의 기침 소리가 크게 들려온다. 당장에 알 수 있었다. 속바지가 딱딱하게 굳은 피똥 얼룩으로 뒤덮여 있었다.

맙소사, 치핵이로군, 하고 섬녀는 생각했다. 사환 녀석이 자기 배와 똥구멍의 차이를 모른다는 게 분명했다.

「속바지도 벗어, 이 자식아.」섬녀가 말한다. 「잘 싸서 갖고 나가고, 절대 아무것도 닿으면 안 돼.」

조지프가 악취가 나는 속바지를 느릿느릿 벗자, 하반신이 드러났다. 정강이가 가냘팠고, 근육이랄 게 없었다. 원호형태로 희미하게 검은 거웃 한가운데서 창백한 음경과 고환이 순수를 상징하는 듯했다. 섬녀가 소년에게 돌아서서, 팔꿈치를 침상에 대고 엎드리라고 시켰다. 치핵이 생기기에는 사실 너무 어린 나이였다. 하지만 선상의 식단은 조악하기 이를 데 없었고, 섬녀는 소년이 소금에 절인 고기와 비스킷에 희생당한 것이라고 짐작했다.

「연고를 주마.」섬녀가 말했다. 「그리고 알약도 주고. 좀 나을 거다.」

섬녀가 소년의 엉덩이를 벌리고, 확인차 들여다본다. 응시하는 시간이 의외로 길었다. 섬녀가 물러났다가, 다시 본다.

「이게 뭐지?」섬녀의 일성.

조지프가 움직이지도 않고, 말도 없다. 선실이 춥기라도 한 양(선실은 따뜻했다) 소년이 간헐적으로 몸을 떨었다. 섬녀가 잠시 생각을 가다듬은 다음, 복도로 뛰쳐나가 요리사를 불러 따뜻한 물과 수건을 가져오라고 시켰다. 준비물이 대령되자, 섬녀가 소년의 엉덩이를 씻기고, 장녀와 돼지

기름 혼합물을 상처 부위에 발랐다. 항문 괄약근이 뒤틀리고, 여러 갈래로 찢어져 있었다. 궤양의 징후가 있었다.

섬녀가 마른 수건으로 소년을 닦아 주고 나서, 자기 수납장에서 깨끗한 속바지를 한 벌 꺼내 건넸다. 그가 남은 물로 손을 씻었다.

「네 옷가지는 네가 챙겨.」 섬녀가 지시했다.

소년이 천천히 옷을 입었다. 의사와는 절대로 눈을 마주치고 싶지 않아 하는 그런 느린 동작이었다. 섬녀가 약 수납장으로 가, 44번이라고 적힌 병에서 파란 알약을 하나 꺼냈다.

「이걸 먹어라.」 섬녀가 말했다. 「내일 다시 와. 또 주마.」

조지프가 약 맛에 얼굴을 찌푸렸지만, 아무튼 꿀꺽하고 삼켰다. 소년을 바라보는 섬녀의 시선이 조심스러웠다. 움푹 들어간 두 뺨, 가느다란 목, 먼 데를 바라보며 혼란스러워하는 눈동자하며.

「누구냐?」 섬녀가 물었다.

「아무도요.」

「조지프, 누가 너한테 이랬어?」 섬녀가 다시 물었다.

「아무도 안 그랬어요.」

섬녀가 고개를 두 번 끄덕이고는, 광대뼈를 긁었다.

「그만 가보거라. 내일 또 와. 약 받으러.」

섬녀가 소년을 보내고, 다시 식당으로 갔다. 아무도 없었다. 그가 주물 난로를 열고, 얼룩진 속옷을 멀리 던져 넣었다. 적열하는 석탄이 층층이 쌓여 있었다. 불이 옷을 잡아

먹는 걸 지켜보던 섬녀가, 화로를 닫고서 자기 방으로 돌아왔다. 아편 팅크를 털어 넣었지만 삼킬 수가 없었다. 섬녀가 책상 위 선반에서 『일리아드』를 꺼내 읽으려고 시도한다. 배가 갑자기 위로 거칠게 움직였다. 볼런티어를 이루고 있는 목재들이 갈라지고 부딪히면서, 낮고 구슬픈 소리가 났다. 자기도 모르게 목이 메어 왔다. 가슴에 뜨거운 액체 같은 것이 쌓였고, 섬녀가 흐느끼기 시작했다. 그가 1분 정도 그대로 있다가, 책을 덮고, 다시 식당 칸으로 뛰쳐나갔다. 캐번디시가 난로 옆에 서서 파이프를 피우고 있었다.

「브라운리 선장님은 어디 있습니까?」 섬녀가 캐번디시에게 물었다.

캐번디시가 목을 옆으로 틀어 선장실을 가리켰다.

「잠깐 눈을 붙이고 계실 거야, 십중팔구.」 그가 대꾸했다.

섬녀가 상관하지 않고 문을 두드렸다. 잠시 후, 브라운리가 들어오라고 기척을 했다.

선장이 펜을 쥔 채 항해 일지를 들여다보고 있었다. 조끼는 단추를 푼 채였고, 회색 머리칼이 꼿꼿하게 서 있었다. 그가 고개를 들어 섬녀임을 확인하고는, 들어오라고 손짓한다. 섬녀가 자리를 잡고 앉아 기다리는 사이에, 브라운리가 마지막 몇 단어를 삭제하고는 조심스럽게 압지로 잉크 얼룩을 빨아들였다.

「글쎄, 꼭 말씀드려야 할까도 싶지만……」 섬녀가 입을 열었다.

브라운리가 고개를 끄덕였다.

「북쪽 바다에 닿으면, 고래가 많을 거야.」 브라운리가 말을 이었다. 「확실하네. 또 확실한 건, 우리도 몇 마리는 잡을 수 있을 거야.」

「당연히 그래야 하는 거 아닙니까?」

「그렇지. 20년 전에는 이 수역도 고래가 많았어. 하지만 이제는 다 북쪽으로 가버렸다네. 작살을 피해 달아난 거지. 누가 녀석들을 탓할 수 있겠나? 고래는 영리한 동물이야. 얼음이 많아야 안전하다는 걸 아는 거지. 얼음이 많을수록 우리가 위험하다는 것도 알고 말이야. 물론 미래는 증기야. 우리한테도 강력한 증기선이 있다면 녀석들을 지구 끝까지 쫓아갈 수 있겠지.」

섬너가 고개를 끄덕였다. 브라운리의 포경 이론은 전에도 들은 바 있었다. 선장은 북쪽으로 치고 올라갈수록 고래가 더 많을 것이라고 믿는다. 그의 결론은 다음과 같은 황당한 사실에 토대를 두고 있었다. 지구의 정상에 얼음이 없는 대양이 틀림없이 존재한다는 것이다. 인간의 발길이 아직 미치지 않은 그곳에서 고래들이 거침없이, 그것도 무수하게 살고 있다는 것이다. 섬너는 선장이 아무려면 낙천가라는 생각이 강하게 들었다.

「조지프 해너가 오늘 저를 찾아왔습니다. 배가 아프다면서요.」

「조지프 해너? 사환 말인가?」

섬너가 고개를 끄덕였다.

「검사를 해봤더니, 후장을 따였더군요.」

브라운리가 그 정보 보고에 일순 표정이 굳었다. 그가 코를 문질렀고, 눈살을 찌푸렸다.

「녀석이 자네에게 직접 말했나?」

「검사 결과가 빤한 걸요.」

「확실해?」

「손상이 심했습니다. 성병 예후도 있어요.」

「그 가증스러운 짓을 한 놈이 누구지?」

「말을 안 합니다. 제 생각엔, 무서워하고 있어요. 머리가 둔한 것 같기도 하고요.」

「멍청한 놈이야.」 브라운리의 대꾸가 심술궂게까지 들렸다. 「그건 확실해. 아버지랑 삼촌을 다 아는데, 그 두 인간도 정박아 수준이지.」

브라운리의 미간이 깊이 파였다. 그가 입술을 깨문다.

「이 일이 볼런티어 선상에서 일어난 것이 확실한가? 그 상해가 최근에 발생한 것이냐는 말일세.」

「틀림없어요. 갓 생긴 병변이란 말입니다.」

「그렇담 그 자식이 바보 새끼로군.」 브라운리가 말했다. 「그런 일이 자신의 의지에 반해 일어나고 있는데도, 왜 알리거나 항의하지 않았을까?」

「선장님께서 직접 물어보셔야 할 것 같아요.」 섬녀가 제안했다. 「나한테는 말을 안 하려고 합니다. 하지만 선장님께서 범인 이름을 대라고 명령하면, 이실직고하지 않을 수 없겠지요.」

브라운리가 냉큼 고개를 끄덕이고, 선실 문을 연 다음 그

때까지도 여전히 난로 옆에서 담배를 피우고 있는 캐번디시에게 명령했다. 선원 선실에서 당장 소년을 데려오라고 말이다.

「그 망할 자식이 무슨 사고라도 쳤나요?」 캐번디시가 물었다.

「데려오기나 해.」 브라운리가 대꾸했다.

두 사람이 브랜디를 마시면서 기다렸다. 이윽고 도착한 소년은 공포로 얼굴색이 창백했고, 아는지 모르는지 캐번디시는 활짝 웃고 있었다.

섬녀가 입을 열었다. 「조지프, 겁낼 거 하나도 없단다. 선장님께서 몇 가지 물으실 거야. 그게 다란다.」

브라운리와 섬녀가 옆으로 나란히 자리를 잡고 앉았다. 조지프 해너가 둥그런 중앙 탁자 맞은편에 바짝 긴장한 채 서 있었고, 캐번디시가 그 뒤에 자리했다.

「나갈까요, 선장님?」 캐번디시가 물었다.

브라운리가 잠시 생각해 보더니, 앉으라고 했다.

「나보다는 자네가 선원들의 습성이나 행적을 더 잘 알 테니.」 브라운리가 말했다. 「있는 게 도움이 되겠어.」

「이 새끼가 어떤 놈인지는 제가 잘 알죠.」 캐번디시가 천을 댄 의자에 앉으면서 즐겁게 말했다.

「조지프.」 브라운리가 몸을 앞으로 당기면서, 예의 활기찬 어조를 최대한 부드럽게 가다듬어 사환 아이를 호명했다. 「여기 계시는 의사 선생님이 네가 아프다고 말해 주었단다. 사실이니?」

길다 싶은 침묵이 이어졌다. 조지프가 선장의 질문을 못 들었거나, 그게 아니면 이해하지 못하기라도 한 듯했다. 하여, 브라운리가 같은 질문을 되풀이 말하려는 순간, 녀석이 고개를 끄덕였다.

「어디가 아픈 거야?」 캐번디시가 믿을 수 없다는 듯 끼어든다. 「다쳤다는 얘긴 못 들었는데.」

「섬녀가 오늘 저녁에 조지프를 검사했다네.」 브라운리의 설명이 계속된다. 「그런데 증거가 나왔어. 선원 중 어떤 놈이 조지프를 학대했다는 거야. 증거가 확실하대.」

「학대요?」 캐번디시가 물었다.

「그래, 후장을 따였다는군.」 브라운리가 대꾸했다.

캐번디시가 두 눈썹을 치켰지만 그것 말고는 달리 놀라는 눈치가 아니다. 조지프 해녀의 표정이 전혀 바뀌지 않았다. 안 그래도 퀭한 녀석의 두 눈이 두개골 저 깊숙한 안쪽으로 박혀 버린 듯했다. 조지프의 호흡이 짤막한 헐떡임으로 비어져 나왔지만, 방 안의 모두에게 들렸다.

브라운리가 조지프에게 묻는다. 「어떻게 된 거니, 조지프? 누구야?」

헤 하고 입을 벌린 조지프의 아랫입술이 매끄럽고 불그레했다. 그 또렷한 관능성이 장례식하고나 어울릴 회색 뺨과 턱, 또 구제 불능으로 암울하게 박힌 두 눈과 대비를 이루었다. 확실히 그건 민망하고 당황스러운 모습이었다. 그건 그렇고, 조지프는 여전히 대꾸하지 않았다.

「누가 그랬지?」 브라운리가 거듭 물었다.

「사고로 다친 거예요.」조지프가 우물우물 대답했다.

캐번디시의 표정에 화색이 돌았다.

「선원 선실이 존나 어두워요, 선장님.」캐번디시가 끼어들었다. 「사환 애들이 밤에 미끄러져, 재수 없게 똥침 맞듯이 엉덩방아를 찧을 수도 있지 않겠습니까?」

브라운리가 섬녀를 건너다보았다.

「농담하시는 거죠?」섬녀가 말을 받았다.

캐번디시가 어깨를 으쓱한다.

「그곳은 좁고 어수선합니다. 도대체가 몸을 돌리고 움직일 공간이 조금치도 없어요. 발을 헛디디거나 넘어지기 아주 쉽죠.」

「사고가 아니라고요.」섬녀가 견해를 고수했다. 「말이 안 되는 추론이에요. 그런 상해가 일어나는 수는 한 가지뿐이라고요.」

「조지프, 넘어진 거냐?」브라운리가 물었다. 「아니면, 누가 위해를 가한 거니?」

「넘어졌어요.」조지프가 대꾸했다.

「사고가 아니라니까요.」섬녀가 다시 말했다. 「절대로 불가능해요.」

「그런데도, 이 자식이 그렇게 생각한다면, 이상한데.」캐번디시가 지적했다.

「겁을 먹었으니까 그렇죠.」

브라운리가 몸을 밀어 탁자에서 좀 떨어진 채로, 잠시 두 사내를, 이어서 소년을 빤히 쳐다봤다.

「조지프, 너, 누가 무섭니?」 그가 물었다.

섬녀가 그 어리석은 질문에 대경실색했다.

「다 무섭죠.」 섬녀가 말을 받았다. 「안 그렇겠습니까?」

브라운리가 한숨을 푸욱 쉬고, 고개를 절레절레 흔든다. 한껏 뻗은 두 손 사이로 반질반질 윤이 흐르는 호두나무 바닥이 직사각형으로 눈에 들어온다.

「내가 지금 인내심을 발휘하고 있거든.」 브라운리가 말했다. 「하지만 참는 데도 한도가 있어. 조지프, 누가 너를 학대했다면, 그놈은 처벌을 받을 거다. 그러니 사태의 진상을 내게 말하거라. 알겠니?」

조지프가 고개를 끄덕인다.

「누가 그랬니?」

「아무도요.」

「널 지켜 줄 수 있어.」 섬녀가 끼어든다. 「누가 그랬는지 말 안 하면, 또 당해.」

조지프가 턱이 가슴에 닿을 정도로 고개를 푹 숙였다. 그가 바닥을 뚫어져라 응시했다.

「조지프, 할 말 있으면 하거라.」 브라운리가 말했다. 「이번이 마지막이다.」

조지프가 고개를 가로저었다.

「선장님 방이라서 이 자식 혀가 얼어 버린 거예요.」 캐번디시가 끼어들었다. 「그뿐입니다. 선원 선실에서 봤을 때는, 친구들이랑 즐겁게 떠들고 놀고 있었습니다. 다쳤을 수도 있어요. 하지만 다쳤다고 해도 놈한테는 아무 지장 없어요.

제가 보장하지요.」

「이 아이는 심각한 상해를 입었어요.」섬녀가 나선다. 「더구나 범인이 이 배에 타고 있단 말입니다.」

「조지프가 폭행범을 특정해 주지 않고, 또 주장하는 대로, 위해 따위는 입지 않았으며, 그냥 사고일 뿐이라면, 더 이상은 어떤 조치도 취할 수 없어.」브라운리의 결론이다.

「목격자나 증인을 찾아볼 수 있지 않을까요?」

캐번디시가 섬녀의 이 제안에 콧방귀를 뀌었다.

「우리가 타고 있는 건 포경선이라고.」

「그만 가보거라, 조지프.」브라운리가 말했다. 「할 얘기가 있으면 다시 부르마.」

소년이 선장실을 빠져나가자, 캐번디시가 하품과 함께 기지개를 켠 후, 자리에서 일어나, 역시 자리를 떴다.

「앞으로는 애들에게 정리 정돈을 더 잘하도록 지시하겠소.」캐번디시가 섬녀를 돌아보며 이렇게 말했지만, 허튼소리처럼 들릴 뿐이다. 「그런 일이 더는 없어야겠지.」

「녀석을 선원 선실에서 빼와야겠군.」캐번디시가 방을 빠져나가자, 브라운리가 섬녀를 안심시켰다. 「당분간 조타실에서 재우면 돼. 싫겠지만, 놈이 범인을 지목할 생각이 없으면, 현재로선 여기서 일단락이야.」

「캐번디시가 범인이면 어쩌죠?」섬녀가 입을 열었다. 「그 애가 입 다물고 있던 게 말이 되잖아요.」

「캐번디시가 거지 같은 놈인 건 맞지만,」브라운리가 대꾸했다. 「후장 따먹는 호모 새끼는 아니야.」

「상황을 즐기는 거 같던데요.」

「좆만 한 씨발 놈이니까 그렇지. 하지만 그렇게 따지면, 이 배에 타고 있는 새끼들 절반이 그런데 뭐. 선박의를 맡고 계신 섬녀 양반, 자네가 신사답고 세련된 사람들을 찾고 있다면, 그린란드를 얼쩡거리는 포경업자들은 적당한 대상이 아니라네.」

「제가 다른 사환들과 이야기해 보겠습니다.」 섬녀가 제안했다. 「애들이 캐번디시와 조지프 해너에 대해 뭘 알고 무슨 생각을 하는지, 알아보고 오겠습니다.」

「아니, 그럴 필요 없어.」 브라운리의 태도가 확고했다. 「애새끼가 마음을 바꾸지 않으면, 이 사건은 끝난 거야. 우리는 고래를 잡으러 왔지, 죄를 근절하는 게 목표가 아니라고.」

「범죄가 자행됐다고요.」

브라운리가 고개를 가로저었다. 섬녀의 불필요한 고집에 점점 짜증이 나는 눈치다.

「아이 한 놈의 엉덩이가 좀 아파. 그뿐이라고. 안된 일이지만, 곧 나을 거야.」

「상해가 그보다 심각했어요. 직장이 넓어졌고, 또……」

브라운리가 자리에서 벌떡 일어섰다. 더 이상은 듣지 않겠다는 강력한 의사 표시였다.

「놈이 구체적으로 어떤 상해를 입었든, 치료는 의사인 자네의 책무야, 섬녀 양반.」 브라운리는 단호했다. 「나는 자네에게 숙련된 전문 지식과, 또, 성공적으로 치료할 수 있는 필수 의약품이 있을 거라고 믿네.」

섬녀가 선장을 되돌아보았다. 묵직한 이마, 험악한 회색 눈동자, 뒤틀린 코, 납빛의 두툼하게 처진 목살이 보인다. 섬녀가 잠깐 주저하는가 싶다가, 순순히 따르기로 마음을 고쳐먹었다. 아무려면, 소년이 죽지는 않을 터다. 그 말은 선장이 옳았다.

「혹시라도 빠뜨린 게 있으면, 다시 보고드리겠습니다.」 섬녀가 말했다.

자기 방으로 돌아온 섬녀가 아편 팅크를 삼키고, 침상에 드러누웠다. 다툼에 지쳐 버린 데다가, 씨알도 안 먹히는 상황에 열패감이 밀려왔다. 아이는 왜 숨기는 걸까? 범인이 도대체 그에게 어떤 위력을 행사하는 것일까? 섬녀는 이런 것들이 궁금했고, 괴로웠다. 그러던 중, 1~2분쯤 지났을까, 아편이 효력을 발휘하기 시작했다. 자신이 부드럽고, 따뜻하며, 익숙한 무심의 상태로 미끄러져 들어간다는 게 느껴졌다. 자신이 포악한 무법자들 틈에 끼어 있다고 한들 무슨 대수인가 싶었다. 세상은 좌우간 제가 원하는 대로 계속 굴러갈 터다. 항용 그래 왔듯이 말이다. 섬녀가 찬성하고 반대하고는 안 중요했다. 몇 분 전 캐번디시에게 느꼈던 분노와 혐오가 이제는 먼 수평선의 얼룩 정도로 바뀌어 있었다. 그냥 다 생각이고 헛소리였을 뿐이야. 지금 이 순간보다 더 중요하고, 또 분명한 것은 없지. 그래, 모든 일에는 다 때가 있어. 섬녀의 모호한 생각이 줄달음친다. 그래, 서두를 필요 없어.

얼마 후, 섬녀의 선실 문을 두드리는 소리가 들렸다. 작살

수 드랙스였다. 오른손에 자상(刺傷)이 있었다. 섬녀가 눈을 끔벅이며 들어오라고 한다. 드랙스는 땅딸막한 체구에, 어깨가 떡 벌어졌고, 불그스름한 턱수염이 조밀했다. 섬녀의 작은 방이 꽉 들어차는 듯했다. 섬녀가 약간 맛이 간 상태로 드랙스의 상처를 살펴봤다. 아편 때문에 여전히 조금은 어지러웠지만, 솜으로 상처 부위를 깨끗이 닦고, 붕대를 해준다.

「심각하진 않아요.」 섬녀가 그를 안심시켰다. 「하루 정도 붕대를 감고 있으면, 금방 나을 겁니다.」

「더 심했던 적도 있지.」 드랙스가 대꾸했다. 「이것보다 훨씬 심한.」

드랙스의 몸에서 나는 농장 냄새가 섬녀의 방을 집어삼켰다. 농밀한 것이, 외양간에서 휴식을 취하는 동물 같다고, 섬녀는 생각했다. 자연의 힘이 잠시나마 위력을 발휘했고, 마음이 진정될 정도였다.

「사환 하나가 다쳤다더군요.」

섬녀가 붕대 처치를 끝내고, 가위와 솜을 의약품 상자에 집어넣는 참이었다. 시야 가장자리가 흐릿해지면서, 입술과 뺨을 오한과 무감각이 덮쳤다.

「누가 그래요?」

「캐번디시가. 댁이 의심을 한다고.」

「의심 이상입니다.」

드랙스가 붕대를 감은 손을 내려다보다가, 들어 올리며 콧방귀를 뀐다.

「조지프 해너는 순 거짓말쟁이입니다. 그 자식 말을 믿지 말아요.」

「아무 말도 안 했는걸요. 아예 말을 안 해요. 단단히 겁을 먹었습니다. 문제예요.」

「저능아예요, 그 자식.」

「어떻게 그렇게 잘 아십니까?」

「애비 프레더릭 해너를 압니다.」 드랙스가 말했다. 「형제 놈 헨리도 알고요.」

「선장님이 그 일은 종결하기로 결정하셨습니다. 그 애가 마음을 바꾸지 않는 한, 이젠 끝인 거지요.」

「끝났다고요?」

「아마도.」

섬너를 바라보는 드랙스의 시선이 조심스럽다.

「의사 선생님, 당신은 어쩌다가 의사가 된 겁니까?」 드랙스가 물었다. 「당신 같은 아일랜드 사람이 말이오.」

「출세하려고요. 출신이 비천하니, 올라가야 하지 않겠습니까?」

「성공하고 싶으셨다? 그런데 지금 당신은 요크셔 포경선에서 사환 애들이나 걱정하고 있군요. 그 대단한 야망은 어떻게 된 거요?」

섬너가 약 보관함을 닫고, 자물쇠를 채웠다. 열쇠를 주머니에 넣는다. 벽에 걸린 거울을 통해 순간적으로 자신의 모습이 비친다. 섬너의 실제 나이 스물일곱보다 훨씬 나이 들어 보였다. 이마에는 주름이 졌고, 두 눈은 테를 두른 듯하고 눈 밑이 불룩하게 축 늘어지기까지 했다.

　「단순하게 살기로 한 겁니다, 드랙스 씨.」 섬녀가 대꾸했다.

　드랙스가 불퉁거리듯이 말을 받았다. 입술이 활짝 웃는 무언극 배우처럼 길게 벌어졌다.

　「나도 똑같소. 그렇지, 나도 똑같아요.」 드랙스는 말했다.

10

볼런티어가 6월 마지막 주 북극권으로 진입했다. 그리고, 다음 날 동이 틀 무렵 블랙이 드디어 첫 고래를 발견했다. 와자한 고함, 갑판을 치달리는 발소리에 잠이 깬 섬녀가 돛대 망대로 기어 올라가, 포경의 진행 상황을 살폈다. 작살의 첫 발이 박히는 광경이 눈에 들어왔다. 다친 고래가 물속으로 내려가는 것도. 20분 후, 고래가 다시 떠올랐다. 배와의 거리는 한결 더 가까워졌지만, 최초 잠수 지점에서 거의 1마일을 이동한 형국이었다. 블랙이 던진 작살이 녀석의 널찍한 옆구리에서 여전히 대롱거렸고, 납빛 거죽에서는 선홍색 피가 세차게 흘러나왔다. 섬녀가 망원경으로 이 광경을 직접 관측했다.

오토의 보트가 녀석에게 가장 근접했다. 노잡이들이 각자의 노를 젓는 가운데, 키잡이가 방향을 유지했다. 오토는 이물에서 몸을 웅크리고, 작살의 나무 장대를 두 손에 단단히 쥐고 있었다. 고래가 내쉬는 숨이 V자형 수증기로 튀었는데, 잿빛을 띠었다. 섬녀가 있는 돛대 망대에서도 그 숨소리를 들을 수 있었고, 엄청나게 큰 말이 코를 힝힝거리는 듯했다. 보트와 선원들이 일순 보이지 않았다. 하지만 파도 위로 다시 나타났을 때는, 오토가 일어서서 작살을 머리 위로 든 자세였다. 작살의 미늘이 아래쪽을 겨냥했고, 음침한 하늘을 배경으로 장대가 직각 삼각형의 검은 빗변처럼 보였다. 섬녀의 망대에서 고래의 등이 물속에 가라앉은 섬처럼 보였다. 파도 속에서 흐릿한 화산 봉우리처럼 보이기도 했다. 오토가 있는 힘껏 작살을 투척했다. 작살이 깊숙이 박혔다. 고래가 당장에 몸을 부들부들 떨었다. 녀석의 몸뚱이가 꼬부라지면서 발작을 한다. 8피트에 이르는 거대한 꼬리가 솟구쳤다가 다시금 수면을 강타했다. 오토의 보트가 뒤집히는 게 아닐까 싶을 정도로 심하게 출렁거렸고, 노잡이들이 각자의 자리에서 내팽개쳐지는 광경도 보였다. 고래가 다시금 가라앉았다. 하지만 이번에는 1분만이었다. 녀석이 떠올랐을 때는 다른 보트들이 주위로 몰려와 준비를 갖춘 상태였다. 캐번디시와 블랙, 드랙스 모두 말이다. 고래의 검정 옆구리로 작살이 두 개 더 깊이 들어갔다. 그다음은 작살이 아니라 긴 창의 차례였다. 고래가 아직 살아 있었지만, 섬녀는 녀석이 이제 회복 불능의 상해를 입었음을 알았다. 작살수 넷이 창을 박고 쑤셨다. 고래가 뿜어내는 뜨거운 수증기 기둥이 보였다. 거기에는 피와 점액도 섞여 있었다. 그것은 가망 없는 저항이었다. 주변으로 사방이 난타당해, 핏물이 포말을 이루었다.

　그 정신없이 바쁜 살육의 과정 한가운데서도 드랙스는

냉정하고 침착했다. 그가 창 밑동을 힘껏 누르면서 역겨운 애무의 말을 주절거린다.

「자, 마지막 신음 소리를 내줘. 착하지, 씨발 년아. 네가 전율해야 내가 제대로 처박았다는 걸 알지 않겠니. 바로 그거야, 그래. 1인치만 더 박으면, 다 끝났어.」

그가 더 세게 몸을 기울여 내리누르는 것은 급소를 찾는 행위였다. 드랙스의 창이 다시금 1피트 더 미끄러져 들어갔다. 조금 후 마지막 포효를 들을 수 있었다. 고래가 뿜어낸 심장의 피가 대기 중에 기다란 물기둥을 만들었고, 녀석이 기울어져 넘어갔다. 목숨을 잃은 고래의 옆구리가 수면을 향하자, 솟구쳐 올라간 커다란 지느러미가 항복을 의미하는 백기처럼 보였다. 선원들이 보라색이었다. 고래가 뱉어낸 선혈을 뒤집어썼으니 지독한 악취는 당연지사. 그들은 조잡한 보트들 위에 서서, 승리감을 만끽했다. 뒤 갑판의 브라운리가 머리 위로 중절모를 흔들었다. 갑판의 선원들이 함성을 지르며 신이 나 한다. 섬녀가 이 모든 광경을 위에서 지켜봤고, 짧으나마 역시 승리의 전율을 만끽했다. 그도 잠시나마 우월감을 공유했다. 천신만고 끝에, 성취해 냈다는 환희를 말이다.

선원들이 꼬리에 구멍을 두 개 뚫고, 죽은 고래를 캐번디시가 탑승한 보트의 이물에 단단히 잡아맸다. 지느러미를 한데 묶고, 작살 밧줄은 회수해 정리한 다음, 사체를 모선으로 끌고 갔다. 무리가 노를 저으면서 노래를 불렀다. 섬녀는 갑판으로 내려왔다. 노랫가락이 바다를 가로질러 왔다. 차갑고 눅눅한 바람에 실린 걸걸하면서도, 묘하게 듣기 좋은 음조였다. 바다에 울려 퍼지는 「랜디 댄디 오」, 「리브 허, 조니」라니! 30여 명의 사내가 일제히 합창을 했다. 섬녀의 머릿속에 다시금 이런 생각이 떠올랐다. 그가 스스로보다 더 크고 강력한 무엇, 다시 말해 공통의 노력과 분투의 일부라는 생각 말이다. 그런데, 요즘이라면 자신의 의지와는 도무지 화합할 수 없는 생각 아닌가! 섬녀가 고개를 돌리자 조지프 해너가 눈에 들어왔다. 놈이 전면 화물 창구 옆에 서서, 다른 사환 아이들과 명랑하게 노닥거리고 있었다. 그들은 방금 일어난 살육을 재연하면서, 비록 상상이었지만 작살과 창을 던지고 꽂는 행위를 반복했다. 한 명은 드랙스 역, 한 명은 캐번디시 역, 한 명은 오토 역이었다.

「그래, 어떠냐, 조지프?」 섬녀가 조지프에게 물었다.

소년이 뒤돌아 섬녀를 멍하니 바라보았다. 마치 전에 본 적도 없는 사람이라는 것처럼.

「좋아요, 선생님.」 조지프가 대꾸한다. 「감사합니다.」

「오늘 밤에 약 받으러 내 방에 오거라.」 섬녀가 조지프를 상기시켰다.

고개를 끄덕이는 조지프의 태도가 침울했다.

소년이 자신이 입은 상해를 두고 친구들에게 무슨 얘기를 했을까? 섬녀는 궁금했다. 거짓으로 이야기를 꾸며 냈을까, 아니면 사태의 진상을 말했을까? 별안간 다른 사환 아이들에게 물어봐야겠다는 생각이 들었다. 더불어, 다른 아이들도 검사해 봐야 한다는 발안까지. 녀석들이 죄다 똑같

은 고통을 겪고 있으면 어쩌지? 그 비밀이 조지프만의 것이
아니라, 사환 아이들 모두가 공유하는 고통이라면?

「너희 둘.」 섬너가 다른 소년들을 가리키면서 입을 열었
다. 「저녁 먹고, 조지프랑 함께 내 방으로 와. 너희들에게 물
어볼 게 있으니.」

「저는 망을 봐야 합니다, 선생님.」 놈들 중의 하나가 대꾸
했다.

「선박의인 섬너 선생과 면담을 해야 한다고 불침번 담당
자에게 보고해. 그럼 보내 줄 거다.」

녀석이 고개를 끄덕였다. 세 놈 모두 이제 그만 자신들을
내버려 두기를 바란다는 게 빤히 보였다. 녀석들의 마음속
에선 피격당한 고래가 여전히 생생했고, 섬너의 지시는 어
른의 따분한 잔소리일 따름이었다.

「이제 가도 좋아. 저녁 먹고 반드시 와야 해.」 섬너가 세
아이들에게 다짐을 받는다.

고래의 오른쪽 지느러미가 왼쪽 뱃전에 매였고, 머리는
고물 쪽을 향했다. 소 눈깔만 한 사체의 눈이 멍하니 위를
향했고, 하늘에서는 이리저리 구름이 움직였다. 코끝과 엉
덩이에 튼튼한 줄이 결속되었고, 주 돛대에 달린 활차와 고
래의 목 부위에 끼운 밧줄을 이용해 사체의 배를 물 밖으로
1피트쯤 끌어 올렸다. 윈치에 걸린 밧줄이 팽팽하게 당겨졌
다. 브라운리가 매듭 줄을 써서 죽은 고래의 길이를 재고서,
기름이 10톤, 고래수염이 0.5톤가량일 것으로 산정했다. 가
격이 튼실하게 유지될 경우, 이는 9백 파운드에 육박하는

값어치였다.

「우리 부자 되겠는데, 섬녀 양반.」 브라운리가 윙크했다.

오토와 블랙이 한잔하면서 잠시 휴식을 취한 다음, 장화에 아이젠을 부착하고, 고래 배 부위로 내려갔다. 그들이 손잡이가 긴 칼로 지방을 잘라서 떼어 냈고, 고래수염과 턱뼈도 도려냈다. 꼬리와 지느러미가 잘려 나갔다. 다음 순서는 코와 엉덩이, 그리고 좆이었다. 그렇게 해체되고 남은 보라색 사체는 버렸다. 자체의 무게로 가라앉거나 상어 밥이 될 터였다. 기름을 떼어 내는 작업은 전부 네 시간이 걸렸고, 내내 동물성 지방과 피로 악취가 진동했다. 풀머 갈매기와, 그 외에도 썩은 고기를 즐기는 새들이 줄기차게 까악거렸다. 작업이 끝났다. 화물창에 고래기름이 담겼고, 갑판이 박박 닦여 칙칙한 하얀색으로 변했으며, 칼과 삽이 세척돼 한쪽으로 치워졌다. 브라운리가 선원 모두에게 럼을 특별 지급하라는 명령을 내렸다. 그 소식이 전해지자 앞 갑판의 선원 선실에서 함성이 피어올랐다. 그리고 얼마 후, 깽깽이 소리가 나는가 싶더니, 선원들이 춤을 추며 발 구르는 소리와 함께 왁자한 함성이 이어졌다.

조지프 해녀도, 친구 두 놈도 저녁 식사 후에 섬녀의 방에 오지 않았다. 명령을 받았음에도 불구하고 말이다. 섬녀가 선원 선실로 쫓아가 녀석들을 찾을지 말지 궁리했지만, 그렇게 하지 않기로 마음을 먹었다. 아침까지 못 기다릴 것도 없었다. 하지만 솔직히 말하자면, 조지프의 참담한 멍청함에 그는 분노가 치밀었다. 이 자식은 정말 가망 없는 놈이라고, 섬녀는 생각했다. 정박아에다가, 드랙스에 따르면 타고난 거짓말쟁이이고, 온갖 종류의 병(정신 질환과 육체적 질병 모두)에 걸리기 쉽다는 것도 틀림없는 사실일 것이다. 증거에 의하자면, 녀석은 범죄의 희생자였다. 하지만, 놈은 자신을 학대한 범인을 거명하지 않을 터였다. 자신이 학대 당했다는 사실조차 인정하지 않을 터였다. 어쩌면 누가 그랬는지도 잊어버리고 있을 것 같았다. 너무 어두워서 정체를 파악하지 못했을 수도 있었고, 도대체 그 일을 범죄라고도 생각하지 않을 수도 있었다. 하지만 그렇다면 도대체 뭐라고 생각했을까? 섬녀는 그런 아이의 마음에 깃드는 상상을 해보았다. 조지프 해너의 움푹 들어간 두 눈, 시시각각 바뀌는 다람쥐 같은 눈을 통해 세상을 보는 경험이 도대체 어떤 느낌일까 이해해 보려 했다. 하지만 그 노력과 시도는 기이할뿐더러 약간 무섭기까지 했다. 구름이나 나무로 바뀌는 악몽 같다고나 할까. 그런 오비디우스적 변신에까지 생각이 미치자 순간 움찔하지 않을 수 없었다. 잠시 후 섬녀가 안도의 한숨을 내쉬며 『일리아드』를 다시 폈고, 외투 주머니에 손을 넣어 약상자 열쇠를 찾았다.

　다음 날 고래 두 마리를 더 포획했다. 딱히 할 일이 없었던 섬녀는 피칵*pick-haak*이라고 하는 도구와 기다란 가죽 앞치마를 받았다. 지방이 기다란 조각으로 배에 실려, 제곱 피트 덩어리로 일단 잘게 잘리면, 그걸 앞 갑판에서 화물창으로 가져가, 아래에서 작업하는 선원들에게 떨어뜨려 주는 것이 의사 선생에게 부여된 새로운 임무였다. 그러면 화물창 작업자들이 그걸 받아 적재했다. 더럽고 진이 빠지는 작업이었다. 지방 덩어리가 개당 20파운드 이상 나갔고, 볼런티어의 갑판이 이내 피와 기름으로 미끄러워졌다. 섬너는 몇 번이나 넘어졌고, 한 번은 화물창에 거의 거꾸로 처박힐 뻔하기까지 했다. 다행히 오토가 잡아 줘서 불상사를 모면했지만, 일과가 끝났을 무렵 섬너는 온몸이 멍투성이에 쑤시고 아팠다. 하지만 드물게 경험하는 만족감이 그를 사로잡았다. 임무를 완수했다는, 몸이 시험을 통과해 입증되었다는 날것의 육체적 쾌감이었다. 섬너는 이번만은 아편의 도움 없이도 잘 잤고, 아침에 깨었을 때는 어깨와 목과 팔이 지독하게 결렸음에도, 보리죽과 염장 생선을 쓱싹 먹어 치웠다.

「의사 양반, 곧 있으면 명실상부 고래잡이가 되겠어.」 캐번디시가 농담을 던졌다. 식당 칸에 함께 앉아 파이프 담배를 피우며, 난로에 발을 데우는 중이었다. 「피칵을 쥐기에는 섬섬옥수인 의사들이 꽤 있었지. 그런데, 내가 볼 때, 자네는 멋지게 잘하던데.」

「기름 떼어 내는 일이 토탄 캐는 거랑 아주 비슷해요.」 섬너가 대꾸했다. 「그거라면 어렸을 때 질리도록 했죠.」

「바로 그거야.」 캐번디시가 말을 받았다. 「이제 보니, 완전 체질이구먼.」

「제가 고래 잡는 일에 소질이 있어 보여요?」

「아니. 작업.」 캐번디시가 미소를 지었다. 「아일랜드인은 타고난 일꾼이지. 노동일이야말로 그네들의 천직이야.」

섬녀가 난로에 침을 퉤 하고 뱉자, 떨어진 침이 바지직거
렸다. 섬녀도 캐번디시라면 이제 알 만큼 알았고, 그의 놀림
에 크게 마음 쓰지 않았다. 더구나 오늘 아침 섬녀는 기분
이 상쾌했고, 부러 돋우는 화 따위에는 아랑곳하지 않는다.

「일등 항해사 캐번디시 님, 그렇담 영국인의 천직은 뭐
죠?」 섬녀가 대꾸했다. 「혹시, 남들의 고단한 노동으로, 살
이 뒤룩뒤룩 찌는 건가?」

「죽도록 뺑이 치는 놈들이 있고, 부자로 태어나는 놈들이
있지.」 캐버디시가 말을 받았다.

「맞아요. 그렇다면, 당신은 어느 쪽?」

의자로 몸을 젖히는 항해사가 흐뭇한 표정이다. 캐번디
시가 분홍빛 아랫입술을 벌름거린다.

「바야흐로 나의 시대가 오고 있다고 할 수 있지, 섬녀 선
생.」 캐번디시가 대꾸했다. 「곧이라니까.」

조용한 오전이었다. 고래가 더 관측되지 않았고, 하여 정
오 전까지는 갑판을 청소하고, 삭구를 정리하고, 달아 놓은
보트를 재정비했다. 조지프 해너가 전면 화물 창구 근처에
서 친구들과 까불며 놀던 걸 본 이후로, 그를 볼 기회도, 대
화를 나눌 기회도 없었던 섬녀가 놈을 찾아보기로 했다. 갑
판에서 다른 사환 녀석이 하나 보였고, 섬녀가 그에게 조지
프의 행방을 물었다.

「앞으로는 중갑판에서 잘 거라는 말을 들었어요.」 소년
이 대답했다. 「어제부터 못 봤는데요.」

섬너가 몸소 전방 중갑판을 수색했다. 돛 함과 말뚝 다발이 쌓인 곳 사이에서 지저분한 양모 담요가 나오기는 했지만, 녀석의 다른 흔적은 안 보였다. 섬너가 다시 기어 올라가며 주변을 이리저리 살폈다. 조지프가 여분의 보트, 윈치, 갑판실 뒤로 안 보이게 숨은 건 아님을 확인한 섬너가 선원 선실까지 뒤졌다. 승무원 몇이 침상에서 자고 있었고, 다른 선원들은 사물함에 앉아 담배를 피우거나 글을 읽거나 목각을 하고 있었다.

「조지프 해너 봤어요?」 섬너가 물었다. 「그 자식 어디 있는지 알아요?」

제각각의 활동에 몰두하던 선원들이 고개를 들고 섬너를 보았다. 그들이 일제히 고개를 가로저었다.

「못 봤습니다.」 하나가 대꾸했다. 「뒤 갑판에서 당신이랑 함께 있을 거로 알고 있었는데요, 선생님.」

「나랑요?」

「윗분들 숙사에서요. 그 자식 아프다면서요.」

「그 얘기는 누구한테 들었습니까?」

사내가 어깨를 으쓱했다.

「내가 아는 건 그게 다예요.」 그가 대꾸했다.

섬너는 이제 더 이상 참을 수 없었고, 냉큼 자기 방으로 돌아가 양초를 챙겼다. 선창을 샅샅이 뒤져야겠다고 작심한 것이다(물론 그러면서도, 그 아이가 화물창 어딘가에 숨을 이유를, 그는 떠올리지 못했다). 블랙이 놋쇠 육분의를 들고 선장실에서 나오는 게 보였다.

「혹시 조지프 해너 봤어요?」 섬녀가 블랙에게 물었다. 「그 자식이 안 보여요.」

「후장 찢어진 놈?」 블랙이 대꾸했다. 「못 봤는데요.」

섬녀가 고개를 절레절레 흔들며 한숨을 내쉬었다.

「볼런티어는 큰 배도 아닌데, 이 자식이 이렇게 코빼기도 안 보일 수 있는 거야?」

「작아도 짱박힐 구멍은 수두룩해요.」 블랙이 대꾸한다. 「어디 처박혀서 딸딸이나 치고 있겠죠. 그 새낀 왜 찾는 거예요?」

섬녀가 냉큼 대답을 못 하고 주저했다. 해너의 항문 보건에 관한 섬녀의 관심과 걱정이 상급 선원들 사이에서 이미 우스개로 전락한 상황이었기 때문이다.

「일이 있어요.」 섬녀가 말했다.

블랙이 고개를 끄덕인다.

「뭐, 곧 있으면 나타날 거예요. 확실합니다. 씨발 새끼, 꾀병은 존나 잘 부리지만, 밥 처먹을 때를 놓치는 법은 없으니까요.」

「맞아요.」 섬녀가 쥐고 있던 양초를 잠시 바라보다가, 상의 주머니에 쑤셔 넣었다. 「짱박힌 새끼 찾는다고 내가 고생할 필요가 없지, 아무렴.」

블랙이 말을 받았다. 「다른 사환들 있잖아요. 그놈들한테 물어보세요.」

그날 오후도 계속해서 고래가 나타날 기미를 보이지 않

자, 브라운리가 선원들에게 고래기름 정리 작업을 시작하도록 명령했다. 바다가 잔잔하고, 바람도 없었기 때문이다. 선원들이 돛을 접고, 중앙 선창을 개방했다. 바닥짐 용도로 물을 채워 놓았던 통 열 개 정도를 갑판으로 꺼냈다. 그렇게 선박 최하부를 담당하던 통들이 드러났다. 잘게 썬 고래기름을 제일 먼저 채워 넣을 통들. 작업자들이 갑판에서 장비를 준비했다. 근육과 가죽에서 지방을 떼어 내, 통의 주입구로 집어넣을 수 있을 만큼 작은 조각으로 채 썰고 다지려면, 기름 구유, 럴*lull*이라고 하는 일종의 호스, 도마와 칼이 필수였다. 섬너는 조지프 해너가 곧 나타날 거라고 가정했고, 계속해서 놈을 찾았다. 놈의 은신처가 어디가 됐든, 이 모든 난리 법석을 못 들을 리가 없기 때문이었다.

「이 좆만 한 해너 새끼는 도대체 어디 짱박힌 거야?」 캐번디시가 큰 소리로 말했다. 「칼 좀 내려 봐, 갈게.」

「조지프가 안 보입니다.」 섬너가 말했다. 「오전부터 찾고 있는데…….」

「씨발, 멍청한 보지 새끼.」 캐번디시가 말을 받았다. 「씨발 놈, 나타나기만 해봐. 정말로 후장이 따이면 어떻게 되는 건지 알려 주겠어.」

선원들이 철제 수동 펌프를 이용해, 갑판 위의 통들에서 하나씩 물을 비웠다. 오토가 그 작업을 주관했다. 펌프의 아래쪽 끝을 통의 주입 및 배출구에 집어넣고, 물을 뺀 다음, 잘 닦아서 물기를 없애는 것이 오토의 책임이었다. 펌프 작용으로 평형수가 철벅이며 쏟아져 나왔다. 그 물이 갑판을 적시고, 전방 현측 계류판을 통해 배 밖으로 떨어졌다.
이전 항행 때 통에 남은 기름 잔여물이 썩어서, 흘러내리는
물에선 유독한 유황 냄새가 피어올랐다. 다른 선원들은 눈
이 매운 이 악취를 피해 삭구로 기어오르거나, 목도리로 코
를 감싼 채 작업을 했다. 하지만 오토만큼은 그 역겨운 악
취가 아무렇지도 않은 듯했다. 오토의 모든 행동과 작업 절
차가 찬찬하고 신중했다. 그렇게 통을 네 개 비운 그가 다
섯 번째 통이 훼손된 것을 발견했다. 윗부분이 조금 부서졌
고, 안의 물도 대부분 유실된 듯했다. 오토가 통장이를 호
출해, 고칠 수 있겠느냐고 물었다. 불려온 통장이가 몸을
구부렸고, 상부의 깨진 조각을 집어서 살펴본다.

「썩은 게 아니에요.」 그가 이렇게 말하면서 손으로 콧구
멍을 가렸다. 「이게 혼자서 갈라지거나 깨질 일이 없는데.」

「하지만 깨졌잖아.」 오토가 반응했다.

통장이가 고개를 끄덕인다.

「일단 빼갠 다음에, 다시 만드는 게 좋겠어요.」 통장이가
말했다.

그가 쥐고 있던 나무 조각을 한쪽으로 던져 버린 다음,
반쯤 빈 통을 다시금 무심하게 들여다봤다. 내부에 동그랗
게 말려 옹송그리고 있는 게 보였다. 남은 평형수에 뭔가가
잠겨 있었는데, 무슨 거대한 균사체가 악취가 진동하는 화
물창에서 배양된 듯했다. 사환 조지프 해녀의 벌거벗은 사
체가 그 안에 있었다.

11

　선원들이 해녀의 시신을 식당으로 옮겼다. 탁자 위의 시체를 섬너가 조사했다. 방은 사람으로 가득했지만, 아무도 말을 하지 않았다. 선원들이 호흡으로 내뿜는 열기가 느껴졌고, 그들이 강렬하게 집중하는 게 음침하기까지 했다. 그들은 섬너가 도대체 뭘 하기를 기대하는 것일까? 조지프를 다시 살려내는 것? 섬너가 아무리 의사라 해도 별 도리가 없었다. 그도 그들만큼이나 무력했고, 무용했다. 섬너가 떨리는 손으로 조지프 해녀의 턱을 잡고, 살짝 위로 들어 올렸다. 목에 난 멍 줄을 자세히 보려는 조치였다.

　「교살당했어.」 브라운리가 말했다. 「잔인무도한 일이야.」

　방에 모인 다른 사람들도 동의한다는 듯 웅성거렸다. 섬너가 좀 주저되고 안된 일이라고 느끼면서도 소년의 몸을 옆으로 뒤집었다. 그러고는 창백하게 변한 엉덩이를 벌렸다. 구경꾼 일부가 더 자세히 보겠다고 몸을 안쪽으로 기울였다.

　「그대로인가요? 아니면, 더 심해졌습니까?」 브라운리가 물었다.

「더 찢어졌습니다.」

「제기랄.」

섬녀가 고개를 들어 캐번디시를 흘긋 보았다. 그가 부검 탁자에서 시선을 돌리고, 드랙스에게 뭔 말을 속닥이는 게 보였다. 섬녀가 소년을 다시 뒤집어 놓았다. 흉부를 눌러 보면서, 골절 개수를 세려는 것이었다. 이어서 아이의 입을 벌리고, 이빨 두 개가 빠져나갔음을 확인한다.

「언제 일어났습니까?」 브라운리가 큰 소리로 물었다. 「어떻게 아무도 모를 수 있지?」

「제가 마지막으로 조지프를 본 게 그저께입니다.」 섬녀가 말했다. 「가죽 벗기는 작업 직전이었어요.」

방 안의 다른 선원들이 조지프와 가장 최근에 만나거나 지나친 일을 공유하면서, 중구난방의 상황이 펼쳐졌다. 브라운리가 소리를 치며 이 혼란을 제압한다.

「절대 있을 수 없는 일이야.」 그가 말했다. 「맹세코!」

선장은 얼굴빛이 창백했고, 노발대발했다. 확실히 심각하게 흥분한 상황이었다. 브라운리는 도대체가 포경선에서 살인이 일어났다는 얘길 들어 본 적이 없었다. 물론 선원들이 싸우기는 한다. 그것도 아주 많이. 드물지만 칼로 사람을 찌르는 경우도 있다. 하지만 명백한 살인이라니, 그것도 아이를 죽이다니. 끔찍하고 간담이 서늘한 일이 볼런티어호에서 벌어진 것이었다. 정말이지 혐오스럽고 역겨운 일이었다. 게다가, 퍼시벌호 사태 때문에 그의 명성이 추락한 것으로는 성이 차지 않는다는 듯이, 브라운리의 마지막 항해인 이 배에서 지금 그 일이 일어나고 말았다! 그가 20~30명의 선원이 꽉 들어찬 식당을 이리저리 둘러보았다. 모두가 지저분하고, 수염투성이였다. 북극의 태양이 그들의 얼굴을 새카맣게 구워 놓았다. 선원들이 뭉툭한 손을 기도라도 하듯 앞으로 얌전히 맞잡거나, 주머니 속 깊이 꽂고 있다. 제이컵 백스터야. 브라운리가 중얼거렸다. 그 후레자식. 그놈이 이 천치 새끼를 집어넣었어. 그놈이 이 사악한 계획을 꾸몄어. 이 재난과 불행은 그놈이 책임져야 해. 난 아니야.

「범인을 잡으면 누가 됐든 영국으로 데려가, 목을 매달아 버리겠다.」 브라운리가 멍한 표정으로 씰룩이는 얼굴들을 쭉 훑었다. 「분명히 말했어.」

「그런 개자식한테는 교수형도 과분합니다.」 선원 하나가 나섰다. 「먼저 불알을 잘라 내야 해요. 부지깽이를 달궈서 똥구멍에 박아 버려야 해요.」

「채찍으로 단단히 조져야 합니다.」 다른 목소리가 끼어들었다. 「씨발 새끼, 뼈가 드러날 때까지 후려쳐야죠.」

「누구든, 뭐든, 법에 따라 응징할 것이다.」 브라운리가 대꾸했다. 「돛 수리공 어딨나?」

돛 수리공이 무리에서 몇 걸음 빠져나왔다. 희미하게 푸른 눈의 노인이었는데, 비버 가죽으로 만든 기름투성이 모자를 손에 쥔 채 침울한 표정을 하고 있었다.

「아이에게 수의를 만들어 줘요.」 브라운리가 지시했다. 「얼른 묻어 줍시다.」 돛 수리공이 고개를 끄덕이며, 코를 홀쩍였다.「나머지는 임무에 복귀하도록 한다.」

「기름 정리를 계속할까요, 선장님?」캐번디시가 물었다.

「당연하지. 이런 일이 났다고, 게으름 피우는 건 안 돼.」

선원들이 알겠다는 듯이 고개를 끄덕였다. 그런데, 그들 중의 하나, 로버츠라는 이름의 보트 키잡이가 손을 들고는 이렇게 말했다.

「첫 번째 고래 가죽을 벗기고 난 후에 선원 선실에서 조지프를 봤습니다. 깽깽이 연주에 맞춰 춤을 출 때, 그곳에 있었어요.」

「맞아요.」다른 선원이 끼어들었다.「저도 거기에서 봤습니다.」

「이후에 조지프를 본 사람, 누구 없어?」브라운리가 물었다.「어제 본 사람? 있으면 말해.」

「조지프는 중갑판에서 잤어요.」누군가가 나섰다.「다 그렇게 알고 있습니다.」

「여기 있는 누군가는 조지프가 당한 일을 알고 있다.」브라운리가 말을 이었다.「볼런티어는 크지 않아. 얘가 죽으면서 비명도 못 지르고, 흔적을 안 남길 수는 없는 일이지.」

나서는 이가 아무도 없다. 브라운리가 고개를 절레절레 흔든다.

「이 짓을 한 놈을 반드시 찾을 것이고, 그 개자식의 목을 매달겠다. 분명히 말한다. 믿어도 좋아.」

브라운리가 의사 섬너에게로 고개를 돌렸다.

「내 방으로 가서 이야기 좀 하지, 섬너.」

선장실에서 브라운리가 자리에 앉아, 모자를 벗고, 손바닥으로 얼굴을 문질렀다. 다 문지르고 나자 얼굴은 밝게 홍조를 띠었고, 두 눈은 벌겋게 충혈됐으며 물기가 보였다.

「범인이 정말 악랄한 놈인지, 변태 짓이 들통날까 봐 죽인 것인지를, 모르겠어.」브라운리가 말했다. 「하지만 누가 됐든 조지프를 상대로 남색을 한 놈이 살인도 했겠지. 그건 분명해.」

「동의합니다.」

「아직도 캐번디시를 의심하나?」

섬너가 잠시 주저하다가, 고개를 흔들었다. 그는 일등 항해사 캐번디시가 미련퉁이라는 걸 알았다. 하지만, 그가 살인을 했을 거라고는 자신할 수 없었다.

「누구라도 가능해요.」섬너가 인정했다. 「해녀가 그저께 밤 중갑판에서 잤다면, 누구라도 거기로 가서, 그를 목 졸라 죽이고, 사체를 화물창에 집어넣을 수 있었을 겁니다. 들키지 않고 말이죠.」

브라운리가 못마땅한 얼굴을 했다.

「해녀를 선원 선실에서 옮기도록 한 건 나야. 놈이 곤란을 겪지 않도록 하기 위해서였어. 헌데, 살인을 지원한 꼴이 돼버리고 말았군.」

「조지프는 대체로 보아 불운하고 비참한 아이였습니다.」섬너가 말했다.

「제기랄, 그렇지.」

브라운리가 고개를 끄덕이고는, 브랜디를 두 잔 따랐다.

그가 이렇게 화를 내자, 섭너는 자존심이 상했다. 소년의 잔혹한 죽음이 어느 정도는 그 자신의 심대하고도 지속적인 지위 손상과 하향 때문이라는 식의 반응에 힘이 빠지면서 굴욕감까지 느꼈다. 브랜디를 쥐고 마시는 섭너의 오른손이 떨렸다. 방 밖에서는 돛 수리공이 휘파람으로 부는 「더 보니 보트」란 곡이 들려왔다. 그가 조지프 해너의 사체를 담을 캔버스 천 관을 바느질하고 있었다.

브라운리가 입을 열었다. 「이 배를 타고 출항한 선원과 사환이 다 합해 서른여덟이야. 우리 둘하고, 나머지 사환 둘을 빼면, 서른넷이 남지. 기름 정리 작업이 완료되면, 필요할 경우 전부 개별 면담을 할 걸세. 각자가 뭘 알고, 뭘 봤고 들었으며, 뭘 의심하는지 알아내야겠어. 하룻밤 사이에 그런 더러운 성향이 생기지는 않아. 뭔가 조짐이나 소문이 있었을 거야. 게다가 선원 선실은 험담과 뒷얘기의 온상이기도 하고.」

「범인이 누구든, 제정신이 아닐 가능성이 높아요.」 섭너가 말했다. 「다른 이유 따윈 없습니다. 놈은 무슨 병에 걸렸거나, 틀림없이 뇌가 변성됐을 겁니다.」

브라운리가 아래턱을 이쪽, 그리고 저쪽으로 갈았다. 그러고는 대답에 앞서 브랜디를 한 잔 더 따른다. 낮게 새어 나온 그의 목소리가 팽팽하게 긴장돼 있다.

「그 유대인 후레자식 백스터가 내게 어떤 선원을 보낸 거지? 무자격자, 무뢰한. 항만의 쓰레기들뿐이야. 난 고래잡이라고. 그런데 이건 포경이 아냐, 섭너. 분명히 말하는데,

이건 고래잡이가 아니라고.」

　그날 내내 기름 정리 작업이 계속됐다. 작업이 완료돼, 고래 지방 통이 안전하게 화물창에 적재되고 나서, 그들은 조지프 해너를 바다에 안장했다. 브라운리가 시체를 앞에 두고, 적당한 성경 구절을 어색하게 읽었다. 블랙의 선창으로 선원들이 되는 대로 찬송가를 불렀다. 포탄을 추로 단 범포 수의가 고물 너머로 던져졌다. 냉혹 무정한 파도가 이내 소년을 삼켰다.

　섬녀는 저녁 먹을 의욕이 전혀 안 생겼다. 그는 밥을 마다하고, 위로 올라가 갑판을 거닐며 파이프 담배를 피워 물었다. 바람이라도 좀 쐬어야 했다. 목제 우리에 갇힌 능소니가 으르렁거리는가 싶더니 낑낑거렸다. 끊임없이 자신의 발을 물어뜯고, 몸을 할퀴어 대는 것이 보였다. 놈의 털이 이제는 윤기를 잃고 칙칙했으며, 지저분하게 엉겨붙어 있었다. 놈에게서 배설물과 생선 기름 냄새가 났다. 외관이 볼품없이 쭉 뺀은 데다 뼈만 앙상해서 마치 그레이하운드를 보는 것 같았다. 섬녀가 조리실에서 건빵을 한웅큼 챙겨 왔다. 넓적한 칼 위에 그걸 올리고, 쇠살창을 통해 건넸다. 능소니가 받자마자 게걸스럽게 먹어 치웠다. 놈이 낮게 으르렁거리며, 주둥이를 핥고는 섬녀를 빤히 쳐다보았다. 그가 물그릇을 갑판 위에 놔줬다. 통 우리 1피트쯤 앞에 말이다. 그러고는 발끝으로 슬슬 밀었다. 능소니의 기다란 분홍빛 혀가 닿을 수 있게끔 말이다. 섬녀가 이 일을 마치고는 자

173

리에서 일어나, 녀석이 꿀떡꿀떡 물을 마시는 광경을 지켜본다. 망꾼 사령관 오토가 섬너를 발견하고는 다가왔다.

「굶겨 죽일 생각이면, 도대체가 왜 수고스럽게 잡아다가 가두는 거죠?」 섬너가 오토에게 물었다.

「곰이 팔리면, 그 돈은 전부 죽은 선원의 아내에게 돌아가요.」 오토가 대꾸했다. 「하지만 과부는 여기 없으니 능소니한테 먹이를 줄 수 없죠. 드랙스와 캐번디시가 책임감 따위를 느끼지도 않고요. 물론 우리가 녀석을 놓아줄 수도 있어요. 하지만 어미가 이미 죽었고, 놈은 혼자 힘으로 살아가기에는 너무 어렵습니다.」

섬너가 고개를 주억였다. 그가 빈 물그릇을 집어다가 채우고는, 다시 내려놓고 발끝으로 살살 밀어 줬다. 능소니가 한참이나 물을 마시더니, 됐다 싶었는지 통 안쪽으로 물러났다.

「최근 일을 어떻게 생각하십니까?」 섬너가 물었다. 「이 만행에 대해 당신의 스승인 스베덴보리라면 어떤 말을 할까요?」

오토가 잠시 침통한 표정을 짓는다. 그가 무성한 검정 턱수염을 쓰다듬고서 몇 차례 고개를 주억인 다음 입을 연다.

「그분이라면 우리에게 이렇게 말씀하실 겁니다. 거악(巨惡)은 선이 부재한 결과다. 죄악은 망각이자 일종의 소홀과 태만이다. 우리가 신과 멀어진 이유는, 그렇게 할 수 있도록 신께서 우리를 허락하셨기 때문이에요. 우리가 누리는 자유 말입니다. 하지만, 그 자유는 우리가 받는 벌이기도 합니다.」

「그의 말을 믿어요?」

「다른 뭘 믿겠습니까?」

섬너가 어깨를 으쓱했다.

「죄악은 기억하기이다.」섬너가 말을 바꿔, 제안했다. 「선은 악이 부재한 결과다.」

「물론 그렇게 생각하는 사람도 있지만, 그 말이 사실이라면, 이 세상은 혼란 그 자체일 겁니다. 하지만 세상이 혼란스럽지는 않아요. 주변을 보세요, 섬너. 혼란과 어리석음은 우리들 몫이에요. 우리는 스스로를 오해합니다. 허영심에 눈이 멀어 어리석지요. 우리는 온기를 얻으려고 모닥불을 피워요. 그러고는 불평을 합니다. 너무 뜨겁고, 맹렬하다고. 연기 때문에 눈이 맵다고.」

「그렇다고 아이를 죽이는 이유는 뭡니까?」섬너가 따졌다. 「대체 이 사태를 어떻게 이해해야 합니까?」

「정말로 중요한 질문들에는, 말로 답할 수 없어요. 말은 장난감 같은 겁니다. 재미있고, 얼마간은 우리를 교양해 주기도 합니다. 하지만, 우리가 인간됨의 문제를 드잡이한다고 쳐봐요. 말을 포기해야 합니다.」

섬너가 고개를 흔들었다.

「말은 우리가 가진 전부예요.」섬너가 반박한다. 「말을 포기하면, 짐승과 다를 바가 없습니다.」

오토가 섬너의 비뚤어진 사고 체계에도 불구하고 미소를 지었다.

「그렇다면 직접 나서서 이유를 찾아야겠군요.」 오토가 말을 보탰다. 「진짜 그렇게 생각한다면 말입니다.」

섬너가 몸을 수그려, 고아로 전락한 새끼 곰을 바라보았다. 나무통 우리 안쪽에 옹송그린 녀석이 헉헉거리면서, 제가 싸 만들어진 오줌 웅덩이를 핥고 있다.

「차라리 생각이란 걸 하지 않으면, 더 편하고 즐거울 거예요. 하지만 내 맘대로 그렇게 되지는 않더군요.」

장례식 직후, 캐번디시가 브라운리와의 선장실 면담을 요청했다.

「제가 조사를 좀 했습니다. 이 개자식들을 갈고 쪼았어요. 이름이 하나 나왔습니다.」 캐번디시가 말했다.

「누구지?」

「매켄드릭입니다.」

「목수로 승선한 새뮤얼 매켄드릭?」

「그렇습니다. 사람들이 그러는데, 뭍에 있을 때 술집에서 사내들과 부둥켜안고 있는 걸 봤대요. 그리고, 지난번 출항 때 존 오 곤트호를 탔는데, 네즈빗이란 이름의 보트 키잡이와 침상을 함께 썼답니다.」

「틀림없는 사실인가?」

「선장님도 아시듯이, 선원 선실은 어둡지만, 가령 밤에는 소음이 나면 들립니다. 그러니까 제 말은, 오해의 여지가 없는 틀림없는 소리 말입니다.」

「새뮤얼 매켄드릭을 데려와.」 브라운리가 지시했다. 「섬너도 찾아오고. 선박의에게도 그 자식 얘기를 들려줄 필요가 있으니.」

　작고 여윈 몸의 매켄드릭은 피부가 창백했고, 비실비실했다. 성긴 턱수염이 누리끼리했고, 코가 갸름했으며, 입술이 거의 없는 입이 작았고, 커다란 두 귀가 추위로 벌겠다.

　「조지프 해너를 얼마나 아나?」 브라운리가 취조를 시작했다.

　「거의 모릅니다.」

　「그래도, 선원 선실에서 봤을 거 아냐?」

　「네, 봤습죠. 하지만 아는 건 아닙니다. 사환이니까요.」

　「사환 애들을 안 좋아하나?」

　「별로요.」

　「기혼인가, 매켄드릭? 집에서 자네를 기다리는 아내가 있냔 말일세?」

　「아닙니다. 하지도 않았는걸요.」

　「그래도 뭍에 애인 하나쯤은 있겠지?」

　매켄드릭이 고개를 가로저었다.

　「여자를 별로 안 좋아하는 거 같은데, 그런가?」

　「아니요. 그건 아닙니다.」 매켄드릭이 대꾸했다. 「아직 마음에 드는 여자를 못 찾은 것뿐입니다.」

　캐번디시가 매켄드릭의 대꾸에 코웃음을 쳤다. 브라운리가 고개를 돌려, 잠시 캐번디시를 응시했다가, 취조를 재개한다.

　「남자를 더 좋아한다는 얘기가 들리던데. 그래, 그런 말을 들었네. 사실인가?」

매켄드릭은 표정이 전혀 바뀌지 않았다. 두려워하거나 흥분한 눈치가 아니었고, 그 비정상적인 탄핵에 전혀 놀라지도 않았다.

「사실이 아닙니다, 선장님. 아니에요.」 그가 대답했다. 「옆에 있는 항해사처럼 저도 혈기 왕성한 남자입니다.」

「조지프 해너는 죽기 전에 항문 성교를 당했다. 알고 있겠지.」

「선원 선실 동료들이 다들 그 얘기를 했으니, 당연하죠.」

「아이를 죽였나, 매켄드릭?」

매켄드릭이 이맛살을 찌푸렸다. 그 질문이 도대체 말이 안 된다는 투였다.

「살인을 저질렀나?」

「아닙니다, 선장님. 저는 안 죽였어요.」 매켄드릭은 차분한 어조였다. 「저는 범인이 아닙니다.」

캐번디시가 끼어들었다. 「이 씨발 놈, 거짓말 존나 잘하네. 하지만 소용없어. 선장님, 제가 이 자식이 아이들 후장 따는 거로 유명하다고 진술해 줄 사람을 대여섯 데려올 수 있습니다.」

브라운리의 시선에 들어온 목수 매켄드릭이, 취조가 시작된 이래 처음으로 편안해 보이지 않았다.

「매켄드릭, 거짓말한 게 들통나면 좋을 게 없어.」 브라운리가 말했다. 「지금 미리 말해 두는데, 엄중한 처벌이 있을 걸세.」

매켄드릭이 고개를 한 번 끄덕였다. 그러고는 대답을 하기 전에 선장실의 천장을 쭉 훑었다. 회색의 두 눈이 안절부절못했다. 가느다란 입술 주위로 미소가 번지는 것 같기도 했다.

「아이들은 절대 아닙니다.」 매켄드릭이 말했다. 「애들은 제 취향이 아니에요.」

캐번디시가 조롱조로 코웃음을 쳤다.

「야, 이 새끼야, 네놈이 엉덩이를 골라서 따먹는다는 말을, 우리가 믿을 거 같아? 내가 들은 얘길 해줄까? 위스키를 왕창 처먹고, 네 할아버지랑 했다면서.」

「아무나 꼬시지 않아요.」 매켄드릭이 대꾸했다.

「아 씨발, 망신스러워.」 브라운리가 집게손가락으로 매켄드릭의 얼굴을 쑤셨다. 「사람을 죽였든 안 죽였든 상관없어. 채찍 맞을 각오해.」

「저는 사람 안 죽였어요.」

「하지만 거짓말은 했지.」 브라운리가 말했다. 「그건 이미 의심의 여지가 없어. 자, 하나를 갖고서 거짓말을 한 놈이 다른 거라고 거짓말을 안 하겠나?」

「젠장, 나는 살인자가 아닙니다.」 매켄드릭이 거듭 강조했다.

「선장님, 제가 잠깐 살펴봐도 되겠습니까?」 섬너가 끼어들었다. 「어떻게든 단서가 남을 수 있거든요.」

브라운리가 약간 놀란 듯한 표정이다.

「무슨 징후 같은 게 있단 말이야?」 브라운리가 물었다.

「조지프의 항문에 발진이 많았습니다. 그 발진이 성교에 의한 거라면, 그럴 가능성이 높은데, 범인한테도 발진이 있을 거예요. 범인의 좆에도 발진이나 염증이 있을 거란 말입니다. 아무래도 아이는 항문이 좁으니까요.」

「망할, 이게 뭔 일이야.」 캐번디시가 말했다.

「좋아.」 브라운리가 대꾸했다. 「매켄드릭, 옷을 벗는다.」

매켄드릭이 움직이지 않았다.

「당장 벗어.」 브라운리가 명령했다. 「안 그러면, 우리가 직접 벗길 거야.」

매켄드릭이 어쩔 수 없이 앞에서 옷을 벗었다. 주저하며 느린 속도로 말이다. 두 다리와 두 팔은 수척하고 앙상했음에도 튼튼해 보였다. 암적색 젖꼭지 사이로 담갈색 체모가 자리했다. 작은 규모의 구레나룻 같다고나 할까. 매우 가냘 프고 몹시 창백한 사내였음에도 불구하고, 매켄드릭의 생식기가 대단히 크고 야함을 섬녀가 단박에 알아챘다. 거무튀튀한 불알이 묵중하게 축 늘어져 대롱거렸고, 물건은 비정상적으로 길진 않았음에도 개의 주둥이처럼 두꺼웠다. 그리고, 콩팥처럼 크고 반짝거리는 귀두가 있었다.

「딱히 하감(下疳)[12]은 없습니다.」 섬녀가 말했다. 「발진이나 염증의 징후도 전혀 없어요.」

「삽입을 편하게 하려고 돼지기름을 썼을 거예요.」 캐번디시가 말했다. 「혹시, 해녀의 항문에서 윤활제 단서는 확인해 봤습니까?」

---

12 매독의 초기 증세로서 감염 부위에 생기는 궤양.

「물론이죠. 이렇다 할 잔여물이 전혀 없었어요.」

캐번디시가 미소를 지었다.

「과연 의사시라, 놓치는 게 없군요.」 캐번디시가 말했다. 「대단합니다.」

「팔이나 목에 반항해서 생길 수도 있는 긁히거나 베인 상처도 없습니다.」 섬녀가 말했다. 「이제 옷을 입어도 좋습니다, 매켄드릭.」

매켄드릭이 시키는 대로 옷을 입었다. 브라운리가 그 광경을 말없이 지켜봤다. 이윽고 매켄드릭이 옷을 다 입자, 브라운리가 그에게 밖으로 나가 식당 칸에서 다시 호출할 때까지 대기하라고 명령했다.

「저 자식이 범인이라고요.」 캐번디시가 말했다. 「좆이 쓸렸든 안 쓸렸든, 저놈이 분명 범인이라고요.」

「가능해요. 하지만 확실한 증거가 전혀 없습니다.」 섬녀가 말했다.

「그래도 남색자란 걸 자인했잖아요. 이 판에 무슨 증거가 더 필요합니까?」

「자백이라.」 브라운리가 말했다. 「하지만, 놈이 자백을 안 해도, 좌우지간 철창 안에 집어넣어야겠어. 귀향하면 치안판사들이 재판을 해주겠지.」

「매켄드릭이 아니면 어떡하죠?」 섬녀가 물었다. 「배에서 진짜 범인이 자유롭게 활보해도 괜찮아요?」

「매켄드릭이 아니면, 씨발 누구겠어?」 캐번디시가 반문했다. 「이 배에 남색자가 바글거리기라도 한단 말이야?」

「둘이 함께 있는 걸 본 사람이 나타나면 그가 범인임을 더 확실하게 알 수 있겠죠.」섬녀가 대꾸했다.

「일단 매켄드릭을 투옥해, 캐번디시.」브라운리가 명령했다. 「그런 다음에는 선원들에게 알리자고. 밖에 있는 저 자식이 해녀와 이야기를 하거나, 뭐라도 관심을 보이는 걸 목격한 사람을 찾는다고 말이야. 섬녀의 말이 제일 옳아. 매켄드릭이 범인이면, 증인이 나올 거야.」

12

상급 선원실. 사람들의 설왕설래를 드랙스가 듣고 있다. 조지프가 죽고 없음에도, 다시금 소년 얘기다. 오늘 오후 그들이 조지프의 시체를 범포에 싸서, 배의 고물 너머로 수장했다. 드랙스도 천으로 만든 소년의 관이 물 아래로 가라앉는 것을 지켜보았다. 소년은 이제 존재하지 않았다. 녀석은 관념이나 생각조차 되지 못했다. 그는 아무것도 아니었다. 하지만 그럼에도, 사람들이 여전히 조지프 해너 얘기를 하고 있었다. 그들이 쉬지 않고 떠들어 댔다. 계속해서. 도대체가 그 설왕설래의 요점은 무엇일까? 드랙스가 삶은 쇠고기를 씹으면서, 머그에 담긴 차를 벌컥벌컥 마셨다. 쇠고기는 짭짤하고 시큼했지만, 차가 달착지근했다. 드랙스의 팔뚝에 0.5인치 깊이로 물린 자국이 보인다. 그 상처가 욱신거리면서 가려웠다. 조지프의 멱을 따버렸다면 일이 더 신속하고 쉬웠을 것임을 그도 알았다. 하지만 수중에 칼이 없었다. 사태를 이렇게 계획한 것이 아니었다. 드랙스는 다만 행동할 뿐이고, 각각의 행위가 그 자체로 개별적이며 완료된 것이었다. 성교, 살인, 배변, 식사. 뭐, 순서는 아무렇게나 바뀌어도 상관없었다. 어느 하나가 다른 것들보다 앞서거나 우위에 있을 수 없었다. 드랙스가 음식 그릇을 거울이라도 되는 양 얼굴 높이까지 들어 올리고서, 남은 그레이비소스를 핥아먹었다.

그가 여전히 듣고 있다.

「매켄드릭이야.」 캐번디시가 말했다. 「틀림없어. 척 보면 알지. 그런데 선장은 증거가 더 필요하대.」

드랙스는 매켄드릭을 알았다. 계집애처럼 약해 빠진 데다가, 존나 수줍어하는 새끼로, 권총을 쥐여 주고 놈 대신 겨냥까지 해준 다음 방아쇠만 당기게 시켜도, 아무도 못 죽일 위인임을 말이다.

「왜 매켄드릭이야?」 드랙스가 물었다.

「그 자식이 남색자인 거 다들 알잖아. 부둣가 술집에서 매일 밤 후장을 사고, 다른 호모 새끼들과 농탕이니 말 다 했지.」

드랙스가 고개를 끄덕였다. 매켄드릭이 이제 자신을 대신해 줄 터였다. 희생양 말이다. 놈이 교수형 밧줄에 매달려 대롱거릴 때, 드랙스는 구경하면서 환호와 갈채를 보내 주기만 하면 됐다.

「그런데 선장은 무슨 증거를 더 찾는 거야?」 드랙스가 물었다.

「증인을 원하는 거지. 둘이 함께 있는 걸 본 사람.」

드랙스가 수염에 붙은 부스러기를 훔치며, 천둥 같은 방귀를 꿰었다. 그러고는 주머니에 손을 집어넣어, 씹는담배 주머니를 꺼냈다.

「내가 봤어.」 드랙스가 대꾸했다.

드랙스한테로 주변 사람들의 시선이 쏠렸다.

「언제요?」 섬너가 물었다.

「언젠가 밤늦게 갑판실 옆에 서 있었어. 매켄드릭이 애를 멍때리며 바라보고, 속삭이며 애무하고, 목을 때리고, 막 키스도 하려고 그러더라고. 애새끼는 별로 내키지 않는 눈치 였어. 그게 아마 일주일 정도 전에 그랬지.」

캐번디시가 박수를 치며 웃었다.

「그렇군.」 그가 말했다.

「그 사실을 왜 아까 말하지 않았습니까?」 섬너가 물었다. 「우리한테 뭘 봤는지 선장님이 물었을 때, 당신도 거기 있 었잖아요.」

「깜빡한 거지.」 드랙스가 대꾸했다. 「내 머리가 당신보다 는 못할 거 아니오, 섬너 선생? 내가 좀 잘 잊어버리는 경향 이 있어요.」

섬너가 드랙스를 바라보았고, 드랙스도 섬너를 봤다. 드 랙스는 편안하고, 아무렇지도 않았다. 그는 의사란 인간들 을 너무나 잘 알았다. 의사는 하루 종일 질문이나 해대며 트집을 잡고 옥신각신한다. 하지만 그 족속은 감히 행동에 나서지 못한다. 의사는 말하는 것들이지, 직접 나서서 행하 는 사람이 아닌 것이다.

일행이 선장실을 찾아갔고, 드랙스가 브라운리에게 자기

가 본 내용을 알렸다. 브라운리가 매켄드릭을 화물창 감옥에서 데려오라고 명령했다. 그러고는 드랙스에게 수감자 앞에서 자기가 한 말을 정확히 말한 그대로 반복하도록 지시했다.

「저는 그가 죽은 소년을 덮치는 걸 봤습니다.」 드랙스는 침착했다. 「키스를 하고, 껴안으려 했어요. 갑판실 옆에서 그랬습니다.」

「그런데, 이 사실을 왜 아까는 얘기하지 않았나?」

「미처 생각하지 못했습니다. 그런데, 매켄드릭의 이름이 살인범으로 얘기되자, 불현듯 생각난 겁니다.」

「씨발, 거짓말.」 매켄드릭이 입을 열었다. 「난 그 애를 건드린 적이 없어.」

「전 보았고, 봤습니다.」 드랙스가 말했다. 「내가 안 봤다고 아무도 우길 수 없지요.」

드랙스는 이 거짓말이 당연하고도 아주 쉬운 거라고 생각했다. 말은 일정한 순서로 나오는 소음일 뿐으로, 그가 원하는 대로 아무렇게나 사용하면 그뿐이었기 때문이다. 돼지는 꿀꿀거리고, 오리는 꽥꽥거리고, 사람은 거짓말을 한다는 것이 드랙스의 세계관이었다. 그는 세상만사가 그렇게 굴러가는 것이라고 믿었다.

「방금 전의 진술 내용을 맹세하나?」 브라운리가 드랙스에게 물었다. 「재판소에서도 고수할 텐가?」

「네, 성경에 손을 얹고요.」 드랙스가 대답했다. 「당연합지요.」

「자네의 진술을 항해 일지에 기록할 테니, 거기에 서명을 하게.」브라운리가 말했다.「문서 기록을 남겨 두는 게 가장 좋지.」

아까까지만 해도 차분했던 매켄드릭이 드디어 분통을 터뜨렸다. 창백하고 좁은 얼굴이 붉으락푸르락했고, 온몸이 분노로 부들부들 떨렸다.

「다 거짓말입니다.」매켄드릭이 말했다.「진실은 한 톨도 없어요. 저 자식이 거짓말을 하는 겁니다.」

「저는 거짓말을 할 이유가 없습니다.」드랙스가 맞받았다.「왜 제가 일부러 거짓말을 하겠습니까?」

브라운리가 캐번디시에게로 고개를 돌렸다.

「둘 사이에 악감정이라도 있나?」선장이 물었다.「거짓말이나 사악한 의도를 의심해 봐야 할 이유가 있냐고?」

「제가 알기로는 없습니다.」캐번디시가 대답했다.

「둘이 전에 같은 배에 승선한 적은?」브라운리가 이번에는 둘을 상대로 물었다.

드랙스가 고개를 가로저었다.

「저는 저 목수 놈을 거의 모릅니다.」드랙스가 대답했다.「하지만 갑판실에서 본 걸, 저는 봤습니다. 사실 그대로를 말하는 거고요.」

「하지만 난 네가 어떤 놈인 줄 알아, 헨리 드랙스.」매켄드릭도 지지 않았다.「네가 어디에 있었고, 거기서 뭘 했는지 안다고.」

드랙스가 콧방귀를 뀌며 고개를 가로저었다.

「네가 나에 대해 뭘 안다고?」 드랙스가 말했다.

브라운리가 매켄드릭에게로 고개를 돌렸다.

「무슨 할 말이 있으면, 지금 하도록.」 브라운리가 말했다. 「혐의를 제기하지 않을 거면, 치안 판사랑 마주할 때까지는 그대로 아가리 닥치고 있는 게 좋을 거야.」

「저는 그 아이를 건드리지 않았습니다. 아이들은 제 취향이 아닙니다. 제가 같은 남자들하고 뭘 했든, 관련해서 고발이나 기소를 당한 적은 없습니다. 하지만 저 자식, 나를 음해하는 저 자는, 제 목을 부러뜨려 죽일 심산인 듯한데, 나보다 더 악독하고 더 비정상적인 범죄를 무던히도 저질렀지요.」

「너, 부질없이 지껄여 대다니, 무덤을 더 깊이 파는 거야.」 캐번디시가 겁을 주고 나섰다.

「뒈지는 것보다 더 깊은 구멍이 있을라고? 이 씨발 놈아.」 매켄드릭도 가만있지 않았다.

「범죄요? 무슨?」 섬녀가 나선다.

「마키저스 제도에서 뭘 했는지 한번 물어 보쇼.」 매켄드릭이 이 말을 하면서, 드랙스를 똑바로 쳐다보았다. 「저 자식이 남태평양까지 가서 뭘 했는지 물어보라고요.」

「이게 뭔 소리야?」 브라운리가 드랙스에게 물었다. 「저 자식이 지금 무슨 말을 하는 거야?」

「남양 제도의 깜둥이들과 좀 놀았습니다.」 드랙스가 대답했다. 「그것뿐이에요. 등에 그들이 해준 문신이 있고, 재밌고 유익한 얘기들도 많지요. 하지만, 그 이상은 아무것도 없습니다.」

「무슨 배를 탔었나?」 브라운리가 물었다.

「돌리호요. 뉴베드퍼드에서 출항했습니다.」

「신을 두려워하는 정직한 백인과 식인종이 네 안에서 다투지 않았던가?」 매켄드릭이 외쳤다. 「정신이 제대로 박힌 치안 판사가 어딘가에 계실 거야!」

드랙스가 이 말에 피식 웃었다.

「난 식인종이 아냐, 씨발 놈아.」 드랙스가 말했다. 「저 자식의 개소리를 믿지 마세요.」

브라운리가 고개를 절레절레 흔들며, 코를 훌쩍였다.

「이런 난장판 헛소리를 내가 계속 들어야 해?」 선장이 말을 이었다. 「저 똥 덩어리 같은 새끼 데리고 나가. 끌고 가서 주 돛대에 묶어 버려. 아 씨발, 열이 뻗쳐서!」

매켄드릭이 끌려 나갔고, 브라운리는 드랙스가 봤다는 진술 내용을 항해 일지에 기입한 후, 가새표로 인증케 했다.

브라운리가 말했다. 「이제 자네는 매켄드릭 재판 때 법정에 나가 증언을 해야만 한다. 이 항해 일지도 증거로 제출될 거야. 매켄드릭의 변호사가, 뭐 놈이 형편이 돼야 말이지만, 자네를 비방하면서 누명을 씌우려고 할 거야. 남의 불행을 이용해 밥 처먹는 쓰레기 같은 놈들은 항시 그래. 하지만 드랙스, 자네가 꿋꿋하게 맞서리라고 믿네.」

「그런 식으로 욕 얻어먹고 추궁당하고 싶지 않습니다.」 드랙스가 대답했다. 「정말이지 달갑지 않네요.」

「남색 늑대의 말을 누가 믿겠나? 입장을 고수하고 비방을 견디기만 하면 돼.」

　　드랙스가 알겠다는 듯이 고개를 주억였다.

　　「저는 정직합니다.」 드랙스가 말했다. 「본 것만 말하죠.」

　　「그렇다면 아무것도 걱정할 필요 없어.」

13

매켄드릭이 유죄라는 소식이 삽시간에 선원들 사이에 퍼졌다. 동료 목수를 친구라고 믿었던 소수가 매켄드릭이 살인범이란 소식을 거부했지만, 그들의 이런 의심은 곧 압도당하고 말았다. 요컨대, 매켄드릭이 소년을 죽였다는 보다 일반적인 확신의 심증이 막강했다. 그는 브라운리와 두 번째 면담을 한 후에, 사슬에 묶여 전부(前部) 선창에 감금되었고, 식사를 혼자 했으며, 똥과 오줌도 양동이로 해결했다. 사환 아이가 매일 그 양동이를 비웠다. 그렇게 한 주 정도가 지나자, 매켄드릭이 범인이고 변태 성욕자라는 믿음이 선원들의 마음속에 확고부동하게 자리를 잡았고, 그도 한때는 동료였다는 사실이 거의 잊히고 말았다. 선원들은 매켄드릭을 이상한 별종으로 기억했고, 그와 관련해서 정상적으로 비쳤던 모든 게 내면의 이상 성욕을 은폐하려던 꾀바른 술책일 뿐이었다고 단정했다. 감옥으로 사용 중인 선창까지 직접 내려가, 매켄드릭을 조롱하거나 범죄 관련 질문을 던지는 선원까지 가끔 있었다. 그런 식으로 매켄드릭을 대면한 선원들은 그가 이상하게도 죄를 뉘우치지 않는 다는 것을 알고, 내심 놀랐다. 매켄드릭은 시큰둥했고, 당황 했으며, 적대적으로 나오기도 했는데, 마치 자신이 무슨 짓 을 했는지, 그 실상을 아직까지도(심지어 지금까지도) 깨닫 지 못한 듯했다.

브라운리는 정말이지 고래잡이라는 원래의 임무와 활동 으로 돌아가고 싶을 뿐이었다. 하지만, 다음 며칠 동안 볼 런티어가 악천후에 옴짝달싹하지 못했다. 비가 억수로 퍼 부었고, 안개가 말도 못 하게 두꺼웠다. 이런 날씨 — 공기 는 차고 끈적끈적했고, 안개가 흐리고 어두컴컴했다 — 속 에서 그들은 사냥감을 도무지 찾을 수 없었고, 어획이 사실 상 불가능했다. 불쾌한 기운이 그들을 에워쌌으며 기미가 좋지 않은 가운데, 볼런티어는 잠자코 남쪽으로 내려갔다. 빈대떡 얼음과 죽 같은 얼음이 여기저기 떠 있었는데, 상공 에서라면 조각보처럼 보였을 것이다. 이윽고 날이 개었을 때쯤, 그들은 서쪽으로 존스 해협과 호스버러곶을 지났고, 폰즈만(灣) 입구가 시야에 들어왔다. 브라운리는 계속해서 나아가고 싶은 마음이 굴뚝같았지만, 해빙이 계절 치고는 비정상적일 만큼 빽빽이 들어차 있었고, 볼런티어는 잠깐 더 대기해야 했다. 헤이스팅스호가 볼런티어 옆에 정박했 고, 그건 폴리니아호, 인트리피드호, 노더너호도 마찬가지 였다. 바람이 바뀌기를 기다리면서는 할 일이 없었고, 하여 선장들이 다섯 척의 포경선 사이를 자유롭게 오갔다. 서로 의 선실에서 저녁을 함께 먹었고, 그들은 그 시간에 대화하고, 언쟁하며, 또 추억을 회상했다. 브라운리가 자신의 옛날 얘기를 자주, 편하게 털어놓았다. 석탄 바지선, 퍼시벌호, 이전의 갖은 사연 등등을 말이다. 그는 자신이 뭘 했고, 어떠했는지가 부끄럽지 않았다. 요컨대 그는 다른 선장들에게 이렇게 말했다. 사람은 누구나 실수를 한다. 인간이 고통스러운 것은, 고통을 받아야만 하기 때문이다. 그러니 마음의 준비만 되어 있다면 아무 문제가 없다.

「선장님은 준비가 돼 있습니까?」캠벨의 이 질문은 가벼운 어조였다. 두 사람이 브라운리의 방에 앉아 있다. 음식 그릇이 말끔히 치워진 상태이고, 다른 선장들은 다 각자의 배로 귀환해, 둘뿐이다. 캠벨은 상황 판단이 빠르고 아는 게 많은 친구였다. 그는 대단히 친절하고 또 우호적이었지만, 가끔은 얘기를 도통 안 하고, 거만하게 굴기도 했다. 브라운리는 캠벨의 질문에 조롱이 섞여 있다고 판단했다. 백스터의 술책에서 자신이 맡은 역할이 더 낮다는 분명한 암시일 것이다.

브라운리가 말했다. 「모든 게 다 잘 풀리면, 자네가 다음일 거라고 들었네. 백스터가 내게 직접 그렇게 얘기했어.」

「백스터는 포경업이 이제 쫑이라고 생각합니다.」캠벨이 말했다. 「이제 그만 철수하고, 공장을 사려고 해요.」

「그렇지. 하지만, 잘못 생각하는 거야. 이곳 바다는 아직도 고기가 그득해.」

캠벨이 어깨를 으쓱했다. 그는 들창코에, 광대뼈가 넙데데하고, 구레나룻이 길었다. 또, 얇은 입술을 거의 항상 불룩 내밀고 있었는데, 브라운리는 그 꼬락서니가 불편했다. 놈이 잠자코 혼자만의 생각에 몰두하는 것처럼 비칠 때조차, 당장에라도 무슨 말을 내뱉을 것 같은 인상을 자아냈기 때문이다.

「내가 도박사라면, 백스터한테는 돈을 좀 걸겠어요. 말에 비유한다면, 장애물에도 잘 넘어지지 않죠. 깨끗하게 뛰어넘는다는 말입니다.」

「머리가 잘 돌아가는 개자식이지. 인정해.」

「선장님은 준비가 돼 있습니까?」

「몇 마리 더 잡을 만큼은 시간이 있어. 서두를 필요 없지 않아?」

「이 게임에서 고래는 푼돈이라고요.」 캠벨이 브라운리를 상기시켰다. 「쌈박하게 가라앉히고 불가피했던 것으로 비치게 만들 수 있는 기회가 많지는 않아요. 가장 중요한 게 어떻게 보이느냐예요, 알죠? 명명백백한 사고로 위장하지 못하면, 손해 사정사들이 조사에 나설 겁니다. 우리 모두가 원하지 않는 일이지요. 뭐, 당신이 가장 아니겠고요.」

「올해는 얼음이 많아. 일이 그렇게 어렵지는 않을 거야.」

「나중보다는 빠를수록 더 좋습니다. 일을 너무 오래 끌면, 내가 잡힐 위험이 있어요. 그러면, 젠장, 우리가 다 어디로 가겠습니까?」

「폰즈만에서 일주일만 시간을 줘봐.」 브라운리가 말했다. 「딱 일주일만. 그런 다음에 구멍 낼 만한 곳을 찾아보자고.」

「일주일이면 되죠? 일주일 후에 우리는 다시 북쪽으로

갑니다.」캠벨이 말했다. 「랭커스터 해협 정도까지요. 거기까지 우리를 쫓아올 놈은 없습니다. 커다란 육빙 근처에서 아늑한 시간을 좀 보내면서 기다려요. 바람이 불고, 부빙이 닥칠 겁니다. 볼런티어 선원들은, 보아하니 다들 씹새끼라, 별로 손도 안 쓸 겁니다.」

「목수 놈은 그냥 버리고 오려고.」

「사고는 항상 일어나는 법.」캠벨이 동의했다. 「그런 새끼를 안타까워할 필요는 없지요.」

「잔인무도한 사건이야.」브라운리가 말했다. 「자넨 그런 사건 소식을 들은 적이 있나? 여자애라면 또 몰라. 여자라면 어떻게 이해해 보기라도 하지. 씨발, 사환은 아니잖아. 젠장, 절대로 아니지. 우리는 사악한 시대를 살고 있어. 안 그런가, 캠벨? 악이 횡행하고, 변태들이 득실거리는.」

캠벨이 고개를 끄덕였다.

「감히 말하자면, 주 예수 그리스도께서는 여기 북쪽 바다에 할애할 시간이 별로 없어요.」캠벨이 싱긋 웃었다. 「아마도 냉기와 한기를 싫어하실 것 같네요.」

얼음이 열렸고, 고래잡이배들이 만으로 진입했다. 하지만 포경이 시원치 않았다. 고래가 코빼기도 안 보였다. 몇 차례 보트를 내리기도 했지만, 그때마다 고래들은 얼음 아래로 잽싸게 사라졌고 타격할 기회는 일절 없었다. 브라운리의 머릿속에서 어쩌면 백스터의 계략이 옳은 것인가, 하는 생각이 모락모락 피어올랐다. 어쩌면 그들이 고래를 너무 많이 죽인 것인지도 몰랐다. 그는 이 광대하고 와글거리던 대양이 그렇게 빠른 속도로 텅 비어 버릴 수 있다는 사실이 도저히 믿기지 않았다. 그 거대한 야수가 이토록 연약한 존재였다는 것도. 그래도 아직 고래가 있다면, 녀석들이 도망치고 숨는 법을 배우고 있다는 게 틀림없었다. 의기소침해지는 사태가 일주일 이어지자, 브라운리도 불가항력적 미래를 받아들이기로 결심했다. 캠벨과 합의한 모의를 실행하기로 한 것이다. 그가 선원들에게 폰즈만을 떠나, 북쪽으로 항해하라고 명령했다. 더 나은 운이 다른 데 있을 거라면서.

섬너는 아편 팅크의 도움에도 불구하고 연달아서 한두 시간 이상을 자지 못했다. 조지프 해너의 죽음이 그의 상황을 악화시켰다. 다양한 양상으로 내면이 분기했는데, 섬너 자신도 이해나 파악이 잘 안 됐다. 섬너는 차라리 잊기로 했다. 평온해지고 싶었다, 다른 선원들처럼. 그네들은 매켄드릭의 유죄와 응분의 처벌을 믿었고, 마음의 안정을 찾은 듯 보였다. 하지만, 섬너는 결코 그렇게 할 수 없었다. 니스를 바른 탁자 위에 뉘었던 소년의 사체가 자꾸 떠올라, 피로웠다. 밤마다 선원들이 거기서 식사를 하고 있었다. 선장실에서 매켄드릭이 발가벗고 서 있던 광경도 괴롭기는 마찬가지였다. 수세에 몰려, 수치심을 억누른 채 천장을 응시하던 시선이 뇌리를 떠나지 않았다. 섬너는 몸뚱이 둘이 일치해야 한다고 생각했다. 퍼즐 조각처럼 딱 들어맞아야 말이

됐다. 하지만, 그가 아무리 머리를 굴려 봐도 아귀가 안 맞았다.

매켄드릭이 체포되고 나서 2주 정도 지난 어느 날 늦은 밤이었다. 볼런티어가 북쪽으로 방향을 잡고, 물새들과 빙산을 통과하는 중이었다. 섬녀가 전부 선창으로 내려갔다. 선원복을 걸친 매켄드릭이 작은 공간에 누워 있었다. 그를 가두기 위해 이런저런 상자와 보따리 짐, 통들이 치워졌음을 알 수 있었다. 매켄드릭의 두 다리가 사슬로 묶였고, 그중 하나가 돛대에 결박되어 있었다. 그래도 두 손은 모두 자유로웠다. 양철 그릇에 건빵 조각이 담겨 있는 게 보였다. 물 잔이 하나 있었고, 옆에 양초가 켜져 있었다. 오물통의 악취가 지독했다. 섬녀가 잠시 주저하다가 몸을 수그리고, 매켄드릭의 어깨를 흔들었다. 매켄드릭이 천천히 몸을 돌려 펴고는, 짐 더미에 등을 기댄 채 앉아서 뜻밖의 방문자를 무정하게 쳐다봤다.

「몸은 좀 어때요?」섬녀가 물었다. 「나한테 뭐 요구할 거 있어요?」

매켄드릭이 고개를 가로저었다.

「생각해 보면, 난 그럭저럭 건강하고 원기 왕성해요.」매켄드릭이 대꾸했다. 「재판을 받고 교수형을 당할 때까지는 살 수 있을 것 같소.」

「재판까지 가면, 결백을 주장할 기회가 생겨요. 아직 결정 난 것은 없어요.」

「나 같은 사람은 영국 법정에서 친구를 찾기가 힘들어요,

의사 선생. 나는 정직합니다. 하지만, 내 인생은 자세히 들여다보는 걸 버티지 못해요.」

「당신만 그렇게 생각하는 거 아닙니다.」

「맞아요. 우리는 다 죄인이지. 하지만 어떤 죄는 다른 죄보다 더 혹심하게 처벌받아요. 나는 죽이지 않았어요. 과거에 사람을 죽인 적도 없고. 그렇다고 다른 것들에서 자유롭지는 않습니다. 사람들은 그런 것들을 핑계로 내 목을 매달 거요.」

「당신이 조지프를 안 죽였으면, 이 배의 다른 누군가가 죽인 겁니다. 당신 주장처럼 드랙스가 거짓말을 하는 것이라면, 그가 조지프를 죽였거나 죽인 놈을 알면서도 보호하려는 거겠죠. 어때요?」

매켄드릭이 어깨를 으쓱했다. 화물창에 2주째 갇혀 있었고, 그의 피부가 잿빛을 띠었다. 푸르던 두 눈이 쑥 들어간 채, 탁하게 변해 있었다. 그가 귀를 긁자, 피부 조각이 일어나, 바닥에 떨어졌다.

「물론 생각해 보지 않은 건 아닙니다. 하지만 증거도 없고, 증인도 없는데, 다른 이를 고발해서 나한테 무슨 득이 되겠습니까?」

섬너가 주머니에서 백랍 플라스크를 꺼내 매켄드릭에게 건네줬다가, 되받아 자신도 한 모금 마셨다.

「담배가 없어요.」 매켄드릭이 뜸을 들였다가 내뱉은 말이다. 「있으면 신세 좀 집시다.」

섬너가 매켄드릭에게 자신의 담배쌈지를 건넸다. 매켄드

릭이 왼손 손가락 두 개 사이로 파이프를 쑤셔 넣고, 오른손으로 섬녀가 건넨 쌈지를 받았다. 그가 계속해서 파이프의 아가리를 채우고, 오른손 엄지로 담배를 차곡차곡 다졌다. 파이프를 쥐는 방식이 아주 특이했다.

「손에 무슨 문제 있어요?」 섬녀가 물었다.

「엄지가 맛이 갔어요.」 매켄드릭이 대꾸했다. 「1년인가, 2년인가 전에 어떤 사팔뜨기 새끼가 망치로 치는 바람에 으스러졌지. 이후로는 조금도 못 움직인다니까요. 목수 일 하는 사람으로서 곤란한 점이 한두 가지가 아니라오. 그래도 뭐 적응하는 수밖에.」

「어디 좀 봅시다.」

매켄드릭이 몸을 숙이고, 왼손을 뻗었다. 다른 손가락들은 정상이었지만, 엄지손가락 관절부가 심각한 기형인 데다가, 엄지 자체도 딱딱하게 굳어 생명이 없는 물체 같았다.

「이 손으로는 아예 움켜쥘 수가 없겠네요?」

「손가락 네 개는 돼요. 그나마 왼손이니 천만다행이죠.」

「자, 내 손목 한번 잡아 봐요.」 섬녀가 매켄드릭에게 시켰다. 「이렇게.」

섬녀가 소매를 걷어 올리고, 팔을 뻗었다. 매켄드릭이 섬녀의 맨 팔을 쥔다.

「최대한 힘을 줘봐요.」

「지금 하고 있어요.」

섬녀는 네 손가락이 팔뚝을 파고드는 압력은 느낄 수 있었지만, 엄지 부위는 전혀 그렇지 못했다.

「이게 최대로 하는 거예요?」섬녀가 말했다. 「망설이지
말고요.」

「망설이긴 뭘 망설여요?」매켄드릭의 어조가 신랄했다.
「2년 전에 휘트비호에서 어떤 자식이 빌어먹을 망치로 내
엄지를 작살냈다고요. 창구 덮개를 수리 중이었는데, 그러
다가 손가락이 산산조각 나버렸지. 그 사고 증인도 많아요.
선장부터, 놈의 바보짓을 기꺼이 증언해 줄 거요.」

섬녀가 매켄드릭에게 그만 됐다고 말했다. 그가 상의 소
매를 다시 끌어 내렸다.

「전에 내가 조사할 때 손 부상 얘기를 왜 안 했습니까?」

「기억하기로, 손에 대해 안 물어봤잖소.」

「도대체가 꽉 쥐지도 못하는데, 애를 어떻게 목 졸라 죽
여요? 당신도 그 애 목에 난 멍 봤잖아?」

잠시 정적. 매켄드릭의 표정이 곧 심각해졌다. 섬녀의 얘
기가 너무나 희망적이어서, 그냥 흘려보낼 수 없다는 게 분
명했다.

「그래, 멍이 있었어.」매켄드릭이 입을 열었다. 「목둘레에
쭉 멍이 있었어. 맞아.」

「앞에는 커다란 멍이 두 개 또 있었고요. 기억나죠? 거의
겹쳐 있었어요. 그때는 엄지손가락 두 개가 목구멍을 세게
누른 거라고 생각했습니다.」

「똑똑히 기억하는 거예요?」

「분명히요.」섬녀가 대꾸했다. 「커다란 멍 두 개. 거의 겹
쳐 있었고, 마치 잉크 얼룩 같았죠.」

「하지만 내 엄지는 성한 게 하나뿐이야.」 매켄드릭이 천천히 말했다. 「내가 어떻게 그런 부상을 입혔겠어?」

「맞아요.」 섬녀가 맞장구를 쳤다. 「당장에 선장하고 얘기를 해봐야겠어요. 망치로 당신을 때린 녀석이 당신 목숨을 구한 건지도 모르겠군요.」

14

브라운리가 섬녀의 입론을 듣고 있다. 섬녀의 주장이 틀렸기를 간절히 바라는 중이다. 브라운리는 매켄드릭을 풀어줄 생각이 아예 없다. 놈이 확실한 범인인 것이다. 매켄드릭을 풀어 준다고 해도(섬녀가 매켄드릭의 석방을 도모하는 듯한데, 이놈의 목적 역시 알다가도 모르겠기에 어리둥절할 따름이었다), 놈의 역할과 처지를 떠맡을 사람이 배에는 없었다. 이 사태를 돌려놓으려면, 상당한 혼란과 갈등이 불가피했다.

「해녀처럼 작고 왜소한 녀석이면 한 손으로도 능히 교살할 수 있겠지.」 브라운리가 주장했다. 「엄지가 있든 없든 말이야. 매켄드릭은 단신이긴 하지만 그 정도는 충분히 할 수 있어.」

「하지만 해녀의 목에 난 것과 같은 멍 자국은 불가능해요. 엄지 자국이 둘이라는 게 명백한 사실이라고요.」

「엄지 자국은 기억이 안 나. 멍이 아주 많았지. 하지만, 구체적으로 어떤 손가락이 어떤 자국을 남긴다는 걸 어떻게 아나?」

「수장하기 전에, 제가 해녀의 상해 부위를 그려 놨습니다.」섬녀가 말을 받았다.「재판에 회부되면 법정에서 사실 확인을 원할지도 모른다고 판단했으니까요. 여길 보세요.」그가 가죽으로 장정된 스케치북을 탁자 위에 내려놓고, 관련 페이지를 선장에게 보여 줬다.「이제 제가 무슨 말 하는지 아시겠어요? 커다란 타원형의 멍이 여기, 여기, 둘 겹쳐 있는 게 보이죠?」

섬녀가 해당 부위를 가리켰다. 브라운리가 내려다보고는, 코를 문지른 다음 얼굴을 찌푸렸다. 의사의 양심과 성실성에 짜증이 난 것이다. 죽은 놈 시체를 그림으로 남기다니, 이 자식한테 무슨 목적이 있는 걸까?

「애새끼는 벌써 수의를 입혀 수장했어. 어떻게 시체를 스케치했다는 건가?」

「기름 정리 작업을 하는 동안 돛 수리공한테 열어 달라고 부탁했죠.」

브라운리가 스케치북을 뒤적이다가 움찔하고 놀란다. 직장 훼손 상태와 궤양이 자세히 묘사돼 있었을 뿐만 아니라, 부러진 갈비뼈까지 도해돼 있었다.

「자네의 이 스케치들은 아무것도 증명하지 못해.」브라운리가 말했다.「매켄드릭이 애한테 집적대는 게 목격됐어. 게다가 놈은 남색자라는 게 증명됐고. 사건과 관련해 확실한 사실은 이것들뿐이야. 다른 것은 다 추측과 망상일 뿐이라고.」

「매켄드릭의 왼손 엄지는 복구가 불가한 상태로 훼손됐어요.」섬녀가 말했다.「그가 이 범죄를 저질렀다는 것은, 물리적으로, 육체적으로 불가능합니다.」

「우리가 영국으로 돌아가면, 자네는 그 생각을 치안 판사에게 자유롭게 밝힐 수 있네. 나보다는 치안 판사가 자네의 주장에 설득될 수도 있겠지. 하지만, 지금 우린 바다에 있고, 선장은 나야. 매켄드릭은 계속 수감될 걸세.」

「배가 영국에 도착하면, 진범이 순식간에 배를 빠져나가 영영 달아나 버릴 겁니다. 그걸 모르시겠어요? 못 잡을 거라고요.」

「살인 혐의로 선원을 전부 체포하라고? 그걸 원하나?」

「매켄드릭이 해녀를 안 죽였다면, 헨리 드랙스일 가능성이 제일 높아요. 거짓말을 한 거고, 빠져나가려는 이유에서겠죠.」

「선박의 선생, 싸구려 소설을 너무 많이 보셨군요.」

「매켄드릭만큼만 드랙스를 조사하게 해주세요. 그가 해녀를 죽였다면, 아직 늦지 않았어요. 흔적을 찾을 수 있습니다.」

브라운리가 앉은 의자에서 몸을 옆으로 틀더니, 나무 그루터기처럼 생긴 귓불을 잡아당기며 한숨을 내쉬었다. 의사 놈의 말이 성가시긴 했어도, 그 고집과 요구에는 경탄스러운 구석이 있었다. 종합적으로 판단컨대, 섬녀는 끈덕지게 물고 늘어지는 개새끼였다.

「좋아.」브라운리가 입을 열었다.「꼭 그래야겠다면. 하지만, 드랙스가 조사를 거부하면, 그렇게까지 밀어붙이고 싶지는 않네.」

드랙스가 호출되었고, 그는 조사를 거부하지 않았다. 그가 두 사람 앞에서 바지를 내리고, 떡하니 서서, 싱긋 웃었다. 선장실에서 퀴퀴한 오줌 냄새와 다져서 양념한 통조림 고기의 고약한 악취가 피어올랐다.

「의사 선생님께서 좋다면야.」 드랙스가 섬녀에게 건넨 눈인사는 요염하기까지 했다.

섬녀가 코를 틀어막고, 몸을 엎드려 살펴봤다. 달랑거리는 드랙스의 음경을 살피는 데는 확대경이 동원됐다.

「포피를 잡아당겨 봐요.」 섬녀가 지시했다.

드랙스가 시키는 대로 했고, 섬녀가 고개를 끄덕였다.

「당신, 사면발니[13]가 있어요.」 섬녀가 드랙스에게 알려 주었다.

「알아요. 하지만, 그게 교수형 당할 만큼 중죄는 아니잖소? 안 그래요?」

옆에 있던 브라운리가 키득거렸다. 섬녀가 고개를 가로저으며, 일어섰다.

「딱히 하감은 없습니다.」 섬녀가 말했다. 「손 내놔 봐요.」

드랙스가 두 손을 내밀었다. 섬녀가 손바닥을 살펴본 후, 뒤집었다. 손등이 선철(銑鐵) 덩어리처럼 검고 거칠었다.

「손을 베였다가, 나은 지 얼마 안 됐군요.」

13 사면발닛과의 이. 게 모양이며, 생식기 주변 음모에 기생하며 발진을 일으킨다.

「별것 아니에요.」 드랙스가 대꾸했다. 「좀 긁혔습니다.」

「손가락이 전부 온전하군요?」

「뭐요?」

「손가락 네 개와 엄지 말입니다.」

「감사하게도, 그렇습니다.」

「외투 벗고 소매 올려 봐요.」

「의사 선생님, 나를 의심합니까?」 드랙스가 상의를 벗고, 셔츠 앞섶을 풀면서 거듭 물었다. 「내가 갑판실에서 봤다는 말을 의심하는 거요?」

「매켄드릭이 부인했잖아요. 그건 아시죠?」

「하지만 매켄드릭은 호모 새끼예요. 남색하는 놈 말이 법정에서 무슨 값어치를 지닙니까? 좆도 하나도 없지요.」

「그 사람 말을 믿을 만한 이유가 생겼어요.」

드랙스가 섬너의 이 말에 고개를 끄덕이고는, 단추를 마저 끌렀다. 그가 셔츠와 내복을 벗었다. 검은 가슴이 무슨 털가죽 같았고, 완강한 근육이 넓게 자리했다. 배는 거만한 양파 같았다. 파란색 체크무늬 문신이 두 팔을 소용돌이치듯 감쌌고.

「댁이 매켄드릭 그 보지 새끼 말을 믿는다면, 내가 거짓말을 하고 있다고 생각하겠군.」

「난 당신이 어떤 사람인지 몰라요.」

「나는 명예를 아는 남자요. 의사 선생.」 드랙스가, 명예란 단어가 복잡한 밀교적 개념이라도 되는 것처럼, 〈명예를 아는〉이란 말을 지긋이 강조했지만, 실상 그는 사람 하나를 완전히 굴복시키게 됐다는 게 자랑스러웠다. 「바로 내가 그런 사람이지. 나는 책임과 의무를 다하고, 그 때문에 창피하거나 부끄러울 이유가 전혀 없소.」

「뭔 소리야, 드랙스?」 브라운리가 드랙스에게 물었다. 「이 배의 선원들은 모두 명예로워. 뭐, 일이 더럽고 지저분하기는 하지만 적어도 우리의 천직이 요구하는 바를 감당할 수 있을 만큼은 명예롭지.」

「의사 선생님이 내 말뜻을 알아들었을 겁니다.」 드랙스가 답했다. (그는 이제 완전히 발가벗은 상태였다. 팔다리가 두툼한 게 마치 권투 선수 같았으며, 부끄러워하지도 않았다. 얼굴이 햇빛에 그을려서 갈색이었고, 두 손이 힘겨운 작업으로 검었지만, 나머지 살갗은 아기 피부처럼 분홍빛을 띠는 백색이었다. 검은 체모와 조잡한 문신 아래로 이를 확인할 수 있었다.) 「그러니까 섬너와 나는 친굽니다. 러윅에 상륙했다가 귀환하고서, 이 친구가 자기 선실로 돌아가는 걸 도왔죠. 기억 못 할 거야, 섬너 씨. 그때 자넨 곤히 잠들어 있었으니까. 나와 캐번디시가 방을 나서기 전에 자네 소지품이 무사한지 자세히 살펴봤었지. 누가 뭘 건드리거나, 제자리에 있지 않은 것은 없었을 거야.」

섬너가 당장에 상황을 파악하고, 드랙스를 노려봤다. 두 놈이 섬너의 사물함을 뒤졌고, 제대 명령서를 봤으며, 노획한 반지까지 확인했음이 뻔했다.

섬너를 바라보는 브라운리의 얼굴이 궁금하다는 표정이었다.

「자네는 이 자식이 도대체 무슨 말을 하는지 아나?」 브라운리가 물었다.

섬너가 고개를 가로저었다. 눈이 드랙스의 팔과 몸을 훑었지만, 아무 생각이 없었다. 내면의 소란을 억눌러야 했고, 숨을 쉬는 것도 힘겨웠다.

「내 의사 자질과 지식을 못 믿겠다는 겁니까?」 섬너의 이 말은 심지어 자신한테까지도 엉뚱하다는 느낌이었다. 「나는 견습도 했고, 벨파스트의 퀸스 칼리지에서 받은 자격증이 있어요.」

섬너의 이런 반응에 드랙스가 미소를 짓다가 이내 웃었다. 그의 누리끼리한 음경이 이미 굵어졌고, 위로 썰룩이기까지 했다.

「섬너 선생, 당신도 종이 쪼가리가 있고, 나도 있어요. 자, 그 두 종이 쪼가리 중에 어느 것이 법정에서 더 중하게 취급될까? 궁금하지 않소? 나는 글을 배우지 않았고, 해서 무슨 의견을 표할 수는 없겠지만, 보매, 훌륭한 법률가라면 뭔가 의견을 갖지 않겠어요?」

「나한테는 증거가 있어.」 섬너가 말했다. 「내 견해나 내 평판의 문제가 아니야. 내가 누구고, 내가 뭐였는지는 중요하지 않아.」

「그래, 나한테 불리한 무슨 증거를 갖고 있소?」 드랙스가 사납게 몰아붙였다. 「말해 보쇼.」

「자네를 기소하는 게 아니야.」 브라운리가 말했다. 「죄를 고발하는 자리가 아니라고. 사슬에 묶여 선창에 갇혀 있는 건 매켄드릭일세. 섬녀는 살인 사건의 세부 사실 몇 가지가 궁금할 따름이고. 그게 다지.」

드랙스가 브라운리의 말은 안중에 없다는 듯, 계속해서 섬녀를 노려봤다.

「나한테 불리한 증거가 뭔데?」 그가 같은 말을 반복했다. 「증거가 없는데도, 내가 싫기 때문인가? 성경에 대고 엄숙히 선서한 내 말은 네 증거와 다른 듯한데.」

섬녀가 뒤로 물러나며 두 손을 호주머니에 쑤셔 넣었다.

「당신은 매켄드릭을 모함하는 거짓말을 하고 있어. 내가 잘 알지.」

드랙스가 브라운리한테로 몸을 돌려, 손가락으로 자기 귀를 두드렸다.

「선장님, 볼런티어의 선박의가 청력에 문제가 있나요?」 드랙스가 말했다. 「제가 계속해서 같은 질문을 하는데, 씨발, 그걸 못 알아먹습니다.」

브라운리가 얼굴을 찌푸리면서 입술을 핥았다. 섬녀의 요구에 응한 것이 점점 후회되는 순간이었다. 드랙스가 짐 승 같은 놈일 수는 있어도, 그걸 이유로 아이를 죽였다고 탄핵할 수는 없는 노릇이었다. 드랙스가 언짢아하면서 화를 내는 것은 놀랄 일이 아니었다.

「드랙스를 겨냥하는 무슨 증거라도 있나, 섬녀? 자, 이제 말하게.」

섬녀가 잠시 두 발 사이의 마룻바닥을 내려다보고서, 고개를 들고는 비스듬한 유리 천창을 바라보았다.

「헨리 드랙스를 지목하는 증거는 없습니다.」섬너의 고백은 맥이 빠져 있었다. 「전혀요.」

「그렇담 이 빌어먹을 쇼를 그만 중단하도록 한다.」브라운리가 말했다. 「당장 옷 입고, 업무 복귀해.」

드랙스가 섬너를 한참이나 응시했는데, 오만하고도 경멸하는 시선이었다. 그는 여전히 벌거벗은 채였다. 이윽고 그가 마룻바닥으로 몸을 숙여 바지를 챙겨 입었다. 놈의 모든 자세와 동작이 신중했고, 또 위력을 발산했다. 몸뚱이가 통통하고 악취를 풍겼다. 주름과 접히는 곳에 때와 오물이 끼어 지저분하기 이를 데 없었다. 하지만 그럼에도 불구하고, 대단히 육감적이었다. 섬너는 보고 있었지만 보는 게 아니었다. 약상자와 거기 들어 있는 아편의 쾌락 생각뿐이었다. 그가 그리스인과 트로이인을 떠올렸다. 아테나와 아레스의 참견도. 매켄드릭의 교수형이 기정사실임을, 섬너는 깨달았다. 이 범죄는 악당을 필요로 했고, 매켄드릭이 그 역할을 떠맡은 것이었다. 그가 교수형 밧줄 끝에 대롱대롱 매달릴 예정이었다. 빠져나갈 방법이 없었다. 교수대에서 그를 빼내 줄 헤라는 없었다.

드랙스가 몸을 굽혔다가 똑바로 섰다. 두 다리를 차례로 하나씩 바지 구멍에 쑤셔 넣고, 허벅지 위로 당겨 여민다. 널따란 등과 얼럴한 악취의 엉덩이에 잔디처럼 부분 부분 털이 자라 있다. 양말을 착용한 두 발이 나무 덩어리 같고, 또 유인원처럼 느껴진다. 지켜보는 브라운리는 짜증을 느낀다. 선상의 잔인무도한 살인 행각은 이제 그의 안중에 없었다. 브라운리는 다른 일에 골몰했다. 매켄드릭은 저지른 일이 있고, 교수형을 당할 터였다. 그건 그거고, 이제 중요한 일은, 배를 가라앉히는 것이었다. 이 일은 제대로 하기가 까다로운 과제였다. 선적 화물을 빼내려면 천천히 가라앉아야 했지만, 가라앉기 직전에 뭔가 조치가 가능할 만큼 느려서는 안 됐다. 게다가, 얼음이 어떻게 거동할지, 또, 캠벨이 그럴싸하게 헤이스팅스호를 기동할 수 있는 적정 거리를 산정하는 사안을 사전에 분명하게 알 수가 없었다. 요즘은 손해 사정사들이 다양한 사기와 협잡질에 능통했고, 따라서 그들이 음모를 눈치챌 경우, 선원들이 입항하면 달려들어, 유용한 정보, 그러니까 밀고를 대가로 보상을 해주겠다는 미끼를 던질 것이었다. 이 일을 제대로 하지 못하면 어떻게 되나? 브라운리는 헐의 감방에서 인생을 종칠 수도 있었다. 브라이들링턴 해변을 산책하면서 은퇴 생활을 즐기는 것은 언감생심이 되는 것이다.

「팔뚝의 그 상처는 뭐야?」 브라운리가 드랙스에게 물었다. 「또 다쳤나? 공손하게 부탁하면, 섬너가 약을 발라 줄 걸세.」

「아무것도 아니에요.」 드랙스가 대꾸했다. 「작살에 긁힌 겁니다.」

「아무것도 아닌 게 아닌 것 같은데.」 브라운리가 말했다.

드랙스가 고개를 가로저으며, 탁자 위의 외투를 집어 들었다.

「어디 좀 봅시다.」 섬너가 끼어든다.

「아무것도 아니라니까.」 드랙스가 같은 말을 반복했다.

「오른팔 말이야. 여기서도 보이는구먼. 부었고, 진물까지 나잖아.」 브라운리가 말했다. 「작살도 못 던지고, 노도 못 저으면, 넌 나한테 아무짝에도 쓸모가 없어. 당장 의사 선생님께 보여 드리게.」

드랙스가 잠시 주저하다가, 팔을 내뻗었다.

체모와 문신 잉크로 부상 부위가 잘 안 보인 것이었다. 위치는 팔꿈치 가까이 전완 상부. 상처는 폭이 좁았지만 깊었다. 주변 조직이 크게 부어 있었다. 섬너가 손을 대보았다. 살갗이 팽팽하게 당겨져 있었고, 뜨끈했다. 딱지 아래와 주변으로 초록색 고름이 들어차 있었다. 딱지 자체는 끈적거렸고, 고착되지 않은 상태였다.

「화농은 째야겠습니다. 나머지는 고약으로 뽑아내고요.」 섬너가 말했다. 「왜 진작 오지 않았습니까?」

「별거 아니라니까요.」 드랙스가 대꾸했다. 「그냥 좀 베인 것뿐입니다.」

섬너가 자기 방으로 가서, 의료용 칼을 들고 돌아왔다. 그가 1분 정도 촛불 위에서 메스를 데웠다. 거즈를 상처에 대고, 메스로 절개하는 절차가 이어졌다. 녹색과 분홍색이 뒤섞인 피고름이 새어 나와, 거즈에 흡수된다. 섬너가 상처 부위를 세게 누르자, 피고름이 한층 더 스며 나왔다. 드랙스가 움직이지 않고 잠자코 있다. 벌겋게 부은 살갗이 좀 가라앉았지만, 이상한 응어리가 하나 남아 있다.

「안에 뭐가 박혀 있어요.」 섬너가 말했다. 「여기 봐요.」

브라운리가 다가와, 섬녀의 어깨 너머로 들여다본다.

「나뭇조각 같은데.」 브라운리가 말했다. 「뼛조각인가?」

「작살 때문에 다쳤다고 했죠?」 섬녀가 물었다.

「그렇소.」 드랙스가 대답했다.

섬녀가 손가락 끝으로 그 작은 응어리를 눌러보았다. 피부 아래서 그것이 순간 미끄러지는가 싶더니, 상처의 개구부로 삐져나왔다. 피범벅이었지만 하얀색이었다.

「이게 뭐야, 씨발?」 브라운리의 일성.

섬녀가 피고름 거즈로 삐져나온 물체를 집어, 닦았다. 그냥 한 번 보았을 뿐이지만 단박에 알 수 있었다. 섬녀가 당장에 드랙스를 흘겨보았다. 그러고는 그 물체를 브라운리에게 보여 줬다. 이빨이었다. 뿌리 부분이 부러진 아이의 이빨, 그것은 연한 색깔로, 꼭 낟알 같았다.

드랙스가 섬녀의 팔을 낚아챘다. 그가 여전히 섬녀의 손에 들려 있는 이빨을 보았고, 이어 브라운리를 바라봤다.

「이건 내 것이 아닙니다.」 그가 말했다.

「당신 팔에서 나왔지.」

「나랑 상관없다고.」

「이게 증거야.」 섬녀가 말했다. 「증거가 나왔어. 이게 그거야. 네놈이 교수형당하는 데 필요한 증거.」

「난 안 죽어.」 드랙스가 말했다. 「그런 일이 일어나기 전에 너희 둘이 지옥을 구경하게 될 거다.」

브라운리가 입구로 가, 문을 열고, 일등 항해사를 불렀다. 서로를 경계하며 살피는 세 사내는 조심스럽고 신중했다. 드랙스가 아직 옷을 입다 만 상황이었다. 웃통을 벗은 드랙스의 왼손에 상의와 외투가 들려 있었다.

「사슬에 묶이는 일 따위도 없어.」 드랙스가 말했다. 「너희 같은 보지 새끼들한테는 아니지.」

브라운리가 거듭 큰 소리로 캐번디시를 불렀다. 드랙스가 뭐라도 쓸 만한 무기를 찾아, 선장실 내부를 급히 훑었다. 오른쪽으로 탁자 위에 황동제 육분의가 놓여 있었고, 자기 옆으로 벽에 설치된 소나무 선반에는 망원경이 있었다. 그리고, 흑단으로 자루 끝을 댄 묵직한 고래수염 지팡이도. 드랙스는 아직 손을 뻗어 그것들을 잡지 않았다. 그가 침착하게 때를 기다렸다.

캐번디시가 갑판을 내려와 하급 선원실을 지나며 내는 우당탕 소리와 욕지거리가 들렸다. 이윽고 그가 선장실에 들어왔고, 다른 세 명이 그에게로 몸을 돌렸다. 그리고 바로 그때, 드랙스가 선반에서 고래수염 지팡이를 집어 들고, 브라운리의 이마를 겨냥해 휘둘렀다. 왼쪽 눈구멍 바로 위가 타격당하며, 두개골이 깨졌다. 드랙스가 지팡이를 회수해 재차 휘둘렀지만, 캐번디시가 놈의 팔을 붙잡는 데 성공했다. 두 사람이 한동안 묶음으로 엉겨 붙어 싸웠다. 드랙스가 지팡이를 떨어뜨리자, 캐번디시가 집으려 시도했고, 드랙스가 캐번디시의 머리채를 붙잡고서, 무릎으로 얼굴을 가격했다. 캐번디시가 넝마 융단에 옆으로 쓰러졌다. 신음 소리가 났는데, 피를 흘리고 있었다. 방관하던 섬너. 이제 그가 움직여야 할 차례였다. 한 손에는 여전히 메스가 들려 있었고, 다른 손에는 죽은 아이의 이빨을 들고 있었다.

「이게 다 무슨 소용이지?」섬녀가 말했다. 「당신은 여기서 달아날 수 없어.」

「보트를 타면 돼.」드랙스가 대꾸했다. 「영국에 가서 돼지는 일 따위는 없어.」

드랙스가 고래수염 지팡이를 바닥에서 집어 들었고, 잠시 무게를 가늠했다. 흑단 손잡이가 브라운리의 피로 번들거렸다.

「그리고, 이 배를 떠나기 전에, 네놈한테서 그 이빨을 가져가야겠다.」드랙스가 말했다.

섬녀가 고개를 절레절레 흔들었다. 그가 한 걸음 내딛어, 둘 사이에 놓인 탁자 위에 이빨과 메스를 내려놨다. 천창을 흘깃 봤지만 아무도 없었다. 블랙은 왜 평소처럼 뒤 갑판에 없는 거지? 오토는 어디 있는 거야?

「우리를 다 죽일 수는 없어.」섬녀가 말했다.

「하지만 네놈은 충분히 죽일 수 있을 것 같은데. 뒤로 돌아.」

드랙스가 지팡이로 지시했다. 어쩔 수 없었고, 섬녀는 시키는 대로 했다. 드랙스가 잽싸게 옷을 입는 동안, 섬녀는 망연히 선장실의 어두운 벽판을 응시하며 서 있었다. 정수리일까? 아니면, 옆구리? 한 번일까, 두 번일까? 만약 자신이 지금 고함을 쳐서 도움을 요청하면, 누구라도 듣기는 할까? 그러나, 아무튼, 섬녀의 목구멍은 얼어붙어 있었다. 그가 두 눈을 꼭 감고, 숨을 멈췄다. 그렇게 최후의 치명타가 떨어지기를, 섬녀는 기다렸다.

별안간 밖에서 소란이 일었다. 고함과 더불어, 발소리와 부딪히는 소리가 연신 들려왔다. 그러더니, 선장실 문이 냅다 열렸고, 엽총 발사음이 터졌다. 그렇게 비현실적일 수가 없었다. 섬녀의 머리 주변으로 천장의 먼지와 조각들이 폭포처럼 우수수 떨어졌다. 섬녀가 몸을 돌렸고, 블랙이 보였다. 입구에 선 블랙이 총구를 드랙스의 가슴에 겨냥하고 있었다.

「지팡이를 섬녀에게 던져.」 블랙이 드랙스에게 말했다.

드랙스가 움직이지 않았다. 입이 헤벌어졌고, 혀와 이빨이 보였다.

블랙이 말했다. 「지금 죽을래? 아니면, 불알을 떼어 줄까? 피 흘리고, 볼 만하겠네. 골라.」

드랙스가 고개를 주억이는데, 희미한 미소까지 보였다. 이윽고 그가 지팡이를 섬녀에게 넘겼다. 블랙이 바닥에 쓰러진 브라운리와 캐번디시를 살펴봤다. 둘 다 의식을 잃은 채로 피를 흘리고 있었다.

「씨발, 이게 뭔 일이야?」 블랙이 말했다.

드랙스가 어깨를 으쓱하고는, 섬녀가 탁자 위에 놓아둔 이빨을 내려다봤다.

그가 말했다. 「저 이빨은 내 게 아니야. 의사 양반이 내 팔에서 꺼냈는데, 그게 어떻게 들어갔는지가 최대의 수수께끼라 할 수 있겠지.」

15

브라운리는 나흘 낮과 밤 동안 인사불성으로 누워 있었다. 눈은 떴지만 숨을 제대로 쉬지 못했다. 얼굴 왼쪽 부위가 새까매졌고, 모양도 정상이 아니었다. 왼쪽 눈이 붓고 협착되어, 앞이 보이지 않았다. 알 수 없는 액체가 귀에서 새어 나왔다. 이마의 찢어진 살갗 사이로는 뼈가 희미하게 보였다. 섬너는 브라운리가 살 가망이 없다고 생각했다. 만약 살아남는다고 해도, 그의 정신이 온전히 회복되는 것은 불가능하다고 여겨졌다. 인간의 뇌가 그런 타박상을 견딜 수 없음을 그는 경험으로 알았다. 일단 두개골이 빠개지면, 거의 가망이 없었다. 취약성이 대폭 증가하는 것이다. 섬너는 전투 현장에서 이런 상해를 수도 없이 목격했다. 군도, 포탄 파편, 라이플 개머리, 말발굽 등 양상도 다양했다. 인사불성 다음에는 긴장증이 이어졌고, 피상해자들이 가끔 미치광이처럼 고함을 치거나, 아이처럼 울기도 했다. 내면의 무언가(영혼? 개성?)가 뒤죽박죽되었거나 역진했기 때문일 것이다. 그들은 길을 잃고, 어찌할 바를 몰랐다. 그들

219

의 경우, 광인의 어슴푸레한 반쪽 세계에서 계속 사느니, 차라리 그냥 죽는 것이 더 낫다는 게 섬녀의 생각이었다.

캐번디시는 코가 심하게 뭉개졌고 앞니가 여러 개 날아갔지만, 그것 말고는 괜찮았다. 잠시 누워서, 환자용 숟가락으로 고기 국물을 떠먹고, 아편으로 통증을 억누르고 난 후, 그는 다시 일어나 업무를 재개했다. 음울하기 짝이 없는 어느 날 오전, 캐번디시가 앞 갑판으로 선원들을 소집해, 브라운리가 회복할 때까지 자신이 볼런티어를 지휘할 거라고 알렸다. 수평선에 구름이 모여 쌓였고, 대기 중에서 비 냄새가 어른거리고 있었다. 그가 선원들에게 분명하게 포고했다. 영국으로 귀환하면 헨리 드랙스는 반드시 사형이다. 살인과 선상 반란이 놈의 죄목이다. 현재 그는 화물창에 수감돼 묶여 있고, 더 이상 위해를 가하지 못한다. 볼런티어의 항행에서 놈은 더 이상 아무런 역할과 임무가 없다.

「제군은 그런 악마 같은 자식이 어떻게 우리 무리에 끼게 됐는지 자문할 수도 있겠다. 하지만, 그건 나도 모르겠다.」 캐번디시가 말했다. 「여느 선원처럼 나도 놈에게 속았다. 평생 이상한 변태와 악질 좆밥 새끼들을 여럿 봐왔지만, 실토하건대, 헨리 드랙스는 타의 추종을 불허하는 놈이다. 여기 있는 이등 항해사 블랙이 놈의 가슴에 총알구멍을 내버렸더라도, 난 별로 애도하지 않았을 거다. 아무튼 그 자식은 이제 짐승처럼 저 아래 갇혀 있다. 헐로 귀환할 때까지 놈은 햇빛을 못 볼 것이다.」

선원들은 일단 브라운리의 방에서 일어난 사건에 대경실

색했다. 곧이어 볼런티어의 항행 자체가 저주를 받았다는 믿음이 배 전체에 퍼졌다. 그들은 퍼시벌호의 섬뜩한 이야기를 알고 있었다. 선원들이 죽고, 미쳤으며, 생명을 유지하기 위해 피까지 마셨다는 등속의 이야기를 말이다. 선원들이 자문했다. 지독하게 불운한 브라운리 선장이 모는 배를 왜 타겠다고 바보짓을 했지? 경솔하고 무분별했어, 젠장. 배에 고래기름이 4분의 1도 안 찼지만, 그들은 이제 배를 돌려서 곧장 헐로 귀환하는 것 말고는 아무 관심이 없었다. 선원들이 더 흉한 사태는 아직 일어나지도 않았다며 두려워했다. 그들은 배핀만(灣)의 얼음 아래 영원히 잠드는 것보다, 빈손일지라도 차라리 고향으로 돌아가고 싶었다.

블랙과 오토는 견해나 생각을 감추는 사람이 아니었고, 그들에 따르면, 계절이 너무 늦어서 이 수역에 머물 수도 없었다. 많은 고래가 지금은 남쪽으로 이동했다는 것이었다. 요컨대, 여름이 끝나 가는데도 그들이 계속해서 북쪽에서 깔짝거리다가는, 부빙이나 빙산에 타격당할 위험이 컸다. 선장이 별스러워서 일단 북쪽으로 올라왔지만, 이제 브라운리가 지휘하는 것도 아니니, 다른 선단이 있는 폰즈만으로 회항하는 것이 가장 현명한 행동이라고 그들이 말했다. 그러나 캐번디시는 선원들의 미신이나, 다른 상급 선원들의 제안을 모두 기각했다. 볼런티어는 헤이스팅스와 함께 계속해서 북쪽으로 움직였다. 선원들이 멀리서 고래를 관측하고 보트를 내린 게 두 번이었지만, 성공하지는 못했다. 볼런티어가 랭커스터 해협 입구에 이르렀을 때, 캐번디시가 보트를 내려 헤이스팅스호로 건너갔다. 캠벨과 상의하고 돌아온 그가 식당 칸의 저녁 식사 자리에서 중대 발표를 했다. 적절한 통로가 확보되면 해협으로 진입한다고.

블랙이 식사를 중단하고, 캐번디시를 쳐다보았다.

「8월에 이 먼 북쪽에서 고래를 잡은 사람은 아무도 없습니다.」 블랙이 입을 열었다. 「내 말을 못 믿겠으면 기록을 확인해 보세요. 우리는 지금 시간을 낭비하고 있습니다. 더구나 해협으로 들어가는 일도 위험천만이에요.」

「가끔 위험도 감수해야지, 시도조차 안 하면 소득을 기대할 수 없다고.」 캐번디시의 어조가 명랑하기까지 했다. 「좀 더 과감해지자고, 블랙.」

「이렇게 늦게 랭커스터 해협으로 들어가는 건 과감한 게 아니라 멍청한 거라고요.」 블랙이 말했다. 「선장이 볼런티어를 왜 북쪽으로 몰았는지 아직도 모르겠어요. 그래도 이것만은 분명합니다. 브라운리가 배를 지휘했다고 해도, 그조차도 만 진입은 안 할 거예요.」

「선장이 뭘 하니 마니 하는 건, 아무 의미가 없어. 왜? 말도 못 하고, 밑도 못 닦는 처지니 말이야. 지금은 내가 선장이고, 내가 지휘한다. 너도 아니고, 브라운리도 아니라고.」 캐번디시가 오토에게 고개를 끄덕였다. 「내 말 맞지?」

「이번 항해는 안 그래도 재난과 참사가 많아요. 아직도 모자라서, 뭘 더 보태고 싶은 겁니까?」

「내 얘기를 좀 할까?」 캐번디시가 대꾸했다. 블랙에게로 몸을 약간 기울이고, 목소리도 낮췄다. 「나는 바람 쐬려고,

바다 구경하려고, 고래잡이를 하는 게 아니야. 음, 어쩌면 다를 거야. 내가, 너나 오토처럼 좋은 사람들 만나려고 이 배를 탄 줄 알아? 내가 고래를 잡는 건 돈을 벌기 위해서야. 따라서, 쓸 수 있는 모든 수를 동원해서 돈을 벌 거라고. 자네 생각이 여왕의 머리가 찍힌 금화로 구현된다면, 관심을 가질지도 모르겠어. 하지만 그게 아니라면, 씨발, 내가 무시하더라도, 너무 기분 상하지 말라고. 알아들어?」

이틀 후 브라운리가 죽었고, 선원들이 시체에 벨벳 소재의 예복을 입혀, 범포 수의를 바느질한 다음, 소나무 널빤지에 올려 고물 난간으로 옮겼다. 가랑비가 추적였고, 바다가 구두약 색깔이었으며, 하늘은 구름이 뭉치고 있었다. 선원들이 다 함께 「록 오브 에이지스」와 「니어러 마이 갓 투디」를 불렀다. 캐번디시가 선원들을 이끌고, 약간 이상한 주기도문을 외웠다. 조객으로 변신한 선원들의 찬송과 애도는 저음의 마지못한 것이었다. 선원들은 브라운리의 종말을 믿을 수 없었다. 선장의 불운이 도저히 믿기지 않았다. 하지만 그는 분명 죽었고, 선원들의 전반적 신념 체계는 와해 직전이었다. 믿을 만하다고, 심지어 존경스럽다고 생각한 드랙스가 살인범에 남색자라는 게 밝혀졌다. 그들이 살인범에 남색자라고 믿은 매켄드릭이 실은 드랙스의 사악하고 교묘한 술책에 희생당한 무고한 피해자였다. 일반 선원들은 당혹감을 느꼈고, 이는 곧 자기 회의로 이어졌다. 도저히 있을 법하지 않은 반전이 일어났고, 그들은 뒤숭숭하고 어색했다. 뱃사람들의 세계는 이미 충분히 혹독하고 매정하며, 또 원초적이며 노골적이라고, 그들은 생각했다. 복잡하고 난해한 윤리적 사안이 거기에 짐으로 보태져서는 안 될 일이었다.

사람들이 해산했고, 오토가 섬녀 옆에 나타났다. 그가 섬녀의 팔꿈치를 툭 쳤고, 이끌었다. 그렇게 도착한 곳이 제1사장[14]이었다. 새까만 바다가 내다보였다, 낮게 드리운 회색 구름도. 펼쳐진 시야의 중간쯤에 헤이스팅스도 있었다. 볼런티어와의 사이에 몇 개의 흩어진 부빙이 있다. 오토의 표정이 침울하고, 의미심장했다. 그에게 전할 소식, 할 말이 있다는 게 분명했다.

「캐번디시가 우리를 다 죽일 거예요.」 오토가 속삭였다. 「봤어요.」

「선장님이 돌아가셔서, 우울한 겁니다.」 섬녀가 대꾸했다. 「해협에서 고래를 못 찾으면, 다시 폰즈만으로 돌아갈 거예요. 캐번디시에게 시간을 좀 줘보세요.」

「당신은 살아남을 거예요. 유일한 생존자죠. 나머지 우리는 익사하거나 굶어 죽거나 추위로 뻗을 겁니다.」

「무슨 말이에요? 왜 그런 말을 해요? 그걸 당신이 어떻게 압니까?」

「꿈에서 봤어요.」 그가 대답했다. 「어젯밤 꿈에서.」

섬녀가 고개를 가로저었다.

「꿈은 마음이 정리되는 방법일 뿐이에요. 몰아내고 없애

14 *bowsprit*. 배의 맨 앞쪽에 전방으로 뻗은 돛대.

224

는 거죠. 머릿속에 남았는데, 쓸 수 없는 건 뭐든 꿈의 재료
가 돼요. 꿈은 마음의 똥 덩어리 같은 거예요. 생각과 관념
의 폐품 창고지요. 거기에 진실은 없어요. 예지력은 말할 것
도 없죠.」

「우리가 다 죽고 나면, 당신은 곰한테 죽을 거예요.」오토
는 아랑곳하지 않았다. 「잡혀 먹히는 거죠.」

「배에서 이런 일이 있었으니, 두려워하는 것도 이해는 됩
니다.」섬녀가 말했다. 「하지만 우리의 운명과 혼동하지는
마세요. 이제 다 끝난 일입니다. 우리는 안전해요.」

「드랙스가 살아 있고, 여전히 숨 쉬고 있어요.」

「그 자식은 저 아래 선창에, 그것도 손과 발이 꽁꽁 묶여
있습니다. 드랙스는 탈출하지 못해요. 부디 진정하세요.」

「육체는 세상을 이동하는 한 가지 방법일 뿐입니다. 진정
살아가는 것은 영혼이죠.」

「헨리 드랙스 같은 놈한테 이름값에 합당한 영혼 같은 게
있을까요?」

오토가 고개를 주억였다. 그의 표정이 여느 때처럼 진지
하고 간절했다. 그를 둘러싼 세상에 조금쯤 놀라는 기색도
여전했고 말이다.

「드랙스의 영혼을 봤어요.」오토가 말했다. 「다른 세계에
서 만났는데, 사탄이기도 하고, 꼬리 없는 원숭이 형상이기
도 해요.」

「오토, 당신은 좋은 사람이에요. 하지만, 당신 말은 바보
같아요.」섬녀의 반응이 노골적이었다. 「볼런티어는 더 이

상 위험하지 않아요. 제발 거지 같은 꿈은 잊고, 걱정 놓으세요.」

볼런티어가 야간에 랭커스터 해협으로 진입했다. 그들 남쪽으로는 뱃길이 활짝 열려 있었지만, 북쪽은 상황이 달랐다. 오톨도톨한 단색의 풍광. 여기저기 비바람이 깎고 다듬은 얼음 바위와 녹아서 생긴 웅덩이가 보였는가 하면, 또 다른 곳들은 계절의 변화와 기온 및 조수의 갈마듦 속에서 험준하고 울퉁불퉁, 나아가 수직으로 똑바로 선 날카롭고 예리한 봉우리가 즐비했다. 섬녀가 일찍 일어났고, 그것은 어느새 습관이 돼 있었다. 그가 조리실로 가, 음식물 찌꺼기 통을 챙겼다. 큼지막한 금속제 주걱까지 들고서, 그가 능소니를 가둬 둔 나무통으로 갔다. 쇠 살대 사이로 차갑게 식은 기름 덩어리를, 그가 떠줬다. 능소니가 코를 벌름거리다가 게걸스럽게 먹고는, 빈 주걱마저 물어뜯었다. 섬녀가 안 떨어지겠다는 놈을 물리치고, 다시 먹을 걸 떠줬다. 그렇게 능소니가 양동이를 비우자, 섬녀가 이번에는 거기다 물을 채워 마시게끔 줬다. 식사가 끝나자, 섬녀가 우리 통을 똑바로 세웠다. 그러고는 쇠 살대를 치웠다. 그가 고리 밧줄을 북극곰의 목에 채우고, 팽팽하게 잡아당긴다. 이건 연습으로 다져진 조심스러우면서도 신속한 행동 절차였다. 실상 몇 번은 재난으로 비화할 뻔하기도 했다. 섬녀가 다시 통을 눕히자, 능소니가 우리를 뛰쳐나와, 갑판을 내달렸다. 놈의 검은 발톱이 갑판의 나무판자를 할퀴고 베었음은 물론이다. 섬녀가 근처 밧줄 걸이에 줄을 묶고, 바닷물로 나무통을 씻어 낸다. 잔뜩 쌓여 뭉친 똥은 빗자루로 쓸어 낸다.

능소니는 둔부가 높았고 더럽게 때가 탄 노란색이었다. 놈이 갑판 승강구 가장자리에 주저앉아 으르렁거렸다. 배에 탄 개가 멀리서 놈을 감시했다. 엉덩이가 활 모양인, 에어데일테리어종의 이 선박견은 이름이 케이티였다. 개와 곰이 몇 주에 걸쳐 매일같이 이 우스꽝스러운 상황을 반복해서 연출했다. 그들은 신중하게 경계하면서도 호기심을 느꼈다. 근접했다가 퇴각하기도 여러 차례였다. 선원들도 매일 이 광경을 신나게 구경했다. 상이한 두 종의 동물이 서로에게 다가서도록 부추김을 당했다. 힘내라는 함성, 발이나 갈고리 장대로 푹푹 쑤시면서 전진을 강요하는 행위가 선원들의 오락거리였던 것이다. 케이티는 곰보다 체구가 작았지만, 발이 훨씬 빨랐다. 개가 앞으로 내달렸다가, 일순 정지했고, 그런 다음에는 다시금 돌아오면서 캉캉 짖었다. 곰은 머뭇거리며 살피는 듯하다가, 으스대며 개를 쫓았다. 쐐기 모양 대가리로 분위기를 살폈는데, 새까만 코끝이 마치 타고 남은 성냥 같았다. 케이티는 열심이었고, 겁이 많았다. 떨면서, 경계를 풀지 않았다. 곰은 둔감하고 무신경했다. 사지가 묵직했고, 지상에 묶여 있는 것 같았다. 놈의 움직임은 대기가 천천히 밀어붙이는 장벽이라도 되는 양했다. 두 녀석이 1피트 이내 거리까지 근접했다, 그것도 정면으로. 수많은 눈이 이 무언의 고색창연한 대회에 집중되었다. 「곰한테 3펜스 건다.」 누군가가 외쳤다. 조리실 문 상인

방을 붙잡고 있던 요리사가 흥에 겨웠던지, 두 녀석 사이에 베이컨을 한 조각 던졌다. 곰과 개가 일제히 먹겠다고 달려들었다. 그리고 부딪쳤다. 케이티가 몸을 웅크리며 꽥 하는 소리를 냈다. 그러고는 팽이처럼 갑판을 빙글빙글 돌았다. 곰은 던져 준 베이컨을 게걸스럽게 먹더니, 더 달라고 두리번거린다. 선원들이 박장대소했다. 주 돛대를 등지고 앉아 있던 섬녀가 일어나, 밧줄 걸이에서 로프를 풀고, 빗자루의 뻣뻣한 털 부위로 능소니를 쿡쿡 찔렀다. 집을 깨끗하게 청소해 놨으니, 이제 그만 들어가라는 채근이었다. 사태를 인지한 곰이 이빨을 드러내며 잠시 저항했지만, 이내 섬녀의 부름에 응했다. 섬녀가 우리 통을 똑바로 세우고, 쇠 살대를 재장착한 다음, 다시 갑판 위에 뉘어 놨다.

온종일 남풍이 줄기차게 불었다. 하늘이 파리하게 파란색이었는데, 먼 수평선에서는 산봉우리들 위로 검정 조각구름이 높이 날아갔다. 오후 늦게 선원들이 좌현의 이물 쪽 1마일 이격 지점에서 고래를 한 마리 발견하고서, 보트를 두 척 내렸다. 내려간 보트가 신속히 기동했고, 볼런티어도 따라갔다. 캐번디시가 뒤 갑판에서 이를 지켜보았다. 브라운리의 황갈색 외투를 걸친 그가 황동제 단안 망원경을 쥔 채였다. 가끔 캐번디시가 지령을 내렸다. 섬녀한테는, 캐번디시가 새로 맡은 직책과 권한을 유치하게 즐기고 있음이 빤히 보였다. 마침내 보트가 목표물 고래에 가닿았고, 그들은 녀석이 이미 죽었고 부풀어오르는 중임을 확인했다. 선원들이 모선에 가까이 다가와, 끌고 가자고 신호했다. 제1보트의 지휘자가 블랙이었고, 해서 그와 캐번디시가 사체의 상태를 놓고 큰 소리로 의견을 주고받았다. 부패와 약탈의 흔적에도 불구하고, 그들은 아직 붙어 있는 기름이 많으니 시간을 투자해 가죽을 벗길 만하다고 판정했다.

부패 중인 고래 사체가 뱃전에 잡아매어졌고, 배가 이동하자 녀석이 거기서 달랑거렸는데, 다 썩은 커다란 채소 같았다. 새까만 가죽이 탄력 없이 축 늘어졌고, 간헐적으로 종기도 있었다. 지느러미와 꼬리가 창백한 궤양 같은 것으로 얼룩덜룩했다. 절개 작업을 하는 선원들이 물에 적신 수건으로 얼굴을 가렸고, 독한 담배를 피우면서 독기 같은 불쾌한 냄새와 싸웠다. 선원들이 잘라서 벗긴 지방 덩어리는 젤라틴화된 데다가 변색까지 돼 있었다. 분홍보다 갈색에 훨씬 가까웠다. 갑판 위로 옮겨진 고래기름에서, 평소와 달리, 피가 아니라, 담황색 응고물이 뚝뚝 떨어졌는데, 마치 시체의 직장에서 나오는 배출물처럼 말로 형용할 수가 없었다. 캐번디시가 성큼성큼 걸으면서 이런저런 지시도 하고 격려의 말도 내뱉었다. 고약한 냄새가 피어오르자, 상공으로 바닷새가 모여들어 선회하면서, 귀에 거슬리는 소리로 떠들어 댔다. 아래로 바다에서는 기름투성이 물의 피 냄새와 썩은 내로 꼬인 그린란드 상어들이 뱃전에서 헐거워진 고래 사체를 물어뜯고 갉아먹으면서 잔치를 벌였다.

「저기 상어들 좀 쫓아 버려. 머리를 때리라고.」 캐번디시가 아래에 있는 고래 존스에게 외쳤다. 「저것들이 우리 돈을 뜯어먹게 둬야겠어?」

존스가 알아들었다며 고개를 주억였다. 고래 사체 옆에 붙여 둔 보트에서 새로 지방 제거용 가래를 챙겨 온 그가 상어가 접근하기를 기다렸다가 찔렀다. 당장에 피격당한 상어의 옆구리에 길이 1피트의 자상이 생겼다. 훼손 부위에서 내장이 쏟아졌다. 분홍색, 빨강색, 보라색으로 뒤엉킨 창자가 꽃을 엮은 줄처럼 보였다. 다친 상어가 잠시 요동치더니, 몸을 젖혀, 냉큼 제 내장을 먹어 댔다.

「맙소사. 저놈들은 씨발, 정말, 짐승이야.」 캐번디시가 말했다.

존스의 두 번째 공격이 뇌를 겨냥했고, 상어가 죽었다. 존스가 계속해서 잽싸게 움직여 한 마리를 더 죽였다. 퉁명스럽게 폐물이 된 두 마리의 회녹색 사체에서 피가 쏟아져 나왔으니, 더 한층의 흉포한 공격은 불문가지. 더 작은 세 번째 상어가 두 마리를 누더기처럼 쏠더니, 이내 사라졌다. 놈을 처치하려던 블랙은 먹고 남은 사과심처럼 변해 가라앉는 상어의 사체만을 황망히 지켜봤다.

작업이 절반가량 진행되었을 즈음, 고래의 하악부가 절단돼 갑판 위로 올려졌다. 그렇게 머리뼈의 한쪽이 드러나자, 오토가 도끼와 지레를 들고 달라붙었다. 베어 쓰러뜨린 참나무를 다루는 벌목꾼이 연상됐다. 머리뼈는 두께가 약 2피트에, 양 끝이 우아한 구슬 모양으로, 꼭 굽도리 판자 같았다. 선원들이 머리뼈의 양쪽을 자르고, 여러 장비를 이용해 위턱을 완벽한 한 조각으로 떼어 낸 다음, 조심스럽게 도르래를 달아 갑판 상공으로 매달았다. 천막 같은 위턱에서 검정 고래수염 조각이 늘어진 모습은 마치 짧고 빳빳한 거대 콧수염 같았다. 이어 그 수염 뼈를 가래로 턱에서 떼어 낸 다음, 저장을 위해 더 작은 부분으로 분할했다. 나머지 위턱 뼈도 화물창에 보관되었다.

「크리스마스쯤이면, 이 냄새 지독한 고래 뼈가 코르셋 안에 들어가 있겠지? 아직 좆 맛을 못 본 어여쁜 미녀들이 스트랜드가의 무도회장에서 춤을 추고 있을 거야. 어때? 아찔하지, 블랙?」 캐번디시가 말했다.

「달콤한 여인의 사랑스러움 뒤에는 역겨운 악취와 우리처럼 비천한 무리가 있지요.」 블랙이 맞장구를 쳤다. 「이걸 모르거나, 아닌 척할 수 있는 놈은 행운아예요.」

다시 한 시간쯤 후 얼추 작업이 끝났고, 팽대해 악취를 내뿜던 고래 사체가 버려졌다. 그들은 악을 쓰며 고래 사체를 쫓는 바다제비와 갈매기들을 지켜보았다. 작디작은 북극의 태양이 서쪽 수평선 위에서, 호호 하며 입김을 불어 댄 잉걸불처럼, 흔들리며 빛나다가 사위었다.

그날 밤 섬녀는 편히 잠들었고, 아침에 기상해서는 다시 곰의 밥을 챙겨 줬다. 놈이 음식물 찌꺼기 통을 비우자, 목에 올가미 밧줄이 채워졌고, 섬녀가 우리 통을 물청소했다. 바람이 상쾌했고, 갑판을 박박 닦아 냈지만, 어제의 지방 수확 작업 때문에 썩은 내가 여전했다. 능소니가 평소처럼 가만히 앉아 있지 않고, 빠른 속도로 왔다 갔다 하면서 코를 벌름거렸다. 케이티가 다가가면 놈이 방향을 바꾸어 피했고, 또 살짝 찌르면 으르렁거렸다. 개가 잠시 떨어져서 거니는가 싶더니, 조리실 출입문 앞을 서성이다 돌아왔다. 케이티가 꼬리를 흔들며, 가까이 다가간다. 두 연놈이 잠시 서서 서로를 응시했고, 능소니가 뒤로 물러나 굳은 자세로, 오른쪽 앞발을 들었다가, 케이티의 견갑골을 써레질하듯 후려쳤다. 그 한 차례의 우아한 운동으로, 개의 힘줄과 근육이 찢기며 뼈가 드러났다. 어깨 관절이 탈구되었음은 물론이다. 지켜보던 선원 하나가 와 하는 소리와 함께 박수를 쳤다. 케이티가 심히 끔찍한 비명과 함께 옆으로 나자빠졌고, 갑판에 피가 튀었다. 능소니가 달려들었지만, 섬녀가 목줄을 잡아당겼다. 개가 새된 소리를 내는 가운데, 째진 상처에서 피가 콸콸 쏟아져 나왔다. 작업장에서 이를 지켜보던 대장장이가 시렁에서 묵직한 망치를 집어 들고, 개가 있는 곳으로 걸어가, 두 귀 사이를 한 차례 세게 가격했다. 피바다에서 벌벌 떨며, 오줌까지 지리던 케이티의 신음과 비명은 더 이상 들을 수 없었다.

「곰도 죽여 버릴까요?」 대장장이가 물었다. 「재미있을 것 같은데.」

섬녀가 고개를 절레절레 흔들었다.

「내 마음대로 죽일 수 있는 놈이 아니에요.」 섬녀가 대꾸했다.

대장장이가 어깨를 으쓱한다.

「저 자식한테 매일 밥 주잖아요. 의사 선생님 곰이라고 해도 될 것 같은데요.」

섬녀가 줄 끝에서 여전히 안간힘을 쓰고 있는 능소니를

내려다봤다. 가쁜 숨을 몰아쉬며 으르렁거리고, 갑판을 긁어 대는 모습에서 무자비한 원시적 분노가 읽혔다.

「이 망할 곰 새끼는 내버려 두자고요.」섬너가 대꾸했다.

16

정오쯤 남풍이던 바람이 별안간 북풍으로 홱 바뀌었다. 그러자 랭커스터 해협의 중앙부를 채우고, 전까지는 전혀 위협이 되지 않았던 유빙군(群)이 서서히 볼런티어를 향해 전진해 왔다. 캐번디시가 남쪽의 빙원 가장자리에 배를 잡아매고, 선원들에게 보호 조치로 선거(船渠)[15]를 파내라고 명령했다, 그것도 신속하게. 당장에 화물창에서 장비가 올라왔다. 얼음 톱, 화약, 밧줄, 장대하며. 선원들이 뱃전을 타고 넘어, 빙원에 안착했다. 동작은 신속했고, 선원들의 검은 실루엣이 순결한 부빙 표면을 가로질렀다. 블랙이 뱃도랑에 필요한 길이와 너비를 걸음 수로 잰 다음, 얼음에 말뚝을 박아 양 옆의 중간 지점과 각도를 표시했다. 선원들이 두 패로 나뉘어 우선 길게 얼음을 잘랐다. 맨 위에 도르래가 달린 목제 삼각대들이 세워졌다. 선원들이 각각의 도르래에 밧줄을 걸고, 강철로 만든 14피트짜리 얼음 톱을 양 끝에 붙였다. 장정 여덟이 각각의 밧줄에 달려들어, 위쪽 방

15 선박의 정박, 수리나 하역 등을 위해 파는 뱃도랑.

향으로 톱을 움직이면, 다른 넷이 톱 끝에 달린 목제 손잡이를 붙잡고 있다가, 다시 아래쪽으로 당겼다. 얼음은 두께가 6피트였고, 뱃도랑은 측면의 길이가 2백 피트였다. 선원들은 일단 두 측면을 자르고 나서, 끝부분을 횡절단한 다음, 다시 한쪽 구석에서 오른쪽 중간 지점으로 잘랐고, 또다시 거기서 대각선으로 중간 지점에서 끝까지 절삭했다. 두 시간의 힘겨운 작업 끝에, 선거 중앙의 횡절삭이 완료되었고 마침내 목표 대상이었던 얼음이 네 조각의 삼각형으로 나뉘었다. 각각의 무게가 수 톤쯤 됐다. 선원들이 가쁜 숨을 몰아쉬었고, 비 오듯 땀을 흘렸는데, 김이 나는 머리가 꼭 접시 위의 푸딩 같았다.

　뒤 갑판의 캐번디시가 유빙군이 진격하는 것을 지켜봤다. 유빙은 바람에 떠밀려 계속 다가오면서 그 안의 틈과 구멍이 메워졌고, 이전까지 개별 부빙 내지 얼음 조각의 느슨한 집합체였던 것이 이제는 매끄러운 하나의 얼음판으로 바뀌었다. 그렇게 단단하고 견고해 뵈는 빙원이 알아차릴 수 없을 만큼 느린 속도로 이동했다. 하지만 볼런티어를 향해 육박해 들어오는 그 괴물을 멈춰 세울 수 있는 것은 아무것도 없었다. 시야의 중간쯤에 거대한 빙산들이 떠 있었다. 청백색의 그 물체는 부식되고 깨진 기념물 같았다. 빙산 아래쪽 주변으로 더 얄팍한 얼음이 종이처럼 구겨지고 찢겼다. 캐번디시가 유고한 선장의 황동 망원경으로 헤이스팅스호의 위치를 확인하고, 코를 벌름거린 후, 파이프에 불을 붙이고, 난간 너머로 침을 뱉었다.

한편 배 밖 빙원에서는, 블랙이 대각선 절단부에 화약을 쑤셔 넣고, 도화선에 불을 붙였다. 몇 초 후 둔탁한 퍽 소리가 나고, 물기둥이 솟아오르면서 산산조각 난 얼음이 더 넓은 공간에 우수수 떨어졌다. 커다란 삼각형 얼음덩이들이 분리되면서 깨졌고, 갈고리를 든 선원들이 무리를 지어 뱃도랑 밖으로 파편을 끌어냈다. 선거에서 얼음이 완전히 제거되자, 선원들이 볼런티어를 밧줄로 끌어당겨 안착시켰다. 처음에는 이물을 잡아당기고, 그런 다음에는 고물을 빙돌려서 똑바로 하는 절차를 밟았다. 선원들이 얼음용 닻으로 부빙 선거에 배를 정박한 다음 다시 승선했을 때는, 땀범벅에 탈진한 상태였다. 난로에 석탄이 투입되었고, 술도 지급되었다. 섬녀도 절삭 작업을 도왔는데, 하다가 쓰러져 죽는 줄 알았다. 그는 식당에서 차를 마신 다음, 자기 선실로 가 아편을 들이켜고, 널브러져 휴식을 취했다. 이번에도 그는 꿀잠을 잤다. 하지만 빙원의 타격과 충돌 때문에 반복해서 잠에서 깼다. 부빙이 다른 부빙과 만나면, 우지끈 천둥 같은 파열음이 났다. 인도 전선 복무 시절의 포병대가 생각났다. 고지에 떨어지던 15파운드 포, 머리 위로 소름끼치는 굉음을 울리며 날아가던 대포알이 말이다. 섬녀가 탈지으로 귀를 틀어막고, 뇌까렸다. 이 배는 안전해. 우리가 만든 뱃도랑도 튼튼하고.

　아침 이른 시간이었다. 북풍이 여전히 거세게 불었고, 별이 없는 하늘은 자주색과 보라색으로 빛났다. 얼음 선거 한쪽이 부빙군의 압력에 깨져 버렸고, 그 박살 난 조각이 볼런티어의 선미재(船尾材)를 타격했다. 배가 앞과 옆으로 밀렸다. 이물이 얼음 선거 반대쪽과 충돌했고, 볼런티어가 빙원과 부빙군 사이에서 짜부라지는 끔찍한 사태에 직면했다. 선박 목재가 압력을 받아 쪼개지면서, 울부짖는 듯했다. 볼런티어가 발작을 일으키듯 솟아올랐다. 캐번디시와 오토가 승강구 아래로 고함을 쳤고, 이 소리에 섬너가 단꿈에서 깨었다. 황급히 신발을 챙겨 신는데, 볼런티어가 마구 흔들리면서 원래의 자리를 이탈했다. 발아래 널빤지들이 흔들리다 벌어졌고, 책과 의약품이 선반에서 와장창 하고 떨어졌으며, 문틀 상인방이 산산조각 났다. 갑판은 혼란 그 자체였다. 캐번디시가 큰 소리로 배에서 철수할 것을 명령했다. 포경 보트가 얼음 위로 내려졌고, 선원들이 극도의 흥분 상태에서 소지품을 챙기고, 선창에서는 보급품과 장비를 빼냈다. 현장(舷墻)[16] 너머로 상자, 자루, 매트리스가 투척되었다. 선원들이 보급품 통을 굴려 부빙에 떨어뜨렸다. 그걸로 끝이 아니었다. 중요한 식량 통의 경우, 아래에서 반드시 붙잡아, 안전한 곳으로 옮겨야 했다. 얼음 위에 돛을 펼치고, 그 위에 침구와 매트리스를 던졌다. 보트가 식량, 연료, 라이플, 탄약으로 가득 찼고, 그런 다음에는 방수포를 덮어, 신음하는 볼런티어로부터 안전한 곳까지 옮겨야 했다. 캐번디시가 우레 같은 소리로 명령하고, 욕설했다. 가끔은 직접 대피 행동에 가담하기도 했다. 갑판 위의 나무통을 발로

16 갑판 위에 있는 사람이나 짐이 밖으로 떨어지는 것을 막기 위해 뱃전에 설치한 울타리.

차거나, 석탄 자루를 배 밖 얼음 위에 내던지는 등속으로 말이다. 섬너도 배와 부빙 사이를 분주하게 오갔다. 꺼내고, 옮기고, 전달받아, 시키는 곳에 가져갔다. 머리가 도는 것 같았다. 그 와중에 블랙 및 오토와 몇 마디 대화를 나눌 수 있었고, 섬너는 자신들의 상황이 아주 위험함을 깨달았다. 얼음 선거가 깨지면, 그 안의 배는 앞이나 뒤가 찌그러지고 깨지면서 구멍이 날 가능성이 가장 크다고 했다. 현 시점에서 볼런티어가 폭삭 가라앉지 않는 것은 얼음의 상방 압력 때문이라는 말도 들을 수 있었다.

캐번디시가 조난 신호로 깃발을 뒤집어 올렸다. 그러고는 대장장이에게 전부(前部) 선창으로 내려가, 드랙스의 쇠사슬을 풀어 주라고 명령했다. 선원들이 선장실, 빵 저장실, 선체선도실, 조리실을 비웠다. 그러고는 여차하면 삭구를 잘라 버릴 만반의 태세를 갖추었다. 드랙스가 선창에서 나왔는데, 모자를 쓰지 않았고, 상의도 없었으며, 더러운 외투와 다 떨어진 투박한 단화를 착용하고 있었다. 오줌 냄새가 심했다. 드랙스는 발목이 자유로웠지만, 손목은 여전히 조잡한 수갑을 찬 상태였다. 그가 경멸조로 주변을 둘러보고는 웃었다.

「씨발, 계집애처럼 허둥지둥 쫄 필요 없는데.」 드랙스가 캐번디시에게 말했다. 「아래 화물창은 아직 2피트밖에 물이 안 찼어.」

캐번디시가 좆 까라고 퉁명스럽게 대꾸하고는, 계속해서 하역을 지휘 감독했다.

드랙스가 아랑곳하지 않고 씨불였다. 「저 아래 있는데, 배가 따이더군. 내 눈으로 직접 봤어. 많이 휘긴 했어도, 부러지진 않았는데 말이야. 얼마 안 있으면 이 얼음도 물러갈 테고, 틈 메울 때 쓰는 정을 쥐여서 매켄드릭을 투입하면, 그 자식이 당장에 문제없이 수리할 거야.」

캐번디시가 멈춰서 잠시 생각하는가 싶더니, 대장장이를 병원으로 보냈고, 하여 갑판 아래에는 이제 드랙스와 캐번디시 단 두 사람만 남았다.

「아가리 좀 닥쳐.」 캐번디시가 드랙스에게 말했다. 「안 그러면, 있던 데로 다시 보내 뒈지게 해버릴까 보다.」

「볼런티어는 안 가라앉아, 마이클.」 드랙스의 어조가 차분했다. 「네놈이 아무리 바라도 말이야. 내가 보장한다.」

전부 선창에서 3주간 냉기와 어둠에 시달렸을 텐데도, 드랙스는 말짱했다. 다시 갑판 위로 올라왔는데, 쇠약은 고사하고 그대로였다. 투옥과 감금이 정말이지 꼭 필요했던 막간이라도 되는 것처럼. 이제야 제대로 된 이야기가 다시 시작되었다는 듯했다. 두 사내의 발아래에서, 갑판이 흔들렸다. 얼음이 압력을 증대하자, 볼런티어가 귀에 거슬리는 신음을 토했고, 탁탁 치직거리며 삐걱거렸다.

「이 비명을 들어 봐.」 캐번디시가 말했다. 「창녀처럼 몸을 비틀며 울부짖잖아. 정말로 볼런티어가 이걸 견뎌 낼 수 있다고 생각하냐? 구멍이 안 뚫렸어도 말이야.」

「이 배는 튼튼해. 이중으로 강화돼 있지. 아이스 니, 아이스 플레이트,[17] 지지대, 기둥 등등 말이야. 오래됐지만 약하지 않아. 볼런티어는 아직도 한참이나 압력을 견딜 수 있어.」

완전히 진 적 없는 태양이 다시 떠오르고 있었다. 볼런티어가 기다랗게 왜곡된 그림자를 왼쪽 뱃전 빙원에 드리웠다. 북쪽과 남쪽으로 먼 산정이 보라색으로 어슴푸레 빛났다. 캐번디시가 모자를 벗었고, 머리를 긁적인 후, 부빙에서 여전히 바삐 움직이고 있는 선원들을 내다봤다. 그들이 배에서 뜯어낸 재목, 장대, 보조 돛 밑에 댔던 활죽을 이용해 텐트를 쳤다. 쇠바구니에서 화톳불이 솟아올랐다.

「지금 안 가라앉아도 다음에 침몰시키면 돼.」

드랙스가 고개를 끄덕였다.

「그렇군.」 드랙스가 말한다. 「하지만, 그런 식이 별로 좋아 보일 것 같지는 않은데. 잘난 얼음 선거를 만들었으니.」

캐번디시가 웃었다.

「운발 제대로 받은 거지. 이렇게 깨질 줄 누가 알았겠어? 자주 안 일어나잖아.」

「맞아. 게다가 정착빙(定着氷) 상태도 완전 안전해 보이고 말이야. 물길이 열리면, 캠벨이 쉽게 빼낼 수 있겠어. 운이 따라 주면, 빙원을 몇 마일씩 안 걸어도 되는 거네. 선원들은 이미 구멍이 뚫리고 바서졌다고 생각할 테니…… 애를 먹이지도 않을 거고.」

캐번디시가 고개를 끄덕였다.

「볼런티어는 끝났어.」 그가 말했다. 「아무렴.」

「이대로 두면 아닐걸. 하지만 널판을 한두 개 박살 내면,

17 *ice knee, ice plate*. 외부의 충격에 대응하는 선박 보강재의 종류.

확실히 끝낼 수 있어. 나한테 10분만 줘봐. 도끼 들고 다녀오지, 어때?」

캐번디시가 코웃음을 쳤다.

「넌 지팡이로 선장을 죽인 놈이야. 내가 너한테 도끼를 건네줄 것 같냐?」

「내 말을 못 믿겠으면, 직접 가서 봐.」 드랙스가 답했다. 「거짓말인지 보라고.」

캐번디시가 입술을 핥았고, 잠시 갑판을 왔다 갔다 했다. 바람이 잠잠해지긴 했어도, 새벽 공기가 여전히 칼같이 차가웠다. 바깥 부빙에서는 선원들이 고함을 쳐댔고, 아래에서는 배가 계속해서 엽기적인 신음 소리를 냈다.

「애는 왜 죽였어?」 캐번디시가 물었다. 「조지프 해녀 말이야. 도대체 뭣 때문에?」

「사람이 꼭 이익을 따지지는 않아.」

「그럼 뭘 따지는데?」

드랙스가 어깨를 으쓱했다.

「필요하면 하는 거지. 생각은 별로 안 해.」

캐번디시가 고개를 절레절레 흔들었고, 끔찍한 악담을 퍼부으며, 위로 창백해지는 하늘을 올려다봤다. 얼마간의 침묵 후, 캐번디시가 뱃전으로 가, 아래에 있는 사환 하나를 불러 랜턴과 도끼를 가져오라고 시켰다. 그렇게 사내 둘이 중갑판으로, 이어 전부 선창으로 내려갔다. 드랙스가 앞장을 섰다. 공기가 눅눅하고 몹시 추웠다. 랜턴의 노란 불빛에 기둥과 들보, 적재된 나무통의 굴곡진 표면이 보였다.

「봐, 씨발, 하나도 안 젖었지.」 드랙스가 말했다.

「저기 저 통 좀 들어봐.」 캐번디시가 시켰다. 「분명 물이 들어오고 있어.」

「방울방울이겠지.」 드랙스가 말했다. 그가 몸을 숙여 차례로 통을 들어냈다. 두 사내가 거무튀튀한 선체 바닥을 내려다본다. 목재가 갈라지고, 누수 방지재가 떨어져 나간 틈으로 바닷물이 들어오고 있었다. 하지만, 드랙스의 말마따나, 심각한 훼손의 징후는 전혀 없었다.

「씨발.」 캐번디시가 낮은 신음을 뱉었다. 「씨발. 어떻게 이럴 수 있지?」

「내가 그럴 거라고 했잖아.」 드랙스가 말했다. 「상당히 휘었지만, 부러질 생각은 안 하는군.」

캐번디시가 등과 도끼를 내려놨고, 이제 두 남자가 합세해 통을 치웠다. 이윽고 그들이 배의 맨 아래 바닥에 섰고, 우현 이물의 목재가 대부분 드러났다.

「네가 안 가라앉히면 안 가라앉겠는데, 마이클.」 드랙스가 말했다. 「봐.」

캐번디시가 고개를 가로저었고, 도끼를 들었다.

「씨발, 세상에 쉬운 일이 하나 없어.」 그가 말했다.

드랙스가 뒤로 물러나, 캐번디시가 도끼를 휘두를 여유 공간을 확보해 줬다. 캐번디시가 고개를 돌려, 드랙스를 바라본다.

「이런다고 나한테 의리를 기대하지 마.」 캐번디시가 말했다. 「널 풀어 줄 수는 없어. 브라운리 사건 이후로는. 사환 녀석이라면 별문제겠지만. 그 자식이야 됐다고 쳐도, 씨발, 선장은 아니지.」

「풀어 달라고 하지 않아.」 드랙스가 말했다. 「그럴 생각 없어.」

「그럼 뭐?」

드랙스가 어깨를 으쓱하고, 코를 벌름거린 후, 정색했다.

「때가 오면.」 드랙스가 천천히 말을 이었다. 「나를 막지만 않으면 돼. 방해만 하지 마. 그냥 일이 자연스럽게 일어나도록만 내버려 둬.」

캐번디시가 고개를 끄덕였다.

「못 본 체해라?」 캐번디시가 대꾸했다. 「원하는 게 그거라면야.」

「기회가 안 올 수도 있어. 영국에서 교수형을 당할 수도 있고, 뭐 그럴 만하지.」

「하지만, 기회가 오면.」

「그래, 기회가 오면.」

「씨발, 내 코는 어떻게 할래?」 캐번디시가 뭉개진 자기 코를 가리켰다.

드랙스가 웃었다.

「너는 아도니스가 아니잖아, 마이클.」 그가 말했다. 「덕분에 외모가 개선됐다고 할 사람도 있을 걸.」

「도끼를 든 사람 앞에서 그런 말을 하다니, 씨발, 배짱 두둑해. 불알도 존나 크더만.」

「뭐, 감자만 하다고나 할까.」 드랙스가 명랑하게 대꾸했다.「원하면, 언제 한번 만지게 해주지.」

둘이 잠시 동안 서로를 물끄러미 응시했다. 이윽고, 캐번디시가 하기 싫다는 듯, 몸을 돌려 도끼를 휘둘렀다. 예리하게 갈린 도끼날이 이미 축축하게 젖어 있는 목재를 파고들었다. ……여덟 번, 아홉 번, 열 번. 마침내 바닥의 이중 널판이 삐걱거리고, 불룩해지더니, 지저깨비로 쪼개져 안으로 쏟아졌다.

17

두 시간에 걸쳐 볼런티어가 앞으로 고꾸라졌다. 제1사장이 수평으로 누워 빙판에 닿고, 앞 돛대는 깔끔하게 둘로 부러졌다. 캐번디시가 블랙을 선원 일부와 함께 배로 보내 활죽, 날개 뼈대, 삭구를 구조케 했다. 임무가 또 있었는데, 다른 돛대들이 또 부러지기 전에 미리 베어 넘어뜨리라는 것이었다. 돛대가 제거되고, 삐죽삐죽 솟아오른 얼음 사이로 고물만 삐죽 나와 있는 배는 누추하고 가소로워 보였다. 그 맥없는 현실이 볼런티어의 과거 위용과 대비되면서, 조롱을 퍼붓고 있었다. 섬녀는 의아했다. 나무와 못과 밧줄을 얼기설기 모아 놓은, 이런 약한 물건이 자신을 보호하고 안전하게 지켜 줄 거라고, 내가 어떻게 믿을 수 있었을까?

그들의 탈출을 지원할 헤이스팅스호가 동쪽으로 4마일 거리, 빙원 가장자리에 계류 중이었다. 캐번디시가 작은 배낭에 건빵, 담배, 술을 채워 넣고, 짊어진 후, 도보로 빙원을 횡단하는 과업에 착수했다. 몇 시간 후 돌아온 그는 완전히 진이 빠져 있었고, 족통을 호소했다. 하지만 그래도 상당히 만족스러운 눈치였다. 캐번디시가 발표하기를, 캠벨 선장이 피난처와 환대를 약속했다며, 이제 신속하게 인원과 물품을 옮겨야 한다고 했다. 그가 열두 명씩 세 무리로 나누어 작업을 진행하겠다고 지시했다. 고래잡이 보트가 썰매로 이용될 터였다. 두 무리는 각각 블랙과 고래 존스가 우두머리로 선임돼, 당장 출발하고, 나머지 세 번째 패는 조난 현장에서 그들이 돌아올 때까지 기다리기로 했다.

깔개와 담요로 바닥을 덮은 급조 텐트가 여러 개 가설되었고, 그중 하나의 매트리스에서 섬너가 잠을 잤다. 그가 눈을 떴을 때, 드랙스가 옆에 앉아 있었다. 대장장이가 감시를 했고, 손목에는 수갑이 채워져 있었다. 두 다리 역시 각각 세 개짜리 도르래 바퀴에 묶여 있었고. 섬너는 선장실에서 벌어진 살인 공격 이후로 드랙스를 보지 못했고, 그와 이렇게 갑작스럽게 만났다는 사실에 대경실색했다. 혐오를 동반한 공포가 엄청났다.

「겁내지 마쇼, 의사 선생.」 드랙스가 인사를 건넨다. 「이 나무 지스러기로 내가 뭘 할 수 있겠소?」

섬너가 깔개와 담요를 밀치고, 벌떡 일어나 다가갔다.

「팔은 좀 어때요?」 섬너가 물었다.

「어느 팔 말입니까?」

「오른팔 말입니다. 조지프 해너의 이빨이 박혀 있던.」

드랙스가 고개를 흔드는 몸짓으로 그 물음을 일축했다.

「됐소.」 그가 말했다. 「다 나았어요. 하지만, 음, 그 이빨이 왜 거기 있었는지는 나도 모르오. 도무지 알 수가 없단 말이지.」

「후회 안 해요? 당신이 한 짓에 죄가 없단 말입니까?」

드랙스가 입을 반쯤 벌리고, 혀를 축 내밀었다. 미간에 주름이 잡히는가 싶더니, 이어서 코웃음을 친다.

「선장실에서 내가 당신도 죽일 거라고 생각했소?」 드랙스가 물었다. 「브라운리처럼, 내가 당신 대갈통도 빠갤 거라고 생각했냐는 거요?」

「그게 아니라면 무슨 생각이었는데?」

「생각은 무슨? 나는 행동하는 사람이지, 생각하는 사람이 아니야. 나란 사람은 내키는 바를 따를 뿐이오.」

「양심이란 것도 없어요?」

「뭐가 일어나면, 이어서 또 뭐가 일어나지. 앞엣것이 뒤엣것보다 더 중요한 이유가 뭐요? 왜 두 번째가 세 번째보다 더 중요한 거지? 한번 설명해 봐요.」

「모든 행위는 별개이고 뚜렷하게 달라요. 선한 행위가 있고, 악한 행위도 있습니다.」

드랙스가 다시 콧방귀를 뀌고는, 몸을 긁었다.

「그건 그냥 말일 뿐이야. 내 목이 매달리면, 그건 그들이 할 수 있고, 원해서야. 그들도 나처럼 하고 싶은 대로 할 거라고.」

「권위를 전혀 인정하지 않는군요, 당신 말고는 옳고 그름이 없습니까?」

드랙스가 어깨를 으쓱했다. 윗니가 보였는데, 씩 웃는 듯했다.

「댁 같은 인간이 그렇게 묻는 건, 자기만족을 위해서야.」 드랙스가 말했다. 「그러면, 다른 사람들보다 더 똑똑하다고 느끼면서, 깨끗한 척할 수 있으니까. 하지만 다른 사람들은 안 그래.」

「당신은 정말로, 우리가 다 당신 같다고 믿어요? 어떻게 그럴 수 있죠? 내가 당신 같은 살인자인가요? 그걸로 나를 비난하는 겁니까?」

「사람 죽고, 죽이는 걸 많이 봤지. 나만 살인자가 아니야. 나도 남이랑 똑같아. 아무렴, 얼추.」

섬너가 고개를 절레절레 흔들었다.

「아니.」 그가 말했다. 「인정 못 해요.」

「마음대로 하세요. 나도 내 마음대로 할 거니까. 달면 삼키고, 쓰면 뱉는 거 아니겠어? 사람들은 특정 부류의 선호에 그냥 법이란 이름을 붙이지.」

섬너는 눈알 뒤에서 격통을 느꼈고, 뱃속이 얼어붙는 듯하면서 토할 것 같았다. 드랙스와의 대화는, 새카만 암흑에다 대고 외치면서 그 암흑이 같은 식으로 대답해 주기를 기대하는 것 같았다.

「당신 같은 사람은, 추론을 전혀 하지 않는군요.」 섬너가 말한다.

드랙스가 다시 어깨를 으쓱하고는 고개를 돌렸다. 텐트 바깥에서 선원들이 우스꽝스러운 크리켓을 하고 있었다. 말뚝을 배트로 사용했고, 공은 바다표범 가죽에 톱밥을 집어넣은 것이었다.

「그 금반지는 왜 가지고 있는 거야?」 드랙스가 물었다. 「왜 팔아 버리지 않았지?」

「기념으로 간직하는 거요.」

드랙스가 고개를 끄덕이고는, 입 주위로 혀를 한 번 돌린 다음, 대꾸했다.

「자기가 두려운 남자는 사내랄 수 없지.」

「내가 겁쟁이라고? 내가 왜 무서워할 거라고 생각하지?」

「인도에서 벌어졌던 일 때문이겠지. 당신은 어떤 일을 했거나, 혹은 하지 않았어. 기념으로 간직한다고 하지만, 전혀 사실이 아냐. 그럴 수가 없지.」

섬너가 한 걸음 다가가자, 드랙스도 일어나 맞섰다.

「그만 됐어.」 대장장이가 끼어들었다. 「씨발, 앉아서, 그 입 좀 처닫아. 섬너 선생님한테 공손하게 굴어.」

「당신은 나를 몰라.」 섬너가 드랙스에게 말했다. 「내가 어떤 사람인지 전혀.」

드랙스가 주저앉고서, 섬너에게 미소를 지어 보였다.

「많이 알 필요 없어.」 그가 대꾸했다. 「당신, 당신 생각만큼 그렇게 복잡한 인간 아니야. 알 필요가 있는 건 별로 없지. 그리고 난 그걸 아주 잘 알고 있지.」

섬너가 텐트를 나와, 보트 하나로 걸어가, 확인했다. 의약품과 사물함이 내일의 빙원 횡단에 대비해 안전하게 적재돼 있는지를. 방수포를 끄르고, 통과 상자, 돌돌 말아 안에 구겨 넣은 침구를 훑는다. 하지만 물건들을 이리저리 옮기면서 빈틈을 들여다봐도, 찾는 게 나오지 않았다. 섬너가 방수포를 원위치하고 다른 보트를 찾아보려던 순간, 캐번디시의 목소리가 들려왔다. 그가 삭구와 절단된 돛대 둘을 모아 놓은 곳에 서 있었다. 캐번디시 옆에는 곰 우리 통이 놓여 있었고, 놈은 자는 중이었다.

「저 망할 곰을 쏴버려요.」캐번디시가 우리 통을 가리켰다. 「지금 하면 내일 떠나기 전까지는 충분히 가죽을 벗길 수 있으니.」

「데리고 가면 안 됩니까? 헤이스팅스라면 공간이 충분할 것 같은데요.」

캐번디시가 고개를 가로저었다.

「먹여야 할 입이 너무 많아요.」그가 대꾸했다. 「선원들한테 저 곰 새끼를 4마일씩이나 끌고 가라고 시킬 수도 없고 말이오. 지금 끌고 움직일 물건이 한둘이 아니오.」캐번디시가 섬녀에게 라이플을 건네줬다. 「능소니랑 친해졌다는 말을 듣지만 않았어도, 내가 직접 했을 거요.」

섬녀가 라이플을 받았고, 몸을 쭈그리고 앉아 우리 통을 들여다봤다.

「저렇게 자고 있는데, 쏠 수는 없습니다. 저쪽으로 데리고 가서, 일단 좀 돌아다니게 하겠습니다.」

「좋을 대로 해요.」캐번디시가 말했다. 「단 아침까지는 없애야 합니다.」

섬녀가 우리 통의 쇠창살에 밧줄을 묶고, 오토의 도움을 받아, 그 통을 옮겼다. 임시 캠프에서도 한참을 벗어났다고 판단되자, 둘이 걸음을 멈추었다. 섬녀가 걸쇠를 풀고, 쇠창

살을 떼어 낸 다음, 뒤로 물러섰다. 능소니가 느릿느릿 얼음
판으로 빠져나왔다. 놈의 크기가 처음 잡혔을 때와 비교하
면, 거의 두 배였다. 섬녀가 아침마다 규칙 바르게 먹이를
줬고, 살이 토실토실 찐 것이었다. 지저분하던 털도 이젠 밝
고 깨끗했다. 능소니가 느긋하게 이리저리 걷는 모습을 두
사람이 지켜봤다. 냉정한 태도와 육중한 발. 능소니가 코를
벌름거리며 통 냄새를 맡더니, 주둥이로 두 번 밀쳤다.

「놔준다 해도 못 살 거예요.」섬녀가 오토에게 말했다. 「내
가 먹이를 주는 바람에 버려 놨어요. 사냥하는 방법도 모를
테고.」

「지금 죽이는 게 나아요.」오토도 동의했다. 「헐에 아는
모피상이 있어요. 가죽값을 꽤 쳐줄 겁니다.」

섬녀가 라이플을 장전하고 겨냥했다. 능소니가 움직이기
를 중단하고, 옆으로 돈다. 섬녀에게 자신을 가장 쉬운 표
적으로 제공하기라도 하겠다는 듯, 널따란 옆구리가 드러
났다.

「귀 바로 뒤가 가장 빨라요.」오토가 말했다.

섬녀가 고개를 주억인 다음, 개머리판을 꼭 쥐고 조준을
했다. 곰이 찬찬히 고개를 돌려 섬녀를 바라본다. 하얀 목
이 두껍고, 눈은 석류석처럼 빨갛다. 섬녀는 능소니가 무슨
생각을 하고 있음이 분명하다는 생각이 들었고, 직접은 못
죽이겠다고 마음을 먹었다. 그가 라이플을 내려, 오토에게
건네줬다. 오토가 고개를 끄덕였다.

「동물은 영혼이 없어요.」오토가 말했다. 「하지만 그럼에

도 불구하고, 사랑이 좀 있을 수 있죠. 사랑의 최고 형태는 아니지만, 뭐 그래도 사랑이요.」

「됐고, 그냥 쏘기나 해요.」 섬녀가 대꾸했다.

오토가 라이플을 확인한 다음, 낮추어, 한쪽 무릎에 갖다 대고 자세를 잡았다. 그런데 그가 조준하려는 즈음, 별안간 곰이 뻣뻣하게 굳는가 싶더니, 방향을 홱 바꾸어 달리기 시작했다. 뭔가 중요한 것이 바뀌었다는 걸 눈치챈 것처럼. 폭이 넓은 원기둥 같은 다리가 둔탁하게 얼음 위를 쿵쿵거리자, 눈가루가 일순 흙먼지처럼 피어올랐다. 오토가 달아나는 놈의 뒷몸을 향해 신속히 사격했지만, 맞추지 못했다. 재장전에 시간이 걸렸고, 그사이에 능소니는 얼음 봉우리 뒤로 사라졌다. 두 사람이 곰을 쫓았지만, 얼음판에서 곰의 속도를 당할 수는 없었다. 그들이 얼음 등성이로 올라가, 그저 희망에 기대어 한 발 더 쐈다. 하지만 사정거리를 이미 벗어난 데다가, 곰의 이동 속도가 너무 빨랐다. 둘은 망연자실 서 있었다. 그들의 뒤에는 난파한 무리가 있었고, 앞에는 눈이 덮인 웅장한 산계(山系)가 펼쳐져 있었다. 능소니가 말과 같은 율동으로 질주하는 게 보였다. 놈은 이제 하얀 물체가 되어 서서히 사라져 갔다. 부빙 평원이라는 더 광대하고, 정적인 하얀 배경으로 말이다.

그날 밤 북풍이 서풍으로 바뀌었고 폭풍이 기세를 더했다. 급조 텐트 하나가 계류 장치에서 찢겨 나가며 돛의 뼈대와 활죽으로 만든 텐트 기둥이 무너져 내렸고, 안에 있던 대원들이 차디찬 눈 폭풍에 무방비 상태로 노출되었다. 대원들이 이리 뛰고 저리 뛰며, 찢겨 나동그라진 범포를 빙판에서 수습해야 했다. 결국, 얼음에 걸려 퍼덕거릴 때야 비로소, 텐트 천을 붙잡아 끌고 올 수 있었다. 범포가 살아 있는 생물처럼 온몸을 비틀며 퍼덕거렸다. 하지만, 강풍이 여전해 수리가 불가능했다. 하는 수 없었다. 대원들이 밧줄과 얼음용 닻으로 잡아맬 수 있는 것들을 고정하고, 제2텐트로 피난했다. 아편이 없어 잠들지 못하던 섬녀도, 대원들이 축축하게 젖은 침구를 안으로 옮겨 바닥에 공간을 만드는 일을 도왔다. 바깥의 굉음이 엄청났다. 다시 얼음이 움직이고 있었다. 섬녀도 분명 들을 수 있었다. 위로 바람의 새된 노래 속에 범포의 선율이 덜거덕거렸다. 이따금 거대한 충격음이 들려왔다. 부빙군이 움직이면서 끊어지고, 갈리고, 충돌하는 소리였다.

오토와 캐번디시가 보트의 안위를 확인하려고 위험을 무릅쓰고 밖으로 나갔고, 눈을 뒤집어쓴 채 부들부들 떨며 돌아왔다. 대원들이 담요를 뒤집어쓴 채 천막 한가운데 벽돌 위로 설치된 소형 철제 난로 주위에서 웅송그리며, 미약한 온기를 나누었다. 섬녀가 가장자리에서 몸을 말고, 눈 아래까지 모자를 눌러쓴 채, 잠을 청했지만, 도저히 그럴 수가 없었다. 아편이 들어 있는 의약품 상자가 이미 헤이스팅스호를 향해 출발해 버렸다는 게, 선발대가 이송한 장비와 물품에 착오로 그의 개인 사물함까지 들어가 버렸다는 게 분명했다. 하룻밤이야 아편이 없어도 될 거라고 생각됐다. 하지만, 이 눈 폭풍이 지속돼, 그들이 빙원에서 하룻밤을 더 보내야 한다면, 몸져누울 수도 있었다. 섬너가 자신의 부주의를 자책했고, 아무렇게나 보트에 물건을 싣고 떠나 버린 존스를 저주했다. 그가 눈을 감고, 다른 곳 어디에 가 있는 자신을 상상한다. 이번에는 델리가 아니라, 벨파스트다. 케네디스에 앉아 위스키를 홀짝이는 자신, 레이건강에서 노를 젓는 자신, 해부실에서 스위니 및 멀케어와 싸구려 살담배를 피우며 아가씨 얘기를 하던 자신이 보인다. 잠시 후 섬너가 선잠에 빠져들었다. 완전히 잠든 것도 아니고, 그렇다고 깬 것도 아니니, 비몽사몽이라 해야겠다. 섬너 옆에는 코를 고는 검은 무더기가 있었다. 대원들이 간절히 온기를 원했고, 뒤엉키고 포개졌던 탓이다. 하지만 북극의 냉기는 가혹했고 소용돌이 바람이 이내 그 온기마저 앗아갔다.

두세 시간쯤 더 흐르자, 눈 폭풍이 가라앉은 듯했다. 요란을 중단하고 도달한 평형 상태가 끝을 예언하는 것인지도 몰랐다. 무시무시한 굉음과 함께, 대원들이 자고 있던 바로 그 바닥 부빙이 위로 거칠게 솟았다. 텐트 기둥 하나가 넘어갔고, 철제 난로가 넘어지면서 벌건 석탄이 쏟아져 나와, 담요와 외투에 불이 붙었다. 깜짝 놀라 가슴이 조이는 듯한 느낌에 당황한 섬너가 신발을 챙겨 신고, 급히 밖으로 빠져나왔다. 어둠 속에서 그는 볼 수 있었다. 눈발이 여전히 날렸지만, 부빙 가장자리에 푸른 빙산이 떡하니 버티고 있었다. 바람구멍이 난 거대한 물체, 굴뚝처럼 생긴 거대한 물건이 동쪽으로 천천히 미끄러지는 중이었다. 백색증에 걸린 언덕, 황무지는 이제 싫다며 기동을 시작한 외딴

산 같았다. 빙산이 성큼성큼 걷는 속도로 움직이자, 지근거리의 부빙이 갈리면서, 집채만 한 얼음 뗏목이 떨어져 나왔다. 선반기(旋盤機)가 토해 낸 부스러기 같았다. 섬녀가 딛고 선 부빙이 마구 흔들렸다. 20야드 밖에서 부빙에 지그재그로 금이 갔다. 순간 대원들이 터 잡은 부빙 전체가 압력을 못 이기고 허물어질지도 모른다는 생각이 들었다. 그러면 모든 게, 텐트, 보트, 대원, 이 모든 게 바닷속으로 내던져질 터였다. 제2텐트에는 이제 아무도 없었다. 섬녀처럼 그 자리에 못 박힌 것처럼 서 있거나, 그게 아니면 보트를 옮기느라 경황이 없었기 때문이다. 가장자리에서 조금이라도 더 먼 곳으로 보트를 밀고 끄는 활동은 자신들의 안전을 담보하려는 필사적 시도였다. 섬녀는 보면서도, 자신이 봐서는 안 될 것을 보고 있다는 생각이 들었다. 자신이 소름끼치지만 근본적인 진실이 두려워 외면하는 부류가 되고 있다는 생각도.

혼란은 시작만큼이나 신속하게 그쳤다. 빙산이 부빙과 떨어지자, 진저리 나는 마찰의 불협화음이 울부짖는 바람으로 대체됐다. 남은 것은 대원들의 욕설과 저주뿐. 섬녀가 그제야 비로소, 눈이 얼굴 왼쪽을 팔매질하며, 턱수염에 쌓이고 있음을 깨달았다. 잠깐이었지만 따뜻함이 느껴졌다. 마치 고치에 들어간 것처럼 말이다. 날씨가 맹렬하고 험악했는데도 은밀한 안온함을 느꼈다는 것이 확실히 이상했다. 마치 저승 같았다. 실제 세계는 잊어버리고, 그와 관련 없는 별개의 세계인 것 같았다. 뱅글뱅글 휘몰아치는 눈발

속에서 존재하는 것은 섬녀 자신뿐이었다. 누군가가 그의 팔을 붙잡았고, 뒤를 가리켰다. 제2텐트가 불길에 휩싸여 있었다. 매트리스, 깔개, 사물함이 맹렬하게 타올랐다. 남은 범포가 강풍 속에서 펄럭였는데, 타르 통의 불꽃 채찍 같았다. 후발대로 예정돼 남은 대원들이 아연한 표정으로 상황을 지켜봤다. 춤추는 불꽃이 속수무책의 얼굴들을 비추었다. 캐번디시가 잉걸불을 걷어차며 자신의 불운을 통탄했고, 대원들에게 남은 포경 보트로 들어가라고 소리를 질렀다. 보트에 실었던 하물을 비우는 작업은 신속하기는 했지만 두서없이 이루어졌다. 배 두 척에 사람들이 짐짝처럼 들어갔고, 그런 다음에는 위로 방수포를 덮어 팽팽하게 잡아당겼다. 그렇게 해서 생긴 공간은 냄새가 코를 찔렀고, 마치 시체가 들어가는 관 같았다. 내부는 공기가 희박한 데다가, 코가 얼얼하고 톡 쏘는 듯했다. 게다가 빛이 전혀 없는 암흑천지였다. 섬녀가 땡땡 언 목재 위에 아무것도 깔지 못하고 누웠다. 주변으로 아무렇게나 포개진 대원들이 캐번디시의 무능과 브라운리의 믿기 힘든 불행, 그리고 무엇보다도 자신들의 소망을 떠들어 댔다. 다 됐으니, 살아서 집에 가고 싶다는 희원 말이다. 섬녀는 탈진한 상태였는데도 잠이 오지 않았다. 근육과 내부 장기가 아편을 내놓으라며 보채고 아우성쳤다. 섬녀가 다시금 자신의 현재 위치와 처지를 잊으려고 애썼다. 어딘가 더 낮고 행복한 곳을 떠올리려고 노력했다. 하지만, 이번에는 결코 성공하지 못했다.

아침이 되자, 폭풍이 누그러졌다. 서늘하고 눅눅한 날이었다. 머리 위로 회색 구름이 보였고, 납작한 안개 띠가 부빙 끝을 감추고 있었는데, 뒤로 먼 산이 검은 배경으로 작용해 마치 층층 쌓인 석영 같았다. 대원들이 눈이 쌓인 방수포를 치우고, 배에서 기어 나왔다. 새카맣게 타버린 제2텐트의 잔여물과, 안에 있던 물건이 얼음판 여기저기에 무질서하게 흩어져 있었다. 녹은 물이 웅덩이를 이뤘는데, 거기 반쯤 잠긴 돛의 뼈대 일부가 여전히 타고 있었다. 요리사가 물을 끓이고 되는 대로 아침 식사를 준비하는 동안, 대원들은 잉걸불을 들쑤시며 뭐라도 여전히 쓸 수 있거나 남겨 둘 만한 것을 탐색 수거했다. 캐번디시가 그들 사이를 왔다 갔다 하며, 휘파람을 불고 상스러운 농담을 했다. 왼손에 든 법랑 머그에서 곰국 김이 솟아올랐다. 그가 이따금씩 허리를 굽혀, 여전히 따뜻한 칼날이나 타고 남은 부츠 뒷굽을 주워들었는데, 꼭 화석을 탐사하는 신사 계급 같아 보였다. 자기 배가 작살나는 것을 지켜보고, 빙산과의 충돌 및 이어진 한밤의 화재에서 가까스로 살아남은 사람치고는, 캐번디시가 몹시 기분이 좋고, 참 속 편해 보인다는 게, 섬녀의 생각이었다.

식사를 마친 대원들이 포경 보트에 짐을 다시 실었고, 살아남은 텐트 하나를 설치하고, 텐트 가장자리에 고정 용도로 보급품 통을 놓았다. 대원들은 안에 들어가 파이프 담배를 피우고 카드를 치며 선발대가 돌아오기를 기다렸다. 한 시간쯤 후 안개가 걷히자, 캐번디시가 망원경을 들고 밖으로 나가, 선발대의 귀환 여부를 확인했다. 잠시 후 그가 큰 소리로 오토를 불렀고, 또다시 얼마 후 이번에는 오토가 섬너를 불렀다.

캐번디시가 섬너에게 망원경을 건네주고, 말없이 동쪽을 가리켰다. 섬너는 망원경을 펴고 관측했다. 멀리서 블랙과 존스 무리가 빈 배 네 척을 끌고 빙원을 가로질러 오리라는 것이 망원경을 받아 든 섬너의 기대 내용이었다. 아니었다. 섬너는 아무것도 보지 못했다. 그가 망원경을 내리고, 눈을 가늘게 뜨고서 먼 데 허공을 바라보았다. 그러고는 다시 망원경을 눈에 갖다 대고 들여다본다.

「어디 있는 거죠?」

캐번디시가 고개를 흔들면서 욕지거리를 했고, 목덜미를 문질렀다. 아까의 침착함과 쾌활함은 온데간데없었다. 얼굴이 창백했고, 입은 굳게 다문 채였다. 눈을 휘둥그레 떴고, 코로는 거친 숨이 새어 나왔다.

「헤이스팅스호가 없어.」 오토가 말했다.

「어디 갔는데요?」

「빙산을 피하려고, 어젯밤 부빙군 사이로 들어갔을 가능성이 가장 높지.」 캐번디시의 대꾸가 예리했다. 「그뿐이야. 곧 이쪽 부빙 가장자리로 돌아올 거야. 캠벨이 우리 위치를 아니까. 우리는 기다리기만 하면 돼. 신념을 갖고, 씨발 참아야지 뭐.」

섬너가 다시 망원경을 들여다보고, 또 보았다. 하늘과 얼음뿐이었다. 그가 오토를 바라본다.

「폭풍이 치는데, 배가 정박을 안 해요?」 그가 물었다. 「있는 곳에 그냥 머무르는 게 더 안전한 거 아니에요?」

「빙산이 다가오면, 배를 구하기 위해 필요한 조치를 취해야죠.」 오토가 대답했다.

「그거야.」 캐번디시의 맞장구. 「뭐든 해야 하지.」

「그럼 여기서 얼마나 더 기다려야 하죠?」

「알 수 없지.」 캐번디시가 말했다. 「물길을 찾으면, 오늘일 수도 있고. 아니면……」

그가 어깨를 으쓱했다.

「의약품 상자가 없다고요.」 섬녀가 말했다. 「선발대가 갖고 가버렸습니다.」

「여기 아픈 사람 있어?」

「아니요, 아직은.」

「그렇담, 씨발, 후순위잖아. 지금 걱정이 한두 가지가 아닌데.」

섬녀는 매타작하는 듯한 회색 눈발 속에서 빙산을 봤던 간밤의 광경이 떠올랐다. 몇 층 높이의 순결한 덩어리가 매끄럽게 기동했는데, 그 전진을 어떤 수단으로도 멈춰 세울 수 없을 것 같았다. 그 압도적 경이로움! 마찰 저항 따위는 모르는 부동의 거대한 행성이었다.

「헤이스팅스호가 침몰했을 수도 있어요.」 섬녀는 깨달았다. 「그 얘기죠?」

「아니야.」 캐번디시가 섬녀에게 대꾸했다.

「다른 구조선이 있나요?」

오토가 고개를 절레절레 흔들었다.

「근처에는 없어요. 철도 늦었고, 북쪽으로 한참을 올라왔으니. 대부분의 배가 지금쯤은 폰즈만을 떠났을 겁니다.」

「아니야.」 캐번디시가 거듭 말했다. 「헤이스팅스는 저기 해협 어디에 있어, 아무렴. 기다리면 바로 올 거라고.」

「보트로 수색을 나가 봐야 해요.」 오토가 제안했다. 「어젯밤 상황도 그렇고, 동쪽으로 한참 밀려났을 수도 있습니다. 부서졌거나, 구멍이 났거나, 키를 잃었거나요. 뭐든.」

캐번디시가 이맛살을 찌푸렸고, 마지못해 고개를 끄덕였다. 더 낫고 편한 묘안을 내고 싶었겠지만, 그런 꼼수가 절대 통할 수 없을 것이라는 자체 판단이 읽혔다.

「가면 금방 찾을 거야.」 캐번디시가 황동제 망원경을 신속한 동작으로 접어, 외투 주머니에 집어넣었다. 「멀리 밀려나지 않았을 거야, 아무렴.」

「배를 못 찾으면 어떡하죠?」 섬녀가 물었다. 「그때는요?」

캐번디시가 말없이 있다가, 역시 침묵을 지키고 있는 오토를 바라봤다. 그가 섬녀의 귓불을 잡아당기고는, 대답했다. 싸구려 쇼에서나 들을 수 있는 터무니없는 아일랜드 사투리로 말이다.

「그렇담, 수영 빤스 가져왔겠지, 아일랜드 아자씨? 이 근처는 어디로 갈라 해도 존니 머니까 말이야.」

그날 남은 시간 동안 대원들은 포경 보트를 타고 수색 활동을 벌였다. 빙원 가장자리를 따라 먼저 동쪽으로 배를 저었고, 그런 다음 북쪽으로 방향을 틀어 랭커스터 해협 중앙으로 진출했다. 폭풍이 부빙군을 부숴 놔, 이동이 어렵지 않았다. 보트가 제각각으로 가지런하지 못한 유빙과 취빙(驟氷)을 뚫고 나갔고, 필요할 경우 우회했으며, 기다란 노로 밀어내는 방법도 썼다. 두 척 각각을 오토와 캐번디시가 지휘했다. 키잡이로 승진한 섬너는 매 순간 수평선에 헤이스팅스호가 나타나는 광경 — 거친 회색 담요 같은 하늘에 대비되어 새까만 바늘땀 하나 정도로나 보일 터였다 — 을 학수고대했다. 속으로는 안절부절못하고 좀이 쑤셨다. 억누르려고 분투 중인 그 두려움이 안개처럼 사라지기를 섬너는 매 순간 간절히 원했다. 선원들이 불안해한다는 것도 감지됐다. 그 걱정과 근심을 에워싼 것이 비꼼과 분노였다. 이 불행의 연속과 관련해 누군가 탓할 사람이 필요했다. 캐번디시가 가장 만만한 후보자였다. 과분하게도 거저 선장이 된 데다, 변태적이고 난폭했기 때문이다.

일행이 불에 타 주저앉은 숙영지로 소득 없이 귀환했다. 추위로 뼈마디가 결렸고, 지쳤으며, 사기까지 떨어진 상태였다. 하루 종일 뺑이를 쳤는데도, 헤이스팅스는 코빼기도 안 보였고, 침몰 여부의 단서조차 전혀 찾을 수 없었다. 요리사가 해체한 나무통과 뒤 돛대에서 잘라 낸 조각으로 불을 피우고, 오래돼서 나뭇조각처럼 변한 순무와 소금에 절인 쇠고기로 대강 죽을 끓였다. 신맛이었다. 식사가 끝나자, 캐번디시가 브랜디 통을 개봉해, 선원들에게 나눠 줬다. 할당받은 양을 뚱한 태도로 마시는가 싶더니, 잠시 후 허가를 구하지도 않고, 선원들이 마저 술통을 비워 버렸다. 천막 안에 술기운이 가득했고, 분위기가 불안해졌다. 곧이어 성미 고약한 주정뱅이들의 말다툼이 벌어지는가 싶더니, 몸싸움으로 비화했고, 그중에 한 놈이 칼까지 휘둘렀다. 매켄드릭은 그냥 구경만 했을 뿐인데도 전완에 깊은 자상을 입었고, 대장장이는 인사불성으로 나가떨어졌다. 캐번디시가 개입했지만, 밧줄 걸이 막대로 얻어맞아 머리가 깨졌다. 섬녀와 오토가 끼어들어, 캐번디시를 구조했다. 더 이상의 구타를 피해 안전을 확보하려면 천막을 빠져나와야 했다. 오토가 들어가 선원들을 진정시키려고 했지만, 그 대신 욕설을 들으며 칼로 위협까지 당했다. 정신을 차린 캐번디시가 욕지거리를 하면서 일어났다. 자기 피로 얼굴이 범벅이 된 캐번디시. 그가 보트로 가, 장전된 라이플 두 정을 챙겼고, 세 번째 총을 오토에게 건넨 다음, 다시금 천막 안으로 들어갔다. 첫 발이 얼음 바닥에 발사됐고, 일순 주의가 집중되었다. 캐번디시가 큰 소리로 말했다. 운을 시험해 보고 싶은 보지 새끼가 나서면, 그게 누구든 기꺼이 두 번째 총알을 쑤셔 넣어 주겠다고 말이다.

「브라운리가 죽었고, 내가 여전히 선장이야! 생각이 다른 반란자 새끼는 다 뒈진다.」

정적이 감돌았다. 하지만 기어코 배넌이 결행했다. 귀에 은제 고리를 한 배넌은 눈이 느즈러진 셰틀랜드 출신자였다. 그가 나무통 조각을 집어 들고, 거칠게 달려들었다. 캐번디시가 총을 엉덩이께에서 들어 올리지도 않고, 그냥 기울이는 것만으로 총을 쏴, 배넌의 목구멍을 뚫어 버렸다. 배년의 두개골 정수리부가 떨어져, 뒤로 날아갔는데, 천막의 급경사 지붕과 충돌했다가 떨어졌다. 지붕 범포에 눈깔사탕처럼 커다란 안구가 하나 붙었고, 주변으로는 자주색 뇌수가 희미하게 둥근 테를 이룬 것이, 꼭 동그란 채광창 같기도 하고 표적 같기도 했다. 다른 선원들의 입에서 경악의 포효가 새어 나왔다. 하지만 그것은 뱃속을 시작으로 후두를 거친 낮은 으르렁거림이었고, 그들이 자신감을 완전히 잃었다는 걸 알 수 있었다. 별안간 납덩이 같은 침묵이 감돌았다. 캐번디시는 다 쏜 라이플을 발치로 던져 버리고, 오토에게서 새 총을 받았다.

「잘 들어, 이 보지 새끼들.」 캐번디시가 무리에게 일갈했다. 「이렇게 뻗짓을 하면, 그냥 뒈지는 거야. 알았어?」

그가 입술을 핥았고, 호기롭게 무리를 쭉 둘러봤다. 또 어떤 놈을 쏠까 고르는 듯했다. 피가 눈썹과 턱수염을 타고 흘러, 얼음판 위에 뚝뚝 떨어졌다. 텐트 내부가 어둑어둑했고, 술 냄새와 오줌 냄새가 지독하게 피어올랐다.

「봤지? 나 또라이거든.」 캐번디시의 어조가 침착했다. 「꼴리면 뭐든지 해. 날 또 거스를 생각이라면, 명심하는 게 좋아.」

그가 고개를 두 번 끄덕인 것은, 이 거리낌 없는 자기소개를 거듭 황소처럼 확인하는 조치였다. 이어 콧방귀를 뀐 캐번디시가 피에 젖은 수염을 손으로 닦았다.

「내일 폰즈만으로 출발한다.」 그가 말했다. 「도중에 헤이스팅스를 못 찾아도, 분명 다른 배가 있을 거야.」

「아무리 가깝다고 해도 족히 1백 마일은 될 텐데.」 누군가의 외마디 비명이었다.

「그러니까 미리 술도 깨고, 잠도 좀 자두는 게 좋을 거야.」

캐번디시가 시체로 나동그라진 배넌을 내려다보고, 고개를 가로저었다.

「씨발, 죽는 방법도 참 좆같네.」 그가 오토에게 말했다. 「장전된 라이플을 들고 있는 사람한테 나무토막을 갖고 덤비다니. 상식이란 게 있는데.」

오토가 고개를 끄덕이고는 한 걸음 나서서, 배넌의 시체 위로 성호를 그었다. 마치 교황이 의식을 진행하는 것 같았다. 시키지 않았지만 선원 둘이 알아서, 그 셰틀랜드 사람의 발목을 잡아 끌고 나갔다. 이 난장판 속에서 아무도 주목하지 않는 한쪽 구석, 바로 거기 사슬을 찬 드랙스가 앉아 있었다. 마치 환영처럼, 사신(邪神)처럼 말이다. 그가 멀리서 다리를 꼰 채 미소 짓고 있었다.

18

다음 날 섬녀는 열이 너무 나서, 키도 노도 잡을 수가 없었다. 선원들이 오리무중의 안개, 얼어붙는 비와 진눈깨비를 뚫고 동쪽으로 나아가는 동안, 그는 담요를 뒤집어쓴 채 이물에서 옹송그렸다. 몸이 부들부들 떨려 왔고, 토할 것 같았다. 가끔 캐번디시가 큰 소리로 명령을 내렸고, 오토도 독일 노래를 휘파람으로 불었지만, 다른 소리는 일절 없었다. 아니 있긴 있었다. 노걸이가 끼익 소리를 냈고, 물속에서는 노의 날들이 절벅절벅 철썩였다. 물론 동시적이지는 않고, 아무렇게나 말이다. 모두가 각자 나름으로 불길한 예상 속에 잠잠한 듯했다. 날이 음울했고, 회갈색 하늘은 원초적이었다. 섬녀가 정오 전까지 두 번, 바지를 내리고, 엉덩이를 뱃전 너머에 걸친 다음, 뿡 빠지직 하는 굉음과 함께 1파인트가량의 물똥을 바닷속으로 토해 냈다. 오토가 브랜디를 건넸고, 섬녀가 고맙다며 받아서 털어 넣었지만, 곧바로 토하고 말았다. 선원들이 이 모든 과정을 촌평이나 조롱 없이 지켜봤다. 그들은 배넌이 총 맞고 죽는 걸 봤고, 결

267

심 내지 의지가 납작하게 짜부라진 상태였다. 배년처럼 죽을 수 있다는 두려움과 그와는 다른 공포 사이에서 오도 가도 못 하고 있었다.

밤이 깃들었고, 부빙 가장자리에 숙영지가 마련됐다. 배년의 피가 칠갑된 천막이 세워졌고, 선원들은 몸을 말리고 식사를 했다. 자정쯤 되자, 푸르스름한 미광이 일순 짙어지면서 별이 보였고, 화려한 밤하늘이 연출되었다. 그러고는 한 시간 후 이런 일이 또 일어났다. 섬녀는 땀이 비 오듯 쏟아졌고, 오한에 시달렸다. 괴로운 꿈이 난무하는 뒤숭숭한 잠에 살짝 빠졌다가 빠져나오기도 여러 번이었다. 섬녀 주위로 한 무리의 몸뚱이가 거칠게 숨을 쉬었는데, 눈을 붙이는 소 떼 같았다. 뺨과 코에 닿는 천막 안의 공기가 쇠붙이처럼 차가웠고, 국 냄새 같기도 하고 사타구니 냄새 같기도 한 지독한 악취를 풍겼다. 섬녀의 몸이 아편을 갈급하며, 근질근질 못 견디는 가운데, 그의 마음과 정신이 표류하고 떠돌았다. 섬녀는 혼자서 델리를 출발했고, 봄베이에서 창피와 굴욕을 당했으며, 이어 4월에 런던으로 돌아왔다. 채링 크로스의 피터 로이드 호텔. 정액과 오래된 담배 연기 냄새가 진하게 배어 있었고, 밤이면 창녀들과 고객들이 열락에선지 다툼에선지 비명을 지르고 악을 써댔다. 철제 침대와 기름 램프하며, 올이 다 드러난 안락의자에서는 말 털이 삐져나왔고, 곰 기름과 마카사르 머릿기름 때가 한 더께였다. 섬녀는 돼지 갈비와 콩으로 식사를 했고, 남들이 보기에 미심쩍은 존재로 생활했다. 2주 동안은 매일 아침 졸업장과 오래된 소개장을 들고 병원을 찾아다녔다. 복도에 앉아서 기다리는 섬녀. 저녁에는 벨파스트와 골웨이 출신의 지인들을 찾아 나섰다. 친한 친구가 아니라, 그저 섬녀를 기억하는 사람들. 캘러핸, 피츠제럴드, 올리리, 매콜. 그들이 위스키와 에일을 마시며 추억담을 나눴다. 기회를 보아, 섬녀가 도움을 요청하면 그들은 그에게 미국, 멕시코, 심지어 브라질에 가보라고 말했다. 여기만큼 과거를 중요하게 생각하지 않고, 사람들이 더 자유롭고 느긋하며, 자기들도 실수를 했기 때문에 남의 잘못과 과오도 용서해 줄 가능성이 더높은 곳을 찾으라는 것이었다. 그들은 섬녀가 더 이상 영국에서 살 수 없을 것이라고 알려 줬다. 영국은 너무 엄격하고 가혹하니, 그만 외면하고 저버리라고 했다. 그들은 자신들이 섬녀의 얘기를 믿지만, 남들은 믿지 않을 것이라고 장담했다. 그들의 조언은 매우 우호적이었고, 심지어 동지적이기까지 했다. 하지만 섬녀는 그들이 자신이 없어졌으면하고 바란다는 걸 알았다. 그들에게는 섬녀의 엄청난 추락과 망신이 자신들의 엔간한 출세와 성공을 깨닫게 해주는기분 좋은 소식이었을 뿐만 아니라, 더 깊은 차원에서는, 자신들도 분수를 모르고 조금만 방심했다가는 어떤 재난과참사를 겪을지 모른다는 엄중한 경고로서 의미가 있었다. 섬녀의 불명예와 수치를 통해 자신들의 불명예와 수치를 내다보는 상상이야말로 그들 최악의 시나리오였다.

밤이 되면, 섬녀는 아편을 하고 도시를 배회하다가 지치고 피곤해지면 잠이 들었다. 어느 날 저녁, 그가 플리트가를

터덜터덜 걷고 있었다. 템플 바를 지나고, 재판소를 거치며, 쥔 나무 막대로 포도(鋪道)를 탁탁거리는데, 저기서 코빈이 자신을 향해 똑바로 다가오는 것이 아닌가! 붉은색 군인 예복에 종군 메달까지 주렁주렁 달고 있었다. 새까만 군화를 어찌나 닦았는지 거울처럼 윤이 났다. 그가 또 다른 젊은 장교, 비슷하게 입고 콧수염을 기른 장교와 대화 중이었다. 둘 다 궐련을 피우면서 웃고 있었다. 섬녀가 성 모양으로 만들어진 출입구의 그늘에 서서, 두 놈이 지근거리까지 다가오기를 기다렸다. 코빈이 군법 회의에서 보인 태도가 떠올랐다. 거짓말을 하면서도, 진실만을 말하는 게 타고난 재주인 양, 태평했고, 무심했으며, 자연스럽기까지 했다. 코빈은 상황과 사태를 자신이 정하고 선택한 대로, 정확히 마음먹은 대로, 구축하거나 해체했다. 군법 회의 광경이 머릿속에서 재현되자, 섬녀의 흉중에서 분노의 사태(沙汰)가 일어났다. 목구멍과 다리의 근육이 단단히 조여졌다. 전율이 일었다. 두 놈이 더 가까워졌고, 섬녀는 엽기적인, 아니 어쩌면 심지어 초월적인 듯한 순간을 경험했다. 자신의 몸이 억울함과 분노의 폭발을 감당하기에는 너무 작고, 또 가냘파서, 살이 떨어져 나가는 듯했다. 두 장교가 담배를 피우고, 웃고 떠들면서, 지나갔다. 때를 놓치지 않고 섬녀가 앞으로 나왔다. 섬녀가 황동 단추가 달린 코빈의 견장을 붙잡았다. 놈이 몸을 돌려 상대의 정체를 확인하려는 순간, 섬녀가 얼굴을 가격했다. 코빈이 옆으로 나동그라졌다. 함께 있던 더 젊은 장교 입에서 궐련이 떨어졌고, 놈이 섬녀를 바라봤다.

「씨발, 뭐야?」 그가 말했다. 「너 누구야?」

섬녀는 대꾸하지 않고, 방금 가격한 놈을 내려다봤다. 코빈이 아니었다. 섬녀는 가슴이 철렁했고, 정신이 번쩍 들었다. 그들은 나이와 신장이 대충 비슷한 것뿐이었다. 사실 그것 말고는 닮은 구석이 거의 없었다. 머리, 구레나룻, 얼굴의 모양과 이목구비, 심지어 군복마저 잘못 알아봤던 것이다. 섬녀의 격렬한 분노가 사방으로 흩어지며 사라졌다. 그는 본래의 자기로 돌아왔다. 창피스럽고 굴욕적인 현실 세계로 말이다.

「사람을 잘못 봤습니다.」 섬녀가 맞은 사내에게 말했다. 「코빈인 줄 알았어요.」

「씨발, 코빈이 대체 누구야?」

「군의관입니다.」

「어디 소속인데?」

「창기병 연대요.」

남자가 고개를 절레절레 저었다.

「순경 어디 있어? 넌 감옥행이야.」 그가 말했다. 「씨발 놈, 너 뒈졌어. 두고 봐.」

섬녀가 주저앉은 남자를 부축하려 하자, 사내가 그를 밀어내고 뿌리쳤다. 그가 뺨을 다시 어루만지면서 얼굴을 움직여 보더니, 이윽고 섬녀를 신중하게 쩨려봤다. 볼이 벌겠지만, 다행히 피는 나지 않았다.

「누구야, 너?」 사내가 말했다. 「얼굴 알 거 같은데.」

「아무도 아닙니다.」 섬녀가 대꾸했다.

「누구냐고?」 그가 재차 물었다. 「거짓말하면 죽는다.」

「아무도 아닙니다.」 섬녀의 대답도 똑같았다. 「아무것도요.」

사내가 고개를 끄덕인다.

「그럼 이리 와봐.」 그가 말했다.

섬녀가 다가갔다. 남자가 섬녀의 어깨에 손을 올렸다. 사내의 숨결에서 포트와인, 머릿결에서는 밴덜린 포마드 냄새가 났다.

「네가 정말 아무것도 아니면,」 그가 말했다. 「이것도 괜찮겠네?」

그가 6인치 정도 몸을 기울이고, 무릎으로 섬녀의 불알을 쳐올렸다. 통증이 복부를 관통해 가슴과 얼굴로까지 뻗쳤다. 섬녀가 젖은 포도에 무릎을 꿇고 주저앉아, 아무 말도 못 하고 끙끙거렸다.

섬녀가 코빈으로 오인한 사내가 몸을 수그렸고, 섬녀의 귀에다 대고 속삭였다.

「헤이스팅스호는 없어.」 그가 말했다. 「가라앉았다고. 빙산에 부딪혀 산산조각 났지. 그 배에 탄 씹새끼들은 죄다 뒈졌다고.」

다음 날 오후, 대원들이 뒤집힌 포경 보트를 한 척 발견했다. 그러고 나서 또 얼마 후, 이번에는 속이 빈 고래기름 보관통과 산산조각 난 목재를 확인했다. 0.5마일 수역에 걸쳐 간헐적으로 떠 있었는데, 굉장히 많았다. 그들이 천천히 배를 선회시켰고, 잔해를 수거해 조사하고 상의한 다음, 다시 속절없이 바닷물에 던졌다. 캐번디시도 이번만은 얼굴색이 창백해졌고, 입을 다물어 버렸다. 평소 같으면 배꼽이 빠지게 웃고, 또 격하고 수선스러웠을 텐데, 바라지 않던 대참화에 완전히 기가 꺾여 버린 것이었다. 그가 망원경을 꺼내 주변의 부빙을 샅샅이 훑었지만, 아무것도 보이지 않았고, 누구도 찾을 수 없었다. 캐번디시는 침을 뱉고, 저주를 퍼부으며, 고개를 돌려 버렸다. 섬녀는, 아파서 처연하고 몽롱한 상태였음에도, 깨달았다. 자신들의 최선의 구조 희망이 이제 완전히 사라져 버렸음을. 대원 일부가 눈물을 흘렸고 또다른 일부는 어설프게 기도를 올렸다. 오토가 해도를 확인하고 육분의로 현 위치를 측정했다.

「헤이곶을 지났어.」오토가 멀리 캐번디시를 불렀다. 「밤에는 폰즈만에 닿을 수 있을 거야. 거기 가면, 다른 배가 있겠지, 하느님이 보우하사.」

「없으면, 겨울 내내 뻗쳐야 해.」 캐번디시가 대꾸했다. 「전에도 그런 적이 있었지.」

후미 노잡이석에 묶여 있던 드랙스가 이 말에 코웃음을 쳤다. 캐번디시가 키잡이 노를 잡고 있었고, 하여 둘이 가장 가까이 앉아 있었던 것이다.

「전에 그런 적 없잖아.」 드랙스가 말했다. 「전에 그런 적 없잖아. 왜? 그럴 수 없으니까. 대피할 수 있는 배가 없으면 불가능해. 식량도 남은 것의 열 배는 되어야 할 테고.」

「배를 찾는다.」 캐번디시가 다시 말했다. 「배를 못 찾으면, 겨울을 나는 거고. 어떤 식이든, 우리는 네가 영국에서 교수형당하는 걸 볼 거야. 믿어도 좋아.」

「나도 굶어 죽거나 땡땡 얼어붙는 것보단 대롱대롱 매달리는 게 더 좋아.」

「이 빌어먹을 트집만 잡는 새끼, 지금 죽는 수가 있어. 씨발, 입도 하나 줄어들고 좋네.」

「그런 꼼수를 써놓고, 내가 죽는다고 얘기 하니까 싫으신가?」 드랙스가 대꾸했다. 「하지만 여기 있는 놈들이 내 얘기에 관심을 보일 수도 있을 것 같은데.」

캐번디시가 잠시 드랙스를 노려보더니, 몸을 숙여, 놈의 조끼를 꽉 붙잡았다. 그러고는 험악하게 속삭였다.

「난 꿀릴 게 없어, 헨리. 그러니 꿈도 꾸지 마.」

「진정하라고, 마이클.」 드랙스의 대꾸가 침착했다. 「그냥 하는 말이지. 그런 일은 영영 없을 거야. 하지만 만약에 그런 일이 생긴다면, 준비를 하고 있어야, 너한테도 좋을 걸. 이상.」

드랙스가 노를 잡았고, 캐번디시가 큰 소리로 명령했다. 대원들이 다시 노를 젓기 시작했다. 서쪽으로 석탄처럼 어두운 산이 긴 선을 그렸고, 망치로 두드려 편 듯한 회색 바다 위로 잿빛 봉우리가 솟아 있었다. 두 척의 배가 계속해서 서서히 나아갔다. 대여섯 시간 후 도착한 곳이 바일롯섬. 그들이 험준한 바위투성이의 해안선을 뒤로하고, 폰즈만 입구로 들어섰다. 비구름이 모였다 흩어졌고, 빛이 천천히 사위고 있었다. 캐번디시가 열심히 망원경을 들여다봤지만, 처음에는 아무것도 안 보였다. 그러던 중 수평선이 흰

들리더니, 검은 윤곽이 나타났다. 배였다. 캐번디시가 손을 흔들어 가리키며, 오토에게 고함을 쳤다.

「배다! 씨발, 배야. 저기. 저기 봐.」

모두가 그 배를 봤다. 하지만, 너무 멀리 떨어져 있었고, 벌써 빠르게 남쪽으로 이동 중이었다. 굴뚝에서 연기가 나는 걸로 보아, 증기선이었다. 하늘을 배경으로 피어오른 연기가 희미하지만 더러운 사선 얼룩을 드리웠는데, 엄지손가락으로 연필 선을 뭉갠 듯했다. 두 척의 보트가 긴급 추격을 시도했지만, 소용없었다. 30분쯤 후 증기선이 희부연 대기 속으로 사라졌고, 선원들은 다시금 홀로 남았다. 어둠이 철철 넘치는 바다. 주위로는 눈을 뒤집어쓴 갈색 산뿐이었고, 위로 저녁 하늘이 애절했다.

「씨발, 어떤 망꾼이길래 조난 위험에 처한 배를 못 보는 거야?」캐번디시의 말이 쓰라렸다.

「만선이겠죠.」대원 중의 한 명이 나섰다. 「다 귀향하고 있는 거죠.」

「어떤 씨발 놈이 만선이야?」캐번디시가 말했다. 「주위에 뭐가 있으면, 씨발, 뭐라도 있을 텐데, 잡고 있어야지.」

대꾸하는 사람이 없다. 그들이 뭐라도 흔적을 좇아 흐리고 부연 담갈색 주변을 내다보지만, 어떤 것도 찾을 수 없다.

어둠이 깃들었고, 대원들이 근처 곳에 정박했다. 낮게 형성된 갈색 벼랑을 뒤로하고 자갈 해변이 좁게 펼쳐져 있었고, 그곳에 텐트가 설치되었다. 식사를 마치자, 캐번디시가 대원들에게 보트 한 척을 손도끼로 빠개라고 명령했다. 거기서 나온 목재로 봉화를 올리려는 것이었다. 저 너머 만에 배가 있다면, 그들이 불꽃을 보고 구조하러 올 거라는 게 캐번디시의 생각이었다. 대원들은 캐번디시의 판단에 회의적이었지만, 시키는 대로 했다. 보트가 뒤집혔고, 선원들이 배를 때려 부수기 시작했다. 담요를 뒤집어쓴 섬녀는 여전히 메스꺼움 속에 오한을 느꼈다. 그가 천막 옆에 서서, 보트 해체 작업을 지켜보는데, 오토가 다가왔다.

「내 꿈이 이랬습니다.」 오토가 옆에서 말했다. 「불. 부서진 보트. 다 똑같아요.」

「그만해요.」 섬녀가 반응했다. 「지금은 하지 말아요.」

「죽음은 두렵지 않아요.」 오토가 말했다. 「무서워한 적이 없었습니다. 우리 중에 우리를 기다리고 있는 풍요로움을 아는 사람은 아무도 없죠.」

섬녀가 토할 듯 기침을 두 번 하고는, 얼음판에 대고 헛구역질을 했다. 선원들이 깨부순 나무를 장작더미로 쌓은 후 불을 붙였다. 불꽃이 바람에 실려 어둠 속에서 활활 타올랐다.

「당신은 살아남아요.」 오토가 섬녀에게 말했다. 「우리 중에서 살아남는 건 당신뿐이에요. 잊지 말아요.」

「전에 말했듯이, 나는 그런 예언 안 믿습니다.」

「믿음은 중요하지 않아요. 신은 우리의 믿음 여부에 관심이 없습니다. 왜 신경 쓰겠어요?」

「오토, 당신은 정말로, 이 모든 게 그분의 주관이라고 생각해요? 살인하며, 난파, 조난이?」

「누군가가 주관하는 게 틀림없습니다.」오토가 대꾸했다. 「신이 아니면, 다른 누구겠어요?」

모닥불이 타올랐고, 선원들의 사기가 고무됐다. 밝은 불빛에서 그들은 희망을 보았다. 화톳불이 노호하고, 거세게 타오르며 불똥을 뱉어 내자, 그들은 확신했다. 저 너머 어딘가에서 다른 배가 목격하리라고 말이다. 이제 곧 보트가 파견돼, 구조될 거라고, 그들은 자신했다. 요란한 불길에 마지막 남은 조각이 투척되었고, 그들은 구조선이 당도하기를 기다리며 바랐다. 파이프 담배를 피우며, 어두컴컴한 원경을 간절히 내다봤다. 여자 얘기, 아이 얘기, 살아서 다시 보고픈 집과 뭍 얘기가 들렸다. 매 순간 불꽃은 점차 줄어들고, 주변이 밝아져 왔으며, 선원들은 보트를 학수고대했지만 나타난 배는 없었다. 한 시간가량 더 기다렸지만 소득이 없자, 대원들의 낙관주의가 망가지기 시작했다. 뭔가 극단적인 일, 냉혹하고 격렬한 사건이 일어날 것 같았다. 배가 한 척 통째로 사라졌다. 식량과 땔감이 충분치 않았다. 이런 곳에서 도대체 누가 겨울을 날 수 있단 말인가? 캐번디시가 한 손에는 접힌 망원경, 다른 손에는 라이플을 쥔 채 벼랑에서 내려왔다. 냉담하면서도 면목 없는 표정. 그는 시선을 마주치려 하지 않았다. 선원들은 선장의 계획이 실패로 돌아갔음을 확실히 깨달았다.

「배가 왜 안 오죠?」누군가가 캐번디시에게 소리쳤다. 「어디 있는 거예요?」

캐번디시가 그 고함을 외면하고, 천막 안으로 들어가, 남은 식량을 점검했다. 모두의 배급량을 절반으로, 그러니까 일주일에 빵과 소금에 절인 고기를 각각 2파운드씩으로 줄여 지급한다고 해도, 크리스마스 이후까지 가까스로 버틸 정도였다. 그가 오토에게 먼저 이 사실을 알리고, 그런 다음 다른 선원들을 소집해 봄까지 버티려면 먹을거리를 사냥해야 한다고 설명했다. 바다표범도 좋고, 여우, 아비, 바다 쇠오리, 어떤 종류의 새든 좋다고, 캐번디시가 말했다. 그가 텐트에서 연설을 하는데, 밖에서 눈이 오기 시작했다. 바람이 기세를 올렸고, 범포 벽이 흔들리는데, 다가오는 겨울을 맛보기로 보여 주는 듯했다. 대꾸하는 사람이 아무도 없었고, 누구도 사냥에 자원하지 않았다. 선원들은 말없이 캐번디시를 바라봤고, 그가 행동 계획 발표를 마치자, 담요를 말고 잠이 들거나, 여기저기 앉은 채 유커 카드 게임을 했다. 오래 되서 때가 타고 흐물흐물한 카드가 마치 문둥병에 걸린 거지의 넝마를 떼어 낸 듯했다.

그날은 이후로 내내 눈이 왔다. 묵직하게 젖은 눈이어서, 천막이 축 처졌고, 마지막 남은 보트 한 척, 그 뒤집어 놓은 선체에도 눈이 따개비처럼 엉겨 붙었다. 섬녀가 몸을 벌벌 떨었고 극심한 고통으로 괴로워했다. 뼈가 쑤셨고 두 눈이 따끔따끔 찌르고 욱신거렸다. 잠을 자지도, 오줌을 누지도 못했다. 둘 다에 대한 갈망이 맹렬했음에도 말이다. 옴짝달싹하지 못하고 누워 있는데, 『일리아드』의 여러 대목이 혼란스럽게 머릿속에서 웅웅거렸다. 검은 배들, 부서진 방책, 독수리로 변신한 아폴론, 구름 위의 제우스. 섬녀가 똥을 싸려고 천막을 나왔을 때는, 날이 이미 어두웠고, 공기가 한 층 매섭고 차가웠다. 그가 쭈그리고 앉아, 엉덩이를 꺼냈다. 초록색의 뜨끈한 액체가 몸에서 세차게 흘러나왔다. 구름들로 달빛이 흐릿했고, 쭉 뻗은 만 전역에 눈이 날리고 있었다. 당연히 부빙에는 쌓였고, 사이의 검은 물로는 떨어져 용해되었다. 차가운 공기에 불알이 오그라들었다. 섬녀가 바지를 여미고, 몸을 돌리자, 자갈 해변을 따라 50야드 전방에 곰이 한 마리 보였다.

북극곰이 뱀처럼 뾰족한 대가리를 들어 올렸다. 기갑을 중심으로 떡 벌어진 육중한 어깨하며, 널따란 몸뚱이에서 변함없는 확고함이 느껴졌다. 눈이 내렸고, 섬녀가 손으로 눈을 가리며 천천히 걸음을 내딛었고, 곧 멈췄다. 곰은 개의치 않았다. 녀석이 코를 벌름거리며 땅 냄새를 맡더니, 느린 보조로 원을 그리다가, 시작점에서 멈췄다. 섬녀가 서서 그 광경을 바라봤다. 곰이 좀 더 가까이 다가왔지만, 섬녀도 뒤로 물러서지 않았다. 털가죽의 질감이 한결 잘 보였다. 얼핏얼핏 보이는 발바닥이 하얀 눈에 대비되어 유난히 새까맸다. 북극곰이 하품을 한 번 했고, 송곳니가 드러났다. 그러더니 서커스의 동물처럼 뒷다리로 일어서, 잠시 자세를 유지했다. 예고가 없었고, 또렷한 목적도 없었다. 석회암 오벨리스크를 보는 듯했다. 달이 떠 있는 원경의 하늘이 시시할 정도였다.

뒤에서 별안간 무슨 소리가 들렸다. 우렁찬 고함이 회갈색 벼랑을 타고 바람처럼 불어왔다. 대편성의 교향악단이 아우성을 치는 듯했다. 원시적이고 화가 난 듯한 울부짖음이었지만, 그럼에도 불구하고 분명 인간적이었다. 섬녀한테는 그게 말과 언어는 아니지만, 어떤 외침처럼 들렸다. 저주받은 자들의 합창 같다고나 할까! 일순 공포를 느끼고, 몸을 돌려 바라보았지만, 아무것도 없었다. 내리는 눈, 밤, 서쪽으로 광활하게 펼쳐진 텅 빈 대지뿐이었다. 이 행성이 나무라는 생각, 이곳이 새까만 가지이고, 저 광활한 땅이 나무껍질처럼 이곳을 덮고 있다는 생각이 들었다. 헛헛한 생각이었고, 마음에 상처만 남는 상상이었다. 곰이 직립 자세를 조금 더 과시하더니, 이내 앞발로 털썩하고 떨어졌다. 녀석이 몸을 휙 돌려, 걸어갔다. 느릿느릿 확고한 그 걸음은 바꿀 수 없는 것이었다.

19

바다가 다시 얼어붙기 시작했다. 유리처럼 얇은 새 얼음이 기존 부빙들 사이에 형성돼, 그것들을 이어 붙였다. 머잖아 만 전체가 허옇고 단단하며, 요지부동의 울퉁불퉁한 덩어리로 변모할 태세였다. 그렇게 되면 그들은 봄철 해빙기가 다가올 때까지 옴짝달싹하지 못할 터였다. 선원들은 잠을 자고, 담배를 피우고, 카드를 쳤다. 배급이 변변찮았음에도, 운을 개선하거나 다가올 잔혹한 겨울에 대비하는 노력과 활동이 전혀 없었다. 기온이 떨어지고 밤이 길어졌다. 이즈음 그들은 난파한 헤이스팅스에서 떠내려온 유목(流木)으로 불을 땠고, 볼런티어에서 빼낸 마지막 석탄 자루를 다 써가고 있었다. 오토는 저녁마다 식사를 마치고 나지막하게 성경을 읽었고, 캐번디시는 대원들을 주도해 야하고 상스러운 노래를 불렀다.

곰을 목격한 그날 밤 이후, 섬녀의 증상이 서서히 개선되었다. 여전히 두통과 식은땀에 시달렸지만, 욕지기의 빈도가 줄었고 대변도 굳어졌다. 몸뚱이의 전체적 폭압에서 이 정도까지 놓여나자, 주변의 상황과 조건이 더 잘 보였다. 선원들에게서 선상 임무에 보이는 활력과 규율은 없었고, 뭍에서 생활하는 그들은 무기력했다. 다가오는 겨울은 파괴적일 터였고, 그들이 이를 살아 낼 강인함과 의지를 갖추려면, 추위와 굶주림을 이겨 내려면, 섬녀가 보기에, 선원들을 어떻게든 이리저리 움직이도록 만들어야 했다. 운동과 노동으로 활기를 북돋는 일에 사활이 걸려 있었다. 이 과제가 수행되지 않을 경우, 대원들의 현하 상태, 곧 구슬픈 비애감이 절망과 체념으로 단단하게 굳어지고 선원들 전부가 치명적인 무기력과 권태에 감염될 가능성이 높았다.

섬녀가 캐번디시 및 오토와 상의했고, 셋이 합의한 결정 사항은 다음과 같았다. 첫째, 대원들을 대강 두 패로 나눈다. 둘째, 날씨가 허용하는 한, 매일 오전 한 패는 라이플을 소지하고 절벽 위로 올라가 식량을 확보한다. 나머지 한 무리는 텐트 밖에서 최소 한 시간가량 물가를 걷는다. 이는 원기와 활력을 유지하는 방편이다. 대원들은, 이 계획을 듣고서, 열의를 거의 보이지 않았다. 섬녀가, 계속해서 움직이지 않으면 혈관의 피가 떡이 돼 인체 장기와 기관이 늘어지고 결국 죽게 될 거라고 자세히 설명했지만, 도통 흥미 없다는 투였다. 캐번디시가 고래고래 소리를 지르면서, 말을 안들으면 배급량을 확 줄여 버리겠다고 위협하고서야 대원들이 그러마 하는 시늉을 했다.

그렇게 계획이 실행되었지만, 사냥을 한다고 해서 먹을 만한 게 거의 생기지도 않았고(작은 새 몇 마리와 가끔 여우 정도), 텐트 밖 산책은 상당한 반발을 샀다. 한 달이 채 되지 않아, 이틀간 눈발이 쉬지 않고 횡으로 불어닥쳤고, 그 스파르타식 규율 행동마저 중단되고 말았다. 정말이지 강풍이 두드려 팰 것처럼 불었다. 숙영지 주변으로 눈 더미가 5피트 두께로 쌓였고, 숨을 들이마시기 고통스러울 정도로 기온이 급강하했다. 대원들은 그런 날씨에 사냥과 산보 나가는 것을 거부했다. 캐번디시 한 명만 홀로 밖에 나갔다가 한 시간 후에 돌아왔는데, 빈손이었고, 탈진한 상태에 동상까지 걸리고 말았다. 그날 밤 대원들이 두 번째 보트를 때려 부쉈다. 땔감이 필요했던 것이다. 잔혹한 추위가 기세를 더했고, 매일 필요한 땔감의 양이 많아졌다. 캐번디시가 나서서 남은 목재를 아끼지 않을 수 없었고, 땔감 사용량이 배급 통제되는 수순을 밟았다. 이미 변변찮았던 규모의 모닥불이 낮 대부분의 시간 동안 희미하게 빛나는 잉걸불 수준으로 전락했다. 천막의 내부 표면에 얼음층이 형성됐고, 공기 자체가 달라붙는 얼음같이 느껴졌다. 선원들은 불시의 대학살에 희생당한 피해자들처럼 서로 뭉쳐서 밤을 지새웠다. 양모, 면과 모 혼방, 거기다 방수의까지 3중으로 걸쳐도 부들부들 떨었고, 경련과 발작 때문에 잠에서 깨기 일쑤였다.

눈썰매가 보이기 전에, 썰매 개가 요란하게 짖는 소리가 먼저 들렸다. 섬녀는 처음에 꿈을 꾸는 것이라고 생각했다. 고향 캐슬바에서, 마이클 듀이건 씨의 이름난 사냥개들이 산토끼를 쫓는 것이라고 말이다. 그런데, 다른 대원들이 일어나 웅성거렸고, 섬녀는 그들도 소리를 들었음을 알아차렸다. 섬녀가 머리와 얼굴을 목도리로 꽁꽁 싸매고, 밖으로 나갔다. 서쪽에서 야크[18] 두 명이 빠른 속도로 해빙을 가로질러 오고 있었다. 그들 앞에 얼룩무늬 개들이 부챗살처럼 퍼져 있었고, 차가운 대기 속에서 가볍게 획획 움직이는 생가죽 채찍은 곤충의 더듬이 같았다. 캐번디시가 천막 밖으로 뛰쳐나갔고, 오토와 다른 대원들도 뒤따랐다. 썰매가 서서히 다가왔고, 과연 그것은 실재하는 광경이자 현실이었다. 눈썰매가 그들 앞에 멈추자, 캐번디시가 앞으로 나가 야크들에게 식량을 요구했다.

「고기?」그가 큰 소리로 물었다. 「생선?」캐번디시가 손과 입으로 대충 먹는 시늉을 했다. 「배고파.」그가 먼저 자기 배를, 이어서 다른 사람들의 배를 가리켰다.

야크들이 캐번디시를 보고, 씩 웃었다. 둘 다 키가 작고 피부가 거무스름했다. 그들은 집시처럼 얼굴이 펑퍼짐했고, 지저분한 흑발을 어깨까지 기르고 있었다. 파카와 부츠는 무두질하지 않은 순록 가죽을 꿰매어 만들었고, 바지는 곰 가죽이었다. 그들이 뒤로 짐이 실린 눈썰매를 가리켰다. 개들이 사방에서 미친 듯이 짖어 댔다.

「바꾸자. 무역.」그들이 캐번디시에게 말했다.

캐번디시가 고개를 끄덕였다.

「보여 줘.」그가 말했다.

18 Yak. 이누이트 혹은 에스키모의 또 다른 이름.

야크들이 눈썰매의 밧줄을 끄르고, 땡땡 얼어붙은 바다표범 사체와, 바다코끼리의 뒷몸처럼 보이는 고기를 보여 줬다. 캐번디시가 오토를 불렀고, 두 사람이 잠시 상의했다. 오토가 텐트로 들어갔다가, 고래 지방을 다루는 칼 두 자루와 손도끼 한 개를 들고 나왔다. 야크들이 건넨 물건을 자세히 살펴봤다. 그들은 도끼는 돌려줬지만, 칼 두 자루는 받기로 했다. 그리고 엄니로 만든 작살촉 한 개와 동석(凍石) 조각품을 몇 개 보여 줬다. 하지만 캐번디시가 그 물건들에는 손사래를 쳤다.

「우리는 식량이 필요하다. 식량이면 된다.」 캐번디시가 말했다.

그들이 칼 두 자루와 고래잡이 밧줄을 받고 얼어붙은 바다표범 사체를 넘겨주는 데 동의했다. 캐번디시가 받은 고기를 오토에게 넘겼고, 오토가 천막 안으로 가져가, 손도끼로 마구 패서 토막을 낸 다음, 그 덩어리를 잉걸불 위에 올렸다. 잠시 지직거리는가 싶더니, 얼마 안 돼 고깃덩이가 구워지면서 연기가 났다. 대원들이 그 고깃점을 목이 빠져라 기다리는 동안, 야크들도 몰고 온 개들을 묶어 놓고 먹이를 줬다. 그들이 텐트 밖에서 자기네들의 독특한 억양으로 잡담하며 웃었다. 섬녀한테는 그 말이 굉장히 빠르고, 덜컥거린다고 느껴졌다.

「이런 식으로 바다표범을 제공받으면」 섬녀가 캐번디시에게 말했다. 「봄까지 버틸 수 있겠네요. 고기는 먹고, 기름도 때면서요.」

캐번디시가 고개를 끄덕였다.

「그럼.」 그가 대꾸했다. 「저 원주민 새끼들과 협상을 해야겠어. 흥정을 잘해야 하는데, 문제는, 저놈들이 우리가 좆됐다는 걸 안다는 거야. 밖에 있는 저 새끼들, 지들끼리 웃고 떠드는 거 봐.」

「설마 굶어 죽도록 내버려 둘까요?」

캐번디시가 콧방귀를 뀌었다.

「당연하지.」 그가 말을 받았다. 「이교도 아닌가? 저런 야만인들은 우리와 달라. 기독교의 선행과 미덕을 몰라. 우리가 줄 수 있는 물건에 관심이 없다면, 당장 떠나 버릴걸.」

「라이플을 줍시다.」 섬녀가 제안했다. 「한 정당 바다표범 열 마리, 어때요? 세 정이면, 서른 마리예요. 그거면 우린 버틸 수 있습니다.」

캐번디시가 잠시 생각을 해보더니, 고개를 주억였다.

「열두 마리.」 그가 말했다. 「한 정당 열두 마리. 저 야만인 새끼들이 열둘까지 숫자를 셀 수 있을지 모르겠지만 말이야.」

고기를 다 먹은 후, 캐번디시가 다시 밖으로 나갔고, 섬녀가 동행했다. 그들이 라이플 한 정을 보여 주고, 뒤로 천막을 가리킨 다음, 먹는 시늉을 했다. 야크들이 라이플을 자세히 살펴보고, 들어보기도 하고, 총열도 유심히 들여다봤다. 캐번디시가 화약통을 장전하고, 둘 중 더 나이 들어 보이는 야크에게 직접 쏴보도록 건네줬다.

「좋은 무기.」 캐번디시가 말했다.

야크들이 잠시 서로 대화를 나누었다. 그러더니 천천히

라이플을 다시 살펴본다. 캐번디시가 몸을 굽혀, 눈밭에 짧은 표시를 열두 개 했다. 그가 라이플을 가리킨 다음, 눈밭의 표시를, 이어서 텐트를 가리켰다. 아까처럼 먹는 시늉을 하면서 말이다.

야크들이 한동안 입을 꾹 다물었다. 그들 중 하나가 주머니에 손을 집어넣더니, 파이프와 담배 같은 걸 꺼내 불을 붙였다. 다른 야크가 짧게 웃더니, 무슨 말을 한 다음, 고개를 숙여, 표시 여섯 개를 지웠다.

캐번디시가 입을 굳게 다물고 고개를 절레절레 흔든 다음, 천천히 여섯 개의 표시를 다시 그었다.

「이 에스키모 자식들한테 사기당할 수는 없어.」 캐번디시가 섬녀에게 한 말이었다.

야크들의 표정이 달갑지 않았다. 하나가 눈살을 찌푸렸고, 캐번디시에게 뭔 말을 한 다음, 부츠 끝으로 신속하게 다시금 여섯 개의 선을 지워 없앴다. 그러고는 씨발 놈이 하나를 더 지웠다.

「젠장.」 섬녀가 낮은 비명을 토해 냈다.

캐번디시가 웃었고, 그것은 경멸하는 비웃음이었다.

「다섯 마리.」 그가 말했다. 「총 한 자루에, 씨발, 바다표범 다섯 마리. 이런 씨발, 내가 보지로 보이냐?」

「저 자들이 지금 우릴 남겨 두고 가버리면, 굶어 죽을 거예요.」 섬녀가 캐번디시를 상기시켰다.

「저 새끼들 없어도 살 수 있다고.」 캐번디시가 대꾸했다.

「아닙니다. 정신 차려요.」

둘을 바라보는 야크들의 시선은 아무래도 상관없다는 투였다. 그들이 바닥에 남은 금 다섯 개를 가리킨 다음, 가져가라며 라이플을 내밀었다. 캐번디시가 그 라이플을 한동안 바라보지만, 손을 뻗지 못한다. 이윽고 그가 고개를 절레절레 흔들면서 침을 뱉었다.

「씨발, 얼음판 깜둥이들한테 눈 뜨고 바가지를 쓰네.」

야크들이 천막에서 50야드 떨어진 곳에 작은 눈덩이 집을 지었다. 그러고는 눈썰매에 올라타고, 사냥을 위해 빙원으로 나아갔다. 그들이 돌아왔을 때는 이미 날이 어두웠다. 검은 하늘은 별들이 총총했고, 허공에서 북극광이 너울거렸다. 접혔다가 다시 펼쳐지는 그 광경은 거대한 집단 비행을 하는 다채로운 색깔의 찌르레기 떼 같았다. 드랙스는 여전히 수갑을 차고 있었지만, 이젠 보초 따위가 없었다. 왜냐, 그들 모두가 사실상 재앙을 떠안고 투옥된 거나 다름없었기 때문이다. 드랙스는 야크들이 사냥해 온 동물을 썰매에서 부리는 걸 지켜봤다. 야크들의 목구멍에서 혈거인(穴居人) 언어가 으르렁거리듯 새어 나왔다. 공기가 몹시 찼지만, 드랙스가 코를 벌름거렸다. 기름이 번들거리는 그들의 갑주 같은 피부에서 시큼한 악취가 풍겨 왔다. 드랙스가 그들을 잠시 가늠한 다음, 그러니까, 신장, 몸무게, 여러 움직임의 속도 및 몸놀림의 품새를 살펴보고, 수갑을 쩽그랑거리면서 썰매 쪽으로 걸어갔다.

「와우, 토실토실한 놈으로 두 마리나 잡았네.」 드랙스가 죽은 바다표범 두 마리를 가리켰다. 「자르는 것 좀 도와줄까? 원한다면.」

야크들은 하루 종일 사냥을 했음에도 여전히 활기를 잃지 않은 듯했다. 두 사람이 드랙스를 바라봤고, 사슬을 가리키며 웃었다. 드랙스가 그들과 함께 웃고는, 사슬을 덜거덕거리면서 재차 웃었다.

「저 보지들이 날 안 믿네, 씨발.」 드랙스가 말했다. 「내가 위험하다는 거군.」 그가 얼굴에 힘을 줘 괴물처럼 인상을 쓰면서, 두 손으론 허공을 가로질러 제 의사를 전했다. 하지만 야크들은 더 크게 웃을 뿐. 드랙스가 몸을 숙여, 죽은 바다표범 한 마리의 꼬리를 집었다.

「내가 이놈을 해체해 주지.」 드랙스가 이렇게 말하면서, 사체의 배를 가르는 시늉을 했다. 「쉽게 할 수 있어.」

둘이 고개를 가로젓고는, 손짓으로 갈 것을 요구했다. 연장자 야크가 칼을 집어 들고 엎드려서, 신속한 동작으로 바다표범 두 마리의 배를 가르고 내장을 제거했다. 꺼낸 내장은 보라색, 분홍색, 회색 등으로 색깔이 다채롭다. 눈밭의 그 덩어리에서 김이 모락모락 피어올랐다. 고기와 기름을 분리하는 것이 다음 수순. 드랙스가 이를 지켜본다. 피투성이 내장에서 철분의 알싸한 비린내가 났고, 드랙스는 입에서 군침이 도는 걸 느꼈다.

「대신 치워 줄게.」 드랙스가 말했다.

두 사람은 여전히 드랙스를 무시했다. 젊은 야크가 바다표범 고기와 지방을 캐번디시에게 전달하러 텐트로 들고 갔다. 연장자 야크가 지닌 칼로 즉석에서 내장 더미를 헤집었고, 간을 찾아내, 적당한 크기로 토막을 내더니, 그 생간을 먹었다.

「맙소사.」 드랙스가 말을 이었다. 「이런 건 처음이야. 난생 처음.」

연장자 야크가 고개를 들어 드랙스를 바라보고는 씩 웃었다. 이빨과 입술이 바다표범 피로 벌겠다. 그가 생간을 한 조각 잘라 내, 드랙스에게 줬다. 드랙스가 잠시 생각을 해보고는, 받았다.

「소싯적에는 더한 것도 먹었는데.」 드랙스가 중얼거렸다. 「훨씬 형편없는 것도 말이야.」

드랙스가 생간을 한 번 씹고는 삼킨 다음, 미소를 지었다. 연장자 야크가 그걸 보고 미소를 짓다가 껄껄 웃었다. 젊은 야크가 천막에서 돌아왔고, 둘이 잠시 얘기를 나누는가 싶더니, 드랙스를 손짓으로 불렀다. 연장자 야크가 이번에는 내장 더미에서 눈알을 꺼냈다. 그러더니 칼끝으로 공막을 뚫어, 내부의 젤리를 빨아먹었다. 둘이 드랙스를 바라보며, 또 웃었다.

「아무렇지도 않아.」 드랙스가 말했다. 「눈알은 먹어 본적이 있어. 눈알이야 쉽지.」

연장자가 눈알 하나를 마저 찾아냈고, 아까처럼 공막을 뚫어, 드랙스에게 건넸다. 드랙스가 즙을 먼저 빨아 먹고, 남은 것도 입에 넣고 삼킨다. 야크들이 신나게 키득거렸다. 드랙스가 입을 크게 벌리고, 혀를 길게 빼, 정말 없다는 걸 보여 준다.

「주면 뭐든 다 먹는다.」 드랙스가 말했다. 「씨발, 뭐든. 뇌, 불알, 발굽. 난 까탈스러운 놈이 아냐.」

연장자 야크가 드랙스의 수갑을 가리키고는, 개처럼 으르렁거리며 두 손으로 하늘을 할퀴었다.

「그렇지.」 드랙스가 대꾸했다. 「맞아. 대충 그런 거지.」

그날 밤, 야크들은 개들에게 썩은 내가 나는 바다코끼리 고기를 먹였고, 이어서 자갈 해안에 고래수염 말뚝을 박은 다음 녀석들을 매어 뒀으며, 눈덩이 집에 기어 들어가 잤다. 다음 날 아침 일찍 그들이 다시 사냥을 떠났지만, 해가 지고 돌아왔을 때는 고된 노역에도 불구하고, 넘겨줄 바다표범이 없는 빈손이었다. 그다음 날은 눈이 너무 심하게 와서 사냥을 아예 할 수 없었고, 그들도 하루 종일 눈으로 만든 집에 머물렀다. 드랙스가 절뚝거리며 눈 폭풍을 뚫고, 여기 저기 흩어져 웅크리고 있는 개들을 지나, 야크들을 찾아갔다. 둘 모두에게 담배를 조금 건네고는, 이런저런 질문을 던졌다. 야크들이 그의 말뜻을 못 알아들으면, 더 크게 되풀이하거나 수어라도 되는 양 손시늉을 했다. 두 사람도 손가락질을 하거나 웃었고, 허공과 순록 가죽 침낭 표면에 이런 저런 윤곽을 그리며 반응했다. 꽁꽁 언 바다표범 간을 잘라서, 무슨 감초 사탕처럼 깎아 먹기도 했다. 말이 중단돼 침묵하는 순간도 중간중간 있었고, 어떤 때는 야크들이, 드랙스는 거기 없다는 듯 자기들끼리만 대화했다. 드랙스가 그들을 주의 깊게 관찰하며, 하는 말을 들었다. 얼마 후 그는 자신이 이제 무엇을 해야 하는지 알았다. 그것은 결정이 아니었다. 느리게 떠오르거나 드러나는 것이었다. 장래의 일이 서서히 그 모습을 드러낸다는 느낌이 왔다. 북극의 대기에 뜨끈한 향기가 부유했고, 암캐의 페로몬을 느낀 발정 난 수캐처럼, 드랙스도 그 냄새를 맡았다.

눈 폭풍이 약화되자, 야크들이 다시 바다표범 사냥에 나섰다. 첫 날 한 마리, 다음 날 두 마리 더. 그들이 약속대로 다섯 번째 바다표범 사체를 넘겼고, 캐번디시가 두 번째 라이플을 보여 줬다. 그가 눈밭에 금을 다섯 개 그었다. 하지만, 야크들이 고개를 가로저었고, 자기들이 애초에 온 방향을 가리켰다.

「돌아가고 싶어 하는 것 같은데요.」 섬너가 끼어들었다. 텐트 밖이었고, 하늘이 청명했지만, 주변 대기가 무지막지하게 차가웠다. 그 무뚝뚝한 퉁명스러움이라니! 섬너의 안면과 안구가 바싹 말라비틀어지며 생기를 잃는 듯했다.

「그럼 안 되지.」 캐번디시가 말했다. 그가 바닥을 가리켰고, 그들을 향해 라이플을 흔들었다.

연장자 야크가 이제는 자기들 것이 된 라이플을 보여 주고는, 다시 서쪽을 가리킨다.

「우테르포크.」[19] 그가 말했다. 「무역 그만.」

캐번디시가 고개를 가로저으며, 낮게 욕설을 내뱉었다.

「이 정도 고기와 지방이면 한 달은 버틸 수 있습니다.」 섬

19 이누이트어로 〈돌아가다, 돌아오다〉라는 뜻.

너가 말했다. 「떨어지기 전에 저들이 돌아오기만 하면, 살 수 있어요.」

「저 늙은 놈이 갈 거면, 젊은 놈은 여기 남아야 해.」 캐번디시가 말했다. 「둘 다 가면, 아예 안 올 수도 있으니까.」

「협박은 안 돼요.」 섬녀가 주의를 줬다. 「너무 세게 나가면, 아예 가버릴 겁니다.」

「총이야 한 자루 가졌지만, 총알이랑 화약은 아직 아니지.」 캐번디시가 말했다. 「그러니 저 새끼들을 위협할 수도 있어.」

그가 젊은 야크를 가리키고, 이어서 눈덩이 집을 가리켰다.

「이놈은 여기 남는다.」 그가 말했다. 계속해서 연장자한테는 서쪽을 가리키며, 「너, 원하면 꺼져.」

야크들이 고개를 가로저으며 웃었다. 유감이라는 것이었다. 네 말은 알겠지만, 바보 같은 소리에다가 곤란하다는 의중이 분명했다.

「무역 그만.」 연장자 야크가 아까 한 말을 가볍게 되풀이했다. 「우테르포크.」

그들이 좀 더 오래 캐번디시를 바라봤는데, 두려움은커녕 재미있다는 투였다. 이윽고 두 놈이 방향을 틀어, 썰매 쪽으로 걸어갔다. 주인들이 오자, 매어 있던 개들이 눈구덩이에서 기어 나와, 깽깽 울고 길게 울부짖었다. 캐번디시가 주머니에서 탄약통을 꺼냈다.

「개를 죽이면 저치들이 마음을 바꿀 거라고 생각합니까?」 섬녀가 물었다. 「정말 그럴까요?」

「아무도 안 죽여. 그냥 말귀를 좀 더 알아듣게 하려는 것 뿐이야.」

「잠깐만요.」 섬녀가 말했다. 「총 내려놔요.」

야크들이 썰매를 채비하느라 분주했다. 침구를 말아 썰매에 단단히 묶었고, 곧 떠날 태세였다. 섬녀가 다가갔지만, 그들은 쳐다보지도 않았다.

「줄 게 있어요.」 섬녀가 말했다. 「봐요.」

그가 장갑을 낀 손을 내밀어, 약탈한 금반지를 보여 줬다. 드랙스한테 지적당한 날부터는 조끼 주머니에 집어넣어 보관해 온 금반지 말이다.

연장자의 시선이 고정되는가 싶더니, 그가 하던 일을 멈추고, 젊은 야크의 어깨를 잡았다.

「저런 자식들이 금이나 보석의 용도를 알겠어?」 회의적인 캐번디시. 「먹고, 불 피우고, 빠구리 치고, 그런 거 아니면 여기서 무슨 소용이겠어?」

「다른 고래잡이들과 교환할 수도 있어요.」 섬녀가 대꾸했다. 「멍청하지 않다고요.」

두 야크가 모였고, 연장자가 섬녀의 새까맣게 변한 울 소재 장갑에서 반지를 집어 들고, 세심하게 살폈다. 섬녀가 그를 바라본다.

「당신이 여기 남으면,」 그가 젊은이를 가리키며 말했다. 「이 반지, 당신이 가져도 좋아.」

두 야크가 잠시 상의했다. 젊은 야크가 반지를 받아, 킁킁 냄새를 맡아보더니, 혀로 두 번 핥기까지 했다. 캐번디시가 웃는다.

「바보 같은 새끼. 과자라고 생각하는 거야?」

연장자 야크가 파카 가슴팍에 손바닥을 대고, 서쪽을 가
리켰다. 섬녀가 고개를 끄덕인다.

「당신은 가도 돼요.」 그가 말했다. 「하지만 이 친구는 우
리랑 있는 겁니다.」

두 사람이 좀 더 오래 반지를 살펴봤다. 몇 번이나 돌려
보고, 까무잡잡한 손톱으로 반짝반짝 빛나는 그 물건의 표
면을 긁어 보기도 했다. 깨끗하게 탈색된 듯한 북극의 빛과,
얼음과 눈으로 뒤덮인 풍경 속에서 반지는 마치 이 세상 물
건이 아닌 듯했다. 사람의 손으로 깎고 다듬어 만들 수 있
는 것이 아니라, 꿈꾸거나 상상만 해볼 수 있는 대상 같았
던 것이다.

「거래한답시고 포경선에 타본 적이 있으면, 동전이나 시
계 같은 것도 봤을 텐데.」 캐번디시가 말했다. 「반지 같은
건 못 봤나 봐.」

「이건 라이플 다섯 정 이상이에요.」 섬녀가 손가락을 세
우고, 가리켰다.

「열 정 이상.」 캐번디시가 말했다.

연장자 야크가 두 사람을 바라보고, 고개를 끄덕였다. 그
가 반지를 젊은 야크에게 주었고, 젊은 야크는 헤벌쭉 웃으
면서, 받은 반지를 털이 텁수룩한 바지 어딘가에 밀어 넣었
다. 두 사람이 돌아서서, 썰매의 짐을 풀었다. 섬녀는 텐트
로 돌아가면서, 어리둥절했지만 가뿐함을 느꼈다. 별안간

295

내면에 빈틈이 생겼는데, 해명할 수 없는 원인 불명의 느낌. 내내 종양처럼 자리를 차지했던 반지가 빠져나가고 생긴 공동이었을까?

숙영지 주위로 어둠이 깔렸다. 저녁 식사는 여느 때와 마찬가지로 불에 반쯤 그을린 바다표범 고기와, 기름을 바른 건빵이었다. 드랙스가 손짓으로 캐번디시의 주의를 끌어 가까이 오게 했다. 그가 있는 자리는 다른 선원들과 한참 떨어진 곳이었다. 불가에서도 멀어, 어둡고 추웠다. 조악한 담요를 한 장 뒤집어쓴 그가 시간을 보내는 방식은 조각 세공이었다. 바다코끼리 엄니에, 욱일승천하는 영국의 상징인 브리타니아 상을 되는 대로 새기는 것이었다. 물론 칼이 허용되지 않았기 때문에, 드랙스는 뾰족하게 간 쇠못을 썼다.

캐번디시가 한숨을 푹 하고 쉬면서, 깔개가 덮힌 바닥에 앉았다.

「뭐야?」 그가 물었다.

드랙스가 계속 조각을 하는가 싶다가, 고개를 돌려 캐번디시를 바라본다.

「〈그 때〉 기억하지? 전에 우리 얘기했던 거.」 드랙스가 입을 열었다. 「우리 둘 다 안 올 거라고 생각했던 〈그 때〉 말이야. 기억하지?」

캐번디시가 마지못해 고개를 주억였다.

「그래. 잘 기억한다.」 그가 대꾸했다.

「그렇담 내가 무슨 말을 하려는지도 잘 알겠군.」

「지금은 때가 아니야.」 캐번디시가 말했다. 「아니라고. 여기서 뭘 하겠다고? 이런 씨발, 아무도 없는 얼음뿐인 황무지에서.」

「아니야. 지금이 바로 〈그 때〉야, 마이클.」

「개소리 마.」

「내일 에스키모가 떠날 때, 나도 간다. 분명히 합의한 거야. 너는 줄만 주면 돼, 이 수갑 좀 자르게. 그리고 딴 데 보면서 모른 체해 버려.」

캐번디시가 코웃음을 쳤다.

「정직한 영국인이기를 포기하고, 야크가 돼서 살겠다고? 그거야?」

「함께 겨울을 나고, 봄이 오면 배를 찾을 거야.」

「어디 가는 배?」

「뉴베드퍼드나 세바스토폴. 다시는 내 코빼기도 못 볼 거야. 그 정도는 맹세해 주지.」

「우리는 지금 다 여기 묶여 있어. 내가 왜 너만 도망가게 돕냐?」

「네가 날 붙잡고 있으면, 나중 일은 교수형뿐이야. 거기에 무슨 이유나 의미가 있지? 부탁이니, 내가 야크들과 함께 내 운을 시험하도록 해줘 봐. 저 야만인 놈들이 내 배에 창을 꽂을지도 모르지. 하지만 내가 그렇게 죽어도 여기 있는 어떤 놈도 슬퍼하지 않을 거야.」

「난 고래잡이지, 간수가 아니라고.」 캐번디시가 중얼거렸다. 「맞는 말이야.」

드랙스가 고개를 끄덕였다.

　「생각해 봐.」 드랙스가 다그쳤다. 「입이 하나 줄어. 씨발, 지금 여긴 먹을 게 많지 않다고. 영국에 가서도, 추궁당할 일이 없어. 내가 없으면, 너랑 백스터가 계속 일을 추진할 수도 있고.」

　캐번디시가 드랙스를 바라봤다.

　「넌 악마야, 헨리. 추잡한 모사꾼 새끼.」 캐번디시가 말했다. 「항상 그랬어.」

　드랙스가 어깨를 으쓱했다.

　「어쩌면 그럴지도.」 그가 말을 받았다. 「그런데, 악마라고 하면서 왜 곁에 두려는 거야? 하느님이 떼어 내 버릴 기회를 주시는데.」

　캐번디시가 벌떡 일어나 가버렸다. 드랙스가 다시금 조각 세공에 집중했다. 밖이 어두워졌고, 기름등의 불빛은 미약했으며 수시로 꺼질 것 같았다. 드랙스는 작업 대상이 거의 안 보였고, 마치 장님처럼 손가락으로 윤곽선을 느끼며, 완성했을 때의 영광스럽고 애국적인 여인의 자태를 상상했다. 캐번디시가 얼마 안 돼 돌아오더니, 마치 브리타니아를 살펴보기라도 하는 것처럼 몸을 쭈그리고 앉았다.

　「천막 안에서는 쓰면 안 돼.」 캐번디시가 줄을 보여 준 후, 드랙스의 담요 아래로 밀어 넣었다. 「틀림없이 들릴 거라고.」

　드랙스가 고개를 끄덕이고는 씨익 웃었다.

　「바다표범 고기는 나랑 안 맞아.」 드랙스가 말했다. 「밤

새 똥 싸느라고, 들락날락 할 것 같네.」

캐번디시가 고개를 끄덕였다. 계속 쭈그리고 있는 게 힘겨웠던지, 그가 균형을 위해 한 손을 바닥에 짚었다.

「내가 생각을 해봤는데 말이야.」 그가 말했다.

「응. 말해.」

「너 갈 때, 나도 같이 가면 어때?」

드랙스가 콧방귀를 뀌고, 고개를 가로저었다.

「여기가 더 안전해.」

「우리가 다 살아서 겨울을 날 수는 없어. 열 명? 불가능한 일이지.」

「한둘은 죽겠지. 하지만, 네가 죽지는 않을 거야.」

「조만간 나도 너처럼 야크들과 운을 시험해 볼 참이야.」

드랙스가 다시 고개를 절레절레 저었다.

「우리가 합의한 게 아니잖아. 나뿐이라고.」

「그렇담, 나도 따로 승낙을 받으면 되지, 안 그래?」

드랙스가 손 안에서 엄니를 뒤집어, 깎은 자국을 엄지로 만져 보았다.

「너는 여기 남는 게 가장 좋아.」 드랙스가 다시 말했다.

「천만에. 나도 갈 거야.」 캐번디시가 말했다. 「그 줄이 내 티켓이라고.」

드랙스가 잠시 생각을 하더니, 담요 안으로 손을 집어넣어, 받아 챙긴 줄을 만져 보았다. 가장자리의 촘촘하게 파인 홈들이 금속 혀의 차가운 표면처럼 느껴졌다.

「씨발 놈, 넌 항상 말도 안 되는 막무가내야, 마이클.」 드랙스가 말했다.

캐번디시가 능글맞게 웃으면서, 수염을 쓰다듬었다.

「씨발, 너 나한테 그런 수작이 통할 거라고 생각했냐?」
캐번디시가 말했다. 「아니지, 그건. 내가 여기서 저것들이랑
죽어야겠어? 나한테는 더 큰 계획이 있다고.」

텐트 밖이 어찌나 추웠는지, 드랙스는 한 번에 20분씩밖
에 작업할 수가 없었다. 더 이상 줄을 붙잡고 있다가는 손
발의 감각이 마비될 지경이었다. 밤사이 네 번을 나누어 사
슬을 간 다음에야 비로소 드랙스는 자유의 몸이 되었다. 그
는 텐트를 떠날 때마다 널브러져 자는 선원들 더미 사이를
조심스럽게 헤쳐 나갔고, 옷이 땡땡 얼어 뻣뻣해진 채 서리
를 뒤집어쓰고 덜덜 떨며 들어올 때도, 역시 마찬가지였다.
드랙스가 선원들을 건드리고 찔러도, 끙 하는 신음과 욕설
이 튀어나오기는 했지만, 다행히 눈을 뜨는 사람은 없었다.
드랙스만을 주목하는 캐번디시를 제외하면 말이다.

사슬에서 해방되자, 별안간 전보다 더 커지고 더 젊어진
듯한 느낌이 들었다. 브라운리를 살해한 순간 잠에 빠져들
었다가, 마침내 그제야 다시 잠이 깬 듯했다. 드랙스는 미래
가 전혀 두렵지 않았고, 사실 미래의 힘이나 의미도 알지 못
했다. 그에게는 새로운 매 순간이 그저 통과하는 관문일 뿐
이었다. 뚫고 나아갈 구멍이나 틈 같은 것. 드랙스가 낮은
소리로, 캐번디시에게 준비하라고, 자신의 신호를 기다리라
고, 속삭였다. 이어 노끈으로 옷가지를 묶어 꾸러미로 만들
었고, 줄을 외투 주머니에 넣은 다음, 야크가 자는 눈덩이

집으로 달려갔다. 이지러지는 중인 달이 높이 솟아 있었다. 그 달빛 때문에 광활한 설경이 귀리죽 색깔이었다. 주변 대기가 혹독했지만, 동시에 상쾌했다. 개들이 잠들어 있었다. 썰매에는 짐이 다 챙겨져 있었다. 드랙스가 엎드렸고, 눈덩이 집으로 기어서 들어갔다. 실내가 칠흑같이 어두웠지만, 아무튼 사람 냄새가 났고 — 젊은 야크가 왼쪽, 연장자 야크가 오른쪽이었다 — 부드럽게 숨 쉬는 소리도 들을 수 있었다. 드랙스는 두 야크가 일어나지 않아 깜짝 놀랐다. 외부의 침입 또는 자신의 출현에도 아랑곳하지 않다니. 드랙스가 잠시 대기하면서, 그들이 누워 있는 게 분명한 방향과 머리 위치를 산정했다. 씨발, 텐트보다 이곳이 더 따뜻했다. 공기가 무겁고 후텁지근했다. 드랙스가 천천히 신중하게 손을 내밀었고, 손가락에 한 침낭의 표면이 닿았다. 그 침낭을 살짝 누르자, 대꾸하는 신음 소리가 났다. 드랙스가 주머니에 손을 넣어 줄을 꺼냈다. 길이가 1피트, 폭이 1인치, 한쪽 끝이 뾰족했다. 줄 끝이 예리하지는 않아도, 드랙스가 의도한 바를 실행하기에는 충분히 길었다. 잘될 것 같았다. 그가 줄을 손에 쥐고, 몸을 앞으로 수그렸다. 이제는 야크들의 희미한 윤곽선도 보였다. 어두운 눈덩이 집 벽을 배경으로 더 농밀하고 짙은 검정 윤곽선. 드랙스가 일단 코를 벌름거렸고, 그런 다음 앞으로 나아가, 연장자 야크를 흔들어 깨웠다. 그가 웅얼거리면서 눈을 떴다. 이어 한쪽 팔을 짚고 일어나면서, 뭔가 말하려는 듯 입을 열었다.

드랙스가 양손으로 줄을 쥐었고, 그 뾰족한 끝을 사내의 목에 박아 넣었다. 귀 바로 아래였다. 뜨거운 피가 분출했다. 까르륵 소리도 아니고, 그렇다고 숨이 막히는 듯한 헉소리도 아니었다. 그 사이 어디쯤의 소음이라고나 할까. 드랙스가 줄을 뽑아, 재차 박았다. 이번에는 좀 더 아래였다. 미동이라지만 인기척에 깬 젊은 야크가 약간 움직이자, 드랙스가 몸을 돌려, 상대방을 두 번 강타해 조용히 시켰다. 그러고는 놈의 목을 졸랐다. 그가 들어가 있던 침낭은 작고 비좁았으며, 거기 들어가 있었으니 당연히 제대로 싸운다는 것이 불가능했고, 그 왜소한 야크는 연장자 야크가 마지막 숨을 토하기도 전에 질식사했다. 드랙스가 둘을 침낭에서 꺼냈고, 연장자의 파카를 벗겨, 옆구리 쪽을 자르고 제 머리에 뒤집어썼다. 고래기름 칼과 라이플을 더듬어 찾아낸 드랙스, 그가 다시 밖으로 기어 나왔다.

소리도 움직임도 없었다. 천막에서, 지금 일어난 일의 기척을 느낀 이는 아무도 없었다. 드랙스가 썰매로 다가가 순록 가죽 봇줄을 챙겼다. 그러고는 개를 한 마리씩 깨워, 줄을 맸다. 눈덩이 집에 다시 갔다 와야 했다. 그가 죽은 야크들의 부츠, 바지, 장갑을 벗겨, 그것들을 침낭 하나에 채워 넣었다. 다시 밖으로 나왔는데, 캐번디시가 썰매 옆에 서 있었다. 드랙스가 오른손을 들고, 캐번디시에게 다가갔다.

「아직 신호 안 했잖아.」 드랙스가 입을 열었다.

「신호는 무슨 신호. 씨발, 그런 거 필요 없어.」

드랙스가 캐번디시를 바라봤고, 고개를 끄덕였다.

「일이 틀어졌어. 네가 봐야 할 게 있어.」

「뭔데?」

드랙스가 눈밭에 침낭을 내려놓고, 아가리를 연 다음, 안을 가리켰다.

「안을 봐.」 드랙스가 말했다. 「뭐가 보이냐?」

캐번디시가 고개를 가로저은 후, 한 걸음 내딛어 몸을 숙이고, 침낭 안을 들여다봤다. 드랙스가 살짝 옆으로 돌아, 캐번디시의 앞머리를 움켜잡고, 턱을 위로 휙 당겨, 고래기름 칼로 일격에 숨통을 끊어 버렸다. 기관이 뚫리자 말이 나오지 않았다. 캐번디시가 다시 봉합해야 한다는 듯 두 손으로 갈라진 목을 붙잡았다. 그러고는 눈밭에 고꾸라졌다. 그가 몇 초쯤 앞으로 이리저리 움직였는데, 마치 뉘우치며 참회하는 불구자 같았다. 회복 불능의 상처 부위에서 피가 쏟아졌고, 거친 숨소리와 함께 경련이 뒤따랐다. 이윽고 낚싯바늘에 걸려 물 밖으로 나온 고기처럼 잠시 퍼덕이던 캐번디시가 이내 영원히 움직이기를 그만뒀다. 드랙스가 캐번디시의 시신을 뒤집고, 브라운리의 외투 주머니를 뒤졌다.

「그건 내 계획이 아니었어, 마이클.」 드랙스가 죽은 캐번디시에게 말했다. 「그건 네 생각이었을 뿐이야.」

20

 선원들이 일등 항해사 캐번디시의 대자로 뻗은 시신을 눈밭에서 발견했을 때는 아직도 어둠이 깊었다. 무리를 이끄는 리더가 땡땡 언 시체로 널브러져 있었다. 목에 깊은 자상이 나 있었고, 분출한 피가 꼭 턱받이처럼 보였다. 처음의 추론은 야크들이 캐번디시를 살해했다는 것이었다. 하지만 곧 그들은 깨달았다. 야크도 둘 다 희생당했음을. 그제야 비로소 그들은 드랙스가 없어졌음을 눈치챘다. 그들은 사태의 실상을 파악하고서, 망연자실했다. 이런 사건들이 일어나는 세상의 의미를 도저히 논리적으로 설명할 수 없었던 탓이다. 그들은 캐번디시가 자기들한테 말을 걸어오기라도 할 것처럼, 우두커니 시신을 내려다봤다. 그가 자신의 종말과 관련해 마지막으로 뭐라도, 믿기지 않지만, 생각을 밝혀 주기를 기대하고 원하는 양 말이다. 하지만 캐번디시는 시체였고, 서리를 뒤집어쓰고 있었다.
 한 시간 후, 대원들이 오토의 지시에 따라 캐번디시를 곳의 맨 끝에 묻었다. 석탄 부삽으로 얕게 땅을 팠고, 시신 위

에는 벼랑 표면에서 떼어 온 석판과 돌을 덮었다. 야크들은
이교도인 데다, 그들의 장례 의식을 몰랐기 때문에, 발견한
그대로 시신을 두기로 하고, 다만 눈덩이 집의 입구를 봉쇄
한 다음 위에서 지붕과 벽을 무너뜨렸다. 그렇게 조잡한 임
시변통의 묘가 만들어졌다. 그 일이 완료되자, 오토가 선원
들을 천막 안으로 소집해 망자의 영혼과 조난당한 자신들
에 대한 신의 은총을 함께 기도하자고 제안했다. 두세 명은
무릎을 꿇고 절을 했지만, 나머지는 몸을 길게 펴거나 쭈그
리고 앉아 책상다리를 한 채, 하품을 하고, 또 유인원처럼
몸을 어루만졌다. 오토가 두 눈을 감고 턱을 쳐들었다.

「오, 자애로운 하느님.」 오토가 기도를 시작했다. 「우리
가 당신의 목적과 은총을 알 수 있도록 도와주십시오. 절망
과 체념이란 대죄로부터 우리를 지켜 주십시오.」

그가 기도를 드리는 동안에도 텐트 한가운데에서 기름등
이 여전히 타고 있었다. 등에서 검은 연기가 소용돌이 모양
으로 휘어져 천천히 솟았고, 열기가 올라가 0.5인치 두께의
내층 얼음과 닿은 지점의 천막 범포에서 녹은 물이 방울져
떨어졌다.

「우리가 악에 굴복하지 않도록 도와주십시오.」 오토의
기도가 계속됐다. 「지금 우리는 혼란스럽고 고통스럽습니
다. 하지만 바로 이 순간에도 당신의 섭리가 작동함을 믿도
록 도와주십시오. 우리로 하여금, 당신의 사랑으로 이 세상
이 창조되었으며, 여전히 매 순간 당신의 사랑으로 이 세상
이 유지됨을 잊지 않도록 역사하십시오.」

대장장이 웹스터의 기침 소리가 크게 났다. 그가 머리를 텐트 밖으로 내밀고, 눈밭에 침을 뱉었다. 무릎을 꿇고 몸을 떨던 매켄드릭이 낮은 소리로 울자, 요리사와 셰틀랜드 출신 선원 한 명도 따라 울었다. 섬너는 두려움과 굶주림 때문에 약간 어지럽고, 욕지기도 났지만, 수갑 문제에 집중했다. 손목과 발목에 사슬을 찬 채로 세 명을 살해할 수는 없었을 테고, 따라서 드랙스가 틀림없이 사전에 결박을 풀었으리라는 것이, 섬너의 판단이었다. 하지만, 어떻게 그렇게 할 수 있었을까? 야크들이 그를 도왔을까? 캐번디시가? 도대체가 드랙스 같은 인간이 탈출하는 걸 돕겠다는 사람이 누가 있단 말인가? 그리고 만약 그들이 그를 도왔다면, 도대체가 셋 다 죽어 버린 이유는 또 뭐란 말인가?

「죽은 이들의 영혼을 지키고 인도하여 주십시오.」 오토의 기도가 끝날 줄을 몰랐다. 「다른 영역의 시공간으로 나아가는 그들을 보호해 주십시오. 우리가 언제나 다음을 잊지 않도록 도와주십시오. 우리가 당신의 위대한 불가사의의 일부이고, 당신께서 편재하며, 우리가 당신을 못 보거나, 다른 하찮은 것으로 오인한다 해도, 당신께서 여전히 그곳에 우리와 함께함을 말입니다. 고맙습니다, 하느님. 아멘.」

대원들의 〈아멘〉이 중구난방으로 들쑥날쑥했다. 오토가 눈을 떴고, 주변을 둘러보며 깜짝 놀랐다. 그가 대원들에게 찬송가를 부르자고 제안했다. 그러나 시작도 하기 전에, 웹스터가 가로막았다. 대장장이는 화가 난 듯했다. 검은 두 눈에 격렬한 열망이 가득 차 있었다.

「여기 우리 중에 악마가 있어.」 웹스터가 외쳤다. 「악마가. 방금 저기 눈밭에서 발자국을 봤다고. 갈라진 발굽, 사탄의 표지를. 내가 똑똑히 봤어.」

「나도 봤어.」 매켄드릭이 끼어들었다. 「돼지나 염소의 발자국 같았어. 하지만, 이렇게 버림받은 곳에 돼지나 염소가 살 리 만무하잖아.」

「그런 발자국은 없었어.」 오토가 말했다. 「개 발자국 빼면, 아무것도 없었다고. 악마라면, 우리 마음속에 있는 악마뿐이지. 악은 선이 표변한 것이니.」

웹스터가 고개를 절레절레 흔들었다.

「그 드랙스가 인간의 몸뚱이를 뒤집어쓴 사탄이야.」 웹스터가 말했다. 「그는 당신이나 나 같은 인간이 아니라고. 정말이지 드랙스는 내키고 원하는 대로 변신해.」

「헨리 드랙스는 악마가 아냐.」 오토가 근본적인 혼동을 바로잡겠다는 듯이, 참을성 있게 말했다. 「그는 괴롭힘 속에 고통 받는 영혼이야. 내가 꿈속에서 그를 봤는데, 거기서 여러 차례 대화를 했다고.」

「저기 밖에 죽은 사람이 셋이라고. 망할 꿈 얘기는 집어치워.」 웹스터도 지지 않았다.

「드랙스가 뭐든, 이제 없어.」 오토가 말했다.

「그래 맞아. 그런데, 어디로 갔을까? 그 자식이 돌아오지 않을 거라고 누가 장담해?」

오토가 고개를 가로저었다.

「여기로는 안 와. 왜 오겠어?」

「악마는 지 꼴리는 대로 해.」 웹스터가 말했다. 「자기가 원하는 대로, 멋대로 하겠지.」

드랙스가 돌아올 수도 있다는 말에 선원들이 왁자지껄 소란스러워졌다. 오토가 진정시키려고 했지만, 그들 역시 아랑곳하지 않았다.

「우리는 여길 떠나야 해.」 웹스터가 대원들에게 말했다. 「야크들의 캠프를 찾으면, 그들이 블랙리드섬에 있는 양키 고래잡이 기지로 데려다줄 거야. 거기라면 안전하지.」

「야크들의 캠프가 어디에 있는지, 또 얼마나 먼지 모르잖아.」 오토가 말했다.

「서쪽으로 한참 가면 어딘가 있겠지. 해안선을 따라가면, 금방 나올 거야.」

「도착하기 전에 죽어. 틀림없이 얼어 죽을 거라고.」

「남들 잔소리는 실컷 들었어.」 웹스터가 말했다. 「헐을 떠난 이후로 우리는 내내 명령을 따랐지. 그리고 그 때문에 씨발, 우리가 이 유감천만인 곳에 꼴아 박힌 거라고.」

오토가 섬너를 바라봤고, 섬너가 잠시 생각을 해보았다.

「텐트가 없잖아요.」 섬너가 웹스터에게 말했다. 「몸에 걸칠 털가죽도, 모피도 말입니다. 여기는 길도 없고, 흔적도 없어요. 지형지물도 없습니다. 우리가 뭘 알아볼 수나 있겠습니까? 그러니 야크들의 캠프가 아무리 가깝다고 해도, 결코 찾을 수 없을 겁니다. 하룻밤 정도야 버틸 수 있을지도 모르죠. 하지만 이틀은 어림없어요.」

「이 저주받은 곳에 남고 싶은 사람은 그대로 있어도 좋아.」 웹스터가 말했다. 「하지만 난 여기 한 시간도 더 못 있겠어.」

웹스터가 자리를 박차고 일어나, 소지품을 챙겼다. 그의 얼굴은 창백했고, 경직돼 있었다. 노기가 충천해 자신의 움직임마저 통제하지 못할 정도였다. 다른 대원들이 앉아서 그를 지켜보는데, 매켄드릭과 요리사와 아까의 셰틀랜드 출신 선원이 일어섰다. 매켄드릭의 푹 꺼진 볼이 여전히 눈물에 젖어 있었다. 그는 화물창에 갇혀 지내는 바람에 얼굴과 목에 아물지 않은 상처가 여전히 많았다. 요리사는 극심한 공포에 시달리는 짐승처럼 떨었다. 오토가 그들에게 출발을 미루라고 설득했다. 오늘 밤은 제발 텐트에서 저녁 식사를 하고, 정 가야겠으면 내일 동이 트자마자 가라고 타일렀다. 하지만 그들은 이 고언이 안중에 없었다. 하는 수 없이 오토가 위협조로 나서자, 그들이 그를 향해 주먹을 들어 올렸다. 웹스터가 자신들의 길을 막아서는 자는 누구라도 때려눕힐 거라고 으름장을 놨다.

네 사내가 이내 숙영지를 떠났다. 의식이나 작별 인사 따위는 없었다. 섬녀가 그들에게 각자 몫의 바다표범 고기를 줬고, 오토가 웹스터에게 라이플 한 정과 약간의 탄약통을 건넸다. 그들이 서둘러 악수를 했다. 하지만, 그들의 이탈이 갖는 가공할 의미와 영향을 내놓고 말하거나, 또는 누그러뜨리려고 하는 쪽은 아무도 없었다. 네 명의 무리가 걸어서 멀리 사라지는 걸 남은 대원들이 바라봤다. 어두운 윤곽이 대기의 전반적 공허 속으로 수축 소멸해 들어갔고, 섬녀가 오토에게 고개를 돌렸다.

「헨리 드랙스가 악마가 아니라면, 도대체 그는 뭘까요? 모르겠어요. 그와 같은 사람을 지칭하는 말이 있을 텐데, 왜 저는 모르는 거죠?」

「앞으로도 모를 겁니다.」 오토가 대꾸했다. 「적어도 인간의 책에는 없으니까요. 그와 같은 친구는 단어에 갇히거나, 단어로 고정되지 않습니다.」

「그렇다면 뭐로죠?」

「신앙밖에 없죠.」

섬녀가 고개를 가로저으며, 비참하게 웃었다.

「우리가 죽는 꿈을 꾸셨죠. 그 꿈이 실현되고 있네요.」 섬녀가 말했다. 「매일같이 추워지고 있어요. 기껏해야 3주 치 식량뿐이고, 구조나 지원의 희망이 전무합니다. 막 떠난 망나니 넷은 죽은 거나 다름없고요.」

「기적이 일어나기도 해요. 거악이 있는데, 그에 걸맞은 위대한 선이 왜 없겠습니까?」

「기적, 씨발, 불가사의.」 섬녀가 말을 이었다. 「해줄 수 있는 얘기가 고작 그것뿐이에요?」

「난 아무것도 못 해줘요.」 오토의 대꾸가 차분했다. 「그런 건 내 능력 밖입니다.」

섬녀가 다시금 고개를 절레절레 흔들었다. 남아 있던 대원 셋이 온기를 좇아 이미 천막 안으로 들어갔다. 날이 너무 추워서 오랫동안 밖에 머무는 게 불가능했지만, 그 끔찍하게 엉망인 무리에 합류할 것을 생각하니, 도저히 참을 수가 없었다. 대신 섬녀가 동쪽으로 산책에 나섰다. 캐번디시의 무덤을 지나자, 얼어붙은 만이 나왔다. 해빙이 바람에 깨져, 찌그러지고 휘었다가, 다시 동결돼, 쇄석 같은 경관을 이루고 있었다. 경동 지괴가 날뛰는 듯했고, 길게 갈라진 균열도 보였지만, 자세히 보면 다 꼼짝 않고 가만했다. 원경으로 먼 데 솟은 검은 산들이 거대하고 풍요로웠다. 하늘이 우윳빛 수정 색깔이었다. 숨이 가쁘고, 얼굴과 발이 마비될 때쯤, 섬녀가 방향을 바꾸었다. 그렇게 텐트 쪽으로 돌아가려 하자 맞바람이 불었다. 바람이 겹겹이 껴입은 옷을 파고들었다. 가슴과 샅과 넓적다리가 쿡쿡 찌르듯 쓰라렸다. 웹스터 일행이 서쪽으로 가고 있을 걸 생각하니, 별안간 기분이 엉망이 되면서 구역질이 났다. 섬녀가 걸음을 멈췄다. 몸에서 신음 소리가 났다. 그가 몸을 수그리고, 반쯤 소화된 바다표범 고기를 얼어붙은 눈 위에 토했다. 배가 창에 찔리는 것처럼 통증이 예리했고, 섬녀는 바지에 똥을 지리고 말았다. 잠시 동안 숨이 전혀 안 쉬어졌다. 섬녀가 두 눈을 감고, 그 통증이 일단락되기를 기다렸다. 이마의 식은땀이 얼어붙었다. 침, 담즙, 솟구친 고기 조각이 턱수염에 달라붙은 채로 딱딱하게 굳었다. 섬녀가 눈발이 가득한 하늘을 우러러보았다. 그러고는 입을 크게 벌렸다. 하지만 어떤 소리도, 단어도 새어 나오지 않았다. 시간이 좀 더 필요했다. 섬녀가 입을 다물고서, 잠잠한 상태로 계속 걸었다.

남은 식량이 얼마 되지 않았고, 그들은 그걸 균등하게 분배했다. 이제는 모두가 내키는 대로 원하는 때에 자기 몫의 식량을 요리해 먹을 수 있었다. 대원들이 번갈아 가면서, 꺼지기를 반복하는 기름등의 불씨를 관리했다. 남은 라이플은 텐트 입구에 둬, 사냥을 하겠다는 사람은 누구라도 쓸 수 있게 했다. 하지만, 대원들은 대소변을 보고, 물을 확보하기 위해 녹일 눈을 가져오느라 왔다 갔다 하면서도, 누구하나 총에 관심을 두지 않았다. 더 이상은 누구도 명령하지 않았다. 오토의 권위가 증발해 버렸고, 섬녀의 역할은 의사인데, 의약품이 없는 상태였으므로 그 역시 아무 의미가 없었다. 대원들은 앉아서 기다렸다. 잠을 잤고, 카드를 쳤다. 그들은 웹스터 일행이 구조대를 보낼 것이라고 말했다. 야크들도 틀림없이 죽은 두 명을 찾아 나설 것이라고 했다. 하지만 아무도 찾아오지 않았고, 아무것도 바뀌지 않았다. 그들이 지닌 책이라고는 오토의 성경뿐이었다. 하지만 섬녀는 성경을 읽을 마음이 전혀 없었다. 성경의 확신, 웅변과 수사, 너무 쉽고 뻔한 희망을 도저히 참아 줄 수가 없었던 탓이다. 대신 섬녀는 가만히 『일리아드』를 암송했다. 밤이면 뜻밖에도 거의 완전한 형태로 모든 내용이 생각났다. 그리고 오전에 한 줄씩 몇 번이고 되풀이해 암송했다. 무리의 다른 사람들이 그가 이렇게 웅얼거리는 걸 보고, 기도를 드리는 것으로 생각했지만, 섬녀 역시 그 오해를 바로잡고 싶은 생각은 없었다. 뭐 솔직히, 그게 섬녀가 해볼 수 있는 정직한 기도에 가장 근접한 형태였기 때문이다.

웹스터 일행이 떠나고 일주일 후, 만 밖에서 맹렬한 폭풍이 불어왔다. 텐트가 계류용 밧줄에서 떨어져 나갔고, 바느질 이음매 하나가 찢어졌다. 뼈가 시릴 정도로 비참한 그 밤에 그들은 축 처져 퍼덕거리는 텐트의 남은 부분을 붙잡고, 단단히 뭉쳐 있었다. 다음 날 아침 바람이 잦아들고 날이 개었다. 대원들은 침울한 가운데서도 할 수 있는 수리를 시도했다. 오토가 잭나이프를 꺼내, 바다표범 뼈로 대강 쓸 수 있는 바늘을 몇 개 만들었다. 대원들이 바늘을 건네받았고, 닳아빠진 담요를 한 장 선별해 실을 풀고 뽑았다. 섬너는 잠이 부족했고, 멍한 상태에 몸까지 뻣뻣하고 뻑뻑했다. 그가 천막 가장자리를 다시 고정하는 데 쓸 만한 돌을 찾아 나섰다. 거센 바람이 매서웠고, 허벅지까지 빠지는 눈 더미를 헤치고 나가야 하는 구역도 여럿 있었다. 곶의 맨 끝은 캐번디시를 묻은 곳이었다. 섬너 앞에 울퉁불퉁한 얼음이 펼쳐져 있었고, 바람이 불자 곶의 모난 끄트머리에서 수정 같은 눈보라가 일었다. 캐번디시의 묘가 끔찍하게 망가져 있었다. 덮개돌들이 여기저기 흩어진 상태였고, 시체를 동물들이 절반쯤 먹어 치웠다는 게 분명했다. 남은 것이라곤 뼈와 힘줄과 내장뿐이었다. 피투성이의 기괴한 잡동사니. 갈가리 찢긴 속옷 조각이 되는 대로 아무렇게나 여기저기 흩어져 있었다. 한쪽에 널브러진 오른발이 보였다. 발목 위까지 물어 뜯겼지만, 발가락이 성해서 신기할 지경이었다. 머리는 보이지 않았다. 섬너가 좀 더 가까이 다가가, 천천히 쭈그리고 앉았다. 주머니에서 칼을 꺼내, 땡땡 언 덩어리에서 갈빗대를 하나 떼어 냈다. 그가 떼어 낸 늑골을 한동안 응시했다. 뼈의 부러진 끝을 손가락으로 만져 봤고, 이어 시선을 돌려 먼 설경을 내다봤다.

텐트로 돌아온 섬녀가 오토를 한쪽으로 데려가, 방금 목격한 상황을 설명했다. 오토가 성호를 그었다. 곧이어 두 사람은 눈덩이 집이 있던 곳으로 갔고, 얼음으로 변한 폐허를 맨손으로 파 내려 갔다. 뻣뻣하게 얼어붙은 야크의 시신두 구가 나오자, 그들이 신속하게 꺼내, 남아 있던 바다표범 가죽 속옷을 벗겼다. 두 사람이 손수레처럼 시체의 발을 붙잡고, 텐트에서 멀리 끌고 갔다. 거리와 각도가 적절하다고 판단되는 지점에 시체가 놓였다. 끌고 오느라 숨이 가빴고, 머리와 얼굴에서 김도 났다. 두 사람이 잠시 더 이야기를 나누었고, 금방이라도 주저앉을 듯한 천막으로 돌아왔다. 섬녀가 라이플을 장전한 후, 다른 대원들에게 빙판 어딘가에 굶주린 곰이 한 마리 있으며 야크 시신을 미끼로 설치했다고 설명했다.

「그 정도면 우리 다섯이 한 달 이상 버틸 수 있을 겁니다.」 섬녀가 말했다. 「가죽으로는 옷도 만들고요.」

대원들이 그를 바라보았다. 멍한 눈의 무관심한 태도는 그들이 견딜 수 있는 한계를 넘어섰음을 보여 줬다. 섬녀가 함께 사냥 활동에 나서자고 촉구했지만 — 구체적으로 한 사람이 두 시간씩 라이플을 들고 밖에 나가 곰을 기다리고, 나머지는 쉬면서 텐트를 수리하자는 제안이었다 — 그들은 고개를 가로저었다.

「곰은 야크 시체를 좋아하지 않아.」그들이 확실히 안다는 듯 말했다. 흔들림 없는 태도로 보건대, 마치 이전에 그 비슷한 일을 시도해 봤지만 결과가 실망스러웠다는 듯했다. 「안 될 거야.」

「어떻게든 좀 도와줘요.」섬녀가 말했다. 「해될 것도 없잖아요?」

그들이 외면하고, 다시 카드를 치기 시작했다. 하나, 둘, 셋, 카드를 돌렸다.

「그런 비현실적인 계획은 성공 못 해.」그들이 다시 말했다. 그렇게 침울한 전망을 하면 위로라도 되는 양. 「아무렴, 그렇고말고.」

섬녀가 발치에 장전한 라이플을 두고, 텐트 한쪽에 앉아 회색 범포에 낸 감시 구멍을 통해 밖을 관측했다. 떼까마귀 한 마리가 연장자 야크의 이마에 내려앉아, 엉겨 붙어 땡땡 언 머리칼을 잠시 쪼는가 싶더니, 날개를 펴고는 휙 하고 날아갔다. 섬녀가 사격을 할까도 생각했지만, 그만두었다. 화약을 아껴야 했다. 그는 인내심을 가졌고, 희망도 품었다. 곰이 근처에 있다는 걸 확신했기 때문이다. 아마도 녀석은 배부르게 먹고, 잠을 자고 있을 터였다. 하지만, 다시 배가 고파지면 잠에서 깰 테고, 코를 벌름거리며 대기를 가늠한 후, 근처의 보물을 그냥 보아 넘기지 못할 것이었다. 날이 조금 더 어두워졌고, 섬녀가 라이플을 오토에게 인계했다. 그가 제 몫의 식량에서 바다표범 고기를 2인치 정도 잘라 내, 칼끝에 꿰고 기름등에서 구웠다. 다른 세 대원이 시종일

관 계속된 유커 게임을 중단하지 않은 채, 섬녀의 행동거지를 찬찬히 보았다. 섬녀가 구운 고기를 먹고서, 드러누워 이불을 덮었다.

눈 깜짝할 사이였다. 오토가 섬녀를 살짝 찔러 깨웠다. 날숨의 습기가 뚫고 나간 담요 바깥 부분에 얼음이 얼어 있었다. 오토가 여태까지는 곰의 징후가 없었다고 알려 줬다. 섬녀가 어기적거리며 관측 구멍을 뚫어 놓은 데로 가, 다시 밖을 주시했다. 달이 만월에 가까웠고, 하늘의 궁륭은 별이 가득했다. 시체 두 구가 애초 놓인 자리에 그대로 누워 있었다. 바깥에 노출된 품새를 한참 보고 있자니, 죽은 사람을 형상화한 고대 석관의 조각상이 떠올라, 안 그래도 그런데 더 으스스했다. 섬녀가 라이플을 붙잡고, 곰이 오기를 기다렸다. 녀석이 찾아오는 광경, 어두컴컴한 배경에서 느린 걸음으로 서서히 떠오르는 모습을 그려보았다. 북극곰의 호기심과 경계심을 떠올렸다. 녀석을 유인하는 썩은 고기 냄새, 그를 머뭇거리게 만드는 낯선 이질성에 대한 직관도.

그렇게 앉아 있다 잠이 들고 말았다. 빌베리 호수에서 송어 낚시를 하는 꿈을 꾸었다. 여름이고, 셔츠 차림에 밀짚모자를 쓰고 있다. 하늘과 물이 모두 파랗고 광대하다. 호수 주변으로 사방이 느릅나무와 떡갈나무이다. 그의 머릿속은 텅 비었고, 행복하다. 잠이 깼다. 멀리서 움직임이 감지되었다. 눈밭을 휩쓰는 바람인지, 만에서 얼음이 빠져나가는 것인지 알아야 했다. 잿빛 어둠과 대비되는 극명한 하얀색. 곰이었다. 녀석이 야크들 시체로 접근했다. 머리를 지면에 기울이고 하는 율동 같은 움직임. 열렬함이나 긴급함은 없었다. 섬너가 천막 조각을 한쪽으로 천천히 밀고, 뇌관을 점검하고, 공이치기를 당기고, 라이플을 어깨 쪽으로 들어 올렸다. 곰은 기골이 장대했지만, 다리가 가늘었고, 늑골 부위가 수척했다. 녀석이 킁킁거리며 시체 냄새를 맡았고, 발을 들어 연장자 야크의 가슴팍에 올렸다. 깨어 있는 사람은 아무도 없었다. 오토가 나직이 코를 골았다. 섬너가 무릎을 꿇었다. 왼쪽 팔꿈치를 무릎에 대고, 라이플 개머리판을 오른쪽 어깨에 갖다 댔다. 그렇게 조준을 완료했다. 주변이 어두웠고, 곰은 하얀 헝겊 같았다. 섬너가 숨을 깊게 들이쉬고 내뱉은 다음, 방아쇠를 당겼다. 탄환이 머리를 놓쳤지만, 어깨를 쳤다. 섬너가 탄약통 가방을 움켜쥐고, 천막 밖으로 뛰쳐나갔다. 눈이 깊고 고르지 못해, 두 번이나 발을 헛디뎠지만, 곧 자세를 바로 하고, 시체 있는 곳에 도착했다. 큼직한 혈흔이 보였고, 흔적이 계속 이어졌다. 북극곰이 약 4분의 1마일 앞에서 한쪽으로 치우친 채 달리고 있었다. 오른쪽 앞다리를 선호하는 걸 보니, 왼쪽은 다쳤거나 마비된 듯했다. 섬너가 뒤를 쫓았다. 곰이 빠져나갈 수 없다는 확신이 있었다. 머잖아 곰이 쓰러져 죽거나, 아니면 방향을 틀어 맞상대할 것이라고, 섬너는 자신했다.

동쪽으로 하늘이 희미하게 밝아 왔다. 밀집한 검은 구름에서 길게 갈라진 진줏빛 틈이 열렸다. 팽팽하게 당겨진 특색 없는 수평선이 회색, 이어서 갈색, 거듭 파란색으로 바뀌었다. 곶의 선단에 이르렀을 즈음, 섬너는 폐와 목구멍이 냉기로 찢어지는 것 같았다. 숨이 턱에 찼고, 피가 귀를 똑똑 두드리는 듯했다. 곰이 훼손된 묘지를 거침없이 지나더니, 방향을 북쪽으로 홱 틀어, 빙원으로 나아갔다. 섬녀가 잠시 시야에서 놓쳤지만, 곰이 깨지고 비틀린 쇄석형 등성마루 뒤에서 다시 나타나 주었다. 섬녀도 곧 그 등성마루를 기어 올라 넘었다. 미끄러졌고, 힘겹게 손으로 몸을 지탱하며 재빨리 움직여야 했다. 라이플을 놓쳐서, 다시 줍기까지 했다. 움푹 들어간 발자국, 핏자국이 단서였다. 다리가 아팠고, 심장이 쿵쾅거렸지만, 섬녀는 시간문제일 뿐이라고, 곰은 매 순간 조금씩 무너져 가고 있다고 중얼거렸다. 섬녀가 눈밭을 힘겹게 헤치며 나아갔다. 좌우로 단단하게 언 조각들이 높이 쌓여 있는 게 마치 반쯤 침수된 마을의 경사 지붕 같았다. 바람이 닿지 않는 곳에 앙금처럼 쌓여 있던 찌꺼기 눈이 옆으로 쏟아져 내렸다.

부상에도 불구하고 곰의 움직임은 꾸준하고 확실했다. 마치 오래전부터 이동 경로를 정해 놓고 움직이는 것 같았다. 하늘이 돌돌 말린 구름으로 가득했다. 그 위가 회색과 갈색이라면, 아래쪽은 햇빛이 뚫고 들어와 꼭 도금을 한 듯했다. 북쪽의 빙원에서 두 존재가 계속 움직였다. 인간과 동물의 원시적 행진. 도대체 어떤 얼간이가 만들었을까? 아무리 산산이 부서진 원재료라도 그렇지, 그들이 뚫고 나아가는 경관은 여전히 산산이 부서진 채 그대로였다. 한 시간 후, 얼음 계곡이 평평해지면서 1마일 너비의 평원이 펼쳐졌다. 그 평원은 마치 개의 입천장처럼 완만하게 골이 져 있었다. 곰이 중간쯤에 이르자, 주변 환경이 바뀌었음을 별안간 깨닫기라도 한듯, 속도를 늦추고 멈추더니, 방향을 틀었다. 섬녀의 눈에 옆구리의 빨간 핏자국이 보였다. 마치 방패의 문장 같았다. 주둥이에서는 콧김인지 입김인지 수증기가 피어올랐다. 한순간의 휴지 후, 섬녀가 주머니에서 납지로 만든 탄약통을 꺼냈고, 한쪽 끝을 입으로 물어뜯은 다음, 흑색 화약을 라이플의 약실에 쏟아 부었다. 그가 같은 탄약통의 반대쪽 약포(藥包)까지 다져 넣었고, 남는 종이를 찢어 내, 꽂을대로 바짝 밀어 넣었다. 섬녀는 부들부들 떨리는 손으로 이 과정을 수행했다. 땀이 비 오듯 쏟아졌고, 가슴팍 안에서 허파가 쌕쌕거리며 질주하는 걸 느낄 수 있었다. 정말이지 흉중에서 대장간의 망치 소리가 났다. 그가 허겁지겁 주머니에서 뇌관을 찾았다. 하나가 잡혔고, 그걸 접관에 끼웠다. 장전을 마친 섬녀가 서서히 앞으로 전진했다. 이제 둘 사이의 거리는 3백 피트에 불과했다. 섬녀가 이랑진 얼음에 엎드렸다. 배와 넓적다리로 냉기가 스며 왔다. 머리에서 김이 났고, 그 수증기가 머리를 에워싸고 있었다. 곰이 조심스럽게 살펴봤지만, 뭘 하지는 않았다. 옆구리가 들썩거렸다. 주둥이에서 타액이 실처럼 떨어졌다. 섬녀가 견착 조준하고, 공이치기를 당겼다. 이전의 총격을 떠올리며, 왼쪽으로 1피트 옮겨 조준하는 것도 잊지 않았다. 일단 눈을 깜박여 쏟아지는 땀의 방해를 차단했다. 섬녀가 눈을 가늘게 뜨고 방아쇠를 당긴다. 뇌관이 터지는 예리한 소리가 났다. 하지만 반동이 없었다. 느닷없는 소리에 곰이 히힝 하고는, 배앵 돌아, 다시 달리기 시작했다. 곰의 발아래에서 돌풍과 함께 눈보라가 일었다. 불발에 그친 섬녀의 입에서 저주의 욕설이 새어 나왔다. 그가 허겁지겁 일어섰고, 불발 뇌관을 제거하고, 새것을 끼웠다. 섬녀가 다시금 몸을 단단히 가누었고, 조준 사격했다. 하지만 곰은 이미 너무 멀었고, 발사된 총탄은 부끄럽게 떨어졌다. 섬녀가 한동안 곰을 망연히 바라보았다. 그러더니 라이플을 다시 어깨에 매고, 추격을 재개했다.

21

그나마 평평했던 빙원을 벗어나자, 다시 압력 때문에 융기한 등성마루가 삐죽삐죽 솟아 있었다. 뾰족한 봉우리는 가장자리가 갈색이었고, 야생의 초췌함을 뿜냈다. 한편, 급경사의 측면은 갓길과 보루가 형성돼, 마치 고대인들이 쌓아올린 방어벽이 연상됐다. 곰은 서쪽으로 방향을 잡았고, 갈라진 틈이 나타나자 뛰어들었다가 다시 기어 올라왔다. 태양이 떠올랐지만, 구름에 가려졌고, 이렇다 할 온기를 전혀 느낄 수 없었다. 섬녀의 땀이 수염과 눈썹으로 흘러내렸고 그게 얼어붙어 마치 스팽글 장식을 한 것 같았다. 곰이 이제 속도를 늦춰 걸었지만, 섬녀도 이미 그러고 있었다. 그가 녀석을 좇아 등성마루를 넘고 계속해서 다시금 완만한 굴곡의 설원까지 나아갔지만, 둘 사이의 간극이 좀체 바뀌지 않았다. 그가 20야드를 좁히면, 곧이어 20야드를 내줘야 했다. 다리와 가슴의 통증이 예리하고 뜨거웠지만 그래도 규칙적이었다. 돌아갈까 하는 생각도 했으나, 그는 돌아가지 않았다. 추격전이 이제 고유의 리듬을 확보한 상태여서,

쉽게 중단할 수도 없었던 까닭이다. 갈증이 나면, 허리를 숙이고 눈을 먹었다. 배가 고프면? 내버려 뒀다. 그러면 허기가 솟아올라, 정점을 치고, 그런 다음 사그라졌다. 섬녀는 아무튼 숨을 쉬었고, 걸었다. 곰이 항상 그의 앞에 있었다. 피 얼룩의 인상적인 배지를 달고, 김을 내뿜는 녀석의 발자국이 국그릇처럼 크고 동그랬다.

섬녀가 매 순간 기대하고 바란 것은, 곰이 힘이 빠져 쓰러지고 죽는 것이었다. 하지만 곰은 그럴 생각이 전혀 없는 듯했다. 곰의 생명력은 집요하고 끈질겼다. 가끔 맹렬하고 사나운 증오심이 일었는가 하면, 마음이 약해져 애절한 사랑이 느껴지기도 했다. 곰의 늘어진 털 아래 우둔살 근육이 율동감 있게 넘실거렸다. 거대한 다리가 올라갔다 내려오는 자태는 대장간의 해머를 보는 듯했다. 둘이 부빙에 박힌 빙산 옆을 지났다. 2백 피트는 족히 되는 높이였고, 길이가 0.5마일에 이르렀다. 수직에 가까운 세로면과 완전 납작한 정상. 가파른 측면에는 푸른 줄무늬가 있었고, 아래쪽에는 눈이 쌓여 꼭 각반을 댄 것 같았다. 섬녀는 회중시계가 없었고, 정오를 지났겠거니 하고 짐작했다. 그때 불현듯 깨달았다. 자기가 너무 멀리 왔고, 그가 곰을 죽인다고 해도, 고기를 지고 숙영지까지 갈 수 없음도. 그 진실이 잠시 당황스러웠다. 하지만, 그는 계속 걷고 있었고, 이 명백한 사실과 깨달음을 묵살하기로 했다. 이제 섬녀가 아는 것이라곤, 눈에서 발을 빼고 다시 짚는 것, 그리고 빠르게 들이쉬고 내뱉는 허허로운 숨소리뿐이었다.

한 시간쯤 후, 그들은 폭이 넓고 높은 검은 절벽에 이르렀다. 어두운 벼랑 면은 토양이 거의 없었고, 연회색 얼음이 실처럼 지그재그로 들어가 있었다. 곰이 계속해서 절벽을 끼고 이동했는데, 이윽고 벼랑 면의 좁은 틈에 이르자, 뒤를 한 번 돌아보더니, 다시 잽싸게 방향을 틀어, 시야에서 사라졌다. 섬녀가 그늘이 드리운 그 틈으로 달려갔다. 그도 입구에 당도하자, 뒤를 돌아보았고, 다시 방향을 틀어 자신 앞에 놓인 피오르를 살폈다. 기다랗고, 좁았으며, 얼음도 채워져 있었다. 비탈이 가팔랐고, 출구도 없어 보였다. 좌우로 베이듯이 통로가 난 잿빛 암석들이 흐릿한 하늘을 이고 있었다. 발아래 얼음이 대리석처럼 판판하고 깨끗했다. 섬녀가 입구에서 잠시 멈춰 주변을 살펴봤다. 전에 와본 적이 있는 곳 같았다. 알 수 없는 일이지만, 이곳을 이미 알고 있다는 생각이 들었다. 어쩌면 꿈에서 본 것 같기도 했고, 아편에 취한 백일몽에서였을 것 같다는 생각도 들었다. 그가 마침내 문턱을 넘었고, 전진을 개시했다.

피오르 바닥은 뼈의 흰색이었고, 편마암과 화강암 벽이 불안하게 다가왔다. 짐승과 인간이 앞뒤 엉성한 간격 ── 각각 따로였지만 기이하게 연결되어 있었다 ── 으로 나아갔다. 바닥이 눈이고, 덮개가 하늘일 뿐이지, 복도나 회랑을 따라 걷는 것 같았다. 어깨에 멘 라이플의 무게가 느껴졌다. 잘못 이어진 다리의 고질적 통증도. 섬녀는 이제 약간 어지러웠다. 굶주림이 심히 위력을 발휘했다. 눈이 오기 시작했다. 처음에는 대수롭지 않은 정도였지만, 곧이어 눈발이 굵어졌고 사나워졌다.

바람과 추위가 심해지고, 눈이 사선으로 퍼부으면서, 곰이 더 이상 보이지 않았다. 섬녀의 시야에서 곰이 나타났다 사라지기를 반복했다. 만화경 속의 이미지처럼 불안정하게 명멸하는 상황이 어색하고 곤란했다. 녀석의 윤곽이 흐릿해지더니, 뒤얽혔고, 마침내는 용해돼 사라져 버렸다. 곧이어 하늘과 벼랑도 사라졌다. 섬녀가 볼 수 있는 것이라곤, 잿빛으로 휘몰아치는 눈 폭풍뿐이었다. 모든 게 소용돌이치며 움직였고, 뚜렷하고 분명하게 구별되는 게 아무것도 없었다. 갈피를 못 잡게 만드는 그물망에 사로잡힌 듯했고, 섬녀는 시간과 방향 감각을 모두 잃고 말았다. 그가 앞뒤로 휘청거렸다. 제정신이 아니었고, 탈진해 쓰러질 판국이었다. 이런 상황이 몇 시간처럼 느껴졌지만, 다만 몇 분, 아니 몇 초에 불과했을 수도 있었다. 섬녀 앞에 무너져 내린 돌더미 사면이 나타났다. 얼룩무늬 바위의 바람 그늘에서 피난할 수가 있었다. 그곳 피신처에 웅크리고 앉아 있는데, 두려움과 공포가 끊임없이 일렁였다. 추위로 몸이 바들바들 떨렸다. 땀에 젖은 옷가지가 단단하게 얼어붙기 시작하자, 사슬 갑옷처럼 섬녀를 압박했다. 발과 손에는 이미 아무런 감각이 없었다. 얼굴과 입술의 주름에 눈이 쌓였고, 녹지 않았다. 섬녀가 너무 멀리 온 것이었다. 그도 이 사실을 알았다. 그는 자신의 진짜 목표에서 이탈해, 행방불명 상태에 빠진 것이고, 놀라 어쩔 줄 모르고 있었다. 섬녀는 자신이 완벽하게 실패했음을 알았다.

희부연 하늘을 우러러보는데, 죽은 아이가 서 있었다. 맨발에 지저분했고, 도티와 피에 젖은 겉옷을 걸치고 있었다. 한 손에는 축 늘어진 배추 잎을, 다른 손에는 금속제 물 잔을 든 모습이었다. 피가 줄줄 흐르는 가슴 부위의 총상이 이제는 등 쪽까지 완전히 뚫려 있었다. 심장이 있어야 할 자리에서는 동전 크기만 한 노란 빛이 보였다. 마치 두꺼운 성벽의 총안 같았다. 섬녀가 오른손을 들어 어색하게 인사를 건넸다. 하지만 소년은 아무 반응이 없다. 내게 화난 모양이라고, 섬녀는 생각했다. 하지만 아니었다. 소년은 울고 있었다. 그 모습을 본 섬녀가 연민과 부끄러움에 울음을 터뜨렸다. 뜨거운 눈물이 뺨을 타고 흐르다, 헝클어진 수염 가장자리에서 얼어붙었다. 섬녀는 자신이 액화돼, 형체를 잃고, 슬픔과 후회가 뒤범벅된 죽으로 바뀌는 것을 느꼈다. 전율이 일고, 몸서리가 쳐졌다. 호흡이 느려졌고, 심장 박동이 활기를 잃었다. 섬녀가 죽음을 감지했다. 죽음의 신이 납덩이처럼 느껴졌고, 휘몰아치는 바람에서 죽음의 배설물 냄새가 났다. 소년이 섬녀에게 손을 내밀었고, 섬녀는 아이의 가슴팍에 난 구멍을 통해 다른 세상을 보았다. 완벽하고, 완전해서, 있을 법하지 않은 세계. 그 잠깐 동안, 피안의 찬연함에 섬녀는 완전히 넋을 잃었다. 섬녀가 다시 고개를 돌렸다. 그는 단단히 웅크린 채, 숨을 들이쉬었고, 주변을 둘러봤다. 아이가 사라지고 없었다. 사나운 눈 폭풍을 빼면 아무것도 존재하지 않았다. 피오르 어딘가에 숨어 있을 곰도. 섬녀가 살려면 그 곰을 죽여야 했다. 그가 다리를 가슴

327

팍으로 잡아당겨, 잠시 옹송그렸다. 자리를 털고 일어나는 게 쉽지 않았다. 마비돼 통제가 안 되는 손으로 라이플을 장전했다. 피난하던 바위 아래서 빠져나온 섬너가 얼음 같은 대기 속에서 외쳤다.

「자, 이제 나와.」섬너가 소리 질렀다.「나오라고, 악당아. 널 이 총으로 죽여 버리겠다.」

반응이 없었다. 바람에 날리는 눈과, 잠잠한 바위와 얼음뿐이었다. 섬너가 무턱대고 전방을 응시하며, 다시 고함을 쳤다. 폭풍이 조금도 수그러들지 않았다. 바람이 울부짖었다. 그가 먼 외계의 달 표면에 홀로 있는 것은 아닐까? 얼음투성이의 달, 태양은 없고, 사람이 살지 않는. 그가 한 번 더 소리를 질렀다. 별안간 섬너 앞에 곰이 나타났다. 의지와 달리 마법에 걸려 소환된 유령처럼 말이다. 거리는 30야드가 채 안 되었고, 공중에 눈이 짙게 나부끼고 있었지만 똑똑히 보였다. 어깨 부상을 입은 곳이 너덜너덜했고, 등뼈를 따라 얹힌 눈이 꼭 하얀 안장 같았다. 곰이 우두커니 그를 되돌아봤다. 콧김이 모닥불을 소각할 때 나오는 연기 같았다. 섬너가 라이플을 들고, 녀석의 거대한 가슴팍을 겨냥했다. 하지만 자세가 불안정하고, 휘청거렸다. 섬너의 두뇌는 냉철했다. 결정하거나, 바라고 기대할 것이 이제 전혀 없었다. 남은 거라곤 단 한 번의 이 순간, 이 결행, 이 사건뿐이었다. 그가 숨을 깊이 들이쉬고, 내뱉었다. 심장에 피가 가득 채워졌다가 빠져나갔다. 섬너가 방아쇠를 당겼고, 화약에 불이 붙어 노호하는 소리와 총격의 반동을 생생하게 느꼈다.

곰이 고꾸라져 무릎을 꿇더니, 이어서 옆으로 쓰러졌다. 총성이 높은 바위 사이로 크게 메아리쳤고, 잠잠해지더니, 조용해졌다. 섬녀가 총을 내리고, 쓰러진 곰한테로 달려갔다. 그가 쭈그리고 앉아, 두 손을 여전히 따뜻한 녀석의 옆구리에 대보더니, 마저 얼굴까지 털가죽에 깊이 파묻었다. 섬녀가 입술을 벌린 채로 가쁜 숨을 몰아쉬었다. 혁대에서 칼을 뽑았고, 날을 숫돌에 간 다음, 엄지로 예리함을 점검했다. 맨 먼저 절단한 곳은 서혜부 근처였다. 거기서 흉골이 나올 때까지 배의 부드러운 살집을 베어 올렸다. 뼈는 톱질이 필요했고, 그렇게 목구멍에 닿았다. 그가 기관을 절단하고, 발뒤꿈치로 절단한 흉곽의 한쪽을 짓이긴 다음, 두 손으로 다른 쪽을 붙잡고, 빠개듯이 열었다. 곰의 내부 장기에서 확 하고 열기가 솟구쳤는데, 부엌의 온기가 느껴졌다. 육감적이고 자극적인 강한 악취도 피어올랐다. 섬녀가 눈밭에 칼을 내려놓고, 장갑을 벗은 두 손을 김이 나는 곰의 내장에 찔러 넣었다. 그 온기가 아니라면 얼어붙은 손가락이 터져 버릴지도 모른다고 느꼈던 것이다. 부들부들 이가 갈렸고, 섬녀가 두 손을 더 깊이 파묻었다. 통증이 줄어들자 손을 빼, 벌건 피가 뚝뚝 떨어지는 손으로 얼굴과 수염을 문질러 비볐고, 다시 칼을 쥐고는, 곰의 내장을 절단하고 제거해 나갔다. 심장과 허파, 간과 창자, 위가 차례로 빠져나왔다. 깊은 공동에 뜨끈한 검정 액체, 곧 피, 소변, 담즙이 반쯤 차 있었는데, 김이 나는 온천 같았다. 섬녀가 몸을 숙이고, 그걸 마셨다. 두 손을 국자로 바꿔, 허겁지겁 입에 퍼 넣었다. 곰의 체온이 직접 섬녀의 몸으로 들어왔다. 신령한 약물이 목구멍을 타고 흘렀고, 텅 빈 속을 채웠으며, 이어서 바깥 표면으로 열을 방사했다. 섬녀의 몸이 파르르 떨렸고, 씰룩거렸다. 1분 후, 통제할 수 없는 발작 반응이 섬녀를 집어삼켰다. 두 눈이 눈구멍에서 말려 내부로 쑥 들어갔고, 암흑이 그를 장악했다.

발작 경련이 일단락됐을 즈음에는, 배를 땅에 대고 엎드린 섬녀를, 바람에 휩쓸린 눈이 절반쯤 덮고 있었다. 턱수염은 곰 피가 엉겨 붙어 뻣뻣했고, 두 손이 암적색이었으며, 외투의 소매가 팔꿈치 부위까지 흠뻑 젖은 상태였다. 입과 이빨과 목구멍이 피 칠갑이었는데, 동물 피에 사람 피까지 가세한 상황이었다. 섬녀의 혀끝이 사라지고 없었다. 그가 두 발을 몸 쪽으로 당겼고, 주위를 살폈다. 바람이 울부짖었고, 공기에 냉기가 주입돼, 얼음이 파도처럼 밀려와 조밀하게 협착됐다. 아까 전에 피신했던 벼랑이, 돌 더미 사면이, 얼룩무늬 바위가 더 이상 보이지 않았다. 섬녀가 내장을 빼낸 곰의 사체를 내려다봤다. 빠개져 열린 흉곽이 아가리를 벌린 무덤 같았다.

그가 잠시 생각을 가다듬었다. 그러더니 욕조에 들어가듯, 제 몸을 낮추고 구부려, 줄무늬가 있는 진홍색 공동에 들어갔다. 다음으로 절단한 뼈를 이빨처럼 개구부에 올렸다. 사후 경직이 일어난 곰의 근육이 수축하고 펴지는 게 느껴졌다. 갓 도살한 짐승의 산뜻하게 젖은 내가 났다. 미약하다고는 해도 남은 온기가 놀라웠다. 섬녀가 남는 복부 공간에 장화를 집어넣고, 죽은 곰의 살집을 외투라도 되는 양 주변으로 단단하게 끌어당겼다. 여전히 바람이 울부짖었지만, 그래도 이제 한기가 느껴지지는 않았다. 관이라고 해도 무방했다. 식물 채집 상자와 같은 어둠 속에 섬녀가 있었다. 그렇게 누워 있자니, 훼손된 혀가 입 안에서 붓고 있음이 자각됐다. 피와 침이 차올라, 입 밖으로 새어 나왔고, 턱수염으로 질질 흘렀다. 기도하고 싶고, 말하고 싶고, 어떻게든 존재를 알리고 싶었다. 그가 호메로스를 떠올렸지만 — 영웅의 시신, 장례 기념 경기, 우그러지고 깨진 갑옷 — 문장을 입 밖에 내려 해도, 만신창이가 된 입에서 흘러나오는 것은 말과 단어가 아니라 야만인의 불완전한 원시적 꿀꿀거림과 경련하는 헐떡거림이었다.

22

낯선 이방인이 피를 뒤집어쓰고 있다. 그것도 흠뻑. 머리부터 발끝까지 피로 미역을 감은 모습이었다. 가죽을 벗긴 바다표범, 아니 엄마의 자궁에서 꺼냈지만 사산된 아이 같았다. 숨은 겨우 쉬고 있었지만 피범벅의 두 눈은 감긴 채였고 반쯤 얼어붙어 있었다. 사람들이 섬녀의 몸뚱이를 옆으로 끌어냈다. 그렇게 내버려 둔 채로, 곰의 가죽을 벗기고, 또 정육 작업을 진행했다. 계속해서 그들이 곰 고기와 가죽을 썰매에 실었다. 사냥꾼 한 명이 이방인의 라이플을 챙겼고, 다른 사냥꾼은 칼을 차지했다. 둘이 섬녀를 그 자리에서 그냥 죽일지, 아니면 야영지로 데려갈지를 놓고 옥신각신했다. 한참 후 합의 본 내용은 데려가는 것이었다. 이방인의 존재가 뭐든, 놈은 운이 좋고, 그렇게 운수가 좋은 인간이라면 기회를 한 번 더 받아도 될 거라는 게, 둘의 결정이었다. 두 사냥꾼이 섬녀를 썰매에 실었다. 섬녀가 신음 소리를 냈다. 둘이 건드리고 흔들었지만, 섬녀는 깨지 않았다. 두 사람이 섬녀의 입에 눈을 쑤셔 넣어 봤지만 눈은 훼손된

혀에 닿고 녹아서, 분홍색 개울처럼 턱을 타고 질질 흘러나
올 뿐이었다.

겨울철 야영지에 도착했고, 사냥꾼의 아내들이 섬녀에게
물과 따뜻한 바다표범 피를 마시게 했다. 얼굴과 손을 씻겼
고, 피에 젖은 옷도 벗겼다. 야영지에 소문이 퍼졌고, 아이
들이 보겠다고 몰려왔다. 그들이 자세히 들여다보고, 찔러
보고, 또 키득거렸다. 섬녀가 마침내 눈을 뜨자, 아이들이
꺅 하는 소리를 내면서 달아났다. 그렇게 소문이 만들어지
고 퍼졌다. 섬녀가 자기네들의 사냥을 돕기 위해 세드나가
파견한 영적 지도자 〈앙가코크〉라는 사람도 있었고, 건드
리면 뭐든 죽는 사악한 악령이자 존재 자체로 병을 퍼뜨린
다는 추레한 〈투필라크〉라는 반대 의견도 있었다. 사냥꾼
들이 주술사를 찾아가자, 낯선 이방인은 자신의 부족한테
로 돌아가야만 회복될 것이라는 답변 겸 조언이 돌아왔다.
주술사가 말하기를, 섬녀를 남쪽 쿠츠만(灣)의 선교단에게
데려가라고 했다. 사냥꾼들은 그들이 생각하는 것처럼 정
말 이 이방인의 운수가 대단한지, 또 그렇다면 자기들도 이
자의 운을 조금쯤 나눠 가질 수 있는 것인지 물었다. 주술
사는, 생각하는 것처럼 정말로 운이 좋은 사람이지만, 그의
운세는 낯설고 특별해서 나누어 가질 수 있는 성격이 아니
라고 알려 줬다.

사냥꾼들이 섬녀를 다시 썰매에 싣고, 남쪽으로 데려갔
다. 얼어붙은 호수와 여름철 사냥터를 지나는 동안, 섬녀는
털가죽을 두르고 있었음에도 내내 파랗게 질려 부들부들

떨었다. 빨강 페인트를 칠한 선교단 오두막이 얕은 둔덕 위에 세워져 있었다. 아래로 얼어붙은 바다가 펼쳐졌고, 뒤로는 높은 산이 있었다. 오두막 근처로 대형 이글루도 한 동보였다. 지붕의 개구부를 통해 검은 연기 한 줄기가 피어올랐고, 앞에서는 썰매 개들이 자고 있었다. 사냥꾼들이 오자, 성직자가 맞이했다. 수염을 기른 초로의 강단 있는 영국인이었는데, 성실하지만 지독하게 의심 많은 표정이면서도, 흥미와 열의로 눈이 반짝였다. 그들이 섬녀를 가리키면서, 어디서 어떻게 발견했는지 자초지종을 설명했다. 성직자가안 믿긴다는 반응을 보이자, 그들이 눈밭에다가 손으로 해안선 지도를 그리고, 장소를 특정해 주었다. 성직자가 고개를 가로저었다.

「사람이 그런 데서 난데없이 나타나다니 있을 수 없는 일입니다.」그가 말했다.

사냥꾼들도 동의했다. 정말로 그렇기 때문에, 섬녀가 앙가코크일 가능성이 크다는 것이었다. 지금까지 그는 바다밑에 있는 집에서 외눈박이 여신 세드나 및 그녀의 아버지앙구타와 살고 있었을 것이라는 말이 보태졌다. 그 이야기에 성직자가 화를 냈다. 그가 (항상 그래 왔듯이) 다시금 예수 그리스도 얘기를 늘어놨고, 그런 다음에는 오두막으로들어가서, 녹색 책을 들고 왔다. 사냥꾼들이 썰매 옆에 서서, 그가 어설픈 이누이트어로 읽어 주는 내용을 들었다. 뭐, 말은 됐지만, 그들은 성직자 얘기가 설득력도 없고 애들장난 같다고 생각했다. 성직자가 설교 비슷한 것을 끝내자,

그들이 웃으면서 고개를 끄덕였다.

「그럼 저 사람은 어쩌면 천사겠군요.」 그들이 말했다.

성직자가 섬녀를 보고, 고개를 가로저었다.

「저 사람은 천사가 아닙니다. 그건 확실해요.」

사냥꾼들이 섬녀를 안으로 옮겨, 난로 옆 침대에 눕혔다. 성직자가 이불을 덮어 주고, 쪼그려 앉아, 섬녀를 흔들어 깨웠다.

「누구십니까, 당신은?」 성직자가 말했다. 「어떤 배를 탔습니까?」

섬녀가 한쪽 눈을 반쯤 떴지만 대답을 하지는 않았다. 성직자가 인상을 쓰고는, 몸을 앞으로 숙여, 동상으로 새까매진 섬녀의 얼굴을 더 자세히 살핀다.

「독일 사람입니까?」 그가 물었다. 「덴마크? 러시아? 스코틀랜드? 도대체 어디요?」

섬녀가 성직자를 잠시 응시했지만, 곧 다시 눈을 감았다. 관심이나, 주변 사태를 인지한다는 기미나 내색은 없었다. 성직자가 옆에 앉은 채로 조금 더 있다가, 고개를 주억이고는 일어섰다.

「좀 누워서 쉬세요.」 그가 말했다. 「당신이 누구든. 이야기는 나중에 합시다.」

성직자가 사냥꾼들에게 커피를 타 주면서 이것저것 더 물었다. 사냥꾼들은 떠났고, 성직자가 섬녀에게 찻숟가락으로 브랜디를 먹였고, 동상 부위에 돼지기름도 발라 줬다. 섬녀가 안정을 되찾자, 성직자가 창가 책상에 앉아 녹색 책에 메모를 했다. 가죽으로 장정된 두꺼운 책이 세 권이나 더 있었는데, 그가 때때로 그 책들을 펼쳐 들여다보고는 고개를 끄덕였다. 에스키모 여자 하나가 스튜 냄비를 들고 들어왔다. 뒷부분을 더 길게 자른 순록 가죽 파카와 검정 양털 모자를 착용한 여인은, 이마와 양 손등에 파란 V자형 평행선이 문신돼 있었다. 성직자가 문 위 선반에서 하얀 주발을 두 개 꺼냈고, 보던 종이와 책을 한쪽으로 치웠다. 스튜가 절반씩 나눠 담겼고, 애초의 냄비를 여자가 돌려받았다. 에스키모 여자가 섬녀를 가리키며, 부족 말로 뭐라고 했다. 성직자가 고개를 끄덕이고, 뭐라고 대꾸를 하자 여자가 웃는다.

섬녀는 누워서 가만히 있었지만, 뜨끈한 음식의 냄새를 맡을 수는 있었다. 그는 탈진했고, 감각이 없다고 할 정도로 상태가 썩 좋지 않았지만, 스튜의 부드러운 향내가 확실히 그에게 이르렀다. 배가 고프지는 않았지만, 굶주림이 어땠는지, 그 통증의 생생한 구체성이 떠올랐다. 그 갖은 고통을 다시 느낄 각오가 돼 있나? 원하고, 불사할 각오가 되어 있나? 섬녀가 눈을 뜨고 주위를 살펴보았다. 나무, 금속, 양털, 기름이 보였다. 녹색, 검은색, 회색, 밤색이 확인되었다. 그가 머리를 돌렸다. 머리가 센 남자가 나무로 만든 탁자에 앉아 있었다. 탁자 위에는 음식 주발이 둘. 남자가 읽던 책을 덮고, 기도를 하더니, 일어나, 주발 하나를 섬녀가 있는 곳으로 가지고 왔다.

「좀 드시겠습니까?」 성직자가 물었다. 「자, 내가 좀 도와

드리리다.」

성직자가 무릎을 꿇고서, 섬녀의 머리 뒤로 손을 넣어 상체를 일으켰다. 그러고는 숟가락에 고기 조각을 담아, 섬녀의 입으로 가져갔다. 섬녀가 눈을 깜박였다. 농밀하지만 호명할 수 없는 감정의 격랑이 그의 몸을 휩쓸고 지나갔다.

「입 좀 벌려 봐요.」성직자가 말했다. 섬녀가 반응하지 않고 가만했다. 뭘 하라는지 알아들었지만, 따르고 수락하려는 노력이 일절 없었다.

「자, 제발요.」성직자가 부드럽게 다그쳤다. 섬녀의 아랫입술에 숟가락 끝이 닿았고, 그가 살짝 눌렀다. 섬녀의 입이 조금 열렸고, 성직자가 숟가락을 기울이자, 고기 조각이 미끄러져 섬녀의 찢긴 혀와 만났다.

「씹어 봐요.」성직자가 직접 씹는 동작을 취해 보였다. 섬녀가 볼 수 있도록, 자기 턱을 가리키기까지 했다. 「안 먹으면, 기운을 못 차려요.」

섬녀가 입을 다물었다. 고기의 맛이 자기 몸으로 침투해 서서히 퍼져 나갔다. 섬녀가 두 번 씹고, 삼켰다. 예리한 통증이 느껴지다가, 좀 둔화됐다.

「잘했어요.」성직자가 말했다. 그가 고기를 한 조각 더 떠서 넣어 줬고, 같은 절차를 반복했다. 섬녀가 세 조각을 더 먹었지만, 네 번째는 그냥 바닥에 떨어졌다. 성직자가 고개를 끄덕이고는, 섬녀를 다시 침대 위에 눕혔다.

「좀 있다 차를 한 잔 드리리다.」그가 말했다. 「어디 마실 수 있는지 봅시다.」

이틀이 더 지났고, 이제 섬녀는 앉아서 제 힘으로 먹을 수 있을 정도까지 회복됐다. 성직자가 그를 부축해 의자에 앉히고, 담요를 덮어 주면, 둘이 함께 작은 목제 탁자의 이웃한 두 측면에 무릎을 맞대고 앉았다.

「당신을 발견한 사람들은 당신이 소위 앙가코크라고 생각해요.」 성직자의 설명이 이어졌다. 「앙가코크는 에스키모 어로 마법사란 뜻이에요. 곰한테 막강한 힘이 있고, 선택받은 사람만이 곰과 함께할 수 있다고 그들은 믿습니다. 뭐, 다른 동물도 그렇게 생각하지만 — 순록, 바다코끼리, 바다표범, 내가 알기로는, 어떤 물새도 있지요 — 그렇기는 해도, 그들의 신화에서 단연코 가장 막강한 짐승은 곰입니다. 곰의 권능을 타고난 사람은 엄청난 마법을 부릴 수 있다는 거지요. 가령, 치유 능력, 점술 같은 거요.」

성직자가 낯선 이방인을 응시하면서, 그가 자신의 말을 알아듣기는 한 건지, 그 흉중을 파악하고자 했지만, 섬녀는 무표정한 얼굴로 자신이 받아 든 음식이나 내려다봤다.

「그네들의 앙가코크를 몇 만나 봤지요. 다들 허풍선이입니다. 마법사 행세를 하고 영리하지만, 사기꾼인 거죠. 섬뜩한 가면이랑, 또 기발하고 대담한 걸 요란뻑적지근하게 걸치고는, 희한한 노래를 만들고, 이글루에서 춤도 춥니다. 하지만 다 거짓부렁이에요. 추잡한 이교도 짓이며, 가장 조악한 형태의 미신인 거죠. 요컨대, 그 정도의 지혜밖에 없는 겁니다. 그들이 어떻게 뭘 더 할 수 있겠습니까? 내가 여기 오기 전에는 그들 대다수가 성경을 구경도 못 했고, 제대로

된 복음 설교는 들어본 적도 없었답니다.」

섬너가 고개를 들고 잠시 성직자를 바라봤지만, 씹는 일을 중단하지는 않았다. 성직자가 엷은 미소를 띠었고, 고개를 주억여 상대를 부추겼지만, 섬너는 결코 되받아서 웃어 주지 않았다.

「느리고 고통스러운 작업입니다.」 성직자의 말이 계속되었다. 「여기서 초봄부터 혼자 지내 왔지요. 그들의 신뢰를 얻는 데 여러 달이 걸렸습니다. 처음엔 선물을 줬죠. 칼, 구슬, 바늘 같은 거요. 그다음은 친절함과 다정함을 보여 줬습니다. 그들이 필요로 할 때 도와준 거죠. 여분의 옷가지라든가, 또 의약품이 도움이 됐습니다. 사람들이 아주 착해요. 뭐, 아주 원시적이고, 유치하지만 말입니다. 고차원적인 정서나 추상적 사고를 거의 못 하죠. 남자들은 사냥하고, 여자들은 바느질하고, 또 아이들에게 젖을 물립니다. 그리고 그게 그들이 보이는 흥미와 지식의 다예요. 물론 그들에게도 일종의 형이상학이 있기는 합니다. 하지만 생경하고 미숙하고 자기 잇속만 챙기는, 그런 식입니다. 내가 확실히 말할 수 있는데, 심지어 그들 중에도 믿는 사람이 거의 없어요. 내 임무는 그들이 성장하도록 돕는 것입니다. 이렇게 말할 수도 있겠죠. 그들의 영혼을 계발하고, 자기 인식과 자각을 돕는다고 말입니다. 여기서 성경을 번역하는 것도 그런 이유에서죠.」 그가 눈짓으로 서책과 종이 더미를 가리켰다. 「이 일이 제대로만 된다면, 내가 그들의 언어에서 정확한 단어를 찾아내면, 그들도 알아들을 거라고 믿습니다.

그들도 결국에는 조물주 하느님의 피조물이니까요. 당신이
나 나와 꼭 마찬가지로 말입니다.」

성직자가 숟가락으로 고기 조각을 하나 입에 떠넣었고,
천천히 씹었다. 섬녀가 자기 몫의 차에 손을 뻗었고, 들어서
한 모금 마신 다음, 다시 탁자에 내려놨다. 처음 며칠 동안
섬녀의 내면에서 말이 모이고, 흩어지고, 축적되고, 기세를
더하며 형태를 갖추어 갔다. 그는 이걸 느꼈고, 다음을 알
았다. 머잖아 그 말이 목구멍을 타고 솟아올라, 째지고 부
은 혀를 점거할 테고, 하여 좋든 싫든, 원하든 원하지 않든,
자신이 말을 하게 될 것임을 말이다.

성직자가 섬녀를 바라본다.

「어디 안 좋아요?」그가 물었다.

섬녀가 고개를 가로젓는가 싶더니, 오른손을 들어 올리
고서, 잠시 후 입을 열었다.

「야악?」

모호한 웅얼거림이었고, 성직자는 혼란스러운 표정이었
다. 하지만 곧 웃음을 지어 보이며 적극적으로 나섰다.

「다시 말해 봐요.」그가 말했다.「못 알아들었습니……」

「약.」섬녀가 되풀이했다.「어떤 약을 갖고 있습니까?」

「오호라, 약!」성직자가 말을 받았다.「있어요, 있어요.」

그가 자리에서 일어나, 오두막 뒤쪽의 저장실에 들어갔
다가, 작은 약상자를 가지고 돌아왔다. 그가 탁자 위 섬녀
앞에 상자를 내려놨다.

「이게 다예요.」성직자가 말했다.「염제(塩劑)는 많이 썼

고, 원주민 아이들이 설사를 하면 감홍을 쓰죠.」

섬녀가 상자를 열고, 병들을 꺼내, 내용물을 들여다보고, 설명서도 읽었다. 성직자가 섬녀의 그 행동을 유심히 지켜봤다.

「의사입니까?」 그가 물었다. 「의사가 당신 직업이에요?」

섬녀는 성직자의 질문에 아랑곳하지 않았다. 상자에 든 걸 전부 꺼냈고, 그런 다음에는 상자를 뒤집어서, 정말로 다 비었는지까지 확인할 정도로 몰두해 있었던 탓이다. 그가 탁자에 놓인 약들을 살펴보고는, 고개를 절레절레 저었다.

「아편 팅크는 어디 있습니까?」 섬녀가 물었다.

성직자가 인상을 쓰면서 대답하지 않았다.

「아편 팅크요.」 섬녀의 이번 목소리는 훨씬 컸다. 「씨발, 아편 팅크, 어디 있냐고?」

「그건 다 떨어졌습니다.」 성직자가 대꾸했다. 「한 병 있었는데, 벌써 다 써버렸어요.」

섬녀가 잠시 두 눈을 감았고, 다시 떴을 즈음에는, 성직자가 벌려 놓은 약들을 상자에 담고 있었다.

「그래도 댁이 영어를 할 수 있다는 건 알았네요.」 성직자가 말했다. 「그동안 두려웠거든요. 폴란드나 세르비아인, 뭐 다른 이상한 교파면 어쩌나 했습니다.」

섬녀가 주발과 수저를 들고, 아무 일 없었다는 듯 다시 밥을 먹기 시작했다.

「어디 출신입니까?」 성직자가 섬녀에게 물었다.

「내 출신은 안 중요해요.」

「당신한테는 별 상관없을 수도 있겠지요. 하지만, 혼자 내버려 두면 죽는 게 뻔한 곳에서 밥도 먹여 주고 온기도 제공한다면, 댁이라도 그 사람한테서 약간의 공손함은 당연히 기대하지 않겠소?」

「음식과 불은, 나중에 신세를 갚겠습니다.」

「그걸 언제 하실지…… 궁금하군요.」

「봄에요. 포경선들이 돌아오면.」

성직자가 고개를 끄덕이고는 다시 자리에 앉았다. 그가 잿빛 수염을 손으로 어루만졌고, 엄지손톱으로 턱 끝을 긁었다. 뺨이 벌겋게 상기되었지만, 섬녀의 무례함에도 불구하고, 애써 너그러운 태도를 유지했다.

「당신 일을 기적이라고 하는 사람들이 있습니다.」 그가 잠시 멈추었다가, 「발견됐을 때, 곰의 사체 안에 들어가 있었다면서요.」

「나 같으면 그렇게 안 부릅니다.」

「그럼 뭐라고 하고 싶은 겁니까?」

「곰한테 물어봐야겠지요.」

성직자가 잠시 그를 빤히 쳐다보다가, 피식 하고 웃었다.

「똑똑한 친구로군요, 그건 알겠어요.」 성직자가 말을 이었다. 「사흘 동안 입을 굳게 다물고, 단 한마디도 입 밖에 내지 않더니, 이제 나랑 즐겁게 떠들고 있으니 말이에요.」

「식량과 땔감 비용은 반드시 갚습니다.」 섬녀가 다시 내뱉은 이 말도 어조가 단호했다. 「다시 배를 타면 곧요.」

「당신이 여기까지 오게 된 건 이유가 있어서예요.」 성직자가 말했다. 「사람이 이렇게 뜬금없이 나타날 수는 절대 없는 법이죠. 그 이유가 뭔지 아직 모르겠지만, 하느님께서 뜻한 바 있으시다는 건 압니다.」

섬녀가 고개를 가로저었다.

「아니요.」 그가 대꾸했다. 「나는 아닙니다. 그런 시시하고 장황한 얘기의 일부가 되고 싶은 생각, 전혀 없어요.」

사나흘 후 눈썰매가 한 대 도착했고, 성직자가 본 적 없는 사냥꾼 두 명이 썰매에 타고 있었다. 성직자가 파카와 장갑을 착용하고 밖으로 나갔다. 기독교식 이름이 애나인 에스키모 여자도 이글루를 빠져나와, 사내들을 맞이했고, 음식을 대접했다. 그들이 몇 분간 여자와 이야기를 나누는가 싶더니, 이어서 성직자와도 대화했다. 그가 알아들어야 했으므로 더 느린 속도였지만. 두 사람의 설명에 의하면, 하루 이동 거리쯤 떨어진 곳에서 폐허가 된 야영지를 하나 발견했는데, 그 안에 백인 남자 넷이 죽어 얼어붙어 있더라는 것이었다. 그들이 입증을 위해, 수거해 온 물건들을 보여 줬다. 칼, 밧줄, 망치, 기름 얼룩투성이의 성경 한 권. 성직자가 예를 갖추어 매장할 수 있도록, 현장으로 돌아가 시신을 회수해 와줄 수 있는지 물었다. 그들이 고개를 가로저었다. 사냥을 계속 해야 한다는 게 이유였다. 두 사람이 개들에게 바다코끼리 고기를 던져 주고, 이글루에 들어가 식사를 한 다음 잠시 쉬었지만, 그렇다고 밤을 보내지는 않았다. 떠나기 전에, 두 사람은 성경을 팔려고 시도했다. 하지만, 성직자가 완강히 거부하자, 애나라는 여자에게 선물로 건네고 떠나 버렸다. 애나가 오두막에 와서, 그 이상의 얘기를 해줬다. 백인들의 캠프에 에스키모도 둘 죽어 있었는데, 둘 다 벌거벗은 상태였고, 한 명은 칼로 살해당했다는 것이었다. 여자가 자신의 목을 가리키면서 상해 부위도 알려 줬다.

「여기 하나.」 여자가 말했다. 「여기 또 하나.」

여자가 오두막을 나가고, 섬녀와 성직자 둘만 남게 되었을 때는, 성직자도 사건에 대해 조금이나마 생각할 겨를을 가진 후였다. 성직자가 사냥꾼들에게 들은 얘기를 섬녀에게 말해 주면서, 그의 반응을 살폈다.

「내가 파악하기로는, 시체가 떼로 발견된 곳이 당신이 발견된 곳과 그다지 멀지 않군요.」 성직자가 말했다. 「당신이 죽은 사람들을 알 것도 같은데, 그들이 당신과 같은 배를 탔습니까?」

난롯가에 앉아서 유목을 깎고 있던 섬녀가, 코를 긁더니 고개를 끄덕였다. 그렇다는 말이었다.

「당신이 야영지를 떠났을 때 사람들이 이미 죽었던 겁니까?」 성직자가 물었다.

「야크들만요.」

「돌아갈 생각은 안 했어요?」

「눈 폭풍으로 다 죽었을 거라고 봤어요.」

「당신은 안 죽었고요.」

「저주받은 눈보라였다고 말해 두죠.」

「에스키모는 누가 죽인 겁니까?」

「작살수, 헨리 드랙스란 사람입니다.」

「왜 그런 짓을 했을까요?」

「썰매가 필요했으니까요. 썰매를 타고 도망가려고 했던 겁니다.」

성직자는 이맛살을 찌푸리고 고개를 절레절레 흔들며, 파이프를 꺼내 담배를 채워 넣었다. 손을 떨고 있었는데, 사실 항상 그랬다. 섬녀가 그런 그를 지켜본다. 두 사람 옆에 있는 난로 속에서 석탄이 탁탁 소리를 내며 치직거렸다.

「틀림없이 북쪽으로 갔을 겁니다.」 잠깐의 침묵 후, 성직자가 말을 이어 갔다. 「배핀만의 북쪽 지역 부족들은 관례를 따르지 않고 제 마음대로 합니다. 드랙스라는 작살수가 그들 품에 안겼다면, 우리로서는 방법이 없어요. 그의 행방을 찾을 수도 없고, 그에게 무슨 일이 일어났는지도 확인할 수 없습니다. 죽었을 수도 있겠지요. 하지만 더 가능성 있는 시나리오는, 썰매랑 은신처를 교환하고, 그가 봄을 기다리는 것입니다.」

섬녀가 고개를 끄덕였다. 어두워진 유리창에 희미한 촛불이 반사돼 비쳤는데, 마치 유령처럼 어른거렸다. 그 너머로 보이는 이글루의 외관이 흐릿했고, 다시 그 너머에는 새까만 산맥이 굳건하게 솟아 있었다. 헨리 드랙스가 어딘가에 여전히 살아 있을 거라는 데까지 생각이 미치자, 섬녀는 전율하지 않을 수 없었다.

성직자가 일어섰다. 그가 문 옆 찬장에서 브랜디를 한 병 꺼내 가져왔고, 잔 두 개에 따랐다.

「이름이 뭡니까?」

섬너가 냉큼 그를 올려다보았고, 곧이어 유목으로 시선을 내려, 다듬기를 계속한다.

「헨리 드랙스는 아닙니다.」 섬너가 대꾸했다.

「그럼 뭡니까?」

「섬너. 패트릭 섬너. 캐슬바 출신이죠.」

「메이요 사람이로군요.」 성직자가 경쾌하게 말했다.

「예.」 섬너가 말했다. 「다 옛날얘기죠.」

「당신 얘기 좀 해보시오, 패트릭?」

「할 얘기 없습니다.」

「부디요.」 성직자가 채근했다. 「사연 없는 사람이 어디 있습니까? 다 있지.」

섬너가 고개를 가로저었다.

「난 아닙니다.」 섬너가 말했다.

성직자는 일요일마다 오두막의 주실에서 성찬식을 거행했다. 탁자를 방 한쪽 끝으로 밀고, 책과 서류를 전부 치운 다음, 리넨 소재 테이블보와 십자가상과 초를 끼운 황동 촛대 두 개를 준비하는 식이었다. 포도주를 담는 용도의 백랍 소재 주전자와 잔이 동원됐고, 이빨 빠진 도자기 접시에는 제병이 담겼다. 애나와 그녀의 남자 형제 하나는 매주 참석했고, 근처 캠프에서 가끔 오는 사람이 네다섯 명쯤 됐다. 섬너가 복사(服事) 역할을 맡아 미사의 집전을 도왔다. 초에 불을 붙이고, 불어서 다시 끄고, 헝겊으로 성배의 테두리를 깨끗이 닦는 등속의 임무가 그에게 부여됐다. 심지어 요청에 따라 성경의 일부를 읽기도 했다. 이 모든 게 터무니없는 허튼 짓이라고, 섬녀는 생각했다. 그것은 인간이 나오는 생경하고 조잡한 서커스였고 거기서 성직자가 무대 감독과 조련사를 겸했음은 물론이다. 하지만 그럼에도 불구하고, 섬녀는 사사건건 시비하느니 차라리 일주일에 한 번 이 짓을 하는 게 더 낫다고 생각했다. 정말 궁금한 것은, 에스키모들이 이 바보 같은 짓을 어떻게 생각할지였다. 그들은 시키는 대로 섰다 꿇었다 했고, 최선을 다해 찬송가까지 따라 불렀다. 섬녀는 그들이 이 짓을 속으로는 재미있어한다고 생각했다. 이거라도 없었다면 지루하고 긴긴 겨울을 어떻게 보내랴 싶고, 일종의 색다른 오락으로 즐길 거라고 추론했다. 섬녀는 그들이 이글루로 돌아가면서 사제가 보인 엄숙한 태도를 비웃을 거라고 상상했다. 무겁고 근엄하며, 아무 의미도 없는 성직자의 각종 몸짓을 에스키모들이 명랑하게 흉내 낼 터였다.

그러던 어느 일요일이었다. 예배가 끝난 후, 몇 안 되는 회중이 파이프 담배를 피우고, 또 설탕을 집어넣은 차를 마시며 담소를 나누었다. 그런데, 애나가 사제에게 와서, 캠프에서 온 에스키모 여자 가운데 한 명을 언급하며 아이가 아픈데 약이 없느냐고 물었다. 사제가 듣고서 고개를 끄덕였고, 저장실에 가서 감홍 병을 가져왔다. 하얀 알약 두 개가 건네졌고, 여인은 다음의 지시 사항을 들었다. 반으로 쪼개서 매일 아침 그 반쪽을 하나씩 아기에게 먹이고, 복용 중에는 포대기로 단단히 쌀 것. 늘 앉는 난로 옆에 앉아 있던 섬녀가 그 광경을 내내 지켜봤지만, 끼어들지는 않았다. 사제가 자리를 뜨자, 섬녀가 일어나 에스키모 여인에게 다가 갔다. 그가 몸짓으로 아이를 보고 싶다는 의사를 표시했다. 여자가 애나에게 무슨 말을 했고, 애나가 응답하자, 그녀가 강보에서 아이를 꺼내, 섬녀에게 보여 줬다. 아이의 두 눈이 퀭하니 어두웠다. 손과 발도 차가웠다. 섬녀가 아이의 볼을 꼬집었지만, 울지도 보채지도 않았다. 그가 아기를 여인에게 돌려주고 난로 뒤로 가서 아연 도금 양동이에 담긴 석탄을 한 조각 집었다. 발뒤꿈치로 으깼고, 집게손가락에 침을 바른 다음, 그걸 묻혔다. 섬녀가 아기의 입을 벌리고, 혀에 석탄 가루를 바른 다음, 물을 가져오고, 찻숟가락으로 부어 씻겼다. 아기가 홍조를 띠었고, 기침을 했으며, 물을 꿀떡 삼켰다. 섬녀가 양동이에서 더 큰 석탄 조각을 챙겨 와, 애나에게 건넸다.

「방금 내가 한 대로 하게 하세요.」 섬녀가 말했다. 「매일 네 번씩 해야 합니다. 그 중간중간 물도 최대한 많이 먹이셔야 해요.」

「하얀 약도 먹여요?」 애나가 물었다.

섬녀가 고개를 저었다.

「약은 내다 버리라고 하세요.」 섬녀가 대답했다. 「먹으면 더 나빠져요.」

애나가 얼굴을 찡그리고는, 발치를 내려다봤다.

「여자에게 내가 앙가코크라고 하세요.」 섬녀가 해결책을 제시했다. 「내가 성직자보다 아는 게 많다고 말해요.」

애나의 두 눈이 휘둥그레졌다. 그녀가 고개를 흔들었다. 「못 해요.」 애나가 대꾸했다.

「그렇다면, 저 여자한테 직접 판단해 선택하라고 말하시오. 알약인지, 석탄인지. 이제 저 여자 소관이오.」

섬녀가 자리에 가서 앉았고, 주머니칼을 꺼내더니, 다시 나무를 깎기 시작했다. 애나가 섬녀와 더 얘기하고자 했지만, 그가 단호한 손짓으로 물리쳤다.

섬녀를 구조한 에스키모 사냥꾼 둘이 일주일 후 선교단을 찾아왔다. 그들의 이름은 각각 우르강과 메로크였다. 둘다 녹초 상태였지만, 쾌활하기 이를 데 없었다. 머리칼이 볼품없게 곧았고, 소년 같은 매력이 있었다. 오래된 파카가 해지고 찢겨 허름하기가 말할 수 없을 정도였고, 보기 싫게 둥글납작한 곰 가죽 바지도 바다표범 기름과 콧물로 여기저기 새까맸다. 도착해서는 먼저 개를 묶었고, 애나 남매와 예를 갖춰 인사했다. 그 후 그들이 성직자를 한쪽으로 데려가, 다음번 사냥 출정에 섬녀를 데려가고 싶다고 제안했다.

「당신이 사냥을 직접 할 필요는 없대요.」 사제가 곧바로 섬녀에게 소식을 전했다. 「그냥 옆에 있기만 하면 된대요. 당신한테 마법의 힘이 있다고 생각합니다. 당신이 동물을 유인할 수 있을 거라고 믿어요.」

「얼마나 걸립니까?」

성직자가 밖으로 나가, 이 문의 사항을 확인했다.

「일주일이랍니다.」 사제가 들어와 대답해 줬다. 「새 모피 한 벌과, 잡은 것 중 꽤 많은 몫을 떼어 주겠다고 하네요.」

「알았다고 전해 주세요.」 섬녀가 대꾸했다.

성직자가 고개를 끄덕였다.

「마음씨가 고운 사람들입니다. 하지만, 상스럽고 원시적이에요. 영어는 한마디도 못 합니다.」 사제가 정보랍시고 설명했다. 게다가 충고까지. 「그들과 어울릴 때, 문명사회의 미덕과 모범을 보여 주시면 좋겠습니다.」

섬녀가 성직자를 보고, 웃었다.

「모범이요? 관심 없습니다.」 섬녀가 대꾸했다.

사제가 어깨를 으쓱하고는, 고개를 절레절레 저었다.

「당신은, 당신이 생각하는 것보다 더 훌륭한 사람이에요.」 성직자가 섬녀에게 말했다. 「당신은 조개처럼 당신의 비밀을 꾹 다물고 있습니다. 내 압니다. 지금까지 당신을 지켜본 바에 의하면요.」

섬녀가 입술을 핥고는, 난롯불에 침을 퉤 하고 뱉었다. 황갈색 가래 덩어리가 일순 거품을 피어 올리며 지직거리다가, 이내 사라졌다.

「그래요? 그 지켜보는 일을 중단해 주신다면 고맙겠습니다. 내가 어떤 사람이든, 어떤 사람이 아니든, 그건 내 일입니다.」

「당신과 하느님 사이의 일이죠. 맞아요.」 사제가 대꾸했다. 「그래도 보고 싶지는 않아요. 어엿한 신사가 스스로를 오판하는 사태를 말입니다.」

섬녀가 창문 밖을 내다봤고, 지저분하기 이를 데 없는 에스키모 둘과 얼룩무늬 개 떼가 시야에 들어왔다.

「좋은 말씀은 아껴 뒀다가, 정말 원하는 사람들한테나 해 주세요.」섬녀가 말했다.

「내 말이 아니라, 예수 그리스도의 말씀입니다. 주님의 말씀이 필요치 않은 사람은 없지요.」

아침에 섬녀가 새 옷을 갖춰 입고, 사냥꾼들의 눈썰매에 탑승했다. 일행은 일단 겨울철 야영지로 돌아갔다. 서로 연결된 이글루 복합체가 낮게 똬리를 틀었고, 눈썰매, 천막 기둥, 건조대, 외에도 나무와 뼈 조각들이 밟아 다진 눈밭 여기저기에 흩어져 있었다. 누리끼리한 눈밭의 오줌 자국은 덤이었다. 한 무리의 여자와 아이들이 그들을 열렬히 환영했다. 개들이 따라 짖었다. 사람들이 섬녀를 큰 이글루 한 동으로 안내했고, 앉을 자리를 내줬다. 그 이글루는 바닥부터 천장까지 사방이 순록 가죽으로 덧대어졌고, 중앙에 동석으로 만든 기름등이 켜져서 따뜻했다. 내부가 아무래도 눅눅하고 어두웠으며, 오래된 연기와 생선 기름 냄새가 코를 찔렀다. 다른 이들도 섬녀를 따라 안으로 들어왔다. 왁자한 웃음과 대화가 이어졌다. 섬녀가 파이프에 담배를 채우자, 우르강이 고래 가죽 불붙이개로 대신 불을 붙여 줬다. 검은 눈동자의 아이들이 손가락 끝을 깨물며, 잠잠히 응시했다. 섬녀는 누구하고도 말을 섞지 않았고, 눈짓이나 몸짓으로 소통을 시도하지도 않았다. 자기가 마법사라고 믿는다면, 그렇게 믿도록 내버려 두는 게 낫다고 판단한 것이다. 섬녀에게는 그들의 믿음을 올바로 돌려놓거나, 무엇인가를 가르쳐 줄 책임이 없었다.

섬녀가 지켜보는 가운데, 여인 하나가 금속 냄비를 데웠는데, 거기 바다표범 피가 담겨 있었다. 피가 끓어 김이 나자, 여자가 불꽃에서 냄비를 회수해 좌중에게 돌렸다. 모두가 그 피를 마셨다. 그게 의식 절차나 무슨 의례가 아님을 섬녀는 알았다. 그냥 음식을 먹는 방법이었을 뿐이다. 냄비가 돌아 섬녀의 차례가 되었지만, 그가 고개를 가로저었다. 사람들이 계속 권하자, 받아 들고서 냄새를 맡아 본 다음, 오른쪽에 있는 사람에게 그냥 줬다. 에스키모들이 그렇다면 바다표범 생간을 먹어 보라며 한 조각 줬지만, 섬녀는 그것도 거절했다. 사람들 감정이 상했다는 게 감지되었다. 그들이 눈을 깜박이는데, 슬픔과 혼란이 읽혔다. 섬녀는 양보하고 받아들이는 것이 더 편하고 더 좋은 건 아닌지 궁리했다. 냄비가 한 번 더 돌았고, 이번에는 섬녀도 마셨다. 맛이 그리 나쁘지는 않았다. 더한 것도 먹어 봤음에야. 무염의 기름기 많은 소꼬리 곰탕이 떠올랐다. 섬녀가 자진하여 즐기고 있음을 보여 주기 위해 한 번 더 마셨고, 연후에야 냄비를 옆으로 전달했다. 그네들이 안도하며, 또 즐거워한다는 걸 알 수 있었다. 그들이 선물을 권했고, 그가 받았으며, 또 어쩌다 보니 그들과 한패가 되었음이 분명해졌다. 그들의 이런 믿음이 못마땅한 것은 아니었지만, 섬녀는 그게 진실이 아님을 확실히 알았다. 그는 그들과 한패가 아니었다. 섬녀는 이제 기독교인도, 아일랜드인도, 의사도 아니었고,

에스키모는 더더욱 아니었다. 그는 아무것도 아니었고, 사실 이런 상태야말로 내려놓고 싶지 않은 특권이자 기쁨이었다. 식사가 끝나자, 그들은 놀이를 했고, 또 여흥을 즐겼다. 섬너가 그들을 지켜봤고, 요구를 받으면 끼기도 했다. 바다코끼리 뼈로 만든 공을 던지고, 목제 컵으로 받는 놀이가 있었다. 섬너가 그들의 노래를 형편없는 솜씨로 따라 불렀다. 에스키모들이 왁자하게 웃었고, 그의 어깨를 쳤다. 그들이 그를 가리키며 깔깔거렸다. 섬너는 새 털가죽 옷과 약속받은 몫의 바다표범 고기를 위해 이 짓을 하고 있는 거라고 뇌까렸다. 받게 되면 그 둘을 모두 성직자에게 넘겨줘야 할 터였다. 요컨대, 그는 빚지지 않고 자활하는 과제에 몰두 중이었다.

눈으로 만든 단 위에서 모두 함께 잤다. 물론 나뭇가지와 가죽으로 위를 덮었다. 그들 사이에는 차이나 구별, 장벽이 없었다. 그들은 사생활, 계급과 체계, 울타리를 만들려는 노력을 전혀 하지 않았다. 섬너 생각에, 그들은 축사에 함께 모여 있는 소 떼 같았다. 한밤중에 깼는데, 두 사람이 섹스하는 소리가 들렸다. 그들이 내는 소리에서는 열락과 해방감이 느껴지지 않았다. 필요 때문에 억지로 하는, 괴상한 후두음이었다. 다음 날 아침 섬너가 일찍 잠에서 깼다. 푸니라고, 우르강의 두 아내 가운데 한 명이 섬너에게 물을 줬다. 푸니는 어깨가 떡 벌어진 다부진 체구의 여인으로, 넙데데한 얼굴에 표정이 험악했다. 우르강과 메로크가 밖에서 이미 썰매를 채비 중이었다. 섬너가 밖으로 나갔는데, 두 사람이 어제보다 더 가만하고, 덜 떠들썩했다. 긴장하고 있다는 게 느껴졌다. 어쩌면 두 사람은 백인 남자의 마법을 그동안 신나게 떠들어 댔을 테고, 이제 말이 너무 많았던 것은 아닌지 걱정이 드는 참이었을 것이다.

모든 준비가 끝났고, 섬녀가 눈썰매에 타자, 두 사람이 해빙 구역으로 개들을 몰았다. 해안선을 따라 몇 마일을 이동하다가 드디어 그들이 한 장소에 멈추었다. 섬녀한테는 쉬지 않고 지나치면서 목격한 다른 수백 군데 지점과 전혀 다를 바가 없어 보였다. 아무튼 그들은 썰매에서 창을 내렸고, 개들이 끌고 가지 못하게 썰매를 넘어뜨려 눈밭에 단단히 박았다. 그들이 개 한 마리의 장구를 끌러 주자, 놓여난 개가 자유롭게 여기저기 돌아다니며, 얼음판에 난 숨구멍을 냄새로 찾았다. 섬녀가 그들을 지켜보며, 또 쫓아갔다. 하지만 두 사람이 섬녀에게 전혀 주의를 기울이지 않았고, 하여 잠시 후 그는 대단히 불안해졌다. 그들이 벌써 자신을 괄시하기 시작한 것인지, 어제 무슨 말을 잘못했거나 책잡힐 만한 행동거지로 인해, 자신의 초자연적 능력이 이미 의구심의 대상으로 전락하고만 것은 아닌지, 좌불안석이었다. 풀어 준 개가 원을 그리면서 짖어 대자, 메로크가 녀석의 갈기를 붙잡아 당겼다. 우르강이 몸짓으로 섬녀에게 그 자리에 있으라고 신호했다. 그러고는 창을 마치 순례자의 지팡이처럼 한 손에 수직으로 쥐고서, 천천히 숨구멍으로 다가갔다. 숨구멍에 점점 더 가까워지자, 그가 무릎을 꿇고, 칼로 덮힌 눈을 긁어냈다. 우르강이 구멍을 들여다보고, 머리를 돌려 소리를 들어본 다음, 다시 긁어냈던 표면을 눈으로 덮었다. 방금 만든 틈을 닫은 것이다. 그가 파카 안에서 바다표범 가죽 한 장을 꺼내, 얼음 위에 올려놓고, 그 위에 섰다. 우르강이 무릎을 구부리고, 숨구멍을 향해 고개를 숙였다. 두 손으로는 끝이 쇠붙이인 기다란 창을 허벅지와 평행이 되게 붙잡았고, 몸통을 앞으로 기울인 채였다.

섬너가 파이프에 불을 붙였다. 우르강이 선 채로 한참을 가만히 있었다. 별안간 그가 몸을 똑바로 폈다. 뭐랄까, 모종의 신령한 존재, 그게 아니라면, 퀘이커교도의 내면의 소리 같은, 소리 없는 아우성이 행동을 유발한 듯했다. 구분 동작으로 나누는 것이 불가능한 전광석화와 같은 움직임으로, 창이 들렸다, 내리꽂혀, 숨구멍을 파고들었다. 숨을 쉬려고 막 올라온 바다표범의 몸에 창이 박힌 게 틀림없었다. 미늘창 촉이 창 자루와 분리되었다. 물론 창 촉에는 줄이 꿰어져 있었다. 우르강이 양손으로 그 줄을 잡고, 두 발을 눈밭에 단단히 고정한 채, 피격당한 바다표범을 휙 잡아당겼다. 보이지 않는 아래쪽에서 부상당한 바다표범도 그냥 당하고 있진 않았다. 자맥질과 함께 둘의 드잡이가 시작됐고, 물이 출렁이며 얼음의 갈라진 틈으로 포말이 솟아올랐다. 처음에는 물이 수정처럼 맑았는데, 분홍색으로 바뀌더니, 이윽고 밝은 빨강으로 바뀌었다. 종국에는 바다표범이 죽었고, 진하고 새까만 핏방울이 숨구멍 밖으로 솟구쳐, 우르강 발치의 얼음에까지 튀었다. 그가 무릎을 꿇었고, 한 손으로는 줄을 붙잡은 채, 다른 손으로 칼을 꺼내 숨구멍 가장자리를 쪼아서 도려냈다. 메로크가 달려왔고 죽은 바다표범을 빙판 위로 같이 끌어냈다. 상황이 종료되자, 창 촉을 회수해야 했고, 그들은 아예 사체를 관통시켜 버렸다. 창 촉과 창 자루의 재결합 문제는 그렇게 해결됐고, 귀중한 바다표범 피도 더 잃어서는 안 됐다. 그들이 바다코끼리 엄니로 만든 일종의 막대 모양 단추로 뻥 뚫린 양쪽 상처 부위를 틀어막았다. 바다표범이 컸다. 평균치보다 거의 두 배가 컸으니, 거대 바다표범이라고 불러 줄 만했다. 사체 주변을 오가며 작업하는 둘의 몸놀림이 신속하고, 또 경쾌했다. 섬녀는 사냥꾼들의 기분이 매우 좋다는 걸 눈치챘다. 하지만 동시에 그 득의와 기쁨을 억누르고 있음을 알 수 있었다. 방정을 떨다가 부정 탈까 봐 조심하는 것이었다. 일행 셋이 물결 모양으로 골이 진 빙판을 가로질러 썰매 있는 곳으로 돌아갔다. 뒤에서 질질 딸려 가는 바다표범 사체가 금덩어리 자루 같았다. 한 일이 없었지만 성과는 성과였고, 섬녀는 가슴 깊은 곳이 아주 잠깐 따스해짐을 느꼈다. 묻지 않은 궁금증에 답을 얻은 것 같은 느낌이라고나 할까.

다시 야영지로 돌아온 우르강과 메로크가 바다표범 사체를 정육해, 고기와 기름을 부족의 다른 성원들에게 나눠 줬다. 아이들이 섬녀 주위로 모여들었다. 그의 곰 가죽 바지를 잡아당기고, 허벅지와 무릎을 만지고 비비며, 난리였다. 섬녀가 가져온 행운을 나눠 갖고 싶은 염원이었으리라. 귀찮았던 섬녀가 쫓아 버리려고 했지만, 애들은 전혀 말을 듣지 않았다. 여자들이 이글루에서 나오고서야, 그 내키지 않는 소동이 일단락되고, 아이들이 흩어졌다. 잡은 바다표범이 컸고, 섬녀의 자격과 중요성이 입증된 듯했다. 그들은 섬녀가 마법을 부린다고 믿었다. 그가 주문을 외워서 동물을 불러내, 사냥꾼들의 창으로 인도한다는 것이었다. 섬녀는, 자신이 완전하고 본격적인 신은 아니지만, 그래도 성인 정도는 된다고, 생각했다. 도움을 주고, 중재역을 수행하기 때문이었다. 캐슬바에 있던 윌리엄 하퍼의 집 거실 벽에 걸려 있던 성녀 거트루드의 다색 석판화가 떠올랐다. 황금색 후광, 깃펜, 그리고 쫙 편 손바닥 면에는 그리스도의 심장이 신성한 비트처럼 놓여 있었다. 이런 생각이 부조리하고 터무니없으며, 죄가 되는 것일까? 섬녀는 궁금했다. 물론 오두막의 성직자라면야 관련해서 해줄 말이 한두 마디쯤 있을 터였다. 하지만, 섬녀는 신경 쓰지 않기로 했다. 그 사제는 완전히 다른 세상 사람이었기 때문이다.

잠자리. 순록 가죽 아래 누워 있는데, 푸니의 엉덩이가 섬녀의 사타구니 쪽으로 쳐들어 왔다. 섬녀는 그녀가 단지 몸을 뒤척이는 것이라고 생각했다. 남들처럼 자고 있다고 말이다. 하지만, 좀 있다가 여자가 다시 그랬고, 섬녀는 푸니의 의도를 알아챘다. 여인은 단신이었고, 사지가 뭉툭했으며, 엉덩이가 푸짐했고, 젊지도 않았다. 정수리가 각진 푸니의 머리가 섬녀의 가슴팍에 겨우 닿았고, 머리칼에서는 지저분한 바다표범 기름 냄새가 났다. 섬녀가 손을 내밀어 납작한 가슴을 만졌지만, 여자는 말을 하지도, 돌아눕지도 않았다. 이제 푸니는 섬녀가 깨어 있음을 알았고, 그대로 누워

상대를 기다렸다. 여자의 남편이 낮에 빙판에서 바다표범을 기다리던 꼴이 떠올랐다. 만반의 태세를 갖추었지만, 기대와 요구는 없는. 바라고 원하지만, 동시에 모든 욕망이 제거된. 마치 전부이자 전무가 결합해 가만히 조화를 이루고 있는 듯했다. 여인의 숨소리가 들렸고, 여체가 내뿜는 부드러운 온기가 느껴졌다. 푸니가 한 차례 씰룩이는가 싶다가, 다시 잠잠해졌다. 섬너가 아무 말이라도 할까 생각했지만, 곧 할 줄 아는 말이 없다는 걸 깨달았다. 두 피조물이 결합했다. 그 교접 행위에 무슨 대단한 의미는 없었다. 추가로 미치는 영향이나 함축도 있을 수 없었다. 섬너가 여인의 몸을 파고들었다. 그의 마음이 텅 비었고, 정화의 불길이 온몸을 휩싸고 치밀어 올랐다. 섬너는 근육과 뼈, 피와 땀, 그리고 정액이었다. 당기고, 밀치고, 찌르고, 비틀고, 안절부절못한 그 신경질적 행위는 금방 끝났고, 우아하지 못했다. 섬너는 다른 방식의 처신이 필요하지도, 그런 걸 원하지도 않았다.

사냥꾼들이 매일 출정했고, 그때마다 바다표범을 잡아왔다. 그리고 매일 밤, 순록 가죽 이불 아래서는, 남들이 곤히 자는 동안, 섬너와 푸니가 결합했다. 여인은 항상 자기 등을 섬너 쪽으로 향하고 누웠다. 저항도, 격려도 없었다. 그녀는 단 한마디도 입 밖에 내지 않았다. 섬너가 행위를 끝내면, 푸니가 굴러서 떨어졌다. 따뜻한 물과 바다표범 생간을 아침 식사로 내주는 게 푸니였는데, 아침에 보이는 그녀의 태도는 쌀쌀맞았다. 여자는 둘 사이에 뭔가 있었음을 기억한다는 내색을 전혀 하지 않았다. 섬녀는 푸니가 〈폴리테세〉라고 하는 이교도의 관념에 따라 행동한다고 상상했다. 우르강 자신이 그 짓을 부추기거나 시켰을 거라고도. 섬녀는 더도 말고 덜도 말고, 있는 그대로 사태를 받아들였다. 일주일 후 다시 선교단으로 돌아가야 할 때가 됐을 때, 섬녀는 자신이 빙원의 공허를 그리워하게 될 것임을 깨달았다. 알아들을 순 없어도, 이글루를 감쌌던 왁자한 재잘거림도. 선교단을 벗어난 이후로, 섬녀는 영어를 단 한마디도 입 밖에 내지 않았다. 오두막에서 자신을 기다릴 사제, 그의 책과 종이, 그의 의견과 계획과 신조가 생각나자, 짜증이 일면서 우울해졌다.

마지막 날 밤이었다. 일을 치렀는데도, 푸니가 떨어지지 않고, 섬녀한테로 몸을 돌렸다. 기름등으로 인해 어둠이 더 인상적이었다. 마맛자국이 있는 푸니의 투박한 얼굴이 눈에 들어왔다. 검정 눈동자, 작은 들창코, 입술의 윤곽선이 보였다. 푸니가 웃고 있었다. 호기심 가득한 표정이 열렬했다. 그녀가 입을 열고 말을 했을 때, 섬녀는 과연 지금 무슨 일이 벌어지고 있는지 얼떨떨할 뿐이었다. 에스키모 말이 섬녀에게는 그저 소음일 뿐이었다. 밤에 사냥꾼들이 개들을 달랠 때도 후두를 때리며 그런 낮은 소리를 냈으니. 하지만, 그 순간 섬녀는 그녀가 자신에게 영어로 말하고 있음을 깨달았다. 낯설고 생경하지만 알아들을 수 있었다. 푸니가 〈굿바이〉란 말을 했다. 섬녀가 경악했고, 전율했다.

「구드 바이.」 푸니가 계속 웃었다. 「구드 바이.」

섬녀가 인상을 썼고, 고개를 가로저었다. 그녀의 애쓰는 모습에 그는 자신이 아무렇게나 노출돼 격하되었다는 느낌이 들었다. 자괴감이 들고, 괴로웠다. 둘 위로 불이 켜져 밝게 타오르는 듯했다. 그들의 한심한 나체 상태가 밝게 드러났다. 섬녀는 푸니가 그만 닥쳐 줬으면, 항상 그래 온 것처럼 이제 자신을 외면하고 무시해 줬으면 싶었다.

「됐어요.」 섬녀가 푸니에게 사납게 속삭였다. 「이제 그만. 그만.」

다음 날 섬녀가 선교단으로 돌아왔다. 어둡고, 날이 추웠다. 북극광이 밤하늘에 펼쳐졌다. 녹색과 보라색 띠가 연동하는 광경에서, 섬녀는 신화 속 동물의 내장이 꼬여 감긴 것은 아닐까, 하고 생각했다. 오두막 안으로 들어갔는데, 사제가 침대에 뻗어 있었다. 복통을 호소하며, 거동을 못 하는 상태였다. 애나가 성직자의 지시에 따라, 배에 따뜻한 습포제를 대줬고 약상자에서 피마자기름과 멕시코산 할라파로 만든 설사약을 가져다 놓아뒀다. 사제가 섬녀에게 설명하기를, 변비가 심하고, 똥이 안 나올 것 같으면 관장을 해야 할지도 모르겠다고 했다. 섬녀가 직접 차를 끓이고 고기 국물도 데웠다. 그가 식사하는 걸 지켜보던 사제가 사냥 원정을 물었다. 섬녀가 바다표범과 잔치 얘기를 들려줬다.

「그렇다면 당신 덕분에 그네들의 미신이 강화됐겠군요.」 성직자가 말했다.

「원하는 대로 믿는 거지요. 내가 간섭하고 참견할 일이 아닙니다.」

「무지한 상태로 내버려 두는 건, 아무 도움이 안 됩니다. 짐승처럼 사는 거지요.」

「그 사람들에게 알려 줄 진실 같은 게 저한테는 없습니다.」

성직자가 고개를 가로저었고, 통증 때문인지 움찔했다.

「그렇담 당신은 도대체 뭡니까?」 사제가 물었다.

섬녀가 어깨를 으쓱했다.

「지쳤고, 배가 고프네요.」 그가 사제에게 말했다. 「나야, 저녁을 먹고 잘 예정인 사람이죠.」

성직자가 밤에 한바탕 심하게 설사를 했다. 섬녀가 잠이 깬 건, 커다란 신음과, 후드득 튀는 똥물 소리 때문이었다. 실내 공기가 물똥 악취로 가득 찼다. 바닥에서 웅송그리며 자던 애나가 일어나 사제를 도왔다. 몸을 닦을 수 있도록 깨끗한 수건을 갖다 줬고, 요강을 들고 나가 비웠다. 돌아와서는, 담요를 덮어 주고, 사제가 물을 마시는 것도 도왔다. 섬녀가 이 과정 전반을 지켜봤지만, 기척도 말도 입 밖에 내지 않았다. 섬녀는 사제가 실제 나이에 비해 팔팔하고 건강하다고 생각했다. 성직자 역시 변비는 북극권 식단의 통상적 결핍에 따른 결과일 뿐이라고 생각했다. 식물, 그러니까 야채나 과일 같은 게 전무했던 것이다. 설사약이 들었으니, 조만간에 사제가 정상으로 돌아올 것이라고, 섬녀는 짐작했다.

성직자가 아침에 한결 나아졌다고 밝혔다. 그가 침대에 앉아 아침 식사를 하고, 애나에게 책과 서류를 가져오게 시켜서, 번역 작업을 속개했다. 섬녀는 밖으로 나가, 간밤에 이글루에서 잔 우르강 및 메로크와 작별 인사를 했다. 세 사람이 오래된 친구처럼 서로 포옹했다. 두 사람이 약속대로 바다표범 한 마리를 주었고, 일종의 기념품으로 그들의 사냥용 창도 한 자루 주었다. 그들이 창을 가리키고, 이어서 섬녀를, 또 멀리 빙원을 가리켰다. 자기들이 가고 나면, 혼자서 사냥을 하라는 말임을, 섬녀도 알아들었다. 두 사람이 웃었고, 섬녀도 고개를 끄덕이며 그들에게 미소를 지어 보였다. 그가 창을 쥐고, 얼음을 관통해 바다표범을 타격하는 동작을 취해 보이자, 두 사람이 박장대소했다. 섬녀가 한 번 더 해 보였고, 둘이 더 크게 웃었다. 그쯤에서 두 놈이 자기를 살짝 놀리고 있다는 걸 섬녀가 눈치챘다. 물론 작별을 수월하게 하고자 함이었다. 분수를 알아야 한다는 메시지도 있었다. 그들이, 물론 마법적 권능이 있지만 그럼에도 불구하고 섬녀가 백인임을 상기해 주었다. 창 사용법을 아는 백인이라는 생각은, 정말이지 생각만 해도 웃기는 것이었다. 섬녀가 화강암 곶 너머로 눈썰매가 사라지는 것을 지켜본 후, 다시 오두막으로 들어왔다. 성직자가 일지를 작성 중이었고, 애나는 청소를 하고 있었다. 섬녀가 두 사람에게 받은 창을 보여 줬다. 성직자가 받아서 살펴보고는, 애나에게 넘겨주자, 그녀가 알려 줬다. 잘 만든 것이긴 한데, 오래돼서 못 쓴다고.

그들이 건빵과 고기 국물로 점심을 때웠다. 성직자가 제 앞에 놓인 음식을 죄다 집어 먹었는데, 식사를 마치자마자

사달이 났다. 다시 마룻바닥에 다 토해 버린 것이다. 사제가 잠시 의자에 앉아 쉬었고, 기침하고 침을 뱉느라 몸을 못 펴더니, 곧 침대에 누웠다. 그가 브랜디를 달라고 했고, 섬녀가 저장실로 가, 약상자에서 진통 발한제인 도버 파우더 병을 가져왔다. 한 숟가락 분량을 떠서 물에 녹인 다음, 그가 사제에게 마시라고 주었다. 성직자가 준 걸 받아 마시고는, 깜빡 잠이 들었다. 잠이 깨자, 그가 헬쑥한 표정으로 아랫배가 더 아프다고 호소했다. 섬녀가 맥을 짚어 봤고, 혀를 살펴봤다. 백태가 끼어 있었다. 그가 손으로 사제의 배를 눌렀다. 살갗이 부자연하게 딱딱하긴 했지만, 탈장의 징후는 없었다. 섬녀가 장골 바로 위를 누르자, 사제가 외마디 비명과 함께 몸을 홱 구부렸다. 섬녀가 진찰을 종료하고 창문 밖을 내다봤다. 눈이 오고 있었다. 창유리가 두꺼웠는데, 성에가 끼어서였다.

「브랜디를 마시면, 도움이 좀 될 겁니다.」섬녀가 말했다.

「오줌을 싸고 싶은데」사제가 말했다. 「한 방울도 안 나옵니다. 쌀 수가 없어요.」

애나가 침대 맡에 앉아, 「고린토인들에게 보낸 편지」를 읽어 줬다. 가만하고, 자꾸 끊어지는 영어였다. 오후가 저녁으로 이행했고, 사제의 통증이 악화되었다. 숨을 제대로 못 쉬었고, 가엾게 신음했다. 섬녀가 따뜻한 습포제를 만들어 줬고, 약상자에서 진통제도 좀 찾아냈다. 그가 애나에게 브랜디와 도버 파우더를 계속 주고, 통증이 심해지면 찾아낸 진통제를 투약하라고 지시했다. 밤사이, 성직자가 매 시간

깨어났다. 두 눈이 툭 튀어나왔고, 통증으로 울부짖었다. 팔을 접어 머리를 받친 채, 탁자에서 자던 섬녀가 그때마다 깜짝 놀라 깼다. 심장이 두방망이질 쳤고, 연민으로 그도 애간장이 탔다. 섬녀가 침대 있는 곳으로 가, 무릎을 꿇고 사제에게 브랜디를 줘 마시게 했다. 성직자가 별안간 섬녀의 팔을 움켜잡았다. 언제 죽을지 모른다는 느낌에 겁을 집어먹은 듯했다. 초록색 눈이 충혈되어 점액이 흘러나왔고, 그가 흥분했음을 알 수 있었다. 입술이 잔뜩 텄고, 내쉬는 뜨거운 날숨이 역했다.

아침이 되어, 성직자의 신음이 더는 들리지 않자, 애나가 섬녀에게 죽은 거냐고 물었다.

「여기에 농양이 있어요.」 섬녀가 사제의 사타구니 바로 위 오른쪽 배 부분을 가리켰다. 「그게 터졌고, 배에 독이 차고 있어요.」

「그래서 구해 주실 수 있죠?」 애나가 말했다.

「아니요. 불가능합니다.」

「앙가코크라면서요.」

「병원은 수천 마일 떨어져 있고, 나는 약이 없어요.」

애나는 못 믿겠다는 표정이었다. 섬녀는 이 여자가 몇 살일지 궁금해졌다. 열여덟? 서른? 판단이 쉽지 않았다. 에스키모 여자는 가죽 같은 갈색 피부가 죄다 똑같았기 때문이다. 작고 검은 눈, 미심쩍어하는 표정까지 다 똑같았다. 다른 사내였다면 그녀를 제 침대로 데려갔을 거라고, 섬녀는 생각했다. 하지만 죽어 가는 사제는 그녀를 가르쳤고, 성경

읽는 법을 알려 줬다. 자기 생각을 말하는 법도 말이다.

「사람을 살리지도 못하면서, 여긴 왜 왔습니까?」애나가 물었다. 「당신은 도대체 뭐죠?」

「그냥 우연히 온 겁니다. 무슨 의미가 있는 게 아니고.」

「당신 빼고, 다 죽었어요. 왜 당신만 사는 거죠?」

「이유는 없어요.」섬녀가 대꾸했다.

애나가 섬녀를 빤히 쳐다보다가 고개를 절레절레 흔들고는, 다시 사제가 누워 있는 침대 곁으로 갔다. 그녀가 무릎을 꿇고 기도를 드렸다.

두세 시간 후, 성직자의 몸이 격렬한 발작 경련을 일으켰다. 피부가 차가웠고, 기분 나쁘게 축축했다. 희미한 맥박이 더욱 불규칙해졌다. 혀에 중앙을 따라 큼지막한 밤색 줄이 생겼다. 애나가 브랜디를 주었지만, 토했다. 섬녀가 잠시 지켜보다가, 새로 받은 털가죽 옷을 걸치고 오두막을 빠져나왔다. 무지막지하게 추웠고, 아직도 어두웠지만, 죽을 운명의 사내가 내뿜는 시큼한 악취를 모면할 수 있어서 기뻤다. 성직자가 고통을 호소하며 줄기차게 내는 강판 가는 듯한 울부짖음도 고역이었다. 섬녀가 이글루를 뒤로하고 서서, 동쪽을 바라보았다. 광대한 해빙의 황무지 끝에서 희부연 수평선이 포물선을 그리고 있었다. 정오였지만, 머리 위에선 별들이 보였다. 어디를 둘러봐도 생명이나 운동의 징후가 없었다. 모든 것이 가만했고, 어두웠고, 추웠다. 세상의 종말이 이미 시작되었다는 생각이 들었다. 땡땡 언 지구에 살아남은 사람이 자기뿐이라는 뜬금없는 생각까지. 섬너가 몇 분이나 그대로 서 있었다. 자기가 들이쉬고 내뱉는 숨의 얕게 쌕쌕거리는 소리가 들렸다. 심장의 적색근이 가슴팍에서 부드럽게 쿵쿵거리는 게 느껴졌다. 순간 아차 하는 생각이 들었다. 그가 천천히 몸을 돌렸고, 오두막으로 돌아갔다.

애나가 성직자의 배에 새 습포제를 올려 주고 있었다. 여자가 섬녀를 사납게 쳐다봤지만, 그는 모른 체했다. 그러고는 약상자 쪽으로 가서, 에테르 병을 꺼냈다. 붕대로 쓸 수 있는 면직물과 메스 한 개도. 섬녀가 메스를 숫돌로 갈았다. 그런 다음에는 탁자에서 남아 있던 책을 치우고, 걸레로 윗면을 깨끗이 닦았다. 섬녀가 침대로 걸어갔고, 사제를 내려다봤다. 피부가 창백했고, 또 축축했다. 두 눈이 고통으로 가득 차 있었다. 섬녀가 이마에 손을 대보고, 잠시 입 안을 들여다봤다.

「당신은 맹장이 곪았습니다.」섬녀가 사제에게 진단 내용을 알려 줬다. 「뭐, 궤양이 생겼을 수도요. 뭐, 그게 그겁니다. 아편이 조금이라도 있으면 도움이 되겠지만, 뭐, 하나도 없고, 해서 최선은, 그냥 여기서 배를 째는 겁니다. 병소 물질을 한번 빼보겠습니다.」

「그런 걸 어떻게 알죠?」

「의사니까요.」

성직자는 논평을 하거나 놀람을 표시하기에는 통증이 너무 심했고, 그저 고개만 끄덕일 뿐이었다. 그가 잠시 두 눈을 감고 생각을 했고, 조금 있다 다시 눈을 떴다.

「해본 적은 있습니까?」 그가 물었다.

섬녀가 고개를 가로저었다.

「해본 적도 없고, 누가 하는 걸 본 적도 없어요. 몇 년 전 런던 채링 크로스 병원에서 행콕이란 사람이 했다는 얘기는 봤습니다. 그때 환자가 살았대요.」

「이곳은 런던에서 한참 멀어요.」 성직자가 말했다.

섬녀가 고개를 끄덕인다.

「상황과 처지가 이뿐이지만, 최선을 다할 겁니다. 뭐 그래도, 운이 따라 줘야겠죠.」

「부디 최선을 다해 주세요.」 성직자가 마음을 정했다. 「나머지는 하느님께서 돌봐 주실 겁니다.」

섬녀가 애나에게 이글루로 가서 남자 형제를 불러오라고 시켰다. 남자 동기가 오두막에 왔을 때는, 섬녀가 이미 에테르를 솜에 발라, 성직자의 코와 입에 올려놓은 상태였다. 그들이 사제의 옷을 벗겼고, 벌거벗은 채 축 늘어진 그를 침대에서 들어, 아까 걸레질한 탁자 위로 옮겼다. 섬녀가 초를 하나 더 켜, 창턱에 놨다. 수술을 하려면 밝아야 했기 때문이다. 애나가 성호를 긋고 기도를 하려 했지만, 섬녀가 그 경건한 신앙심을 비웃기라도 하듯, 집어치우고 탁자 옆에 서서 사제가 꿈틀거리는 기색을 보이면 에테르를 솜에 더 뿌리라고 지시했다. 애나의 남자 형제는 키가 컸고, 성격이 싹싹했지만, 딱 봐도 미련해 보였다. 섬녀가 그에게 양동이와 수건을 주고, 자기 옆에 서서 대기하라고 말했다.

섬녀가 복부를 다시 촉진(觸診)했다. 딱딱하게 경화된 부위와 신축적이고 탄력 있는 부위의 경계를 감촉한 것이다. 순간 의심이 들었다. 오진을 한 것은 아닌지, 농양이 아니라 탈장이나 종양이면? 하지만 그런 것일 리는 없었다. 섬녀가 엄지로 메스의 예리함을 점검했고, 사제의 살에 칼날을 대, 장골 바깥쪽 위에서부터 배꼽을 향해 측방으로 절반쯤 절개했다. 외피, 근육, 지방 등 여러 층을 뚫고 들어가야 했고, 몇 차례 시도 끝에 목표한 복강에 도달할 수 있었다. 깊게 누르자 피가 샘솟았고, 섬녀가 천으로 닦아 내고, 계속 쨌다. 그렇게 이중벽이 찢기자마자, 악취가 나는 유모성 고름이 찍 뿜겨 나왔다. 분홍빛이 감도는 회색의 탁한 액체가 1파인트 이상 뿌려졌고, 탁자를 뒤덮었으며, 섬녀의 손과 전완에 튀었다. 배설물의 부패한 악취가 당장에 피어올라, 오두막을 가득 채웠다. 애나가 꺅 하고 비명을 내질렀고, 남자 형제는 양동이를 떨어뜨렸다. 섬녀도 숨이 턱 하고 막혀, 뒤로 물러났다. 배출물은 콘월산 농축 크림처럼 눅진했고, 동시에 피범벅이었다. 쨍 개구부가 좁아서 고동치듯 뿌려지는 양상이 꼭 절정에 이르러 가공할 수준의 사정을 하는 최후의 씰룩임 같았다. 악취 속에서도 섬녀가 눈을 가늘게 뜨고 환부를 자세히 살폈다. 그다음은 자잘한 행동 절차였다. 욕지거리를 하고, 바닥에 침을 뱉고, 입으로 숨을 쉬면서 손과 팔의 고름을 닦고, 애나의 남자 형제에게는 테이블을 닦고 또 버린 걸레를 난로에 처넣으라고 지시했다. 이제 세 사람은 한 팀이 된 것 같았다. 그들이 성직자의 몸을 모로 기울여 세웠는데, 이는 고름 제거 속도를 높이려는 조치였다.

성직자가 낮게 신음하자, 애나가 떨리는 손으로 에테르를 뿌린 솜을 얼굴에 댔고, 그가 다시 잠잠해졌다. 섬녀가 손으로 훼손 부위 가장자리의 피부와 근육을 압박해, 남은 농즙을 최대한 짜냈다. 사제의 몸에 그렇게나 많은 고름이 들어 있을 수 있다는 게 도저히 안 믿겼다. 키가 큰 체구가 아니었는데, 옷을 벗겨 놓고 보니, 가냘프고 앙상했으며, 소년처럼 앳되어 보이기까지 했다. 하지만, 그 몸뚱이에서 감염된 썩은 액체가 돌에서 솟아나는 물처럼 콸콸 쏟아졌다. 섬녀가 압박을 계속했고, 애나의 남자 형제가 배출물을 닦아 냈다. 이 수고와 과정이 그 냄새 고약한 고름이 졸졸거리다가 마침내 더 이상 나오지 않을 때까지 반복됐다.

세 사람이 성직자를 다시 침대로 옮겨, 담요와 모포를 덮어 줬다. 섬녀가 수술 부위를 깨끗이 소독하고, 붕대로 싸준 후, 유제 비누로 손을 씻고, 창문을 열었다. 몰아치며 유입된 공기에 눈발이 실려 있었지만, 그래도 악취는 없었다. 무척 차가웠다. 밖이 여전히 어두웠고, 처마에서는 바람이 자신의 존재를 알리기라도 하듯 지저귀었다. 섬녀는 사제가 하루라도 버틸 수 있을지 의심스러웠다. 농양이 그렇게 심각했으니, 내장에 모종의 천공이 생겼을 게 거의 틀림없었다. 그 구멍으로 똥이든 뭐든 새기 시작하면, 그걸로 끝이었다. 섬녀가 통증을 없애고 덜어 줄 만한 약품을 몇 개 챙겼고, 애나에게 쓰는 법과 사용 시기를 알려 줬다. 담배라도 한 대 피워야 했다. 그가 밖으로 나가 파이프에 불을 붙였다.

그날 밤 섬녀는 꿈에서 다시 배를 타고 있었다. 얼음은 일절 없는 광활한 북쪽 바다에서였다. 어릴 적 친구 토미 갤러거가 만든 코러클 배를 그가 혼자서 타고 표류 중이었다. 버들가지로 바구니처럼 만든 작은 배였으니, 당연히 물이 샜고, 선체를 때우고 기운 부분이 많았으며, 배를 지탱해 주는 살대도 오래돼서 반질반질 윤이 났다. 노가 없었고, 주변으로 다른 배 역시 코빼기도 안 보였다. 그런데도 그는 두렵지 않았다. 왼쪽 뱃전 방향으로 빙산이 나타났고, 보았더니 사람이 서 있었다. 튀어나온 얼음 하나에 높이 자리를 잡은 자태였는데, 녹색 트위드 정장과 갈색 중절모를 착용한 게 영락없이, 섬너를 발견하고 거두어 준 의사 윌리엄 하퍼였다. 그가 웃으면서 손을 흔들었다. 섬너가 내려오라고 소리치자, 그가 껄껄 웃었다. 위풍당당한 빙산과 가련한 쪽배를 바꾸자니, 가당치 않다는 듯. 섬너가 눈치챘다. 윌리엄 하퍼의 얼굴이 정상이고, 오른팔 역시 자유롭게 움직이고 있음을 말이다. 마비나 부상의 흔적이 전혀 없었다. 그를 술독에 빠뜨린 사냥 사고의 후유증이 이제 전혀 없었다. 다 회복한 듯 보였고, 이제 그는 다시 완전히 온전했다. 섬너는 그 놀라운 위업과 개가는 어떻게 성취한 것이냐고, 대체 무슨 수를 쓴 거냐고 묻고 싶었다. 그러나, 코러클 배가 멀리 표류해 가고 있었고 그 거리를 가로지르기에는 목소리가 너무 약했다.

다음 날 아침, 놀라운 일이 일어났다. 수술받은 성직자가 여전히 숨을 쉬고 있었다. 상태도 나빠지지 않고 그대로였다. 「씨발, 질긴 노인네네.」 섬너가 이렇게 중얼거리면서 붕대를 풀고, 수술 부위를 확인 점검했다. 「영원한 삶을 믿는 분이시니, 이런 개 같은 역경 속에서도 끈질기게 버티는 것 같군요.」 그가 수술 절개 부위를 헝겊으로 닦아 냈고, 침윤물의 냄새를 맡아 봤고, 쓴 붕대를 양동이에 던져 넣으며 세탁을 주문한 다음, 새것으로 갈아 줬다. 사제가 실눈을 뜨고, 섬너를 올려다봤다.

「안에 뭐가 있었나요?」 그가 물었다. 선명치 못한 희미한 목소리여서, 섬너가 고개를 바짝 수그려야 했다.

「좋은 건 없었습니다.」 섬너가 대답했다.

「제거하는 게 최선이었겠군요.」

섬너가 고개를 끄덕인다.

「이제 그만 쉬세요.」 섬너가 지시 겸 말했다. 「도움이 필요하면, 부르거나 손을 드세요. 탁자에 앉아 있을 거니까요.」

「보살펴 주시는 겁니까, 당신이?」

섬너가 어깨를 으쓱했다.

「봄이 올 때까지는 여기서 다른 할 일이 없어서요.」 그가 대꾸했다.

「파카를 걸치고, 창으로 무장하고, 바다표범 사냥에 나설 거라고 짐작했습니다.」

「나는 바다표범 못 잡아요. 그럴 만한 인내와 끈기가 없다고요.」

사제가 웃으며 고개를 끄덕였고, 눈을 감았다. 그렇게 잠에 빠져드는가 싶더니, 1분쯤 후, 무언가가 생각나기라도 한 듯, 다시 눈을 뜨고는 위를 봤다.

「전에는 왜 거짓말을 했습니까?」 성직자가 물었다.

「거짓말한 적 없어요. 한 번도.」

「하지만 이상하지 않습니까? 당신을 아는 사람들의 그 수수께끼하며.」

「난 의사예요.」 섬녀가 조용히 대꾸했다. 「의사 말입니다. 그게 다죠.」

사제가 잠시 생각을 거듭하더니, 또 말한다.

「당신이 고통과 시련을 겪었다는 건 알겠어요, 패트릭. 하지만, 당신만 그런 건 아니에요.」 그가 말했다.

섬녀가 고개를 가로저었다.

「고난과 시련은 내가 자초한 겁니다. 실수를 많이 했죠.」

「안 그런 사람이 어디 있답디까? 성인이든 허풍선이든 똑같아요. 평생을 살면서 성인군자 별로 못 만나 봤소.」

성직자가 잠시 섬녀를 보고는, 미소를 지었다. 입 양쪽 가에 회녹색 점액이 묻어 있었고, 희부연 두 눈이 눈구멍에서 잔뜩 팽대한 게 보였다. 그가 손을 내밀었고, 섬녀가 그 손을 맞잡았다. 차가웠고, 무게가 거의 느껴지지 않았다. 관절을 덮은 피부는 쪼글쪼글 잔주름이 잡혀 있었고, 손가락 끝 부위가 닳아빠진 가죽처럼 윤기 없이 칙칙했다.

「쉬세요.」 섬녀가 거듭 권했다.

「예, 그러지요.」 사제가 대답했다. 「그래야지요.」

23

백스터의 부하가 부두에서 기다리고 있었다. 그의 이름은 스티븐스였고 자신을 사무원이라고 소개했다. 하지만 생긴 건 전혀 그렇지가 않았다. 키가 6피트쯤, 가슴과 배가 넓었고, 검은자위가 아주 작은 눈을 지녔으며, 양고기 모양 구레나룻에, 이빨이 거의 없었다. 섬녀가 몇 개 안 되는 소지품을 자루에 담았고, 크로퍼드 선장 및 트루러브호의 선원들에게 작별 인사를 건넸다. 그와 스티븐스가 보울앨리레인에 있는 백스터의 사무실로 향했다. 두 사람이 로게이트를 따라 걸으며, 차례로 맨션 하우스, 골든 갤리언 인, 조지 야드, 채플 레인을 지났다. 섬녀는 귀환 과정에서 배를 타고 바다에서 여러 주를 보냈고, 뭍의 단순명료한 안정감이 일탈로 다가왔다. 날랜 손재주로 부린 교묘한 속임수 같다는 느낌적 느낌. 섬녀가 이 모든 것 — 포도의 밤자갈, 짐마차, 창고, 가게, 은행 등등 — 은 실재하는 것이라고 스스로에게 거듭 상기했다. 하지만 정교하게 주조된 상황, 가짜이자 엉터리처럼 느껴졌다. 물은 다 어디 갔지? 아찔하고 현기증이 났다. 얼음은 다 어디 있나?

보울앨리 레인에 도착하자, 스티븐스가 쌍여닫이문을 세게 두드렸고, 백스터가 한쪽을 열고 나왔다. 레이스가 장식된 감청색 프록코트가 보였다. 그는 초록색 펠트 조끼와 가느다란 세로 줄무늬 바지도 착용하고 있었다. 삐딱하게 난 이빨들이 누리끼리했고, 귀를 덮고 내려온 잿빛 머리칼은 다듬지 않아서 무슨 급사나 시동 같다는 생각이 뜬금없이 들었다. 두 사람이 악수를 나눴다. 백스터가 미소를 지으며, 섬녀를 바라보는 데 여념이 없었다.

「러윅에서 보낸 편지를 읽고, 믿기지가 않았습니다.」백스터가 고개를 가로저었다. 「그런데, 바로 여기 와 계시는군요, 패트릭 섬녀 씨. 살아 돌아왔어요, 우라질. 당신이 사라졌다고 생각했습니다. 다른 가련한 인간들처럼 익사하거나 동사했다고 말이죠. 하지만 여기 이렇게 당당히 와 계시는군요.」백스터가 호탕하게 웃으며, 섬녀의 등짝을 쳤다. 「뭐 좀 먹읍시다.」백스터가 말했다. 「굴 드시겠소? 돼지고기 소시지 어때요? 아니, 송아지 혀 정도는 돼야 하나?」

섬녀가 고개를 가로저었다. 백스터 놈이 쾌활하게 친한 척을 해대자, 경계심이 일었고, 두렵기까지 했다. 그가 살아서 여기 있다는 사실 자체가 말이 안 될뿐더러 화가 나는 일이었다. 죽어야 할 놈이 이 자식인데, 멀쩡히 살아 있는 것이다.

「급료 때문에 왔습니다.」섬녀가 말했다. 「돈만 받으면 갈 겁니다.」

「급료요? 간다고요? 아니요, 안 됩니다.」 백스터가 얼굴 전체를 써서 분노를 가장한 표정을 지어 보였다. 「나랑 같이 술 한잔 할 때까지는 여기서 떠날 수 없습니다. 절대 허락 못 해요.」

백스터가 계단을 따라 두 사람을 이끌고 2층 사무실로 올라갔다. 쇠 살대 안에서 불이 이울고 있었고, 그 양 옆으로 똑같이 생긴 안락의자 두 개가 놓여 있었다.

「저기 앉으시오.」 백스터가 섬녀에게 말했다.

섬녀가 잠시 주저하다가, 마치 명령을 받은 것처럼 따랐다. 백스터가 브랜디를 두 잔 따랐고, 하나를 건네자, 섬녀가 받아 들었다. 1분 정도 두 사람은 아무 말이 없었다. 이윽고 백스터가 입을 연다.

「빙산으로 배 두 척이 침몰했는데, 야크들이 지나갔고, 기적적으로 목숨을 구하셨다.」 그가 말을 이었다. 「이건 정말 대단한 이야기고, 세상 사람들한테 꼭 전해야 합니다.」

「그럴 수도 있겠지만, 당장은 아닙니다.」

백스터가 눈을 치켜떴다. 그러고는, 브랜디를 냉큼 한 모금 들이켰다.

「이유가 뭡니까?」 백스터가 물었다.

「볼런티어호 생존자로 유명해지고 싶지 않습니다. 그 배를 타지 말았어야 했어요. 거기서 벌어진 일을 봐서는 안 됐죠.」

「헐에는 과부와 고아가 무지하게 많아요. 배에서 무슨 일이 일어났는지 직접 얘기해 주는 사람을 당연히 만나고 싶어합니다. 당신이라면 그들에게 최고의 친절을 베풀어 줄 수 있을 텐데요.」

섬녀가 고개를 가로저었다.

「진실을 알아봐야 아무 소용 없습니다. 지금은 아니에요.」

백스터가 입맛을 다시면서, 검은 강모가 난 귀 뒤의 하얀
머리털 한 가닥을 비비 꼬았다. 잠시 미소를 짓기도 했는데,
섬녀의 그 의중이 흥미로운 듯했다.

「그럴 수도.」 백스터가 말했다. 「침묵을 지키는 게 더 친
절한 일일 수도 있겠네요. 선원들은 오래전에 이미 죽었고,
그 낱낱의 정황은 별로 소용이 없지요. 왜 긁어 부스럼을
만들겠습니까? 그 가련한 영혼들이 평화롭게 영면하도록
놔둡시다. 끔찍한 사고였지만, 견디고 인내해야만 합니다.」

섬녀가 앉은 자리에서 몸을 뒤척였다. 상처가 아물긴 했
지만 혀끝은 이제 감각이 없었다. 그 혀로, 그가 입술과 이
빨을 비볐다.

「일부는 사고였지만, 사고가 아닌 것도 있었어요.」 섬녀
가 말했다. 「편지를 읽으셨을 테니, 살인에 대해서도 아시겠
군요.」

백스터가 한숨을 내쉬고, 시선을 돌려 방 저쪽을 바라봤
다. 이어 브랜디를 한 모금 마시더니, 반짝반짝 빛나는 에나
멜가죽 구두의 코를 한동안 내려다본다.

「끔찍한 일입니다.」 백스터가 낮게 속삭였다. 「끔찍한 일
이에요. 편지에 적힌 내용이 도저히 안 믿깁니다. 캐번디시
가? 브라운리가? 사환 녀석까지?」

「그와 계약할 때, 전혀 몰랐습니까?」

「드랙스 말입니까? 젠장, 전혀요. 도대체 날 어떻게 생각하시는 겁니까? 물론 그 자식은 별종 야만인이었어요. 하지만, 그린란드 작살수 치고는 평범했습니다. 아니, 내가 아는 몇 놈보다 훨씬 나았죠.」

섬너가 백스터를 바라보고 고개를 끄덕였다. 그런데 별안간 조지프 해너의 얼굴이 떠올랐고, 가슴이 조여 왔다.

「누가 나서서 그를 찾아야 합니다.」 섬너가 말했다. 「어쩌면 내가 해야 할지도요. 아직 살아 있을 겁니다.」

백스터가 인상을 쓰면서, 고개를 가로저었다.

「헨리 드랙스는 죽었거나, 캐나다로 갔을 겁니다. 만약 내게 묻는다면, 내 대답은 대충 그래요. 그리고 당신은 의사지, 형사가 아닙니다. 살인자를 쫓아서 뭘 하겠다는 겁니까?」

백스터가 대답을 기다렸지만, 섬너는 가만히 있었다.

「패트릭, 헨리 드랙스는 잊어요, 이제.」 백스터가 말을 보탰다. 「다른 일들처럼 그냥 묻어 버려요. 그게 단연코 가장 현명한 방법일 겁니다. 놈이야, 곧 어떻게든 심판을 받을 거예요.」

「그를 다시 만나면, 어떻게 해야 할지 알 것 같아요.」 섬너가 말했다.

「그럼요. 하지만 다시는 못 만날 거 아닙니까?」 백스터가 대꾸했다. 「놈은 이제 영원히 사라졌어요. 다행스러운 일이고, 우리 둘 다 거기 감사해야겠죠.」

섬너가 고개를 끄덕이고는, 주머니에 손을 집어넣어, 도기 파이프와 담배 주머니를 꺼냈다. 백스터가 이를 보더니,

자기 책상으로 가, 시가 상자를 들고 온다. 두 사람이 하나씩 꺼내 불을 붙였다.

「일자리가 필요합니다.」 섬녀가 백스터에게 말했다. 「여기 추천장이 있어요.」

「봅시다.」

섬녀가 주머니에서 성직자가 써준 편지를 꺼내, 백스터에게 줬다. 백스터가 읽는다.

「같이 겨울을 보냈다는 선교사?」

섬녀가 고개를 끄덕였다.

「당신의 그의 생명의 은인이라고 적혀 있네요, 여기.」

「그럴 수 있어서 한 것뿐입니다. 다 운이었죠.」

백스터가 다시 편지를 접어서 돌려줬다.

「런던에 사람을 하나 알아요.」 백스터가 말했다. 「의사 이름이, 뭐였더라, 그레고리, 제임스 그레고리라고, 들어 본 적 있습니까?」

섬녀가 고개를 가로저었다.

「좋은 사람입니다. 그가 뭐라도 찾아 줄 겁니다.」 백스터가 말했다. 「오늘 당장 그에게 편지를 쓰겠습니다. 그러니 오늘 밤은 필그림스 암스에서 묵도록 하시오. 그레고리의 회신이 도착하는 대로, 기차로 이동할 수 있도록 조치해 드리겠습니다. 당신 같은 사람은 헐에서 할 게 아무것도 없어요. 포경업은 끝났습니다. 당신 같은 사람은 헐에서 죽치기에는 젊고 똑똑한 인재지요. 런던이 제격이지.」

「약속한 봉급을 주십시오.」 섬녀가 말했다.

「그래요, 그래. 당연히 받아야지. 당장 가져다 드리리다. 또, 필그림스에 여장을 풀면, 스티븐스를 시켜서, 술하고, 창녀도 하나 넣어 주겠소. 얼른 문명인으로 돌아와야 하지 않겠소?」

섬녀가 나가자, 백스터가 책상에 앉아 궁리를 거듭했다. 가장자리가 분홍이고, 한가운데가 누런 혀가 입 안에서 빠르게 이리저리 타닥였다. 각각의 발안이 다 제 나름의 독특한 향미를 지녀서 차례로 하나씩 그 맛을 음미하는 것처럼 말이다. 그렇게 생각하기를 30분쯤 후, 그가 자리에서 일어났다. 잽싸게 방을 둘러보는데, 마치 모든 게 제자리에 있는지 확인하는 듯했다. 그가 문으로 걸어가, 열었다. 어두운 층계참에 이르자, 통상의 행보와 달리 1층으로 내려가지 않고, 융단이 깔리지 않은 비좁은 계단을 올라 다락으로 이동했다. 꼭대기에 이르러, 그가 문을 한 번 두드리고 열었다. 백스터가 들어간 방은 작고, 경사가 심했다. 박공 쪽에 원형 창이 하나 나 있었고, 지붕 한쪽 면의 채광창은 먼지투성이로 지저분했다. 마룻널이 여기저기 빠개져 있었고, 닦지 않아서 광택을 기대하기도 어려웠다. 벽도 회반죽이 칠해져 있지 않았다. 가구는, 목제 의자와 금속제 간이침대가 각각 하나였다. 바닥에 널브러진 브랜디 병 몇 개가 비어 있었고, 요강에는 암갈색 오줌이 넘칠 듯 차 있었고, 똥 덩어리가 떠 있는 것도 보였다. 백스터가 몸을 수그린 채 코를 막았고, 침대로 걸어가, 자고 있는 사람을 흔들어 깨웠다. 남자가 낮게 으르렁거리고, 또 숨이 막혔는지 헐떡거렸다. 긴

방귀 소리가 들렸고, 그가 몸을 돌려 눈을 떴다.

「뭐예요?」 그가 말했다.

「안 될 거 같아, 헨리.」 백스터가 말했다. 「아는 게 너무 많아. 아직 모른다고 해도 곧 쉽게 짜 맞출 수 있을 거야. 망할치안 판사한테 당장은 못 가게 해뒀는데…….」

드랙스가 깔개 없는 바닥으로 몸을 휙 돌려 발을 내리고, 앉은 자세로 전환했다. 하품을 하면서 몸을 긁는다.

「배가 가라앉은 것에 대해서는 모를 거요.」 그가 말했다. 「알 수가 없지.」

「지금이야 모르지만, 의심하고 있어. 그게 이상하다는 걸아는 거지. 다른 배가 다 남쪽으로 향하는데, 볼런티어만왜 북쪽으로 방향을 틀었을까?」

「그 자식이 그런 말을 했어요?」

「응.」

드랙스가 침대 아래로 손을 뻗어, 거의 텅 빈 브랜디 병을찾아내, 마저 마셨다.

「내 얘기는요?」

「찾아낼 때까지 쫓을 거라고 다짐하더군. 필요하면 사람을 고용할 거라고도.」

「무슨 사람?」

「캐나다에 뭐가 있나 봐. 네가 어떻게 됐는지 알아내서,이후 행적을 밟겠다는 거지.」

드랙스가 입술을 핥고 고개를 가로저었다.

「그 자식은 날 못 찾아요.」 드랙스가 말했다.

「안 멈출 거 같아. 제 어미 무덤에다 대고 맹세를 하더라고. 죽었을 가능성이 가장 크다고 얘기는 해줬지만, 안 믿는 눈치야. 헨리 드랙스 같은 인간은 절대 그냥 죽지 않기 때문에, 찾아서 죽여야 한다나.」

「〈죽인다〉고요? 그 의사 나부랭이가?」

「그래도 군대 출신이잖아. 델리에도 있었다는 걸 잊지 마. 그 새끼 그거, 한 따까리 했을 거야.」

드랙스가 다 마신 빈 병을 들여다보며 코를 킁킁거렸다. 그의 살갗이 암갈색으로 변해 있었고, 두 눈이 얼굴 깊숙이 들어앉았다. 백스터가 손수건을 꺼내, 의자의 좌석 부분을 닦고, 조심조심 앉았다.

「지금 어디 있죠?」 드랙스가 섬너의 행방을 물었다.

「필그림스 암스에 방을 잡아 줬지. 창녀를 하나 들여보내, 혼을 쏙 빼놓을 거야. 오늘 밤에 끝내야 해, 헨리. 지체하면 끝이라고. 아침에 일어나 치안 판사한테 가버리면, 우리한테 어떤 난경이 펼쳐질지 알 수 없어.」

「종일 마셨어요.」 드랙스가 말했다. 「그건 그 게으른 새끼 스티븐스한테 시켜요.」

「이런 일을 스티븐스에게 어떻게 맡겨, 헨리? 우리의 미래가 이 일에 달렸어. 알잖아? 모르겠어? 섬너 그 자식이 불어 버리면, 더는 돈이 안 나온다고. 너는 교수형이고, 난 감옥행이겠지.」

「그 씨발 놈은 돈 받고 하는 일이 뭔데요?」

「스티븐스는 말을 잘 듣잖아. 하지만 너 같은 경험이 없고, 쫄리면 제대로 못 할 거란 말이지. 한두 방울 마신 거 갖고서, 왜 그러나? 자네가 깔끔하게만 처리하면, 아무 일도 없어.」

「아무튼 필그림스에서는 못 해요.」 드랙스가 말했다. 「사람이 너무 많아.」

「그럼 불러내자. 그거야 쉽지. 스티븐스를 시켜 전갈을 보낼게. 적당한 곳에서 기다렸다가 처리해 버리라고.」

「강 하류. 트리펫가의 목재 야적장 있죠? 주물 공장 지나서요.」

백스터가 고개를 끄덕였고, 미소를 지었다.

「자네 같은 사람 또 없어, 헨리.」 백스터가 말했다. 「입으로만 떠들어 대는 놈들은 많지. 하지만 필요할 때 기꺼이 방아쇠를 당길 줄 아는 가치 있는 사람은 얼마 안 된다고.」

드랙스가 눈을 두어 번 깜박였다. 헤벌쭉 벌어진 입에서 안 그래도 두툼한 혀가 잔뜩 부푼 채 비어져 나왔는데, 막 탄생한 모종의 눈 없는 생물 같아 보였다.

「내 몫을 더 받아야겠어요.」 드랙스가 말했다.

백스터가 코를 벌름거렸고, 바지의 넙다리 부위에서 엉켜 뭉친 거미줄을 떼어 냈다.

「5백 기니라고 했잖아.」 그가 말했다. 「캐번디시보다 더 많이 주는 거라고. 알잖아.」

「하지만, 이건 가욋일이잖아요.」 드랙스가 대꾸했다. 「더 받아야겠어요.」

백스터가 잠시 생각을 해보고, 고개를 끄덕인 다음 일어섰다.

「그럼 5백 하고 50.」 그가 대꾸했다.

「6백이면 더 좋겠는데요, 제이컵.」

백스터가 말을 하려다가 말았다. 그가 드랙스를 바라보고는, 회중시계를 확인한다.

「그래, 6백.」 백스터가 말을 이었다. 「하지만 씨발, 6백으로 끝이야.」

고개를 끄덕이는 드랙스의 마음이 흐뭇하다. 그가 다시두 발을 들어 올려, 기름 때로 지저분하고 냄새까지 지독한간이침대 위에 드러누웠다.

「6백, 좋습니다.」 드랙스가 되풀이 말했다. 「그리고 스티븐스 그 보지 새끼 시켜서, 술 한 병 더 올려 보내요. 저 요강도 좀 비우게 하고요. 그렇게만 해주면 존나 고맙겠습니다.」

백스터가 2층 층계참으로 내려갔다. 그러고는 잠시 기다렸다가, 입구에 앉아 있는 스티븐스를 불렀다. 그가 무릎에중산모를 올려놓고서, 헐과 이스트라이딩 『인텔리전서』를읽고 있었다. 둘이 함께 서재로 들어갔고, 백스터가 스티븐스에게 문을 닫으라고 손짓했다.

「권총 준 거 갖고 있지?」 백스터가 말했다. 「총알도?」

스티븐스가 고개를 끄덕였다. 백스터가 꺼내 보라고 지시하자, 스티븐스가 주머니에서 빼, 둘 사이의 책상 위에 놨다. 백스터가 총의 상태를 살펴보고, 돌려준다.

「오늘 밤에 할 일이 있다.」 그가 말했다. 「잘 들어.」

스티븐스가 다시금 고개를 끄덕였다. 백스터는 다루기

쉬운 스티븐스가 기꺼웠다. 그가 주인의 마음에 들기 위해 개처럼 열심이었던 것이다. 백스터는, 두 놈이 다 그렇게만 된다면, 하고 생각했다.

「자정에 필그림스 암스의 섬너 방으로 찾아가. 내가 집에서 긴히 만나자고 했다고 전해. 볼런티어와 관련해 중요한 소식을 전달받았는데, 아침까지 기다릴 수 없다며 모셔 오라고 했다면, 안 올 수 없을 거야. 그놈은 지리를 모르고, 당연히 내 집의 위치도 모르니까, 네가 이끄는 대로 따라갈 거야. 그 자식을 강으로 데려가, 트리펫으로. 주물 공장을 지나면, 목재 야적장이 나올 거야. 이상하다고 딴소리하면, 지름길이라고 해줘. 놈이 믿든 안 믿든, 어떻게 해서든, 거기로 데려가는 거야. 야적장에서 헨리가 기다리고 있을 텐데, 놈이 섬너를 쏘면, 그다음에는 네가 그놈을 쏴버려. 알아듣겠어?」

「거기서 꼭 드랙스가 필요합니까?」 스티븐스가 대꾸했다. 「의사는 내가 죽일 수 있어요.」

「그게 아니라고, 바보야. 드랙스가 섬너를 죽여야 해. 그런 다음에 네가 드랙스를 쏘고. 드랙스를 보낸 다음에는, 그 총을 섬너의 손에 쥐여 줘. 두 놈 주머니도 털고, 현장을 빠져나오라고.」

「부두 쪽 순경이 틀림없이 들을 거예요.」 스티븐스가 말했다.

「당연하지. 틀림없이 존나 뛰어오면서 호각을 불어 대겠지. 놈이 야적장에 도착하면 뭘 보겠어? 시체가 둘인데 둘

다 총을 갖고 있겠지, 안 그래? 서로를 죽인 거야. 증인도, 증거도, 단서도, 아무것도 없어. 경찰관들이 머리를 싸맬 테고, 시체는 공시소로 보내지고 관련자를 기다리겠지만 임자가 나타나지 않아. 그럼 어떻게 되겠어?」

백스터가 스티븐스를 빤히 쳐다봤고, 스티븐스가 어깨를 으쓱했다.

「〈아무 일도〉 안 일어나.」 백스터가 자답했다. 「미제가 되는 거야. 이런 게 아름다운 계획이지. 신원 미상의 두 남자가 서로를 죽였다. 살인자 둘, 피살자 둘. 그 자체로 해결이 된다고. 나도 비로소 헨리 드랙스한테서 벗어나고. 놈의 위협, 바가지, 그리고 그 지독한 악취에서 해방되는 거지.」

「그러니까 드랙스가 섬너를 쏘고 나서, 내가 드랙스를 쏜다?」 스티븐스가 말했다.

「가슴에다 쏴. 등은 안 돼. 등이 뚫리면 의심만 산다고. 총은 오른손에 쥐여 줘. 왼손 아니야. 알아들어?」

스티븐스가 고개를 끄덕였다.

「좋았어. 이제 이 술을 다락으로 갖다 줘. 가면 요강도 비워 주고. 드랙스가 말 시켜도, 대꾸하지 마.」

「그 더러운 똥개 새끼도 이제 끝이군요.」 스티븐스가 말했다.

「그래, 씨발 다 끝났지.」

24

드랙스가 음침한 야적장 한구석에 혼자 쪼그리고 앉아 있다. 한쪽을 따라 개방형 창고가 설치돼 있고, 먼 데 가장자리에는 지붕이 처지고 금방이라도 무너질 듯한 오두막이 한 동 보인다. 그 사이 공터에는 깨진 병, 박살 난 나무 상자, 널빤지 등이 널브러져 있다. 드랙스의 주머니에서 브랜디 병이 보인다. 그가 이따금씩 브랜디를 꺼내, 입맛을 다시며 마신다. 이렇게 갈증이 나고 주머니 사정이 넉넉할 때면, 드랙스는 일주일 내내 24시간 쉬지 않고 마셔 댔다. 매일 두세 병씩, 아니 그 이상. 이런 음주 행태는 필요를 충족시키거나 쾌락을 위해서가 아니었다. 결핍이나 풍요의 사안도 아니었다. 그를 전진시키는 주체는 갈증이었다. 이 목마름은 맹목적이고, 또 필연적으로 작동했다. 오늘 밤 그는 살인을 할 것이다. 하지만 드랙스의 마음에서 가장 높은 지위를 차지하는 것이 살해 행위는 아니었다. 분노보다는 갈증이 더 깊이 자리했다. 분노는 신속하고 예리하지만, 갈증은 시간을 길게 끌며 오래 지속된다. 분노에는 항상 끝이 있다. 피범벅의 피날레 말이다. 하지만, 갈증은 바닥을 알수 없고, 무한하다.

드랙스가 술병을 신중하게 발치에 내려놓고, 권총을 점검했다. 원통형 탄창을 개방하자, 탄알이 바닥에 와르르 쏟아진다. 욕지거리를 해대며, 드랙스가 손을 뻗어 총알을 찾았다. 균형을 살짝 잃고, 옆으로 비틀거리다가, 겨우 자세를 바로잡는다. 드랙스가 일어서자, 앞에서 목재 야적장이천천히 흔들렸다. 달이 기울었는데, 하늘에서 불안하게 뒤뚱거린다. 드랙스가 눈을 끔벅였고, 침을 퉤 하고 뱉었다. 토사물이 입에 찼다. 하지만 게우지 않고 삼켜 버린 다음, 바닥에서 병을 집어 입가심을 했다. 총알을 하나 잃어버렸지만, 상관없었다. 그에게는 아직 네 발이 있고, 그 아일랜드 의사 놈을 죽이는 데는 한 발이면 충분했다. 이제 그는입구 쪽으로 가서 기다릴 참이었다. 일행이 들어오면, 그가섬너의 머리에 총알을 박아 넣을 터였다. 그렇게 될 것이다. 경고나, 대화는 없다. 그 이상한 보지 새끼 백스터와 똘마니스티븐스에 관해 말하자면, 이 일을 직접 할 수도 있을 것이다. 하지만, 보다시피, 대신 궂은일에 나선 것은 헨리 드랙스였다. 오 맙소사, 떠들고, 계획을 수립하고, 맹세하고, 약속하고, 그런 자들이 널렸다. 하지만, 결행하는, 행동에나서는 씨발 놈들은 소수다. 우리 행복한 소수, 값지고 귀하며 드문 이들이여.

구름이 달을 가렸고, 야적장의 그림자와 음영이 짙어지고 커졌다. 드랙스가 나무통 위에 자리를 잡고 앉아, 고르

지 않고 어렴풋한 암전을 응시했다. 어두워도 출입문의 윤
곽과 그 옆으로 이어진 담장의 상부는 여전히 식별 가능했
다. 사내들의 목소리가 들려오자, 드랙스가 일어서, 천천히
한 걸음 내딛었다. 마저 한 걸음 더. 그들 목소리가 더 커졌
고, 또렷하게 들려왔다. 드랙스가 공이치기를 당기고, 사격
준비를 마쳤다. 문이 삐걱이면서 안쪽으로 열렸다. 그들이
나란히 야적장으로 들어오는 게 보였다. 두 개의 검은 형
체. 음영이라 텅 비었고, 특색이 없었다. 머리 하나, 머리 둘.
쥐새끼 한 마리가 찍 하는 소리를 내며, 총총 달아났다. 내
면에서 갈급이 일었다. 드랙스가 숨을 들이켜고, 조준한 다
음, 방아쇠를 당겼다. 일순 어둠이 찢겼고, 곧 드랙스가 보
이지 않았다. 그러고는 암흑이 다시 그를 뱉어 냈다. 왼쪽
남자가 종이 구겨지듯, 버려진 재 위에 쓰러지면서, 퍽 하는
소리가 낮게 났다. 드랙스가 브랜디를 한 모금 마저 마시
고, 확인에 나섰다. 완전히 뻗었는지, 칼로 확실한 마무리를
해야 할지 점검하는 차원이었다. 드랙스가 몸을 쭈그리고,
성냥을 그었다. 노란 불꽃 속에서 시체를 내려다본 그가 체
중을 뒤쪽 발에 옮기면서 욕설을 퍼부었다.

　쓰러져 죽은 것은 똘마니 스티븐스였다. 사람을 잘못 쏜
것. 대충 그랬다. 드랙스가 자리를 털고 일어서, 주변을 살
폈다. 섬녀가 문으로 달아나지 않았음을, 그는 알았다. 게
다가 주변 사방 벽이 높았고, 상부는 깨진 유리를 박아 놓
은 야적장이었다. 놈이 아직 야적장 안 어딘가에 있다는 얘
기였다.

「의사 선생, 아직 여기 있지?」 드랙스가 외쳤다. 「얼굴 좀 보여 주지? 나를 잡을 생각이라면, 지금이 기회야. 이런 기회가 언제 또 오겠어? 여기 좀 보라고, 총도 내려놨잖아.」 드랙스가 실제로 바닥에 총을 내려놨다. 그리고 손까지 들어 올려 보였다. 「공평한 싸움을 제안하는 거야. 무기는 없고, 마음을 진정하려고 술도 좀 마셨다네.」

드랙스가 말을 중단하고, 다시 주변을 살폈다. 하지만 암전에서는 어떤 대답도 들려오지 않았고, 미동의 징후도 전혀 찾을 수 없었다.

「자, 나오라고.」 드랙스가 거듭 큰 소리로 말했다. 「여기 있는 거 알아. 부끄러워하지 말고. 백스터가 그러던데, 날 잡으시겠다고? 캐나다에 가서 날 찾을 사람을 고용하겠다며? 어쩌나, 난 여기 있는데. 여기 네 앞에 살아 있단 말씀이지. 자, 기회가 왔으니 운을 시험해 봐야 하지 않겠어?」

드랙스가 몇 초 더 기다리다가, 총을 집어 들고, 야적장 끝에 있는 오두막으로 걸어갔다. 내부가 보일 만큼 가까워지자, 그가 멈추었다. 문이 반쯤 열려 있었다. 정면에 창문이 하나, 측면에 그보다 작은 게 또 하나 설치돼 있었다. 둘 다 박살 난 상태로 덧문도 없었다. 누군가가 처음의 총격을 들었을 게 뻔했다. 그가 빠른 시간 안에 의사 놈을 죽이지 못하면, 산통이 다 깨지면서, 그의 모든 미래와 행운도 종말을 고할 터였다. 씨발 그런데, 이 미꾸라지처럼 교활한 새끼가 어디 있는 거지? 도대체 어디 숨어 있는 거야?

오두막 안, 섬녀가 녹슨 톱날을 양손으로 단단히 쥐었다. 어깨 높이로 만반의 태세를 갖추고, 기다렸다. 드랙스가 문턱을 넘어왔고, 섬녀가 쥔 톱날을 수평으로 강력하게 휘둘렀다. 깔쭉깔쭉한 톱날이 놈의 쇄골 바로 위를 쳤다. 핏줄이 끊어졌고, 뜨거운 동맥혈이 튀었다. 심장 박동과 동기화된 콸콸거림이 이어졌다. 드랙스가 똑바로 선 자세를 잠시 유지했다. 뭔가 다른 일이 일어나기를 — 더 나은 일이 일어나기를 — 기다리는 것처럼. 드랙스가 뒤로 넘어지며 상인방에 부딪혔다. 놈의 머리가 삐딱해졌고, 찢어진 상처가 헐떡이는데, 마치 입이 한 개 더 생긴 듯했다. 섬녀는 마치 꿈을 꾸는 것처럼, 생각이나 양심의 가책을 느낄 겨를이 없었다. 그가 톱날을 회수했다가, 더 깊이 때려 박았다. 드랙스가 목이 반쯤 잘린 채로, 바깥쪽 검은 흙바닥에 앞으로 쓰러졌다. 권총이 오두막 바닥에 떨어져 부딪히며 덜커덕하는 소리를 냈다. 섬녀는 자신이 이룬 위업의 광경을 목도하며, 기겁했다. 다음 순간 그가 권총을 집어 들었고, 재가 뿌려진 마당을 가로질러 뛰었다.

비좁은 골목이 조용하고 어두웠다. 별안간 크고 넓어진 느낌이 들었다. 떨리는 몸이 정상 크기의 두 배로 팽대한 듯했다. 섬녀가 걸어서 시내로 향했다. 일정한 속도를 유지했고, 뛰지 않았다. 뒤를 보지도 않았다. 눈에 띄는 처음 두 선술집은 그냥 지나쳤다. 그러고는 세 번째 술집에 들어갔다. 어떤 사내의 피아노 연주에 맞춰, 달덩이 같은 얼굴의 여자가 노래를 부르고 있었다. 탁자와 의자가 꽉 차 있었고, 바

393

옆의 등받이 없는 의자가 하나 눈에 들어왔다. 그가 4페니
에일을 한 잔 주문하고서, 손 떨림이 중단되기를 기다렸다.
섬녀가 나온 맥주를 쭈욱 들이켜고, 한 잔을 더 주문했다.
파이프에 불을 붙이려고 하다가 성냥을 놓치고 말았다. 다
시 시도했는데, 또 그랬다. 섬녀가 포기하고, 다시 담배 파
이프를 주머니 속에 밀어 넣었다. 드랙스한테서 회수한 권
총 옆에 말이다. 바텐더가 내내 지켜봤지만 아무 말도 하지
않았다.

「기차 시간표 있습니까?」 섬녀가 물었다.

바텐더가 고개를 가로저었다.

「어떤 기차를 타시려는데요?」

「최대한 빨리 떠나는 거로요.」

술집 종업원이 회중시계를 확인한다.

「우편 열차는 이미 떠났을 테고」 그가 말했다. 「아침이나
돼야 있겠네요.」

섬녀가 고개를 끄덕였다. 여자 가수가 「플라잉 더치맨」
을 부르자, 한쪽에서 도미노 게임을 하던 사내들이 따라서
합창을 했다. 남자들의 걸걸한 목소리에, 바텐더가 미소를
지으면서도, 고개를 절레절레 흔들었다.

「제이컵 백스터란 사람 압니까?」 섬녀가 종업원에게 물
었다.

「백스터라면야, 모르는 사람이 없죠. 다 알아요. 부잔데,
개새낍니다. 저기 샬럿가 27번지에 삽니다. 옛날에는 고래
를 잡았는데, 요즘은 석유나 등유 같은 걸 취급하나 봐요.

사람들이 그러더군요.」

「언제부터죠?」

「지난번에 배핀만에서 가진 배 두 척이 가라앉았거든요. 보험금을 두둑하게 챙겼죠. 그때부텁니다. 아무래도 고래잡이는 이제 사양 산업이니까요. 제때 빠져나온 경우죠. 제이컵 백스터는 약삭빠른 인간입니다. 그건 확실해요. 손님이 혹시 간을 볼 수도 있겠지만, 바보가 아니고, 안 속을 겁니다.」

「침몰 사고로 얼마를 받았죠?」

바텐더가 어깨를 으쓱했다.

「엄청난 액수라던데요. 죽은 선원들의 처자식한테 일부를 쾌척하긴 했지만, 엄청 챙겼어요. 당연한 거 아닙니까?」

「그래서 지금은 등유랑 석유를 한다고요?」

「등유가 싸요. 고래기름보다. 타는 것도 훨씬 깨끗하게 타고요. 나라도 등유를 쓰겠습니다.」

섬녀가 고개를 숙여 자신의 손을 내려다봤다. 카운터의 새까만 나무 재질과 대비돼, 연회색으로 보였다. 그 피부에 피가 튀어 있었다. 섬녀는 이제 떠나고 싶었다. 이 모든 것에서 벗어나고 싶었다. 그런데 얼굴과 가슴에서 뜨거운 짐승의 충동이 피어올라 쌓이는 게 느껴졌다. 어떤 생명체가 섬녀의 내면에서 자란 듯했다. 그 동물이 꾸준한 기세로 빠져나오려 했다.

「샬럿가는 얼마나 가야 하죠?」

「샬럿가요? 안 멀어요. 모퉁이까지 간 다음에, 감리교 회당에서 왼쪽으로 돌아, 쭉 가면 됩니다. 백스터 씨를 아시는군요?」

섬녀가 고개를 가로저었다. 그가 주머니에서 1실링을 꺼내, 카운터 위에 올려놓고, 잔돈은 됐다며 손을 저었다. 섬녀가 술집을 나설 즈음에는 여자 가수가 「스카버러 샌즈」를 불렀고, 아까 노래를 따라 부르던 사내들은 다시 게임에 열중했다.

백스터의 집은 정면에 끝을 창처럼 다듬은 연철 난간 울타리가 설치돼 있었고, 출입문은 석축 계단 다섯 개를 올라가야 했다. 창문은 덧문이 닫혀 있었지만, 가로장 위쪽으로 빛이 새어 나왔다. 섬녀가 초인종을 눌렀다. 하녀가 누구냐고 물었고, 그가 제 이름을 불러 줬다. 다급한 일로 백스터 씨를 만나러 왔다고도 알렸다. 여자가 섬녀를 위아래로 훑어봤고, 잠시 생각을 하더니, 문을 활짝 열고, 그에게 현관에서 기다리라고 말했다. 복도에서 콜타르 비누와 목재용 광택제 냄새가 났다. 고래수염으로 만든 모자걸이, 로코코 양식의 거울, 한 벌로 맞춘 중국 화병도 두 개 보였다. 섬녀가 모자를 벗고, 드랙스의 총이 주머니에 제대로 들어 있는지 확인했다. 다른 방에서 괘종시계가 15분을 알렸다. 구두 굽이 타일 바닥을 자박이는 소리가 났다.

「백스터 씨가 서재로 모시랍니다.」 하녀가 말했다.

「내가 올 거라고 예상하고 계시던가요?」

「말씀드릴 수 없습니다.」

「섬녀란 이름에 안 놀랐어요?」

하녀가 인상을 쓰면서, 어깨를 으쓱했다.

「손님의 요청을 전달했고, 당신을 서재로 안내하라는 지시를 받았습니다. 제가 아는 건 그뿐이에요.」

섬녀가 고개를 끄덕이고, 여자에게 감사를 표했다. 하녀가 주택 깊숙한 곳의 방으로 섬녀를 안내했다. 중간에 널따란 마호가니 재질의 계단을 지나야 했다. 여자가 섬녀를 대신해 문을 두드리려 하자, 그가 고개를 가로젓고, 몸짓으로 그만 가보라고 했다. 섬녀는 하녀가 위층으로 돌아갈 때까지 기다렸다. 그리고, 주머니에서 권총을 꺼내, 약실의 탄환을 확인했다. 손잡이를 돌려, 그가 문을 열었다. 백스터가 난롯가 의자에 앉아 있었다. 검정 벨벳 소재의 스모킹 재킷과 자수를 놓은 실내화를 착용한 모습이었다. 표정에서 경계 태세가 읽히기는 했어도, 괴로워하지는 않았고 고요했다. 그가 자리에서 일어나자, 섬녀가 권총을 보여 주면서 그냥 계속 앉아 있으라고 지시했다.

「권총은 이제 필요 없지, 패트릭.」 백스터가 꾸짖듯이 말했다. 「그럴 필요 없잖아.」

섬녀가 문을 닫고, 방 한가운데로 들어섰다. 양쪽 면이 서가였고, 바닥에는 곰 가죽 깔개가 놓여 있었으며, 벽난로 위로는 바다 풍경화가 한 점, 그리고 작살 두 개가 대각선으로 교차 장식돼 있는 것도 보였다.

「그건 댁이 아니라 내가 정해야지.」 섬녀가 대꾸했다.

「그럴 수도. 우호적인 제안이었어, 그뿐이야. 오늘 밤 무슨 일이 일어났든, 총 없이 우리가 해결을 볼 수 있다고 보네만.」

「애초 계획이 뭐였지? 야적장에서 뭘 하려던 거야?」

「그게 어떤 야적장이었더라?」

「당신 똘마니 스티븐스가 죽었어. 개수작 부리지 마.」

일순 백스터의 입이 벌어졌고, 다물지 못했다. 그가 벽난로를 응시했고, 기침을 두 번 한 후, 포트와인을 한 모금 마셨다. 그의 입술이 가늘고 축축했으며 코에 난 희미한 멍자국을 제외하면 몹시 창백했다. 두 뺨에는 마치 갈겨쓴 듯 제멋대로인 단속적 정맥도 보였다.

「패트릭, 자네한테 설명을 좀 하지.」 백스터가 입을 열었다. 「아무렇게나 속단해서는 안 될 테니. 스티븐스는 좋은 사람이야. 적극적이고, 충직하며, 고분고분하지. 그런데, 어떤 사람들은 도무지 통제가 안 돼요. 이게 사태의 진실이야. 그런 사람들은 사납고 멍청해. 지시를 안 따르고, 말을 안 들어. 헨리 드랙스 같은 인간이 대표적으로, 주변 모두를 위험에 빠뜨리지. 그자는 공공선을 몰라. 자신과, 내면에서 솟구치는, 우리한테는 극도로 불쾌한 충동 말고는 그 어떤 권한이나 주인에게도 복종하지 않는다고. 나 같은 사람, 정직한 사람, 양식과 분별이 있는 사업가가 직원을 고용했는데, 그중에 이렇게 위험하고, 제멋대로인 사람이 있다면 어쩌겠나? 남는 문제는 딱 하나야. 그 사람이 나와, 내가 힘써 경주해 온 모든 것을 망치기 전에 놈으로부터 벗어날 수 있는 최선의 방법은 무엇인가?」

「나는 거기 왜 밀어 넣으셨는데?」

「그건 내 잘못이었어, 패트릭. 인정하네, 하지만, 나도 궁지에 몰렸다고. 드랙스가 한 달 전에 헐로 돌아왔고, 나는 이놈을 내 계획의 일부로 삼아야겠다고 생각했지. 드랙스가 위험인물이란 건 알아. 그래도, 아무튼 놈을 써먹을 수 있을 거라고 봤어. 물론 실수였지. 처음부터 의심이 들긴 했지만, 러윅에서 자네가 써 보낸 편지를 보고, 확실히 알았다네. 내가 괴물이랑 엮였구나. 놈이 더 심각한 마수를 뻗치기 전에, 결별해야 한다고 생각했지. 하지만 어떻게? 드랙스는 무지막지한 상놈이지만, 그렇다고 바보도 아냐. 방심하지 않고, 교활하며, 그냥 재미로 사람을 죽이는 놈이지. 이성으로 논박하거나, 말로 설득할 수 없는 짐승. 그건 나만큼이나 자네도 잘 알 거야. 물리력을 동원해야만 했어. 필요하다면 폭력도 불사해야 했고. 놈한테 덫을 놓아야 함을 알았지. 그 자식을 유인해서, 급습하려고 자네를 미끼로 쓸 생각을 한 거야. 그게 내 계획이었다네. 무모하고 신중치 못한 생각이었단 걸 알아. 자네를 그런 식으로 쓰지 말았어야 했어. 그런데, 자네 말대로 스티븐스가 죽었다면, 드랙스는 지금…….」

백스터가 눈을 치켜뜨고, 대답을 기다렸다.

「스티븐스는 머리 뒤에 총을 맞았어.」

「드랙스가 쐈나?」

섬너가 고개를 끄덕였다.

「그럼 그 악당은 지금?」

「내가 죽였다.」

백스터가 천천히 고개를 끄덕인 후, 입술을 굳게 다물었다. 두 눈까지 감았다. 그러고는 다시 떴다.

「배짱 한번 대단하군.」 백스터가 말했다. 「내 말은, 의사 치고는 말일세.」

「우리 중에 하나는 어쩔 수 없었어.」

「이제 나랑 술 한잔 하겠나?」 백스터가 청했다. 「앉기라도 하지?」

「아니, 이대로 있겠어.」

「여기 오다니, 잘한 거야, 패트릭. 내 도와주지.」

「도와 달라고 온 게 아니야.」

「그럼 뭐 때문인가? 설마 나도 죽이는 건 아니지? 그렇게 해서 좋을 게 뭐가 있나?」

「난 미끼가 아니었어. 넌 나도 죽길 바란 거야.」

백스터가 고개를 가로저었다.

「내가 왜 그러겠나?」

「캐번디시를 시켜서 볼런티어를 가라앉힌 거야. 이 사실을 알거나 추리해 낼 수 있는 사람은 드랙스와 나뿐이지. 드랙스가 나를 쏘면, 스티븐스가 드랙스를 쏘고, 모든 게 깨끗하게 정리돼. 하지만 일이 그렇게 안 풀렸어. 불발이 된 거지.」

백스터가 머리를 한쪽으로 기울이고, 코를 킁킁였다.

「자네 입장에서야 예리한 추리겠지만,」 백스터가 말을 받는다. 「사실이 아니야, 전혀. 들어보라고, 패트릭, 지금부터 내가 하는 말을 잘. 목재 야적장에 사람이 둘 죽어 있어. 명백한 사실이지. 그런데, 둘 중의 하나는 자네 손에 죽었어. 나의 도움과 지원이 절실히 필요할 것 같은데.」

「난 진실을 말할 테고, 재판에서 꿀릴 게 없어.」

백스터가 이 시나리오에 콧방귀를 뀌었다.

「그렇군, 패트릭.」 백스터가 말했다. 「그렇게 터무니없는 생각을 믿을 만큼 순진해 빠지진 않은 걸로 아는데. 아무렴, 자네가 그럴 리 없지! 자네도 나만큼은 세상 물정을 알잖아. 치안 판사에게 자네 생각을 말할 수 있지, 아무렴, 그렇고말고. 하지만, 나 역시 치안 판사님을 여러 해 동안 알고 지냈다네. 그 양반이 자네 얘기를 쉽게 믿을까?」

「살아남은 선원은 나뿐이야. 사태의 진상을 아는 유일한 선원이 나라고.」

「그렇군. 하지만, 도대체 자네가 어떤 존재지? 출신도 불확실한 아일랜드 떨거지 아니신가! 당연히 조사가 이루어질 테고, 패트릭, 자네 과거 있잖아, 그 인도 시절 얘기도 나오겠네. 그래 맞아, 자넨 날 난처하게 만들 수 있어. 하지만 거꾸로, 나도 자네를 똑같이 곤란하게 할 수 있지. 마음만 먹으면, 자네가 훨씬 더 궁지에 몰릴 것 같은데. 그런 식으로 자네 시간과 정력을 낭비해야겠나? 뭘 위해서? 드랙스는 이제 죽었고, 배 두 척도 다 가라앉았어. 어떤 씹새끼도 살아 돌아오지 않아.」

「지금 이 자리에서 널 쏴 죽일 수도 있어.」

「그렇지. 하지만 그러면 자네 손으로 살인을 두 건이나 저지르는 셈이야. 그게 자네한테 무슨 쓸모가 있나? 손은

됐고, 이제 머리를 쓰라고, 패트릭. 지금이야말로 모든 걸 잊고, 새로 시작할 기회야. 사람한테 이런 드문 기회가 평생에 몇 번이나 있을 것 같나? 우발적 사고였겠지만, 드랙스를 없애다니, 날 크게 도왔어. 내 기꺼이, 즐거운 마음으로 대가를 지불하지. 당장 50기니를 주겠네. 그 총 내려놓고, 이 집을 나가서, 다시는 뒤돌아보지 않아도 돼.」

섬녀가 미동도 하지 않았다.

「아침까지는 기차가 없어.」 그가 말했다.

「내 마구간에서 말을 가져가게. 직접 안장을 얹어 줌세.」

백스터가 웃고는, 천천히 자리에서 일어나, 서재 한쪽에 있는 대형 철제 금고로 걸어갔다. 금고를 열고, 갈색 범포 전대를 꺼내, 그걸 섬녀에게 준다.

「금화 50기니일세. 자네 거야. 런던으로 가. 볼런티어나 드랙스는 잊어버려. 둘 다 더는 실재하지 않으니. 지금 중요한 건 미래지, 과거가 아니라네. 야적장 사건도 걱정하지 마. 이야기를 좀 꾸며 내, 미제로 만들어 버리면 되니까.」

섬녀가 받은 전대를 바라보았다. 손으로는 전대의 무게가 느껴졌다. 하지만 그는 대답하지 않았다. 섬녀는 자기가 자신의 한계를 안다고 생각했다. 하지만 이제는 모든 게 바뀌어 있었다. 세상은 불안정하고 혼란스러우며 걷잡을 수 없었다. 섬녀는 자신이 잽싸게 행동해야 함을 알았다. 상황과 사태가 또다시 바뀌기 전에 〈뭔가〉를 해야만 한다는 걸 알았다. 주변에서 단단히 굳어 고정되기 전에 말이다. 하지만 뭘?

「그럼 합의한 건가?」 백스터가 물었다.

섬녀가 책상 위에 받은 전대를 내려놨다. 그러고는 그 출처인 열린 금고로 시선을 돌렸다.

「나머지를 다 주시오.」 섬녀가 입을 열었다. 「그러면 당신을 놔드리지.」

백스터가 얼굴을 찌푸렸다.

「나머지 뭐?」

「저기 금고에 있는 거 다. 한 푼도 빠짐없이.」

백스터가 농담이라는 듯이 피식 웃었다.

「50기니면 상당한 액수야, 패트릭. 그래도, 정말 돈이 필요하다면, 20기니를 더 얹어 주지.」

「다 주시오. 저 안에 얼마가 들었든, 다.」

백스터가 웃음을 멈추고, 섬녀를 쏘아봤다.

「강도질을 하러 여기 왔군. 그런 거야?」

「당신 조언대로 머리를 쓰고 있는 거지. 당신 말이 맞아, 백스터. 이제 진실은 내게 쓸모가 없어. 하지만 저 돈은 분명 쓸모가 있겠지.」

백스터가 싫은 기색으로 섬녀를 노려보았다. 콧구멍이 벌름거렸다. 하지만 그렇다고 해서 당장에 금고를 지키겠다고 달려가지는 않았다.

「자네가 나를, 그것도 내 집에서 죽이지는 못할 거야.」 백스터가 차분하게 말했다. 「그렇게 할 만한 배짱도 없겠고.」

섬녀가 총으로 백스터의 머리를 겨냥하고, 공이치기를 당겼다. 그가 속으로 한 말은 이렇다. 죽음에 직면하면 약

403

해지는 사람이 있다. 처음에는 세게 나왔다가 찌그러지기도 하지. 하지만 난 그렇지 않아. 지금은 아니라고.

「방금 헨리 드랙스를 부러진 톱날로 죽이고 왔어.」 섬너가 말했다. 「내가 쫄아서 당신 머리에 총알을 못 박아 넣을 거라고 생각해?」

백스터의 입과 턱이 더 팽팽하게 조여졌다. 그의 열렬한 두 눈이 옆으로 휙 움직였다.

「톱날이라고?」 그가 말했다.

「저기 가죽 가방 가져와.」 섬너가 총으로 가리키며 지시했다. 「담아.」

1분 정도의 침묵 후, 백스터가 시키는 대로 했다. 섬너가 다 비었는지 금고의 상태를 확인한 다음, 백스터에게 몸을 돌려 벽을 향하라고 명령했다. 그러고는 주머니칼로 창문에 늘어뜨린 장식용 천에서 새틴 소재의 보드라운 밧줄을 잘라 내, 백스터의 두 손을 뒤로 결박했고, 이어 놈의 입에 냅킨을 쑤셔 넣고, 크라바트로 재갈을 물렸다.

「이제 마구간으로 갈 거야.」 섬너가 말했다. 「앞장서.」

두 사람이 뒤쪽 복도를 지나, 부엌을 통과했다. 섬너가 뒷문의 빗장을 열었고, 그렇게 둘이 관상용 정원에 발을 내딛었다. 자갈길이 이리저리 나 있었고, 화단, 연못, 주철로 만든 분수가 보였다. 섬너가 백스터를 재촉했다. 두 사람이 원예 오두막과, 회양목 울타리가 둘러 쳐진 뇌문(雷紋) 세공 정자를 지났다. 그렇게 마구간에 이르렀고, 섬너가 옆문을 열고 안을 살펴본다. 칸이 세 개고, 마구실도 하나 보인다. 마구실의 작업대에는 각종의 송곳과 망치가 즐비하다.
문 옆 시렁 위에 기름 램프가 있었다. 섬너가 백스터를 한쪽
으로 몰아붙이고, 그 등에 불을 켠 다음, 마구실에서 밧줄
을 가져와, 올가미를 만들었다. 백스터의 목에 올가미가 채
워졌다. 섬너가 백스터의 눈이 툭 하고 불거져 나올 때까지
그 줄을 단단히 조였고, 이어 나머지 한쪽 끝은 천장을 받
치는 들보에 잡아맸다. 백스터가 신은 슬리퍼의 섀미 가죽
밑창이 더러운 마룻장에 닿을락 말락 할 때까지 줄이 당겨
졌고, 벽에 박힌 말뚝 하나에 단단히 동여매졌다. 백스터가
외마디 신음을 토했다.

　「조용히 있어. 아침에 산 채로 발견되고 싶으면.」 섬너가
말했다. 「조바심치면서 깨작거리다가는 죽을 수도 있어.」

　마구간에는 말이 세 필 있었다. 검은 말 두 마리는 젊고
활달해 보였으며, 다른 한 마리는 잿빛에다가, 더 나이 들어
보였다. 섬너가 회색 말을 꺼내 안장을 얹었다. 녀석이 코를
힝힝거리며 이리저리 움직였고, 섬너가 목을 어루만지면서
어르고 달래 조용히 시킨 다음 재갈을 물렸다. 그가 기름등
의 조도를 낮추고, 주 출입문을 연 다음, 1분가량 기다렸다.
바람이 나무를 통과하며, 칭얼대고 지걸였다. 고양이 한 마
리가 쉿쉿 하는 소리를 냈다. 그 외에는, 없었다. 마구간을
개조한 작은 집들이 늘어선 좁은 거리는 텅 비어 있었다. 석
탄 가스를 쓰는 보안등 불빛이 상공의 깜깜한 하늘로 소산
했다. 섬너가 대기한 말의 기갑에 돈 가방을 올렸고, 발을
등자에 끼웠다.

동틀 무렵 섬너는 북쪽으로 20마일을 주파한 상태였다. 그는 멈추지 않고 드리필드를 통과했다. 고턴에서 멈춘 것은 못에서 말에게 물을 먹이기 위함이었다. 아직도 아득한 어둠을 뚫고, 그가 계속해서 북서쪽으로 달렸다. 너도밤나무와 단풍나무 숲이 나왔고, 마른 강바닥을 따라 이동했다. 하늘이 밝아 왔고, 양 옆으로 경작한 밭의 쭉 뻗은 광경이 눈에 들어왔다. 쟁기질로 생긴 깊은 고랑에 더 밝은 색조의 백악질 덩어리가 점점이 박혀 있었다. 들판의 산울타리에 광대수염, 수레국화, 검은딸기나무가 얽히고설켜, 엉망으로 혼란스러웠다. 정오 무렵, 섬너는 월즈의 북쪽 급경사 등성마루에 도달했고, 조각보처럼 기워진 평원으로 내려갔다. 그가 피커링 시내에 입성했을 때는 다시 밤이었다. 흑청색 하늘에 별이 한가득이었다. 굶주림과 수면 부족으로 멍한 가운데 욕지기까지 났다. 다행히 말을 맡길 수 있는 곳이 있었다. 섬너는 바로 옆의 여인숙에 방도 하나 잡았다. 사람들이 이름을 물어 왔고, 그가 피터 배철러라고 소개했다. 와병해 임종을 지켜야 할지도 모르는 삼촌을 뵈러, 요크에서 휘트비로 가는 중이라고도 둘러댔다.

그날 밤은 드랙스한테서 탈취한 권총을 오른손에 단단히 쥔 채 잠들었고, 가죽 가방은 철제 침대 틀 아래 찔러 넣었다. 아침 일찍 일어나 조식으로 죽과 삶은 콩팥을 먹었다. 그러고는, 저녁 식사용으로 육즙을 바른 빵을 한 덩어리 챙겨, 푸줏간 포장지로 쌌다. 소나무 숲과 울퉁불퉁한 목양지를 6~7마일 지나자, 이제 길이 꾸준히 오르막이었다. 생울

타리가 지지부진해지더니, 이내 사라졌고, 초지가 가시금작
화 덤불과 고사리로 바뀌었다. 농촌의 경관이 축소되면서,
풍광이 딱딱하고 황량해졌다. 섬녀는 이내 잡초로 뒤덮인
고지대 황야를 오르고 있었다. 주변 사방이 수목 없는 대지
로, 보라색, 밤색, 녹색이 파도처럼 물결쳤고, 위로는 가장
자리가 새까만 큼직한 구름이 여럿 하늘을 덮었다. 고지대
에 오르자 공기에서 한기가 느껴졌다. 백스터가 그를 찾는
추격조를 파견했다 하더라도, 이런 곳은 꿈도 꾸지 않을 것
이 거의 틀림없었다. 적어도 당장은 아닐 터였다. 아마도
서쪽이나 남쪽의 링컨셔를 뒤지지, 여기는 아니었고, 아직
은 아니었다. 섬녀가 예상하기로, 헐 소식이 피커링에 닿으
려면, 하루 정도 더 걸릴 터였고, 이 정도면 그가 해안에 당
도해 네덜란드나 독일을 향해 동쪽으로 출항하는 배를 잡
아타기에 충분한 시간이었다. 대륙으로 빠져나가면, 백스
터의 돈으로 완전히 다른 사람으로 거듭날 터였다. 새로운
이름으로 새로운 직업을 찾을 터였다. 지금까지의 일은 모
두 잊을 거라고, 섬녀가 중얼거렸다. 가라앉아 잊히지 않는
기억의 앙금을 박박 문질러 모두 없애 버릴 거야.

　구름이 뭉쳐서 먹장구름으로 바뀌더니, 비가 계속 내리
기 시작했다. 암양을 팔려고 남쪽으로 가는 짐마차꾼을 하
나 만났다. 섬녀가 휘트비까지 얼마나 가야 하느냐고 묻자,
짐마차꾼이 희끗희끗한 턱을 긁적였다. 그가, 무슨 알쏭달
쏭한 수수께끼인 양 인상을 쓰더니 대답하기를, 운이 좋으
면 어두워지기 전에 도착할 거라고 한다. 2~3마일쯤 더 가

다가, 섬너가 휘트비행 도로에서 벗어나 북서쪽으로 진로를 잡고 고어랜드와 벡 홀로 향했다. 비가 그치자, 하늘이 전형적인 여름의 연파랑으로 바뀌었다. 도로 인근의 비탈은 누가 불을 질렀는지 보라색 히스가 드문드문했고, 더 먼 저지대 습지에는 나무와 덤불들이 모여 있었다. 섬너가 가져온 빵과 쇠고기 육즙을 먹었고, 개울에서 토탄에 걸러진 갈색 물을 길어 마셨다. 고어랜드를 지났고, 글라즈데일로 나아갔다. 황야 지대가 곧 가장자리에 고사리, 별꽃, 딱총나무가 있는 초원으로 바뀌었다. 풀밭이 다시 높아지는가 싶더니, 수목이 다 사라진 불모지대로 되돌아갔다. 그날 밤, 섬너는 반쯤 붕괴된 헛간에서 부들부들 떨면서 잠을 잤다. 아침이 되자, 다시 말을 타고, 계속해서 북진했다.

기스버러 외곽에서, 섬너가 마차소에 말과 안장을 헐값에 팔고는, 가방을 둘러메고 시내로 들어갔다. 철도역 인근 신문 가판에서, 그가 뉴캐슬 『쿠런트』 한 부를 구입해 승강장에서 읽었다. 헐에서 발생한 살인과 강도 소식이 2면의 한 칼럼 절반을 차지하고 있었다. 아일랜드 출신으로 전직 군인인 패트릭 섬너가 범인으로 거명됐다. 도난당한 말의 용모 특징이 기술되었고, 누구라도 쓸 만한 정보를 제공하면 백스터가 후사한다는 언급도 있었다. 섬너가 신문을 접어 벤치에 두고 미들즈브러행 다음 열차에 탑승했다. 칸막이 객실은 그을음과 머릿기름 냄새가 났다. 여자 둘이 대화 중이었고, 구석에서는 남자가 하나 자고 있었다. 섬너가 여인들에게 모자를 살짝 들어, 인사하며 미소 지었다. 하지만 말을 하지는 않았다. 섬녀가 가죽 가방을 무릎 위에 올렸다. 묵직했고, 그는 안도했다.

　그날 밤 섬녀는 외국인을 찾아 나섰다. 부둣가의 선술집을 돌며, 외국 억양에 주목했다. 러시아, 독일, 덴마크, 포르투갈 등등. 영리한 사람이 필요했지만, 그렇다고 또 너무 영리해서는 안 되었다. 탐욕스럽지만, 너무 탐욕스러워서는 안 되었다. 커머셜가의 발틱 태번에서 스웨덴인이 하나 보였다. 선장이었는데, 그의 쌍돛대 범선이 석탄과 철강을 싣고 다음 날 함부르크로 출항할 예정이었다. 얼굴이 넓적했고, 벌건 눈에, 머리칼은 또 어찌나 금발인지 허열 지경이었다. 섬녀가 침상이 하나 필요하고, 편의를 봐주면 돈은 원하는 만큼 주겠다고 제안하자, 스웨덴인 선장이 웃으면서도 의심스럽게 위아래를 훑었다. 그가 사람을 몇이나 죽였느냐고 물었다.

　「하나.」 섬녀가 대답했다.

　「하나? 그래, 죽어 마땅한 놈이었겠죠?」

　「진작 갔어야 할 인간이지.」

　스웨덴인이 웃었고, 고개를 가로저었다.

　「미안하지만 내 배는 상선입니다. 승객을 태울 수가 없어요.」

　「그러면 일자리를 주시오. 뱃일을 좀 할 줄 아니까.」

　그가 다시금 고개를 가로젓고, 위스키를 한 모금 마신다.

　「불가능합니다.」 선장의 대답이었다.

　섬녀가 파이프에 불을 붙이고, 미소를 지었다. 그 단호함

이 허세일 뿐임을, 태워 주는 삯을 올리려는 술책임을 알았
다. 일순 이 스웨덴 친구가 뉴캐슬 『쿠런트』를 읽은 건 아닌
지 의심이 들기도 했지만, 그럴 가능성은 거의 없었다.

「아무튼 댁은 뭐 하는 사람이오?」 선장이 섬녀에게 묻는
다. 「어디 출신입니까?」

「그런 게 중요한가요?」

「여권은 갖고 있소? 서류 말이오. 함부르크에 가면 그런
걸 보니까.」

섬녀가 주머니에서 1파운드짜리 금화를 하나 꺼내, 테이
블 위에 올려놨다.

「이걸 갖고 있죠.」 섬녀의 대답이었다.

스웨덴인 선장이 허연 눈썹을 치켜떴다. 그러고는 고개
를 끄덕인다. 주위로 주정뱅이들의 목소리가 고조되었다
가, 좌악 가라앉았다. 문이 하나 열렸고, 그 탓에 연기 가득
한 실내 공기가 그들 머리 위에서 춤을 췄다.

「죽은 놈이 부자였소?」

「죽은 사람 없어요.」 섬녀가 대꾸했다. 「농담이었어요.」

스웨덴인이 금화를 내려다보면서도 섣불리 손을 내밀지
않았다. 섬녀가 뒤로 몸을 젖히고 기다렸다. 성공 가능성이
매우 높았다. 알 수 없는 새로운 미래가 섬녀를 잡아끌고
있었다. 무표정하게 비어 있는 공백이 희미하게 빛나며, 스
웨덴인 선장까지 동참시킬 태세였다. 섬녀가 바로 그 입구
에 있었다. 뛰어들어 행진을 개시할 만반의 태세로 말이다.

「다른 사람을 찾으셔야 할 것 같소.」 결국 스웨덴인 선장

이 내뱉은 말이다. 「돈을 많이 주셔야겠지.」

섬녀가 주머니에서 같은 금화를 한 닢 더 꺼내, 첫 번째 옆에 내려놨다. 두 개의 금화가 명멸하는 가스등처럼 빛을 내뿜었다. 젖은 테이블 면이 검정이어서, 꼭 눈 두 개가 반짝이는 듯했다. 섬녀가 스웨덴인 선장을 바라보고, 미소를 지었다.

「그 다른 사람을 찾은 것 같습니다만.」

25

한 달 후, 어느 화창한 오전, 그가 베를린 동물원을 찾았다. 이제 그는 말끔히 면도를 하고 있었고 거기에 새 옷과 새 이름이 가세했다. 자갈이 깔린 포도를 걸었고, 담배를 피웠으며, 가끔 멈춰서, 하품하거나 똥을 싸거나 제 몸을 긁적이는 동물들을 구경했다. 구름 한 점 없는 하늘이었다. 낮게 드리운 가을의 태양이 화창하고, 따뜻했다. 사자를 봤고, 낙타와 원숭이가 있었다. 선원복을 입은 아이 하나가 역시 혼자뿐인 얼룩말에게 빵을 먹이는 광경이 눈에 들어왔다. 정오쯤 되자, 관심이 시들해졌다. 바로 그때 북극곰이 눈에 띄었다. 녀석이 갇힌 우리는 그 면적이 선박의 갑판만 했다. 한쪽에 납을 덧댄 구덩이가 보였고, 거기에는 물이 채워져 있었다. 뒤로 벽돌 벽에 낮은 아치형 입구가 나 있었는데, 밀짚으로 보아, 들어가서 자는 굴 같았다. 곰이 저만치 뒤에 서서 무심하게 전방을 응시했다. 털이 추레하고, 볼품없이 죽 뻗었으며, 누리끼리했다. 주둥이가 얼룩덜룩 초라하기 이를 데 없었다. 섬녀가 보고 있는데, 한 가족이 다가

와 난간을 잡고 옆에 섰다. 아이 하나가 독일어로 문제의 짐승이 사자인지, 호랑이인지 묻자, 다른 아이가 바보냐며 비웃었다. 애들이 그렇게 티격태격하자, 엄마가 나서 나무라며 조용히 시킨다. 가족이 떠났고, 곰이 잠시 그대로 있다가, 앞으로 천천히 움직였다. 수맥을 찾는 지팡이처럼 머리를 까닥였고, 녀석의 육중한 네 발이 시멘트 바닥을 부드럽게 긁었다. 우리 정면에 이르러, 녀석이 검정 쇠막대 사이로 최대한 멀리까지 코를 내밀었다. 곰의 늑대 같은 얼굴과 섬녀 사이의 거리가 3피트에 불과했다. 북극곰이 코를 벌름거리며, 섬녀를 빤히 보았다. 날카로운 두 눈이 더 넓은 암연으로 이어지는 좁은 통로 같았다. 섬녀가 시선을 돌리려고 했는데, 그럴 수 없었다. 곰의 시선에 단단히 붙들리고 만 것이다. 녀석이 코를 힝힝거렸다. 거친 날숨이 섬녀의 얼굴과 입술을 쓸고 지나갔다. 일순 두려웠다. 하지만 이내, 두려움은 잦아들었고, 고독과 결핍이 밀려왔다. 동물원의 북극곰이 그렇게 섬녀의 의표를 찔렀다.

감사의 말

친구이자 동료 존 매콜리프가 원고를 읽고 논평해 주었다. 주디스 머리와 데니즈 섀넌은 탁월한 출판 에이전트들이다. 재능 있는 편집자들인 스크리브너의 로언 코프, 또 헨리 홀트의 마이클 시뇨렐리가 값진 충고와 지원을 해줬다. 감사드린다.

옮긴이의 말

이 책은 영국 작가 이언 맥과이어의 장편소설 *The North Water*를 한국어로 옮긴 것이다. *The North Water*는 2016년 사이먼 앤드 슈스터 UK의 자회사 스크리브너가 영국에서 최초 출간했다. 번역 대본 역시 스크리브너에서 출간된 2016년판을 사용했다.

열린책들 문학팀의 담당 편집자 김수연 씨에게 감사드린다. 김수연 씨는 편집 과정에서 몇 가지 문제를 제기했고, 함께 대화를 나눴는데, 그중의 하나는 특별히 언급해 둘 만하다.

현대 영어 소설의 기본 시제는 현재 시제이다. 그 현재 시제를 한국어로 어떻게 전환할 것인지가 우리의 토론 주제였다. 다음은 나의 개인적 견해이다. 1960년대의 청년 반란 속에서 서구 문화가 상당 부분 일신되는 과정을 겪었고 ─ 주로 고루한 빅토리아 시대의 문화 관행에서 벗어나기 시작했다 ─ 언어 생활도 일정한 변동을 겪었으며, 소설 문체도 영향을 받았다는 것이 나의 판단이다. 이즈음에 소설에

도입된 현재 시제는, 구체적 생동감 속에서 언문일치를 더욱더 추구하는 행위였다고 생각된다. 해서, 이 책도 그런 생생함을 담기 위해 전면적으로 현재 시제를 사용했다. 한국어의 풍경이 얼마나 효과적으로 구획되었는가, 하는 판단은 여전히 독자들의 몫으로 남아 있겠지만 말이다.

소설의 내용에 관해서는 짧게만 언급하고자 한다. 1장만 견뎌 내면, 이후로는 책을 손에서 놓을 수 없을 것이다. 도입부인 1장에 술집 싸움 1회, 살인 1회, 매매춘 1회, 아동 성폭행 사건이 1회 등장한다. 하지만 주제 의식은 고전적이며, 저자의 판단도 대체로 성숙해 있다.

2017년 12월
정병선

옮긴이 **정병선** 1970년 전라북도 부안에서 태어났고, 연세대학교 신문방송학과를 졸업했다. 리처드 로즈의 『수소 폭탄 만들기』, 빅토르 세르주의 『한 혁명가의 회고록』, 휴 로리의 『건 셀러』, 데이비드 버스·신디 메스턴의 『여자가 섹스를 하는 237가지 이유』, 프랭크 설로웨이의 『타고난 반항아』, 존 몰리뉴의 『렘브란트와 혁명』 등 다수의 책을 번역했다. 2015년에는 루이스 캐럴의 『이상한 나라의 앨리스』 출간 150주년을 맞아 『주석과 함께 읽는 이상한 나라의 앨리스 — 앨리스의 놀라운 세상 모험』을 출간하기도 했다.

얼어붙은 바다

발행일   2017년 12월 30일 초판 1쇄
          2018년 5월 30일 초판 3쇄

지은이   이언 맥과이어
옮긴이   정병선
발행인   홍지웅 · 홍예빈
발행처   주식회사 열린책들

경기도 파주시 문발로 253 파주출판도시
전화 031-955-4000 팩스 031-955-4004
www.openbooks.co.kr

이 도서의 국립중앙도서관 출판예정도서목록(CIP)은 서지정보유통지원시스템 홈페이지(http://seoji.nl.go.kr)와 국가자료공동목록시스템(http://www.nl.go.kr/kolisnet)에서 이용하실 수 있습니다.(CIP제어번호:CIP2017018794)